贵州财经大学资助出版

清末民初小说语体研究

何云涛 ● 著

中国社会科学出版社

图书在版编目(CIP)数据

清末民初小说语体研究/何云涛著.—北京：中国社会科学出版社，2022.4
ISBN 978-7-5203-9591-5

Ⅰ.①清… Ⅱ.①何… Ⅲ.①古典小说—小说语言—语体—研究—中国—清后期—民国 Ⅳ.①I207.41

中国版本图书馆 CIP 数据核字(2022)第 014317 号

出 版 人	赵剑英
责任编辑	王丽媛
责任校对	周 昊
责任印制	王 超

出　　版	中国社会科学出版社
社　　址	北京鼓楼西大街甲 158 号
邮　　编	100720
网　　址	http://www.csspw.cn
发 行 部	010-84083685
门 市 部	010-84029450
经　　销	新华书店及其他书店
印刷装订	北京君升印刷有限公司
版　　次	2022 年 4 月第 1 版
印　　次	2022 年 4 月第 1 次印刷
开　　本	650×960　1/16
印　　张	20
字　　数	270 千字
定　　价	109.00 元

凡购买中国社会科学出版社图书，如有质量问题请与本社营销中心联系调换
电话：010-84083683
版权所有　侵权必究

目　录

绪　论 …………………………………………………… (1)

第一章　文言与白话 …………………………………… (8)
　　第一节　文言与白话的界定 …………………………… (9)
　　第二节　文言与白话的发展、分化 …………………… (11)
　　第三节　文言与白话的对立、融合 …………………… (38)

第二章　清末民初小说语体选择：多语体并存 ……… (47)
　　第一节　白话语体多样化 ……………………………… (48)
　　第二节　文言语体 ……………………………………… (80)
　　第三节　韵文语体（弹词小说）……………………… (102)

第三章　语体选择与小说观念定位 …………………… (110)
　　第一节　"新小说"文体特征与语体建构 …………… (111)
　　第二节　文言语体小说文体特征与语体选择 ………… (122)
　　第三节　小说语体选择与雅俗观念定位 ……………… (143)

第四章　多语体并存与文人心态 ……………………… (159)
　　第一节　白话语体小说
　　　　　　——政治精英文人的"政治舞台" ………… (160)

第二节　古文语体小说
　　　　——文化保守派传统审美惯性的延续 …………（176）
　　第三节　骈文语体小说
　　　　——商业化文人对政治的无奈疏离 ……………（190）

第五章　文言、白话的此消彼长 ……………………………（206）
　　第一节　文言语体渐趋萎缩 ……………………………（206）
　　第二节　白话语体蔚为风潮 ……………………………（215）
　　第三节　以梁启超文本为例的分析 ……………………（236）

第六章　文白消长的必然性与时代契机 ……………………（249）
　　第一节　汉语言自身进化的必然规律 …………………（249）
　　第二节　白话报刊的兴起与大众传播 …………………（255）
　　第三节　社会文化运行机制变化与文白此消彼长 ……（269）

结　语 ……………………………………………………………（291）
　　第一节　自然的语言：文白的兴替是语言发展的
　　　　　　内在规律 ………………………………………（292）
　　第二节　政治的语言：政治的变革是文白兴替的
　　　　　　外因 ……………………………………………（295）
　　第三节　文学的语言：文学的实践是语言变革的
　　　　　　呈现 ……………………………………………（297）

参考文献 …………………………………………………………（300）

绪　　论

学界已有人意识到清末民初小说语体转变的问题，如陈平原在《中华读书报》上谈到他当年博士论文选题时，曾经萌生对清末民初文学语言变化进行研究，但其导师王瑶认为此选题意义重大，肯定有大成果出现，在当时缺乏合适的理论框架，研究成果会比较一般。①

陈平原放弃了从语言哲学角度谈文学语言由文言向白话转变这一研究选题，转向对清末民初小说叙事模式转变的研究。虽然他没有对清末民初的小说语体变迁做出专题研究，但在严家炎、钱理群编的《20世纪中国小说史》中，陈平原选取1897—1916年撰写清末民初小说史作为此丛书的第一卷，其中第六章文白并存的小说文体，谈到清末民初小说语体问题。他认为，在中国古代文学中，白话小说与文言小说并行不悖，到了清末民初白话小说与文言小说之间互相影响、互相靠拢，作家和理论家开始思考小说语体问题，并萌发了白话与文言两种语体争正统、品高低的意识。晚清主张文白并存，文言小说和白话小说均得到较为充分的发展，各自的优势和缺点也都得到较为充分的表露。② 笔者认为陈平原对文言、白话的优

---

① 祝晓风、张涛：《博士论文只是一张入场券——陈平原谈博士写作》，《中华读书报》2003年3月5日。
② 陈平原：《20世纪中国小说史》第1卷（1897—1916），北京大学出版社1989年版，第157—163页。

劣评述比较客观中肯,他说:"在文体选择上,晚清作家面临两难的窘境。从理论上讲,白话小说自然更符合文学发展趋向,可白话的浅白却又在一定程度上限制了现代思想的传播与小说美感的追求。作为自我封闭的书面语,文言有它难以克服的弊病:艰涩、僵化、远离现实生活;但他的雅训、含蓄、合文法、有韵味,却又是生动但相对粗糙的白话所缺乏的。早期比较讲求文体美的翻译家、小说家埋怨白话难以传神达意,因而转用文言,不是没有一定道理的。不过,随着白话文运动的日趋深入,越来越多的理论家已经朦胧意识到中国文学语言变革的大趋势,已经很少人再公开拒绝白话小说,大多是如何调和白话与文言的主张。有主张以白话为主体,掺入文言的句法、词汇使之规范化,力争'俗而有味'、'俗不伤雅'者;也有主张以古文为主体,去真难解者使之浅,纳新名词使之新者。立足点不同,但希望白话、文言互相改造互相补充却是一致的。"①

陈平原指出清末民初小说的一大特点,便是文言小说渐渐在与白话竞争中步出其曾经辉煌的舞台。在此之前,文言小说与白话小说并行不悖,基本上了无关系;在此之后,文言小说日趋消亡,基本上是白话小说一枝独秀。他还分别简要地概述了清末民初文坛上白话小说与方言小说、古文小说、骈文小说各自的发展情况,以及对以上各种文体都有影响的译本文体。虽然清末民初小说语体多样并存并有所发展,但没有融合成一个有机的整体,到了五四时期小说语体才更加成熟。他概括说:"五四小说文体,并非只是简单地承袭传统章回小说的白话,而是在白话基础上,调入部分方言口语、文言词汇,以及新名词和西洋句法文法。"②

邓伟在《分裂与建构:清末民初文学语言新变研究(1898—

---

① 陈平原:《20世纪中国小说史》第1卷(1897—1916),北京大学出版社1989年版,第162—163页。
② 陈平原:《20世纪中国小说史》第1卷(1897—1916),北京大学出版社1989年版,第163页。

1917）》一书中，主要研究清末民初文学语言的分裂和建构，以及在中国文学语言现代转型中具有的价值和意义，其中一部分内容涉及小说语言的变化。他将清末民初的语言文字变革与文学内部语言的建构相结合：前两章分别论述文言的发展、白话文运动，主要是集中于从理论上阐释语言文字的变革；紧接着则转向对文学语言的分类论述，有翻译文学语言、梁启超与文学语言近代化、林纾与古文文学语言、徐枕亚与骈文文学语言。

邓伟的创新之处在于关注清末民初社会语言文字学的发展对文学语言的影响，文学文体样式涉及得比较全面。他对文学语言的分类，大体沿袭陈平原的分类方法，指向梁启超的"小说界革命"为代表的白话小说、林纾为代表的古文小说和翻译小说、徐枕亚为代表的骈文小说。其不同之处，因论题的差异，陈平原集中论述清末民初小说语言，而邓伟则论述文学语言整体的变化，所以其涉及的文体除小说之外，还包括诗、文。

陈平原与邓伟还有着同样的思考基点，虽是论述清末民初文学语言，其落脚点在五四现代文学语言的建构上，邓伟在论文的结语部分重在论述五四文学语言对清末民初文学语言的超越："由此我们甚至可以说在清末民初某些语言文字的变革倾向，在一定程度上决定了整个中国文字现代转型的发展倾向。但是，语言文字变革在整体意义上的整合，清晰指向统一的现代汉民族书面语体系，已确立新质的一般书面语体系，则是非五四莫属。"[①]

他们共同关注的是清末民初文学语言与五四文学语言的承续关系，很少关注古代文学各种语体与清末民初文学语言的承续关系，尤其是对中国古代白话小说的古白话在清末民初文学语言建构中的价值和作用并未详尽展开。

[①] 邓伟：《分裂与建构：清末民初文学语言新变研究（1898—1917）》，中国社会科学出版社2009年版，第329页。

袁进在《中国文学的近代变革》一书中，也谈到近代文学的语言与形式问题。他从历史发展角度简要地把中国文学语言基本分为文言、白话、浅近文言三大类。所谓的文言是指始终以先秦两汉的语言、叙述为准则，白话是从唐朝的变文开始流传下来的接近口语的文本语言，而浅近文言则基本上不采用典故，不用古字、难字、僻字，不讲究音节对偶，有时也不避俗字、俗语，它的语法结构更偏向于口语，叙述上比较随便、自由，条条框框和禁忌也比较少。袁进对三种基本语体进行了界定，并指出在文学语言发展中，文言、白话的互相渗透，而且提及方言运用所获取的异样审美效果。袁进同样指出白话与文言此消彼长的必然趋势，但他不认为这种趋势是中国古代文学语体内在发展的必然结果，而是强调外来语言的影响是主导因素。他说："文言文的训练形成的中国文人的集体意识，他们很难自己发现文学需要新的语言，直接表现自己的情感。这种发现必须在外国的参照之下。只有在外国语言变化的参照之下，才能发现中国言文脱离和语言的其他弊病。"[①] 实际上，自汉代王充开始便意识到言文分离的问题以及存在的弊端，以此看来，袁进观点有偏颇之处。由此思维逻辑观念出发，袁进从西方传教士的宗教宣传读本、西方传教士创办的近代中国报刊本、中国士大夫翻译文本对中国书面语言的影响展开论述，他认为这些文本大都采用浅易文言和欧化白话；在论述清末白话文运动时，他认为所提倡的言文一致的主张也是参照经过改革之后的日本文字和西洋文字。

袁进为我们观察中国文学语言的近代变革提供了新的视角，但有以客反主之嫌。西方语言文化对中国近代文学语言建构确有影响，主导因素仍是中国文学语言内部发展的必然。毕竟在中国文学内部发展过程中，中国古代白话小说已经提供了与口语接近且具有相当

---

① 袁进：《中国近代文学变革》，广西师范大学出版社 2006 年版，第 69 页。

表现力的古白话语体。

王风《世运推移与文章兴替——中国近代文学论集》中单篇文章涉及近现代书写语言论述，如章太炎语言文字论说体系中的历史民族，王国维学术变迁中的语体问题，周氏兄弟早期著译与汉语现代书写语言的关系，晚清拼音化运动与白话文运动催发的国语思潮等。通过对于学术界、文学界和语言界的具体论述，他认为在晚清语体已经成为不可回避的重大问题，它不仅只是汉语书写语言的变革，其背后更是蕴含着丰富的文化内涵。① 王风的观念为本书涉及类似问题时提供了相关的材料和案例。

夏晓虹的专著《晚清女子国民常识的建构》重点论述了晚清女子报刊的创办对于女性国民意识和女性意识觉醒的价值和意义。在第一章专门论述了经典阐释中的文体问题，列举了五个《女诫》白话文本，详细论述了俗语与俗语的不同，女性为主体的经典阐释及女报的白话书写中不断消解着男性中心话语。晚清女性在新的传播媒介下，也参与到从语体改革到文化变革、文化启蒙的历史浪潮中。在绝大多数由男性群体主宰的白话报刊和大众文化传播中，夏晓虹挖掘了难得的女报文献、女报语体实践和女性视角文化启蒙的价值。②

近代词汇研究专著有沈国威的《近代中日词汇交流研究——汉字新词的创制、容受与共享》，他在近代历史语境下集中论述了语言接触、词汇交流的问题，任何新词汇的形成最终需要得到社会的认可，新词、译词的诞生也透视出了近代的脉动，近代新观念在欧、中、日三方的环流中形成了中国近代的"新国语"。③ 语言界的研究成果为"新国语"的形成提供了新的视角和翔实的材料，文学是语

---

① 王风：《世运转移与文章兴替——中国近代文学论集》，北京大学出版社2015年版。
② 夏晓虹：《晚清女子国民常识的建构》，北京大学出版社2016年版。
③ 沈国威：《近代中日词汇交流研究——汉字新词的创制、容受与共享》，中华书局2020年版。

言的艺术，清末民初小说语体的变革离不开近代"新国语"的发展。

总而言之，关于清末民初书面语言和小说语体研究有了一定的研究成果，一些研究者已经提供了几种角度，但系统性专著尚未出现，一些有价值的问题虽已提及，但深入研究不够。况且现有的成果基本上是以五四为参照，重点论述清末民初文学语言与五四文学语言的异同及承继关系，缺乏对中国古代小说语体的追溯和影响研究。本书拟在前人研究成果的基础上，重新爬梳各项史料和小说文本，省思清末民初小说语体中存在的诸多议题，尽可能详尽地描绘其客观面貌，并加以合理的阐释。

本书采用了语言学、社会学、文化学、心理学、文本细读等诸种方法，尤其是语言学、文化学与文学的结合。鉴于现有研究成果大多把清末民初小说作为整个近代文学的一部分进行阐述，而且是以五四为论述基点，采取向晚清探源的角度，来描述清末民初文学语言的轮廓，本书追溯中国古代文学两种表述语言的历史演进，在整个汉语书面书写系统的整体文化背景下，在清末民初之际众文体语体选择的时代语境中，集中论述清末民初小说语体的独特性，阐释其古今演变的继承与革新关系，以更广阔的视野探视清末民初小说语体的复杂性和独特性。

本书还将对多语体混杂现象进行语言文字发展、社会文化、政治制度、文人心态、群体心理、传播媒介等诸种因素的比较和分析，探讨清末民初小说文体的时代独特性，清末民初小说文体特征与语体的关系以及由语体变化引起的小说雅俗审美转变等。清代小说语体的多元化以及文白消长的趋势离不开语言自身的发展，同时也反映了时代文化的变迁。

基于以上的思考，本书分为六个论述重点：一是主要从文学语言发展角度，对文言、白话进行界定，并对清末民初之前文言、白话发展趋势进行梳理；二是主要对清末民初小说语体进行分类，在前人基础上，分类更加细化；三是论述清末民初小说语体选择与清末民初繁杂的小说文体观念之间的关系，以及语体变化带来的小说雅俗观念的变化；四是清末民初小说语体多语体并存与当时士人复杂心态关系之分析；五是此时在文学领域呈现出文白此消彼长的趋势，新词汇的引进、复音词的增加以及各种文学样式中白话语体的增多，均体现出文言渐趋衰微，而白话蒸蒸日上之势；六是分析清末民初文学整体呈现出文白消长趋势背后的语言背景以及社会文化语境之间的关系。结语部分对各章节简要综述，并从文学的语言、自然的语言以及政治的语言关系出发，验证文白此消彼长的必然趋势。

第一章

文言与白话

语言包括书面语言和口头语言两种，本文所指仅为书面语。中国书面语言在历史发展中形成两种书面语表达系统，一为文言，一为白话。白话语体浅白，文言语体相对古奥，但二者均属同根同源的表意文字系统。

台湾学者张汉良在《白话文与白话文学》一文中论述了文言与白话的关系："语体文和文言文并非对立的语言系统，两者本无先验的、独立的语言质素，足以作为彼此区分的标准。就语音、语构和语意三层次而言，两者没有本质上的差异。如果有区别，也仅在语用层次。亦即语言使用者对以上三种层次的惯例的认知、认定和认同问题。因此，所谓'语体'的白话文，和文言文一样，已经不再是口语，而是被书写过的文字。"[①] 张汉良所谓的语体文实际上指的是白话书面语，他认为文言、白话本质上没有差异，其差别仅存在于语用和惯例认知上。

清末民初思想家首先提出"言文合一"的观点，纠正文言存在的弊端，消除文言引起的阅读障碍。当口头语凭借文字表述写入书面，则成为接近"语体"的白话文。纵观中国整个文学的发展，文

---

① 张汉良：《白话文与白话文学》，载张汉良《比较文学理论与实践》，台湾：东大图书公司1986年版，第121页。

学语言经历了文言语体和白话语体相互融合、此消彼长的过程。

第一节　文言与白话的界定

　　文言和白话的名称并不确切，"文"有雕饰之意，文言古奥雕饰，而白话相对通俗易懂。语言是不断变动的，必然造成书面语和口语不尽相符。一时代的口语到另一时代就成为古语，因此文言和白话是一个相对的概念，并不具有绝对性。

　　语言学家吕叔湘曾提出了"语体文"与"超语体文"的概念："每个时代的笔语都可以有多种，有和口语大体符合的，有和口语距离很近的，也有和口语相去甚远的……凡是读了出来其中所含的非口语成分不妨害当代的人听懂它的意思的，可以称为'语体文'，越出这个界限的为'超语体文'。语体文有接近超语体的，超语体文也有接近语体的，完全系于所含非口语成分的多寡；只是量的差别，但是量的变异确可以产生质的变异，由听得懂变成听不懂。"[①] 吕叔湘并不能给出文言和白话确切的定义，只能相对意义上的听得懂与听不懂或者从听觉上与视觉上进行区分。吕叔湘对文言、白话的不同进行了描述，所谓文言是"超语体文"，和口语相去很远，且现代人听不懂，只能通过视觉了解，是仅能用眼睛看的书面语；白话文是"语体文"，所含口语成分多，足以让人听得懂，现代人凭借听觉便可了解，是用耳朵可以听的书面语。

　　张中行在其《文言和白话》一书中，放弃了以脱离当时口语为标准、以不同于现代语为标准、以时间为标准以及以常识认定为标准等主观方法，尝试从逻辑上对文言、白话提出本质属性的定义。

[①] 吕叔湘：《文言和白话》，载《吕叔湘文集》第4卷，商务印书馆1992年版，第76页。

张中行选取秦汉文作为文言标本，秦汉流传至今的文献很多，在时间、地域、内容、作者个人素养等方面千差万别，自然其书面表述也不可能完全整齐划一，因此他以秦汉文献为标本来概括文言的性质时，也不得不取其大同。张中行认为文言的特点是具有相当严格的词汇句法系统，分析文言的形成、特点以及功过，尤其是详尽地论述文言在词汇、句法、修辞上的特点。在词汇上，他认为文言文中生僻词数量大、词大多保存古义、单音节词多、词用法灵活、语气助词运用比较固定等；在句法上，句子简短、各种句式有稳定的格式、多用偏正形式的主谓关系、宾语前置、状语和补语位置颠倒、省略较多、容许变格等；在修辞上，重押韵、对偶、用典；这也相应地使得文言语体的篇幅较短、文体种类繁多且押韵的文体也比较多。①

文言以秦汉文献为标本形成了一套选词造句的习惯，且具有一定的约束力。自魏晋到清末，有人明确学秦汉文，有人则暗中学秦汉文。虽然时代不断变化，书面表述也出现相应微小的变化，但就词汇句法系统来说，只能是系统内部的变化，仍然是以秦汉文为标本的文言，系统不随时间、地域以及口语变化而变化。即使在秦汉之后出现的新形式、新文体，如骈文、格律诗和词曲，也主要是在声韵方面精雕细琢，词汇和句法仍逃不出旧系统之内，仍属文言语体范畴。

文言词汇和句法系统定形后，具有相对稳定性和惰性，渐渐与不断变化的口语脱离，并在书面表达上占绝对优势。随着文化交流频繁，唐宋时又出现了以当时口语书写的文字，便是相对于"文言"而言的"白话"。文言、白话在词汇句法、接受阶层、发展速度等方面存在差异，当书面语发展到文言和白话并存的情况下，二者难免互有影响。文言中可能有当时口语的痕迹，而白话书面语中也难免

---

① 张中行：《文言和白话》，黑龙江人民出版社1995年版，第13—14页。

出现文言语句。

　　文言、白话与方言之间相互影响。文言大致是超方言口语的，而白话则不是如此的，虽然大多用所谓的官话，却常常不能避免方言口语的介入。文言完全可以脱离口语而独立存在，自然就可以不受口语的制约；而白话则不然，它依照口语写成书面语，作者口中的话语势必影响其手中的笔。文言尚没有定型的时候，方言还有可能在书面语中占一席之地，我们可以从《楚辞》《尔雅》和扬雄的《方言》等文献材料中找到一些方言的痕迹。文言一旦定型之后，方言渗入的可能性就几乎不存在了，自此规范化的文言成为各方言区的通用书面语，因而属于不同方言区的文人墨客可以通过笔墨进行交往。白话按口语来写，严格地说，主要是用流通较广的官话写作，也不能没有一点方言的成分。但一般来说量不大，或不是非常明显。也有比较明显的方言写作，如《金瓶梅词话》里使用山东话；《海上花列传》对话部分采用苏州话；《何典》则夹杂使用了苏州、上海等地的方言。

　　总体来看，白话是在口语基础上的加工和净化。因其书面语的性质，白话与口语并非完全一致，但因二者属于同一词汇语法系统，能够基本一致，达到只听不看就能懂。文言却达不到此效果。

　　本书在语言学家界定的基础上对文言、白话进行界定。文言是宗先秦两汉之文，按照其词汇语法规范和行文格调进行模仿书写，脱离当时口语，不受时空的限制，此书面语称为文言；白话是指自唐宋以来，运用较接近口语的词汇语法进行创作，其与口语基本一致的书面语称之为白话。

第二节　文言与白话的发展、分化

　　从语言和文字的关系来看，书面语是口语的记载，书面语不完全等于口语，是经过加工的口语。书面语的发展必然要受到口语的影响，在一定的条件下形成一个独立的系统后，便具有了相对的稳定性，根据自身需求有选择地吸收部分新的口语。

一　文言的形成与分歧

远古时代文字应该比较简朴，文字产生之初主要发挥其口语记载的功能，此时书面语与口语之间的距离相去不远，仍属当时人听得懂的范围。钱玄同在为胡适的《尝试集》作序时就讲道："周秦以前的文章，大都是用白话；像那'盘庚''大诰'，后世读了，虽然觉得佶屈聱牙，异常古奥；然而这种文学，实在是当时的白话告示。"[①] 三皇五帝时教育民众，各类文告应是当时白话书写，或接近口头语言。又如《尚书》《论语》之类，《尚书·金縢》中有"尔之许我，我其以璧与珪归俟尔命；尔不许我，我乃屏璧与珪"，句式与白话较为接近。《论语》是孔子讲学的记录，属于对话体，接近口语，其语言、语气在现代人读来也非常形象生动。先秦时存在以王畿的口语为标准的通用语，即雅言，因中国地域广大，南北言语差异很大，因而先秦的主要文献著作大都采用当时通用的雅言，如《左传》《论语》《孟子》《老子》《庄子》《韩非子》等，逐渐形成了最初相对独立而自成体系的书面语系统。

自秦汉始，君主专制的中国封建制度延续两千多年，统治者从政治体制、教育体制、科举制度诸方面巩固其统治，这也使得文言一直延续其生命，文言的寿命与政治体制密切相关。秦时规定"书同文"，通过政令规范言语文字，统一书面语。至汉代，汉武帝实行罢黜百家、独尊儒术，董仲舒提出"天不变，道亦不变"的理论，崇古思想成为历代文人的思维方式，在书面语表达上复古倾向更趋

---

① 钱玄同：《尝试集·序》，载胡适编《中国新文学大系·建设理论集》，上海文艺出版社2003年版，第106页。

严重，言文逐渐分离。秦汉文献在先秦文献基础上，增添当时之口语，最终形成了较稳定的词汇句法系统——文言。自魏晋到清末，文言始终占据汉语书面语正统的地位，虽然时代不断变化，口语不断发生变化，文言书面表述也出现小的变化，但词汇句法系统仍然是以秦汉文为标本的文言。

文言形成稳定词汇句法系统的过程意味着书面语逐渐脱离口语，言文逐渐分离。语言不断变化发展，而书面语却停滞不前，使得文言定形之后，言文分离状态愈益明显严重。就像语言学家索绪尔认为的"文字便遮住了语言的面貌"①。从语言学家的观念来看，文字与语言的关系在发展的过程中渐趋分离，文字不是模仿变化中的语言，而是一种人为固化，这就造成后人必须经过严格的教育训练才能掌握和运用书面语。由此可见，文字与口语之间存在无法避免的鸿沟，文言与口语的严重脱离，已影响到文字传情达意的基本功能，更甚者可能必须在文言、白话之间进行"翻译"。

汉代以后，享有书面话语权的文人非常重视文言书写，文言书写与口语距离增大，进而发展成为以华丽富赡为美学追求的赋体。王充在《论衡·自纪》中便观察到口语与文言书面语的分离："口则务在明言，笔则务在露文。高士之文雅，言无不可晓，指无不可睹。观读之者，晓然若盲之开目，聆然若聋之通耳。"② 他认为口语说得清楚明白，而书面语则是文言书写且讲求文采华美，二者判然两分。当时文人雅士笔下的书面语已与口语相差甚远，称之故弄高深、艰涩难懂并不为过。王充面对缛丽铺张的赋体，提出口语与书面语合一的主张，认为以明白晓畅的语言书写文章（即我们所谓接近口语的白话），才能发挥文章的教育功能。《论衡》是目前可以见

---

① [瑞士]索绪尔：《普通语言学教程》，高名凯译，商务印书馆1980年版，第53—54页。
② （汉）王充：《论衡》，中华书局1979年点校本，第1686页。

到的最早关于言文一致问题的论述文献,他论述了文字语言的关系。"文由语也",文字即为了记载语言,因口语难以保存,需著于文字,口语一旦以文字形式进入书面,便转变成了书面语。他指出汉赋与口语距离甚远,指出其"深覆典雅,指意难睹"的特点及弊端。他认为文言和白话均应指意清楚,以便于读者阅读,与口头语基本保持一致。他还从历时性发展角度论述经传、圣贤之文难以明晓,并非其材质深鸿,而是古今语言不通造成的"语异"使然。因此,王充提出,书面语必须"欲其易晓而难为,不贵难知而易造",而口头语也要"口论务解纷而可听,不务深迂而难睹"①,明确主张言文一致。

魏晋以后,书面语和口语距离日益增大。举一例说明,如《隋书·荣毗传》中,荣毗兄建绪不愿与隋高祖联手谋求北周政权,及高祖夺取帝位,建绪觐见,高祖问他:"卿亦悔不?"建绪回答说:"臣位非徐广,情类杨彪。"高祖笑着说:"朕虽不解书语,亦知卿此言不逊也。"②建绪掉书袋般地引经据典,故连高祖都不清楚说什么,可见魏晋后言文分离严重。六朝时的骈文行文更是讲究骈偶、辞藻、用典和对仗,远远偏离实际口语,这与当时文坛过分追求形式主义和唯美主义思潮有关。在此思潮影响下,魏晋六朝作文内容上宗经、征圣、崇古,为文务求典雅,遣词意在工丽,书面语与清新活泼的口语几近完全脱节,文白分歧拉大。

晋朝葛洪在不否定华丽文言书面语的基本观点下,主张不要完全崇古,书面语言适当加入一些口语:"且古书之多隐,未必昔人故欲难晓,或世异语变,或方言不同,经荒历乱,埋藏积久,简编朽绝,亡失者多,或杂续残缺,或脱去章句,是以难知,似若至深耳。……书犹言也,若入谈语,故为知音,胡越之接,终不相解,

---

① (汉)王充:《论衡》,中华书局1979年点校本,第1688页。
② (唐)魏征:《隋书》第66卷列传引,中华书局1973年版,第1559页。

以此教戒，人岂知之哉！若言以易晓为辨，则书何故以难知为好哉？"①他认为语言随时代发展而变化，且各地方言不同，文献本身的亡佚，使得古书难以理解。但总体来看，古书质朴而今书华艳，葛洪一反崇古观念，认为今胜于古。葛洪认为经过雕饰的义言书面语可以解决因时空变化造成的阅读隔阂，但他也意识到"书犹言也"，因各地方言差异，不容易相互理解，倒不如雕饰的书面语稳定易懂。而书面语如果难以理解，也不能称之好，应该也要达到易晓的目的。依葛洪的观点，书面语与口语属不同系统，方言口语需经过加工润色以后方可进入书面系统。虽然书面语与口语不同，但也应调和二者之间的距离。

唐宋古文运动反对华而不实的骈文，以唐宋八大家为代表的古文运动模仿先秦两汉之时的书面语，虽然有纠正骈文弊端之功，但与当时口语仍有很大距离。身处唐代的刘知几在《史通·言语》中指出其所处时代言文分离的情况，批评了在书面表达上贵古贱今的观点："寻夫战国以前，其言皆可讽咏，非但笔削所致，良由体质素美。……盖楚、汉世隔，事已成古，魏、晋年近，言犹类今。已古者即谓其文，犹今者乃惊其质。夫天地长久，风俗无恒，后之视今，亦犹今之视昔。而作者皆怯书今语，勇效昔言，不其惑乎！"②刘知几将秦汉以前之文和魏晋以后之文进行对照。他认为春秋战国时期，书面语与口语距离接近。而到了魏晋，骈俪文风盛行，模拟古代书面语的崇古之风盛行，形成以古语代替今词的书写习惯和时代风尚，其行文却华丽无物。魏晋之时，创作者多"勇效昔言"，将古代的、过去的书面语称为"文"，认为其是经典之作，而耻于以"今语"入文。一直到唐代初期，书面语仍延续魏晋以来的行文风格。可见，刘知几深切感受言文分离的现状，初步探讨了口语应进入书面语的

---

① （晋）葛洪：《抱朴子》，上海古籍出版社1990年点校本，第254—256页。
② （唐）刘知几：《史通》，辽宁教育出版社1997年点校本，第44—46页。

问题。

明代公安派的文论家袁宗道在其《论文》中也提及书面语的稳定性与口语变异性的区别，倾向于调和二者的差异：

> 口舌，代心者也。文章，又代口舌者也。展转隔碍，虽写得畅显，已恐不如口舌矣，况能如心之所存乎？故孔子论文曰："辞达而已。"达不达，文不文之辨也。唐虞三代之文，无不达者。今人读古书，不即通晓，辄谓古人奇奥，今人下笔，不宜平易。夫时有古今，语言亦有古今，今人所诧谓奇字奥句，安知非古之街谈巷语耶？……余曰：古文贵达。学达即所谓学古也。学其意，不必泥其字句也。……大抵古人之文，专期于达，而今人之文，专期于不达。以不达学达，是可谓学古者乎？①

袁宗道明确指出口语是为了表达内心所感，而书面语是传达口语的。即使书面语能够做到畅达，也难以表达口语所表达之心意，更何况口语与书面语尚且存在差异。即便是昔日之口语，写成书面语，在时空变换之后，仍可能形成阅读的障碍。前代的文献就成为此后历代读者眼中艰涩深奥的文言文。文言书面语发展至袁宗道所处的明代尚且如此，此时文人均认定古文古雅，袁宗道更加认定"今人下笔不宜平易"。袁宗道却认为，口语古今存在差异，《尚书》《左传》《史记》等书面语虽相对来说时代距离不远，尚且都在相应地变化，印证了口语变化的痕迹。而到今日，距离古文献之年代已不知几千年远矣，连时代相隔较短的《史记》都与《左传》书面表达尚不完全相同，"而今日乃欲兼同左马，不亦谬乎？"② 他指出文

---

① （明）袁宗道：《白苏斋类集》，上海古籍出版社 1989 年点校本，第 283—284 页。
② （明）袁宏道：《将进之》，载《袁中郎全集》第 22 卷，台北：世界书局 1976 年点校本，第 283 页。

言书面表达至明代，仍宗秦汉，文言之稳定性可见一斑，同时也指出言文分离的严重性。袁宏道在《将进之》一文中也表达了与其兄相近的观念，认为"事人物态，有时而更；乡语方言，有时而异。事今日之事，则亦文今日之文而已"①，主张书面语随口语而要相应变化。

文言发展至明清，仍然以先秦两汉的书面语为模式，不受时空的变化而变化。其生命的延续史，也是文言与口语逐渐脱离的过程。自汉始，处于上层的部分中国传统文人对此心知肚明，虽提出文言文书写的弊端，主张言文趋同，但终因各种政治体制、社会文化、思维惯性等复杂因素的影响，难以彻底改变文言作为书面语严重脱离口语的事实。秦汉以后历代在模仿先秦两汉的文献中，也出现一些新词新义，但接受先秦两汉已趋于定型化的词汇句法结构仍是主要倾向。换句话说，它仅仅是文言表达系统内部的调整，利用先秦两汉旧有的质素重新组合来表达新词新义，总体上与语言的发展相悖离，这是文言书面语表达系统自先秦到明清一直以来的通病。

二 白话的发展脉络

与文言书面语的发展相对应的便是白话书面语的发展，唐宋是白话的重要发展期，当时大多数佛经译文、变文俗讲以及后来的话本、小说、杂剧和南戏剧本等均属白话语体文本。文言由盛而衰，白话由微而显，二者时间起止不同，分期自然不一致。宋元出现了大量古白话作品，标志着接近口语的古白话已成为比较成熟的书面语系统。但文言文始终处于汉语书面语系统的优势地位，古白话只能作为暗流存在，且古白话文献中文白夹杂的现象也很多。

语言本质上是一种社会交际工具，分为口语和书面语两种形式。

---

① （明）袁宏道：《将进之》，载《袁中郎全集》第22卷，台北：世界书局1976年点校本，第37页。

在文字产生前，语言只能通过口语传情达意；文字产生后，用文字记载口语，从而形成了书面语。如此推理，周秦时代的书面语与口语相去不远。清代阮元在《文言说》中有这样的表述："古人无笔砚纸墨之便，往往铸金刻石，始传之远；其著之简策传事者，亦有漆书刀削之劳，非如今人下笔千言，言事甚易也。……古人以简策传事者少，以口舌传事者多，以目治事者少，以口耳治事者多。故同为一言，转相告语，必有愆误，是必寡其词，协其音，以文其言，使人易于记诵，无能增改，且无方言俗语杂于其间，使能达意，使能行远。"①阮元从古人书写材料不便以及书面表达的稳定性两种角度考虑，书面语是口语基础上经过加工润色而形成的。如《诗经》语言清新，其语言也是经过加工的书面语。当时列国朝聘、外交辞令，都以《诗经》语言为共同语来表达情志。虽然其书面表达与当时的口语不完全一致，但相当接近当时的口语，是一种可以听懂的书面语。统一后的书面语更便于记诵，不仅可以表情达意，还可以穿越时空流传更久远。周秦书面语与口语是基本一致的，基本上都是当时口语的反映。

唐宋时，与文言对立存在的白话书面语自成系统并非凭空而生，此前各时代的口语增加了文言书面语的白话成分，其中间杂的白话词汇由量的积累才促成质的变化，最终形成与文言文并行不悖的白话书面语系统。徐时仪在《汉语白话发展史》中也认为文言、白话具有同源殊途的关系，白话的形成与文言关系密切："白话文的形成并不是一蹴而就的，而是在口语的基础上逐步影响文言文，增加文言文中的白话口语成分，进而形成与文言文相抗衡而并峙的反应实际口语发展的古汉语另一书面语系统。"②

白话发展主要经历了三个时期：秦汉至唐是白话萌芽期，白话

---

① （清）阮元：《研经室集》，中华书局1993年点校本，第605页。
② 徐时仪：《汉语白话发展史》，北京大学出版社2007年版，第10页。

渗入文言之中，处于依附地位；唐宋元是白话形成期，白话自成独立的书面语系统；明清是白话的成熟期，白话与文言并行不悖。

（一）白话萌芽期

先秦时的一些文献表明，其书面表达接近当时的口语。商代以前人们口耳相传的一些诗歌神话，在文字产生之后，转为书面语记载，可以感受到具有明显的口语色彩。如《吴越春秋》卷五《勾践阴谋外传》所载《弹歌》："断竹，续竹，飞土，逐宍。"甲骨文卜辞里也有相当口语化的书面表达："雨？不雨？雨不雨？"白话书面语中的一些常用词、复合词以及常用句式在先秦已经开始出现。既然文言的源头也来自于先秦文献，也就是说文言是在先秦口语的基础上形成的，也是先秦和秦汉之后白话书面语的源头，先秦已出现的词语也有成为现代白话的组成部分，汉语词汇具有古今传承的关系。在先秦时期没有文言、白话的区分概念，那时言文基本一致，在秦汉之后文言固定化、规范化，才与口语渐趋分离。

秦汉时，在民歌、史书、佛经译著以及注释语料等文献资料中，出现了较多的白话词汇。民歌本出自百姓之口，来自于民间，虽然也可能经过文人加工整理，但口语色彩仍然非常浓厚，如《诗经》中的《国风》和《楚辞》里的《九歌》等。汉代的民歌也有一些非常口语化的例证，如在《史记·淮南横山列传》中引用民歌："一尺布，尚可缝，一斗粟，尚可舂，兄弟二人不能相容。"又如《江南可采莲》："江南可采莲，莲叶何田田！鱼戏莲叶间。鱼戏莲叶东，鱼戏莲叶西，鱼戏莲叶南，鱼戏莲叶北。"即便现在的人读或听，也非常清楚明白，可见当时民歌还是明白如话的。

西汉末年，佛教传入中土，在异域文化碰撞、沟通和融合的同时，佛经的翻译冲破了当时文言一统的局面，形成了一种新的语体——"译经体"，此语体也很大程度上促进了白话书面语系统的独立进程。梁启超集中论述了汉译佛经的语体特点：

> 吾辈读佛典，无论何人，初展卷必生一异感，觉其文体与他书迥然殊异。……（一）普通文章中所用，"之乎者也矣焉哉"等字，佛典殆一概不用（除支谦流之译本）。（二）既不用骈文家之绮词俪句，亦不采古文家之绳墨调。……凡此皆文章构造形式上，画然辟一新国土。①

他认为这些佛典用语迥异之处实际上构成了一种新语体，后来的研究者将之称为"译经体"，也有的语言学家称之为"佛教混合汉语"。这种语体的基本特征是采用了文言的基本表达形式，却又允许大量口语进入书面语。它既不同于古代的主流语体文言文，也并非地道的口语，而是文白夹杂、梵汉混合，形成了一种既非纯粹口语又非一般文言的特殊语言变体。朱庆之对其主要特征做过如此描述："一是汉语与大量原典语言成分的混合，二是文言文与大量口语俗语与不规范成分的混合。"②

胡适在《白话文学史》第十章《佛教的翻译文学（下）》也谈到佛经翻译的语体问题："惟祈难、竺法护、鸠摩罗什诸位大师用朴实平易的白话文体来翻译佛经，但求易晓，不加藻饰，遂造成一种文学新体。……佛寺禅门遂成为白话文与白话诗的重要发源地。"③胡适虽在论述佛教对中国白话的贡献，实际上也讲出异域文化交流频繁的年代对书面语言变革的影响。因传教的需要以及译经者身份、文化修养的影响，使得当时的佛经译文充满了口语，与传统的文言语体表达不尽相同，采用了一种半文半白的书面语形式，部分译文白话比例多一些，部分译文白话和文言混杂。

魏晋南北朝经历了历史大变动，当时战乱频繁，南北分裂对峙，

---

① 梁启超：《中国佛教研究史》，上海三联书店1988年版，第128—129页。
② 朱庆之：《佛典与中古汉语词汇研究》，文津出版社1992年版，第15页。
③ 胡适：《白话文学史》，台北：远流出版事业公司1996年版，第185页。

第一章 文言与白话

民众迁徙，各民族文化交流频繁，同时也丰富了汉语书面语。书面语表达除了承袭秦汉以来正统的文言，还掺杂了一些口语新词。大体来看，此时期文献中文言与白话处于复杂的共融状态。从文献资料考察，此时的书面语基本上维持文言书面表达的基调，大量的习俗用语、新词新义杂糅其间。南北朝的民歌生动地反映了当时的白话口语，如北朝的《敕勒歌》："敕勒川，阴山下。天似穹庐，笼盖四野。天苍苍，野茫茫，风吹草低见牛羊。"又如南朝有《读曲歌》数百首，其中一首："打杀长鸣鸡，弹去乌臼鸟。愿得连冥不复曙，一年都一晓。"此类民歌语言均朴实无华，近于白话。

魏晋南北朝文人的文集中也出现了不少的新词新义，复音词在先秦两汉基础上进一步增加。这时期的笔记小说，在当时流传故事或传说基础上转化成书面语，也在文言总体格调的基础上增加了一些白话成分。如《列异传·宋定伯卖鬼》中："南阳宋定伯，年少时，夜行逢鬼。问之，鬼言：'我是鬼。'鬼曰：'汝复谁？'言：'我亦鬼。'"① 又如南朝宋刘义庆的《世说新语》，叙事以文言为主，而对话中白话成分较高。

魏晋南北朝时的汉译佛经进一步发展，此时译者大多是外来僧人，翻译时大都是外来僧人诵讲原经文，由翻译者口译成汉语，然后由笔受者记录下来。汉译佛经中文白掺杂，之所以出现大量白话，既有佛教重方言俗语传统语言观的影响，也受制于早期主译僧人的汉语水平；汉译佛经中的文言因素，则来源于担任笔受及润文的中土文人。

此时词汇出现了大量的音译词，采用了一种文言和白话错杂的书面语形式。如三国唐僧会译的《六度集经》中叙述了很多佛教故事，语言浅近明白，较为通俗。佛教徒布道传教以大众为对象，以宣传教义为目的，故事性强，要求通晓明白，形象生动，这促使他

---

① 罗宇阳主编：《历代笔记小说选》，江西人民出版社1984年版，第3页。

们以口语讲说，书面表达也倾向于运用白话。为了提升宣传效果，除了运用白话，还采用百姓喜闻乐见的形式，如把经文演变成白话演唱的通俗唱本。随着新形式的不断出现，遂有了唐五代时的佛经变文，这对中国古代白话小说及弹词、宝卷等说唱文学的叙事体制造成了深远的影响。

（二）白话的形成期

隋唐时期文白分野渐趋明显，成为汉语书面语文白古今演变的一个重要时期。诗、曲子词、禅宗语录、变文等史料中记载了较多的口语词，一些基本上采用白话语体写作的文本渐渐为人们所接受。这些文献中出现大量新词新义，更多的口语词汇进入书面语，形成与文言语体相对的古白话书面表达系统，文言与白话开始明显地分流。

隋唐时的诗歌中有大量口语进入书面语，具有明显的白话色彩，诗歌语言明白如话。如《炀帝幸江南时闻民歌》："我儿征辽东，饿死青山下。今我挽龙舟，又困隋堤道。方今天下饥，路粮无些小。前去三十程，此身安可保。"初唐四杰的诗作中有大量口语词汇，如王勃的《九日》："九日重阳节，开门有菊花。不知来送酒，若个是陶家。"李白、杜甫的部分诗句读来也是通俗达意，至元稹、白居易，倡导新乐府运动，其诗作较多反映民间疾苦，有意识地以方言俗语入诗，使用接近口语的白话。梵志、寒山等诗僧的白话诗也风行一时，如王梵志的《只见母怜儿》："只见母怜儿，不见儿怜母。长大取得妻，却嫌父母丑。耶娘不采括，专心听妇语。生时不恭养，死后祭泥土。如此倒见贼，打煞无人护。"可见王梵志的诗不仅蕴含日常伦理劝诫，而且明白如话，运用口语，使诗歌语言通俗化。

唐代曲子词源自民间，当时多出自乐工伶人之手，曲子词目的功能便是作为歌唱脚本存在，毕竟诉诸听觉来表情达意，其语言自然需要贴近口语，语言风格相对而言比较通俗自然。如《菩萨蛮》："枕前发尽千般愿，要休且待青山烂。水面上秤锤浮，直待黄河彻底枯。白日参辰现，北斗回南面。休即未能休，且待三更见日头。"语言浅近通俗，明白如话，接近口语。

《坛经》《祖堂集》等禅宗语录以及其后的敦煌变文，也验证了白话书面语在唐代发展到新的阶段。语录体主要记载言语和行事，含有大量口语成分。六祖慧能的《坛经》是禅宗发展史上较早的语录体著作，自此语录体成为禅宗主要的传教言说方式，其中出现了许多记载禅宗公案的语录和传灯录。禅僧们提倡用白话，往往临场即兴发挥的比较多，使得禅宗语录的书面语成为白话语体。佛教徒为了宣传佛经，运用白话色彩比较浓的散文韵文结合，并且配以有讲有唱的民间说唱形式，即变文，又称俗讲。变文有的讲述佛教故事，如《目连变文》《维摩诘经讲经文》，后来亦有讲唱历史故事或民间故事的变文，如《伍子胥变文》《秋胡变文》等。变文所用语言既有前代的文言词汇，即便是文言文也是浅近文言，又有佛教用语，还夹杂一些方言口语，其语体大体呈现半文半白的混杂语体。吕叔湘如此评价："口语成分较多的通俗文言，也就可以算作语体，最显著的是由和尚们开始而宋明理学家继踪的'语录体'，和由唐五代的'变文'开始……的种种语体韵文。"[①] 佛教在中国化过程中，在一定程度上影响了汉语书面语的发展，在文言向白话演变过程中起到相当重要的作用。

至宋代，随着农业、手工业尤其是商业的发展，整个社会阶层结构发生变动，市民阶层占据重要一角，整个上层建筑包括职官、教育、科举等制度以及文学、艺术等诸领域也随之出现了相应的变革。物质和精神生活的丰富促使民众交往频繁，书面语言中也增加了大量俗语、方言、行话，双音节词进一步扩展。古白话经过此前历代量的积累，至宋代开始有了质的飞跃。许多文体中均出现白话进入书面语的现象，包括诗词、理学家的语录以及以文言为主要载

---

① 吕叔湘：《中国文法要略》，商务印书馆1982年版，第4页。

体的儒学及史学著作，尤其是话本小说的出现，更是标志着白话作为独立书面语表达系统的确立。由此而始，古白话逐渐脱离作为文言附属的地位，渐渐登上书面语的"大雅之堂"，为此后白话小说的繁盛奠定了语言基础。

宋诗中有大量口语词、方言词，宋诗主张以文为诗，相对唐诗较严格的形式限制，宋诗显得更接近口语，于是宋代涌现出不少具有白话色彩的诗作。胡适评价道："由唐诗变到宋诗，无甚玄妙，只是作诗更近于作文！更近于说话。……宋朝的大诗人的绝大贡献，只在打破了六朝以来的声律的束缚，努力造成一种近于说话的诗体。"[①] 胡适所说"更近于说话"，就是指宋诗中更多地使用口语词汇及口语的表达方式。如苏轼的《惠崇春江晚景》其二："竹外桃花三两枝，春江水暖鸭先知。蒌蒿满地芦芽短，正是河豚欲上时。"又如杨万里的《竹枝歌》："吴侬一队好儿郎，只要船行不要忙。着力大家齐一拽，前头管取到丹阳。"这些诗均以日常口语入诗。

词是宋代的代表性文体形式，起源于民间，可算是用于配乐的歌曲，吸收了较多的口语词汇，而且其句子长短参差，所以比诗更接近于说话。敦煌文献中的民间曲子词以及《花间集》中的文人词，均不乏明白如话的词作。柳永词大量吸收俗谚俚语，追求口语化，如《昼夜乐》中"早知恁地难拼，悔不当时留住"。又如《木兰花令》"不如闻早还却愿，免使牵人虚魂乱。风流肠肚不坚牢，只恐被伊牵引断"。词中的"早知""恁地""当时""留住""闻早""肠肚"等都是口语化的表述。李清照的代表作品《声声慢》"冷冷清清"一词，也是以寻常口语来表达个人的孤寂，古今评论家给予极高评价。除诗词外，诸宫调和南戏戏文也是以白话为主的书面语，也出现大量流畅的口语，如流传至今的《董解元西厢记》和《刘知远诸宫调》。

---

① 胡适：《逼上梁山》，载杨犁编《胡适文萃》，作家出版社1991年版，第596页。

第一章 文言与白话

宋代的语录，除了禅宗语录，还有理学家的语录，如二程语录、《朱子语类》等。当时宋儒语录中大量使用白话，对正统文言语体冲击很大。孟昭连先生认为："文言何以为正统？就在于它与儒家思想紧密联系，它既是儒家原典本有的语体，继而成为儒家思想的有机组成部分。宋儒语录与史著中出现白话，无疑大大动摇了文言的正统地位。"① 宋儒语录中，给人印象深刻的便是出现大量民间俗语，以至于清人杨复吉在《梦阑琐笔》中对宋儒语录使用俚鄙之语阐释理学极为不满，但世人皆知深奥的道理亦能用浅显通俗的语言表达。宋儒讲学时大量使用当时人常用的通俗习语，而语录作为实际讲学的记录，虽不完全与口语讲学一致，但毕竟保留了很多白话成分。如《河南程氏遗书》卷二："至如人为人问'你身上有几条骨头，血脉如何行动，腹中有多少藏府'，皆冥然莫晓。今人于家里有多少家活屋舍，被人问着，己不能知，却知为不智，于此不知，曾不介意，只道是皮包裹，不到少欠，大小大不察。近取诸身，一身之上，百理具备，甚物是没底？"② 其中的"家活""不到""大小大"都是当时的口语。

《朱子语类》是朱熹门人记录的朱熹讲学语录汇编，讲学时论述的问题虽可能深奥难懂，但为使听者容易理解，自然大量使用当时口语。其门人弟子记笔记有所加工，但不可能完全改成当时正统的文言书面语，大部分应是直录朱熹的原话，这样便保存了大量当时的口语。如卷十："莫说道见得了便休。而今看一千遍，见得又别；看一万遍，看得又别。须是无这册子时，许多节目次第都恁地历历落落，在自家肚里，放好。"③ 总之宋代理学家语录，既有文言书面语成分，但又大量使用口语成分，是一种混杂的半白话化的语体形

---

① 孟昭连：《宋代文白消长与小说语体之变》，《中国社会科学》2011年第3期。
② （宋）程颢、程颐：《二程集》第1册，中华书局1981年点校本，第54页。
③ （宋）朱熹：《朱子语类》，载《朱子全书》第14册，上海古籍出版社2002年点校本，第325页。

式，与正统的文言语体有了较大的差别。

　　在史书中为了贴近真实，也有不少白话语体的语录，以白话记史，打破了历代史书须以正统文言记录的惯例。如徐梦莘《三朝北盟会编》记宋金和战始末，保存了当时口语实录，一些关键性的谈话往往用白话记载，如《燕云奉使录》中："阿骨打云：'自家既已通好，契丹甚闲事，怎生和得？便来乞和，须说与已共南朝约定，与了燕京。除将燕京与南朝，可以和也。'""且言：'此是契丹男媳妇，且教与自家劝酒，要见自家两国欢好。'"①

　　汉语书面语发展至宋代，已经形成文白对立的形势。虽然文言在书面语领域仍占据不可动摇的正统位置，但白话的比例也在各种文体中增加，并表现出其独特的魅力，显示出其由微到显的趋势。同时，市民阶层的崛起也促使满足其所需的精神产品出现，且基于此阶层所能接受的形式和文本，当然不能是贵族所享有的文言语体，而只能是通俗化、白话化的艺术形式或书面语形式。在这种文白消长的语言背景以及市民精神需求下，宋代话本小说开始兴起与发展。

　　鲁迅先生认为，远古时人们劳动休息闲谈时也是讲故事，应属小说。② 口头的故事却从远古以来一直在口头流传，很少被原原本本地记录为文字。从先秦至唐，中国古代小说故事一直以"言文分离"的文言书面语存在，无论是依附于神话、寓言、史籍之中，还是以笔记体或传奇体出现。它们的执笔人是掌握文言书面话语权的贵族阶层，所记录的小说故事是经过文言化处理的，仅在人物对白中掺

---

　　① （宋）徐梦莘：《三朝北盟会编》卷四，上海古籍出版社1987年影印本，第25页下栏、第27页上栏。
　　② 鲁迅：《中国小说的历史的变迁》，载《鲁迅全集》第9卷，人民文学出版社1981年版，第302—303页。原文为："人在劳动时，既用歌吟以自娱，借它忘却劳苦了，则到休息时，亦必要寻一种事情以消遣闲暇。这种事情，就是彼此谈论故事，而这谈论故事，正就是小说的起源——所以诗歌是韵文，从劳动时发生的；小说是散文，从休息时发生的。"

杂部分当时口语,与民众日常实际所使用的口头言语有较大距离。

宋代始,勾栏瓦肆中流行起"说话"艺术。据《东京梦华录》《都城纪胜》的记载,为适应市场需求,宋代"说话"分为讲史、小说、讲经等,形成了后来白话小说的一些基本形态。说话人长期在一个固定场所表演,为吸引听众,故事情节越来越细致,注重细节的渲染,故事内容更加丰富,而且形成说话艺术的一些固定艺术手段。所谓的"说话",是用口语讲故事,很明确地表示所用语言是活生生的日常口语,而非文绉绉的文言。当然,为了面对文化层次不同的看客和听众,也加一些文言的诗词,以适当拔高说话的"文化层面"。为了引起人们的兴趣,说书人在讲故事过程中故弄玄虚卖关子,人为调控叙事的节奏和流程,在叙事语言上当然采用更利于"听觉"的口头语言。

"说话"艺术的兴盛,也促使白话小说的迅速发展。鲁迅在《中国小说史略》中谈到白话小说兴起的原因,把"话本"作为宋代出现的白话短篇小说,二者概念相同,直接命名其篇名为"宋之话本",而且认为"话本"是说话人的"底本"。[①] 学界沿用鲁迅的说法,普遍认为:早期白话短篇小说又称"话本",而"话本"即说话人的"底本",所以白话小说来源于说话艺术。话本小说与说话艺术确实存在高度相似性,但孟昭连先生从"说话"艺术作为口传艺术着眼,从细节方面来质疑"底本"说,认为是一种模仿,以适应市场需求追求利润。[②] 不管是学界普遍认为的"底本"说,还是孟昭连先生的"模仿说",作为案头文学的话本小说与说话艺术关系密切,话本小说是白话书面语的写作是确定无疑的。

宋代活字印刷术出现,也促进了刻书业的发达,书籍的印刷和传播有了长足的进步,也在相当程度上推动白话书面语的发展。宋

---

① 鲁迅:《中国小说史略》,人民文学出版社2006年版,第113页。
② 孟昭连:《宋代文白消长与小说语体之变》,《中国社会科学》2011年第3期。

代各地创办私学与书院，教育体制的变化为社会下层民众提供了受教育的机会。下层读书人增加，需要大量书籍，而有文字能力著书的人随之增加。坊间刻书成为一种商业市场行为，为促进资金流通，赚取更多利润，刻书人往往选择平民所能接受的内容通俗易懂之书籍，即使是传统文言经典，也要在形式上进行通俗化处理。由此可以推测，当时一些科举艰难、仕途无望的读书人为了谋生，纷纷"下海"，模仿说书人的口头语言和现场形式，使之成为用白话书面语创作的小说故事。以至后来的文人对唐传奇以及话本故事进行重新改编，加工润色，编纂成集，使之成为案头读物；此外，文人还模拟话本的形式，进行独立创作，然后刊印出版，供人案头阅读，即明代文人创作的拟话本小说。无论是话本小说，还是拟话本小说，均以白话书面语为主，而白话书面语的成熟无疑始自宋代。

相对于文言小说，话本小说一大突出的特征便是在语体选择上不再用文言，而是采用了渐趋成熟的白话书面语。如果说话本小说是对说话艺术的模仿，那么作者往往借鉴说话艺术的口语叙事，以白话书写故事。此外，作者还在结构、语言、修辞等方面进行全方位模仿，采取"入话""正话""结尾诗"结构，语言上韵散结合，修辞上运用说话人常规使用的"话说""且说""看官听说""且听……"等套语，努力营造出说书场的氛围。

话本作者虽然是模仿说话艺术的口语叙事，之所以选择白话作为书面语，并非凭空而来，其前提是白话词汇和语法历经前代长期量的积累，至宋代白话作为书面语的渐趋成熟。白话在记事记言、表情达意上的优势非常明显，而且较好地解决了长久以来文言一统书面语而造成的"言文分离"的局面。由于作者身份各异，语言观念有相应的差异，因此早期话本的语体仍是文言与白话杂糅并存，或以文言叙述为主，大量增加白话对白，或直接叙事，对白均以白话为主。宋代话本小说至今传世的文献主要有《大宋宣和遗事》《晴山堂话本》和《大唐三藏取经诗话》，可明显看出宋代话本小说的语体特点。

第一章　文言与白话

在宋代各种文体中，话本小说最先采用整体白话化。虽部分作品文白杂糅，但有的作品基本上达到了言文一致，如《京本通俗小说·志诚张主管》《错斩崔宁》《碾玉观音》《西山一窟鬼》等。胡适曾对《错斩崔宁》给予很高的评价："这样细腻的描写，漂亮的对话，便是白话散文文学正式成立的纪元。"① 吕叔湘也认为："通篇用语体，而且是比较纯净的语体，要到南宋末年的一部分'话本'（如《碾玉观音》《西山一窟鬼》）才能算数。"② 他所说的"语体"便是接近口语的白话，"纯净的语体"便是指纯粹白话。

可见，宋代白话小说的产生，彻底改变了魏晋六朝以来以文言语体创作小说的状况，标志着白话作为独立书面语系统的地位确立，也标志着书面语新"纪元"的到来，在汉语书面语文白消长的趋势中占据重要意义。白话书面语的确立，打破了文言语体一统书面语的局面。在其以后并行不悖的过程中，文言暴露出使用上千年基本不变造成的与生俱来的"言文分离"的弱点。在贵族社会渐渐转向市民社会的过程中，掌握在上层贵族手中的文言书写工具，必然将在历史的滚滚巨流中被淘汰出局；而白话书面语则与之相反，其与口语的紧密结合，言文基本一致，实现书面语应有的本质功用，而且较文言语体来说呈现出更加形象生动、描写细腻等特点，这也注定其由弱而盛的必然趋势。

元代时蒙古族一统中原，加强了各民族语言的交流，为了沟通需要，以当时通行的口语白话为基础的书面语与蒙古语均成为元代的官方语言。元代统治者为了维护其统治，必须学习汉语。在宋代白话书面语出现后，元统治者从实用角度考虑，自然放弃了古奥的文言，而是选择口语白话。元代的诏书赦令等都先写成蒙古文，然后翻译成汉语白话，在翻译过程中汉语白话不可避免地吸收进一些

---

① 胡适：《胡适文存》三集，黄山书社 1996 年版，第 122 页。
② 吕叔湘：《语文常谈》，生活·读书·新知三联书店 1980 年版，第 82 页。

蒙古语的外来词。元代皇帝学习汉文典籍，汉人大臣用当时口语对其进行讲解，书面记载下来成为白话讲章，如元朝吴澄《经筵讲义》："唐太宗是唐家很好底皇帝，为教太子底上头，自己撰造这一件文书，说着做皇帝底体面。为头儿说做皇帝法度，这是爱惜百姓最紧要勾当。国土是皇帝底根本，皇帝主着天下，要似山岳高大，要似日月光明，遮莫那里都照见有。"① 用俗白浅近的白话讲解，使得外族皇帝能够听得明白。与其他时代不同，元代上层统治者因其身份的独特性，开始自上而下地促使汉语书面语由文言向白话转型，对汉语书面语由文言向白话的演变影响深远。

　　元代统治者采取民族歧视政策，排斥汉族文人，一些文人入仕无门，为了谋生转向民间，创作通俗戏曲满足已兴起的城市市民阶层的精神需求，同时也疏泄个人的愤懑和不平。这也促使汉语文学由文言"庙堂"转向白话"江湖"，白话戏曲和白话小说基本达到言文一致。元代的散曲来自民间，语言通俗活泼，大多是当时的口语，形成书面语即为白话语体。如关汉卿的《不伏老》："我是个蒸不烂、煮不熟、捶不匾、炒不爆，响珰珰一粒铜豌豆，恁子弟每谁教你钻入他锄不断、斫不下、解不开、顿不脱、慢腾腾千层锦套头？我玩的是梁园月，饮的是东京酒，赏的是洛阳花，攀的是章台柳。"② 元杂剧作为表演艺术的通俗戏曲，其用词更是讲究本色自然，王国维在《宋元戏曲考》中评价道："写情则沁人心脾，写象则在人耳目，述事则如出其口。"③ 戏曲多为口语的加工，词汇并非完全俗话，而是半文半白，但总体用语浅近，包含大量的白话。如关汉卿《诈妮子调风月》第二折："【朱履曲】莫不是郊外去逢着甚邪祟？又不疯又不呆痴，面没罗、呆答孩、死堆灰。这烦恼在谁身

---

① 刘坚、蒋绍愚主编：《近代汉语语法资料汇编》元明卷，商务印书馆1995年版，第47页。
② （元）关汉卿：《关汉卿全集》，河北教育出版社1990年点校本，第772—773页。
③ 《王国维文学论著三种》，商务印书馆2007年版，第161页。

上?莫不在我根底,打听得些闲是非?"除此外,元代一些笔记、碑文、皇帝诏书以及便于高丽人学习汉语的会话书,也多采用白话语体。

汉语自隋唐至元是白话书面语形成期,出现了以口语为基础的半文半白浅易化书面语,甚至出现言文基本一致的纯白话通俗文学,如敦煌变文、禅儒语录以及话本小说等。元代时,白话竟成为帝王和民众共同使用的一种书面语,更是奠定了白话与文言并行不悖的书面语书写系统的地位。

(三)白话的成熟期

到明代中晚期,资本主义萌芽出现,城市进一步发展,市镇人口增加,平民化倾向开始增强。为满足以商人为代表的市民阶层的精神需求和审美趣味,关注现实、情感、伦理等内容的通俗文学发展,小说等文学作品更多采用白话,甚至出现了白话语体小说,如"三言""二拍"《金瓶梅》等。顾炎武描述当时小说受社会各阶层欢迎的状况:"小说演义之书,士大夫农工商贾无不习闻之,以至儿童妇女不识字者亦皆闻而如见之。"[①] 经过秦汉以来白话的积累,尤其是宋元白话书面语创作的话本小说作为良好开端,至明清古白话已由文言的附庸进而独霸小说一片天地,形成白话书面语系统的成熟期。

明代的部分诗词、戏曲以及文章中有白话语体,尤其是白话长篇小说更是成熟的白话语体创作。

明代一些文人作诗时讲求明白如话,如于谦《石灰吟》:"千锤万凿出深山,烈火焚烧若等闲。粉身碎骨浑不怕,要留清白在人间。"明太祖朱元璋的诗也浅白如说话,如《示僧谦牧》:"寄与山

---

① (清)顾炎武:《日知录集释》卷十三,上海古籍出版社1985年点校本,第1320页。

中一老牛，何须苦苦恋东洲。南蛮有片荒草地，棒打绳牵不转头。"民歌本来具有口语化以及不事雕琢的质朴特点，冯梦龙所编的《挂枝儿》《山歌》和《黄莺儿》等民歌集，收集的民歌大都是当时口语表述。如《同心》："眉儿来，眼儿去，我和你一齐看上，不知几百世修下来，与你恩爱这一场。便道更有个妙人儿，你我也插他不上。人看着你是男，我是女，怎知我二人合一个心肠。若将我二人上一上天平也，你半斤，我八两。"明代的鼓词属一种说唱文学，以说唱形式讲故事，吸取当时大量生动活泼的口语，具有白话色彩。明代戏曲半文半白，典雅与通俗并存，但宾白部分仍用白话口语，高明的《琵琶记》中大部分词汇及语法多为当时通俗口语。

　　延续前代，明代也有一些语录、禅录、评点、文集、皇帝诏令、书信及汉语教科书中用通俗易懂的口语。如王阳明的《传习录》中："某尝说知是行的主意，行是知的功夫。知是行之始，行是知之成。……古人所以既说一个知，又说一个行者，只为世间有一种人懵懵懂懂的任意去做，全不解思惟省察也。"①王阳明基本上半文言半白话，但也比较通俗易懂。沈孟桦的《济颠语录》中叙述偏文言，对白皆白话。无论是李贽对《西厢记》《水浒传》《三国演义》进行评点，还是金圣叹对小说、戏曲的评点，可能因其对象的文体特征，多用浅显易懂的文字。

　　明代小说关注市井现实生活，取材也以市民阶层日常生活为主，模仿话本小说自创故事，语言亦选用通俗质朴的白话，短篇拟话本小说代表有冯梦龙的"三言"和凌濛初的"二拍"。《醒世恒言·叙》中明确指出其创作意图："六经国史而外，凡著述皆小说也。而尚理或病于艰深，修词或伤于藻绘，则不足以触里耳而振恒心。此《醒世恒言》四十种，所以继《明言》《通言》而刻也。明者，取其可以导愚也；通者，取其可以适俗也；恒则习之而不厌，传之而可

---

① （明）王阳明：《王阳明全集》，上海古籍出版社1992年整理本，第4页。

久。三刻殊名,其义一耳。"① 冯梦龙指出历代劝诫之小说,都比较艰深,所谓"修词或伤于藻绘",大概是指文言书面语表达,不易感人至深,影响范围有限。而其所作"三言":所谓"明"是达到警诫市民、引导愚昧人之意;所谓"通"是话语通俗,为普通市井之人接受;所谓"恒",是让市井之人习惯而不厌倦,可以传得久远。为能够达到此目的,除了故事有趣并贴近现实,语言也必须来源于接近口语的白话书面语。如《醒世恒言》第三卷《卖油郎独占花魁》中一段:

> 九妈道:"粪桶也有两个耳朵,你岂不晓得我家美儿的身价!倒了你卖油的灶,还不够半夜歇钱哩!不如将就拣一个适兴吧。"秦重把颈一缩,舌头一伸,道:"恁的好卖弄!不敢动问,你家花魁娘子一夜歇钱要几千两?"九妈见他说耍话,却又回嗔作喜,带笑而言道:"那要许多?只要得十两敲丝,其他东道杂费,不在其内。"秦重道:"原来如此,不为大事。"②

明代出现白话长篇小说,主要包括罗贯中《三国演义》、施耐庵《水浒传》、吴承恩《西游记》和兰陵笑笑生《金瓶梅》等,在语言上别具特色,大体都比较通俗。据冯梦龙《喻世明言·叙》中说:"若通俗演义,不知何昉?按南宋供奉局,有说话人,如今说书之流。其文必通俗,其作者莫可考。"③ 除《金瓶梅》独立创作外,其他三部皆是在民间讲史口传故事基础上的书面化加工,属时代累积性作品,因此虽大致称为白话小说,但具体语言特征有所差异。

罗贯中《三国演义》从《全相三国志平话》演变而来,语言文

---

① (明)冯梦龙:《醒世恒言》,上海古籍出版社1987年点校本,第3—4页。
② (明)冯梦龙:《醒世恒言》,上海古籍出版社1987年点校本,第153—154页。
③ (明)冯梦龙:《喻世明言》,百花文艺出版社1993年点校本,第1页。

白夹杂，既有典型的文言，也有地道的口语白话，大致是以白话为主，穿插一些浅易文言。《三国演义》行文语言并非纯粹的口语，而是经过精致加工的，白话中不乏简洁凝练的文言语调，因此具有雅俗共赏的语言特点。相对《三国演义》来说，《水浒传》的白话程度比较高。《水浒传》是在宋代铁骑儿公案、《宣和遗事》以及元代杂剧水浒故事基础上加工而成，它是宋代词汇、元代语言、明代词语用法的结合。小说中对话语言基本上是社会下层民众的口语，包括许多民间俗语，甚至一些詈语。

　　将《三国演义》与《水浒传》的行文语言一比较，前者略微显得文绉绉，后者则多是白话。这可能因《三国演义》内容来源于文言语体的史书多一些，而《水浒传》故事更多来于民间口头传说。《西游记》从《大唐取经诗话》演变而来，宋代有相关讲经故事，描述唐僧取经途中妖魔鬼怪的神话故事。《西游记》里面的词汇多取自白话，语法也接近口语表述顺序。

　　《金瓶梅》是文人独创小说，由《水浒传》中潘金莲和西门庆的故事衍化，带有山东方言里非常丰富的口语化市井语言，几乎完全剔除了文言书面语成分。如第九十三回写陈经济偷食一节：

　　　　忽一日，任道士师徒三人都往人家应福做好事去。任道士留下他看家，径智赚他："王老居士只说他老实，看老实不老实。"临出门吩咐："你在家好看着。那后边样的一群鸡，说道是凤凰，我不久功成行满，骑上他上升，朝参玉帝。那房内做的几缸，都是毒药汁，若是徒弟坏了事，我也不打他，只与他这毒药汁吃了，直教他立化。你须用心看守，我午斋回来，带点心与你吃。"说毕，师徒去了。这经济关上门笑道："岂可我这些事儿不知道？那房内几缸黄米酒，哄我是甚毒药汁；那后边养的几只鸡，说是凤凰，要骑他上升！"于是拣肥的宰了一只，退得净净，煮在锅里。把缸内酒用镟子舀出来，火上筛热

第一章 文言与白话

了,手撕鸡肉,蘸着蒜醋,吃了个不亦乐乎。①

无论是叙述语言还是人物对话,基本上都是明代中后期下层民众的口语。

清代与元代类似,满族执掌政权,满人入关之后也必须学习汉语,主要是学习白话,加上北京长期的政治中心地位,渐渐形成具有强势地位的北京官话。从文献语料上考察,白话发展到清代,在部分诗文中有所体现,尤其是《儒林外史》《红楼梦》等成熟白话长篇小说的出现,这些小说的语言已接近现代白话书面语。

与明代相似,清代的民歌语言浅白通俗,如《小白菜》:"小白菜,叶叶黄。三岁的小孩没了娘。跟着爹爹还好过,就怕爹爹娶后娘。娶个后娘三年整,添个弟弟比我强。弟弟吃面我喝汤,有心不喝饿得慌,端起碗来泪汪汪!"用语非常的直白,接近现在的口语。清代其他通俗文学样式还有子弟书、弹词、鼓词、莲花落、数来宝、快板以及宝卷等,为达到通俗易晓的目的,也多用俗语白话。当时创作文言志怪小说《聊斋志异》的蒲松龄也有白话小说创作,更可见文言、白话两种不同语体人为而成。蒲松龄的《聊斋白话韵文》中《东郭外传》用语平易朴实:"这齐妇一路无言,那如酸如迷的光景不必细说。单说他小婆子在家里,做中了饭,把眼把眼的等候消息。"②而《孟子·离娄》也是讲同一个故事,但语言完全是文言书面语表达。前者使用通俗白话,描写形象生动细致,而后者精练简洁。可见在仕途无望的蒲松龄那里,文言和白话均可以得心应手,而《聊斋志异》为何选用文言而非白话,可能与蒲松龄仍以正统士人自居有关,炫耀自己在文言正统书面语方面的实力和才学,作为

---

① (明)兰陵笑笑生:《金瓶梅词话》第九十八回,人民文学出版社2000年版,第1274—1275页。

② 蒲松龄:《东郭外传》,参见张中行《文言和白话》,黑龙江人民出版社1995年版,第229页。

其科场失意之精神补偿。

因与外国交往日渐频繁，清朝出现一些教外国人的汉语书，基本都是以北京口语为主的汉语课本。如威妥玛的《语言自迩集》："我们才要动身往这儿来，想不到遇见个讨人嫌的死肉，刺刺不休，又不要紧，这么长、那么短的，只是说不完。【注】：死肉 ss jou，死了的肉，没有活劲儿的人。谁要是不小心让人说是个'死肉 ss jou'，谁就会遭人厌恶。"① 其运用的都是日常口语。此时期来华的西方传教士所撰之文也多采用当时口语，因时代的发展和各国文化交流频繁，还夹杂了许多外来的新名词。此外，清人的书信也倾向于使用口语，如郑燮《范县署中寄舍弟墨第四书》。

清代小说出现了白话长篇小说的顶峰之作《红楼梦》。自宋代话本小说开始，白话语体小说在说话艺术基础上不断演变，经过口语的书面语加工以及文人独立创作，其过于俗化的白话书面语渐与文言书面语融合，实现雅俗合流。清代小说关注社会现实，描写世情百态，白话语体经过文人加工更趋成熟、更富表现力。吴敬梓的《儒林外史》已脱离了自宋以来的话本小说、章回小说与生俱来的说书人第三人称叙事模式，而是直接以白话叙述故事，不仅在叙事上对传统白话小说进行突破，而且其语言也属于相当成熟的白话书面语。其行文语言非常的口语化，平实自然，跟现代汉语口语相差无几。

《红楼梦》的语言采用了北方官话，叙述语言和人物语言既有典雅的文言又有生动的口语，里面囊括了多种行业用语，还写了许多与故事和人物相匹配的诗词歌赋、琴棋书画、酒令测字等文学样式。各阶层人物粉墨出场，且其语言各具特点，文人的雅谈、乡妇的村语、市井之人的俚语、官场的虚伪套话以及学究们的迂词等，可谓

---

① ［英］威妥玛：《语言自迩集》，张卫东译，北京大学出版社 2017 年版，第 263 页。

以如椽巨笔挥就人物复杂、文化意蕴深厚的经典之作。如第六十八回：

> 凤姐儿滚到尤氏怀里，嚎天动地，大放悲声，只说："给你兄弟娶亲我不恼。为什么使他违旨背亲，将混账名儿给我背着？咱们只去见官，省得捕快皂隶来。再者咱们只过去见了老太太，太太和众族人，大家公议了，我既不贤良，又不容丈夫娶亲买妾，只给我一纸休书，我即刻就走。……"①

王熙凤全用口语来辱骂婆婆，形象而生动的语言使其泼辣放肆的性格如跃纸上。

此外，文康《儿女英雄传》和西周生《醒世姻缘传》也基本是白话书面语，语言口语色彩浓，平白如话。

白话书面语发展至晚清已占据较大的空间，尤其是在长篇白话小说创作上更见其成绩和优势，已完全步入成熟期，渐由原来文言语体的附庸而凸显兴盛。尽管白话书面语在小说领域实力强大，占据一席之地，但文言在上层社会和士人里的统治地位仍未动摇。利玛窦在他的札记中对清代上层文人社交时的场景有所描述：

> 几个人在一起谈话，即使说得很清楚、很简洁，彼此也不能全部准确地理解对方的意思。有时候不得不把所说的话重复一次或几次，或甚至得把它写出来才行。……这样的情况更经常地发生在有文化的上流阶级谈话的时候，因为他们说的更纯正，更文绉绉的，并且更接近于文言。②

---

① （清）曹雪芹、高鹗：《红楼梦》（三家评本），上海古籍出版社1988年整理本，第1126页。

② ［意］利玛窦：《利玛窦中国札记》，何高济译，中华书局1983年版，第28页。

利玛窦指出文言不易顺畅地进行交流，且有时必须写出来通过视觉进行理解，言文脱节，但仍在上流阶层中流通，可见文言在封建体制内相当顽固。

第三节　文言与白话的对立、融合

文言与白话不仅仅是词汇语法以及形成时间不同，更重要的是两者代表着不同的文化价值体系，这也是造成长期以来文言占据主流，而白话蔚为大观之后仍处于暗流的重要原因。

一　雅俗之别

中国文人一大特点是秉持崇古观念，因古代教育不普及，能够读书习字，掌握书面话语权的只能是少数的贵族群体。在传统文学文体上，上层士人以诗文为正统和雅文学，诗文以文言为主要书面语，而小说文体一直被认为是"街谈巷语，道听途说"的俗文学。文言书面语始终是上层士人所专有的书写工具，诗文仍以文言为主，而白话仅夹杂在诗文中存在，从诗文整体来看仍是文言语体。白话在小说中由微而显形成汉语书面语形式之一，白话源于民间，是大众之语，其执笔者或为下层文人，或为上层文人隐姓埋名的"不耻"之作。因其传统文体雅俗观之影响、庙堂民间之别以及执笔者身份之不同，文言、白话也有雅俗之分。文言文擅长修辞且具有文采，来源于史书，且为少数人掌握，通常被视为古雅之语，而白话则以民间大众口头语为基础，能够为大多数人掌握，自然相对比较通俗。

雅俗之别，古已有之，文言语体雅正而白话语体通俗。在中国古代文学史上，人们认为文言诗文为雅文学，白话小说戏曲等为俗文学。雅俗具有相对性，随着时间的推移，雅俗不断变化。诗词最早来自民间，起初语言比较质朴自然，接近口语，应属通俗文学之列，但文人采用加工之后，运用文言辞藻，反而变成文绉绉的雅文学。在封建一统的体制内，因教育体制、科举制度等诸因素的影响，文言居于正统地位。体制不复存在之后，文言所依之大厦必将倾倒。白话成为主要书面语之后，以文言、白话作为小说雅俗之区分的标准更是毫无意义，新的雅俗标准又开始出现。汉语两种书面语系统文言和白话本身界定都是相对的，二者在发展的过程中也是一个不断融合的过程。

宋代柳永词的价值为今人所肯定，可见其文名远播，却被所处时代的正统文人所诟病，并招来他们的无情攻讦。如陈师道《后山诗话》中评价："柳三变游东都南、北二巷，做新乐府，肮脏从俗，天下咏之，遂传禁中。"① 《诗话总龟》中亦认为："彼其所以传名者，直以言多近俗，俗子易悦之故也。"② 黄昇《花庵词选》也有类似看法："柳耆卿名永，长于纤艳之词，然多近俚俗，故市井之人悦之。"③ 当时的正统文人对柳永的词及人品评价不高，认为其生活上放荡不羁，出入于秦楼楚馆，在词中歌咏与妓女之情，而且所使用的语言多近俚俗，迎合下里巴人的口味。相对正统文人的雅词，柳永的词被时人讥讽并贬抑其价值。柳永的俚俗之词受正统文人的贬抑，但在市井之人中却广受欢迎。正统文人秉持文言为雅正文学的主流观念，因此对柳永之词评价不高；而对于市井之人来说，语言和内容的俗话恰好满足了此阶层的审美趣味和精神需求。

在以文言为雅正的准则之下，传统文人写白话得不到应有的赏识，因此白话一开始便处于劣势地位。隋唐之前，白话夹杂于文言之中，即便是比较成篇的白话作品也多是民谣和文人的游戏之作。自唐变文始，白话开始大量进入书面语，但当时也是满足大众的需

---

① （清）何文焕：《历代诗话》，中华书局1981年点校本，第311页。
② （宋）阮阅：《诗话总龟》后集卷三十二，载《宋金元词话全编》，凤凰出版社2008年点校本，第174页。
③ （宋）黄昇：《花庵词选》，上海古籍出版社2007年点校本，第78页。

求，传统文人不重视。禅宗语录使用白话，宋儒也采纳语录体，运用大量白话记录讲学，到宋元明清的话本小说、拟话本小说再到章回小说，《京本通俗小说》"三言""二拍"《水浒传》《金瓶梅》《儒林外史》《红楼梦》等白话语体小说，白话势力蒸蒸日上，蔚为大观。尽管白话由微而显的进程明显，但还不能与文言语体平起平坐，因为是俗文学，自然为雅所无视。正统文人是不屑于用白话语体做正式文章的，他们根深蒂固地认为作文就应讲究古文义法，更不用说用白话语体去创作小说了。即使一些文人用白话写小说，骨子里也认为是俗而不雅，即使流传后世，真正的作者是谁还要学者费力考证。

二 尊卑身份的象征

文言和白话不仅仅是两种书面语的区别，文言与白话成为文化身份的象征。士大夫阶层掌握着文言语体的书写权，这成为士大夫与普通民众的重要区别要素，文言提升了这一阶层的身份地位以及保障了其高人一等的尊严。白话文则来自民间口语，多为一般大众所使用。

士人们自幼接受的教育便是四书五经以及史书的熏陶，耳濡目染的是文言文的雅正语言观。科举考试要求雅正之言，而传世之作也必须文言写就，因此文言成为他们表情达意的书写工具。稳定的社会文化体制赋予文言语体稳固的地位，士人阶层长期掌握书面话语权。士人阶层以传统诗文为文学正统，耗一生之精力用典雅之文言语体创作传世诗文，这既是此阶层安身立命所在，也是炫耀其才学的重要途径。

文言语体成为士人的专利，创作为文言语体为主的诗文也成为士人的身份优势。文言语体几千年以来，一直局限于上层文人集团内部，在相对封闭的空间内自给自足，缓慢发展。文言文成为一种颇具文化支配力量的书写系统，凌驾于时空之上，以超稳定的结构维持其高贵的身份和纯洁性。雅正的文辞是其必然的要求，其中很少大量出现俗语、俗字。与此同时，文言也限制自我发展的步伐，与实际口语脱节，而且人为拉远社会不同阶层的距离。

建立在口语基础上的白话书写系统来源于民众口语，易于为普通民众所接受。在整个传统社会文化体制的制约下，民众受教育水平有限，对于拥有书写权且掌握书写系统的少数上层士人所创作的文言诗文既不感兴趣，也难以看懂，自然无法引起下层民众的关注和阅读欲望。从文学发展史来看，以传统士人为主的文学书写活动，大多以其典雅的文风流传于世，且成为文学史的一支主流，其创作主体多为士大夫，此类文学活动可称为"庙堂文学"。白话文学虽然悄然发展，但士大夫阶层一向对其嗤之以鼻，其自然不在他们关注范围，只能称为通俗的"民间文学"。文学史上历代出现的民谣、佛教公案、禅宗语录、变文以及后来的小说、戏曲等通俗文学作品一直作为暗流存在，其创作者大多是仕途不利的下层文人，他们贴近普通民众，取材于民间，运用通俗口语进行书写。下层文人、民众和上层士人各有各的兴趣爱好，下层文人迎合民众审美趣味创作白话作品，而文人阶层则更倾向于典雅之作。

文言和白话代表着不同的阶层身份，长久以来形成比较稳固的文化价值判断。在等级森严的封建体制下，书写权利掌握于上层士人之手。这种书面语不同所带来的阶层等级划分显而易见，几乎构成了并行不悖、各行其道且不言自明的两大汉语书面语文化特征。文言书写代表着上层士大夫，而白话书写则归属下层民众。

三 文言白话之融合

文言白话看似对立，实则同根同源，同属于表意汉语言文字系统，在发展中时常相互融合，相互影响。

（一）白话介入文言

文言历经千年而不变，相对稳定。从细处考察，各个历史时期文言书面表达不尽相同，掺杂了一些时代性的口语词汇。一部分士人有意在文言诗文中吸收白话，通过对俗语的提炼和加工，使诗文的语言通俗与典雅共存，即"以俗为雅"。

　　文言词汇语法具有超时空性，稳定的文言书写系统也存在着"影响的焦虑"，创新的欲望让士大夫不断地吸取一些具有表现力的白话来调节文言书面语，试图在文言系统之内进行更新，使传统诗文走出陈腐刻板。文人以其时代的口语白话来丰富自己的文言书写，追求化俗为雅的效果。唐代诗人杜甫的诗中就采用了许多白话，如《春水生二绝》："一夜水高二尺强，数日不可更禁当。南市津头有船卖，无钱即买系篱旁。"其用语非常的通俗易懂，杜甫把白话自然地写入诗中，整体读来俗中带雅，雅中带俗。罗大经评价道："余观杜陵诗亦有全篇用常俗语者，然不害其为超妙。"[①] 清仇兆鳌注《杜诗详注》，在《春水生二绝》诗笺注中也肯定了罗大经的说法："罗大经曰：少陵诗，有全篇用常俗语，而不害其超脱，如此章是也。"[②] 常俗语即当时使用的平日口语，尽管可能全篇都用俗语，但经过文人提炼，仍不失为超妙之诗作。

　　对于文言书面语吸收白话的重要作用，文人有较深刻的认识。如宋人陈师道在《后山诗话》中记载梅尧臣批评闽士诗作语言不生动："闽士有好诗者，不用陈语常谈。写投梅圣俞，答书曰：'子诗诚工，但未能以故为新，以俗为雅尔。'"[③] 梅尧臣认为如果不善于提炼俗语，以俗为雅，诗虽工，但没有新意。俗语白话能够化俗为雅，也需要一番功夫，并非任何俗语白话均可入诗，必须经过筛选、加工并在前人成功运用的基础上才不断地进入书面语。罗大经在《鹤林玉露》中讲到了化俗为雅的一般规律："杨诚斋云：诗固有以

---

① （宋）罗大经：《鹤林玉露》，中华书局1983年点校本，第285页。
② （清）仇兆鳌注：《杜诗详注》，上海古籍出版社1992年点校本，第515页。
③ （清）何文焕：《历代诗话》，中华书局1981年点校本，第314页。

俗为雅,然亦需经前辈熔化,乃可因承。如李之'耐可'、杜之'遮莫'、唐人'里许'、'若个'之类是也。"①

明代谢榛《四溟诗话》也提及白话入文言书面表达的技巧和作用:"诗忌粗俗字。然用之在人,饰以颜色,不失为佳句。譬诸富家厨中,或得野蔬,以五味调和,而味自别,大异贫家矣。"②谢榛指出白话与文言是迥异对立的,文言属于富家厨中之蔬,白话也只能是野蔬,其地位高下自明,但诗人用得好,辅以加工润色,亦可得佳句,呈现不俗而又有新意的妙作。文言吸取口语白话,大大丰富了文言书面语。

(二)文言融入白话

言文分离存在弊端,但文言书面语中也有许多简洁凝练而富有表现力的词汇,至今还在现代汉语中不断出现。当白话书面语渐渐以独立姿态呈现时,其受到已为正统社会所认可的文言语体影响。操持另一种不同于文言的白话书面语系统,其著者不可能是下层文化层次极低的民众,而是受过传统教育、仕途不利或因特殊社会环境流落民间的下层士人。这些下层士人为迎合普通大众的审美趣味和欣赏心理,选用白话书写,其间有意或无意地带入文言语调或文言诗词,一方面有意地适当雅化其通俗之作,提高通俗作品的品位;另一方面无意中会夹杂一些熟悉的文言味道。

宋元明以后,随着城市经济的发展,市民阶层崛起,白话书面语在小说、戏曲等通俗文学样式中渐趋形成并进一步成熟。白话书面语形成以及成熟的过程,也是在与文言对比中,不断地对口语进行加工提炼并吸收部分文言的过程。在通俗文学作品的白话书面语中留有部分文言语体痕迹。

文言书面语大量地运用在小说回目上,这几乎是古白话小说的

---

① (宋)罗大经:《鹤林玉露》,中华书局1983年点校本,第285页。
② (明)谢榛:《四溟诗话》,人民文学出版社1998年点校本,第67—68页。

通例，只是大都是浅易文言。如明代的拟话本《二刻拍案惊奇》的回目："进香客莽看金刚经　出狱僧巧完法会分""小道人一著绕天下　女棋童两句注终身"。又如白话小说经典之作《红楼梦》回目更典雅，"游幻境指迷十二钗　饮仙醪曲演红楼梦""滴翠亭杨妃戏彩蝶　埋香冢飞燕泣残红""林潇湘魁夺菊花诗　薛蘅芜讽和螃蟹咏"，这些回目文辞优美，为小说故事增添几分雅致。清代白话小说《儒林外史》正文部分是比较成熟的白话，但回目也皆是讲究对仗，以文言写就，如"说楔子敷陈大义　借名流隐括全文""周学道教士拔真才　胡屠户行凶闹捷报"。

　　白话小说中除具有文言格调的回目外，还有大量的文言篇头、篇尾诗以及篇中亦夹杂文言诗词，这些诗由他处引用或自创。如《水浒传》楔子"张天师祈禳瘟疫　洪太尉误走妖魔"之后，便有了篇头诗："纷纷五代乱离间，一旦云开复见天！草木百年无事日，车书万里旧江山。寻常巷陌陈罗绮，几处楼台奏管弦。天下太平无事日，莺花无限日高眠。"书中称引用宋儒邵康节的诗，以之表明施耐庵写作《水浒传》的意图所在。整部《红楼梦》中夹杂大量诗词，因为所表现的是大观园中的才子才女，自然少不了以典雅文言书写的诗文穿插其间，从侧面展示人物的才华和性格。如第三十八回"林潇湘魁夺菊花诗　薛蘅芜讽和螃蟹咏"中林黛玉《咏菊》："无赖诗魔昏晓侵，遶篱奇石自沉音。毫端运秀临霜写，口齿噙香对月吟。满纸自怜题素怨，片言谁解诉秋心。一从陶令平章后，千古高风说到今。"①

　　白话书面语仍然逃离不掉文言书面语的影响，文言语体的耳濡目染以及韵文排偶的训练，早已植根于小说著者脑中，他们在创作白话通俗小说的同时，也较好地融合文言格调的诗文歌赋，既可以展示自身的文化修养，亦可以为白话通俗小说增添几分雅致。文言

---

① （清）曹雪芹、高鹗：《红楼梦》（三家评本），上海古籍出版社1988年整理本，第605页。

与白话同源殊途,作为中国两大书面语系统并非完全水火不相容,截然对立,二者之间又存在着相互借鉴、融合的互动关系。

四 文白消长之趋势

　　文言是建立在先秦白话和史书基础上的书面语系统,且自此形成稳定的词汇语法系统,被封建统治阶层定位为正统书写工具。白话则是在唐宋口语基础上,历经明清,在小说、戏曲等通俗文学中形成的一种接近口语的书面语系统,虽明显呈现洋洋大观之势,但始终被上层文人定位为不登大雅之堂的俚俗之文。文言书面语以高傲姿态凌驾于白话书面语之上,从整个文学发展史来看,文言书面语表达行之于世数千年之久,一直成为位居上层的士大夫专属的书写方式。除了文言代表着雅致的贵族身份,还因为中国传统文人在大多数朝代必须按科举考试规定的文言经典著作去模仿作文,学习文言书面语,以求得晋仕之机会,耳闻目染地自然提笔便是文言书面语。因体制、文化以及惯性诸种复杂因素的影响,文言主流地位至少到清前中期仍始终如一,白话书面语只能在通俗文学领域以卑微姿态,暗藏在文言书面语的强大羽翼之下。

　　文言书面语稳定的词汇语法结构,历经上千年文人的不断操练,积累了大量宝贵的文献资料和优秀的文学作品。其不受时空局限的特点,使其可以留给历朝历代的文人去学习揣摩,了解中国古代上千年的历史文化,这是文言书面语的重要贡献所在。文言书面语的稳定优势也是造成言文分离的重要原因,是其走向死胡同的症结所在。文言书面语的优势大多源于社会政治制度的保障和教育制度、科举制度的要求,传统文人唯有在读文言书、作文言文中求得安身立命之地。尤其是八股取士的科举考试制度走向极端,从而加速了文言书面语的衰亡。八股文不仅要求文言书面语书写,而且在词汇、语法以及文章结构诸方面提出更严格的规定和要求,使得当时士人以毕生之精力去钻研八股文,所有文人均成为八股文精神重压下的"阶下囚",而不是文人传达思想的书面工具。八股取士是文言书面语走向极端的标志，它与清末"崇白话、废文言"的书面语运动有着密不可分的关系。

文言书面语有言文分离的弊端，而白话有言文基本一致的优势，且白话历经由萌芽、发展到明清已形成相对独立成熟的书面语系统。至清代，白话词汇、语法以及文法在量的积累方面已达到一定的程度，白话由微而显、由弱到强是书面语内部规律发展的必然结果，而白话质的突变要在外在条件具备的基础上内外因结合才得以实现。

清末民初社会剧烈变动，为白话最终取代文言提供了契机。此时一部分知识分子面对时代的变动开始救亡图存，首先深刻体会到中国两种书面语的优劣得失，为救国救民、唤醒民众，自然不可使用文言，而只能提倡白话，因此维新派文人鲜明地提出"崇白话、废文言"，主张白话书面语取代走向末路的文言书面语。

第 二 章

清末民初小说语体选择：多语体并存

小说是语言的艺术，小说语言体式的选择也是小说艺术的关键因素。在清末民初之前，中国两种书面语系统中的文言与白话均在小说领域占据一席之地，各有各的表现领地，各有各的著作群体，也有各自的阅读群体。文言小说与白话小说各行其道，并行不悖。

清末民初随着域外小说的翻译以及小说观念的输入，小说语体的选择成为被关注的对象，也成为划分小说类别的标准之一。当时评论家管达如在《说小说》中便把小说分为白话体、文言体和韵文体。[①] 为救亡图存、启迪民智，小说由传统不登大雅之堂的通俗文体一跃为文学之上乘，小说语体的选择也随之成为争论的中心，争夺正统高下优劣的语言意识开始出现。

在小说语体的选择上，支持白话书面语的呼声很高，有意识尝试和写作的作者呈增长的趋势，白话小说如雨后春笋，洋洋大观，大有成为小说创作领域的主流之势。清末民初小说语体并非唯白话独尊，剧烈变动的社会处于过渡性的转型期，小说语体的选择也呈现百家争鸣的局面。清末民初小说语体出现多样性，有白话语体

---

① 管达如：《说小说》，《小说月报》第三卷，1912年第5、7—11号。

（包括古白话、官话、方言、欧化白话译语体）、文言语体（包括散体文言语体、骈文语体）以及韵文语体。

第一节　白话语体多样化

清末民初白话小说从数量上讲空前繁荣。阿英在《晚清小说史》中有如此评价："晚清小说，在中国小说史上，是一个最繁荣的时代。所产生的小说，究竟有多少种，始终没有很精确的统计。……实则当时成册的小说，就著者所知，至少在一千种上，约三倍于涵芬楼所藏。"① 阿英所提及的小说包括创作的小说和翻译的小说，大部分以白话语体小说为主。

以白话小说为主的刊物也陆续创刊，为白话小说提供了发表园地，如《白话小说月刊》《新小说》《绣像小说》《小说林》《月月小说》《小说月报》等，此外还有《国闻报》的"小说部"等类似报纸副刊也登载白话小说。这些报刊以白话小说为主要发表对象，也刊载文言小说。小说杂志以及单行本的小说也主要以白话语体为主，包天笑的《小说书报》声称非白话小说不予刊登。在新载体报纸杂志出现后，白话小说无可置疑地以其绝对的优势占据小说刊物主体。单行本白话小说创作如雨后春笋般地涌出，影响较大的有《新中国未来记》《官场现形记》《文明小史》《活地狱》《二十年目睹之怪现状》《恨海》《新石头记》《上海游骖录》《老残游记》《孽海花》《海上繁华梦》《海天鸿雪记》《九尾龟》，等等。当时有评论者认为："白话小说者，则又于个体小说之外，而利用白话以为方言之引掖者也。故无论其为章回也，为短篇也，为箴时与讽世也，要

---

① 阿英：《晚清小说史》，江苏文艺出版社2009年版，第1页。

第二章　清末民初小说语体选择：多语体并存

均以白话而见长矣。"①

清末民初的小说家在语言上追求言文合一，为达到启迪民智的社会功效，小说语体上刻意采用比较通俗的白话。白话书面语因作家地域不同，不可避免地掺杂当地一些方言。白话小说占据主体地位，但"白话"并非整齐划一，而是各有特点，有模仿话本小说和章回小说语言体式的，有以当时口语写小说的，也有坚持使用半文半白文人笔法的。小说白话语体大体分为四类：古白话（模仿古代话本章回小说语言）、官话、方言以及欧式白话。

一　古白话

清末民初文人在书面语的选择上提倡白话书面语，并形成了蓬勃的白话运动。要实现书面语通俗化，"白话"资源是现成的。它可以追溯到宋代的话本小说、语录体的笔记以及代表白话书面语走向成熟的章回体小说，其后经过吸取不同时代、不同地域的口语形成古代白话。白话与口语相近，清末民初文人自然采用白话来调整书面语言，以达到启迪民智、宣传维新之目的。

在白话书面语成为公开提倡的社会氛围下，本为中国小说正宗书面语的白话语体，在小说文体由长期处于文学边缘的地位走上"文学最上乘"之时，在小说创作中成为首选。清末民初小说家运用白话语体进行创作，首先得有模仿的对象，因为文人的积习很重，提笔所熟悉的便是文言词汇和句法。白话语体经过不断积累，比较成熟的自然表现在话本小说以及章回小说语言中，这是可以模仿借鉴的现成书面语，是更接近"言文一致"理想的书面工具。

清末民初白话小说家中，成就较高的是近代文学的"四大小说家"——李宝嘉、吴趼人、刘鹗和曾朴。在四人中，李宝嘉的小说

---

① 老伯：《曲本小说与白话小说之宜于普通社会》，载陈平原、夏晓虹编《二十世纪中国小说理论资料》第1卷（1897—1916），北京大学出版社1997年版，第330页。

语言体式最为通俗,而曾朴的小说文人气息浓厚,吴趼人、刘鹗小说语言半文半白,其中刘鹗小说白话语言成就最高。

李宝嘉的代表作《官场现形记》,共六十回,发表于1903—1905年的《世界繁华报》上,1906年世界繁华报馆出版单行本。它集中描写了清末官场的种种丑恶。在语言体式上,李宝嘉的《官场现形记》采用较通俗的白话,很多浅白直率之语,里面夹有主观性很强的评述(这也是当时大多"新小说"的一大语言特点),受说书传统的影响较大。李宝嘉在小说创作中不仅推崇白话,而且所用白话带有说书人夸张、戏谑及说话人连接故事的表述方式。时人为李宝嘉《官场现形记》作序时也道出其语言特点,称其"立体仿诸稗野,则无钩章棘句之嫌;纪事出以方言,则无佶屈聱牙之苦"①。李宝嘉的小说仿效"稗野",指的便是古白话小说,因此没有艰涩语言文字,虽不像所评价的运用的是方言,但是当时古白话的进一步浅白化,因此阅读时没有"佶屈聱牙"之苦。陈平原评价说:"李伯元的文体最为通俗,其中杂入谐文的成分,嬉笑怒骂,淋漓尽致,最能体现谴责小说的文体特征。"②

举例说明,李宝嘉《官场现形记》开篇模仿说书艺术和话本小说的痕迹就很明显:

> 话说陕西同州府朝邑县,城南三十里地方,原有一个村庄。这庄内住的,只有赵、方二姓,并无他族。这庄叫小不小,叫大不大,也有二三十户人家。祖上世代务农。到了姓赵的爷爷手里,居然请了先生,教他儿子攻书;到他孙子,忽然得中一名黉门秀士。乡里人眼浅,看见中了秀才,竟是非同小可,合

---

① 茂苑惜秋生:《〈官场现形记〉序》,载陈平原、夏晓虹编《二十世纪中国小说理论资料》第1卷(1897—1916),北京大学出版社1997年版,第71页。
② 陈平原:《20世纪中国小说史》第1卷(1897—1916),北京大学出版社1989年版,第169页。

第二章 清末民初小说语体选择：多语体并存

庄的人，都把他推戴起来；姓方的便渐渐的不敌了。姓方的瞧着眼热，有几家该钱的，也就不惜工本，公开一个学堂；又到城里请了一位举人老夫子，下乡来教他们的子弟读书。①

李宝嘉的小说叙述语言带有说书人的口吻，语言简短、通俗易懂，叙述语言与人物对话语言区别不大。这往往造成人物语言缺乏个性色彩，呈现出的人物大都雷同，人物语言性格造型的丰富性受到影响。再举《官场现形记》第三十一回"改营规观察上条陈　说洋话哨官遭殴打"中人物对话语言进行比较：

> 制台道："你老实讲给我听罢，不要念了。"田小辫子便解说道："职道的第一条条陈是出兵打仗，所有的队伍都不准他们吃饱。"制台道："还是要克扣军饷不是？俗语说的好，'皇帝不差饿兵'，怎么叫他们饿着肚皮打仗呢？"田小辫子道："大帅不知道，这里头有个比方：职道家里养了个猫，每天只给他一顿饭吃，到了晚上就不给他吃了，等他饿着肚皮。他要找食吃，就得捉耗子。倘或那天晚上给他东西吃了，他吃饱了肚皮就去睡觉，便不肯出力了。现在拿猫比我们的兵，拿耗子比外国人。要我们的兵去打外国，断断乎不可给他吃得个全饱，只好叫他吃个半饱。等到走了一截的路，他们饿了，自然要拼命赶到外国人营盘里抢东西吃。抢东西事小，那外国人的队伍，可被我们就吵乱了。"制台道："不错，不错。外国人想是死的，随你到他营盘里抢东西吃。他们的炮火那里去了？我看倒是一个兵不养，等到有起事来，备角文书给阎王爷，请他把'枉死城'里的饿鬼放出来打仗，岂不更为省事？"说完，哈哈一笑。

---

① 李伯元：《官场现形记》，载《李伯元全集》2，江苏古籍出版社1997年版，第1页。

> 田小辫子虽然听不出制台是奚落他的话，但见制台的笑，料想其中必有缘故，于是脸上一红，说道："这个道理，是职道想了好几天悟出来的。"①

《官场现形记》中即便是人物对话语言也是说书人口吻比较重，几乎全是不隔的古白话书面语，即使现代人理解也毫无问题。因其小说书面叙述太过强化说书人的主导作用，小说主观色彩强，很难达到客观叙述。小说的白话书面语叙述与话本小说的叙事技巧，虽然充分展示了白话书面语鲜明、形象、生动的优势，但影响了其表述内容的真实性，显得有点夸大其词，即鲁迅所谓"辞气浮露，笔无藏锋，甚且过甚其辞"②。

笔者认为清末民初类似《官场现形记》的小说之所以太过夸张失实，并非因采用白话语体。其原因非常复杂。第一，白话书面语并非日常口语的照搬，它需要经过提炼的过程，使之更生动准确，更具表现力。《官场现形记》的语言倒是通俗白话语体，但确实缺乏提炼，使其生动形象有余，而表现力较弱。第二，《官场现形记》在模仿话本小说白话书面语的同时，也采用了说书人口吻的表述方式，全篇均是第三人称全知全能的叙述，带有中国传统叙述人贯穿全文之特点，其弊端显而易见，叙述人的主观色彩掩盖了故事本身的客观描述。如果李宝嘉在模仿话本小说进行创作时，能够汲取白话书面语擅长细腻描述、生动形象以及凸显人物性格等诸方面的优点，对口语化的语言进行提炼，避开中国传统说书艺术的主观叙述弊端，小说的写实客观性就明显加强了。这不仅是李宝嘉创作小说时的一大特点，其他许多此时代的小说家均有此种倾向。

---

① 李伯元：《官场现形记》，载《李伯元全集》2，江苏古籍出版社 1997 年版，第 414—415 页。
② 鲁迅：《中国小说史略》，时代文艺出版社 2009 年版，第 190 页。

第二章 清末民初小说语体选择：多语体并存

抛开小说的审美艺术价值不论，李宝嘉鲜明生动的说书白话语言更容易接近中下层民众，成为启迪民众的最佳书面语工具，这是不容置疑的。说书场中说书人为了引起听众兴趣，故意制造幽默的白话，以活跃现场气氛，李宝嘉的白话语言也非常幽默而富有风趣。如《官场现形记》第五十六回写到钦差妇人晾晒衣服：

> 钦差幸亏有太太，他一家老少的衣衫，自从到得外洋，一直仍旧是太太自己浆洗。在外国的中国使馆是租人家一座洋房做的。外国地方小，一座洋房总是几层洋楼，窗户外头便是街上。外国人洗衣服是有一定做工的地方，并且有空院子可以晾晒。钦差太太洗的衣服，除掉屋里，只有窗户外头好晾。太太因为房里转动不开，只得拿长绳子把所洗的衣服一齐拴在绳子上，两头钉好，晾在窗户外面。这条绳子上，裤子也有，短衫也有，袜子也有，裹脚条子也有，还有四四方方的包脚布；色也有蓝的，也有白的，同使馆上面天天挂的龙旗一般的迎风招展。有些外国人在街上走过，见了不懂，说："中国使馆今日是什么大典？龙旗之外又挂了些长旗子、方旗子，蓝的，白的，形状不一，到底是个什么讲究？"因此一传十，十传百，人人诧为奇事。便有些报馆访事的回去告诉了主笔，第二天报上上了出来。幸亏钦差不懂得英文的，虽然使馆里逐日亦有洋报送来，他也懒怠叫翻译去翻，所以这件事外头已当着新闻，他夫妇二人还是毫无闻见，依旧是我行我素。①

这段文字中一些词汇，如"外洋""外国""使馆""洋房洋楼"等是当时的流行口语外来词汇，除此之外还是与说书艺人相似的白

---

① 李伯元：《官场现形记》，载《李伯元全集》2，江苏古籍出版社1997年版，第785页。

话语言风格，以中西文化的差异故意制造噱头。如果在说书场中，说书人夸张的白话言语表达肯定会引起哄堂大笑，而作为小说艺术可能就过于显露了。

此外，吴沃尧的小说创作也自觉地继承说书传统，其白话语言大多来自古白话。吴沃尧，号趼人，多才多艺，曾创办过小报，担任多家报纸的主笔，是近代四大小说杂志之一《月月小说》的主编。他从1903年开始小说创作，包括16部中长篇小说以及12篇短篇小说，还创作大量的笔记、笑话、寓言、小品以及诗歌、戏曲、论著、传记等。他注重小说的趣味性和感人作用，在《历史小说总序》中他谈论道："盖小说家言，兴味浓厚，易于引人入胜也。是故等是魏、蜀、吴故事，而陈寿《三国志》读之者寡，至如《三国演义》，则自士夫迄于舆台，盖靡不手一篇者矣。"① 所谓小说家言指的并非文言小说，而是白话小说。在《新笑林广记·自序》中有类似观点："窃谓文字一道，其所以入人者，庄词不如谐语。"② 所谓庄词大概指传统以严肃面貌出现的文言书面语，而谐语则是接近口语白话有趣的书面语。受小说语言观的影响，其小说的白话语言选择古白话小说语言，如《九命奇冤》第六回：

> 正说话间，忽听得门外面一声锣响，人声嘈杂，贵兴大喜，以为是报到了。宗孔更忙着三步两步跳了出去，只听得那人声锣声，慢慢的去远了。贵兴不觉一阵心乱如麻，又想道："我才头一次场，就中了，只怕没有这等容易。但是这一科不中了，下一科不知中不中呢？"忽然又转念道："不管马半仙算的命灵不灵，一万三千银子的关节，早就买定了，哪有不中之理！"想

---

① 吴沃尧：《历史小说总序》，载陈平原、夏晓虹编《二十世纪中国小说理论资料》第1卷（1897—1916），北京大学出版社1997年版，第191页。
② 吴趼人：《吴趼人全集》第7卷，北方文艺出版社1998年版，第335页。

第二章　清末民初小说语体选择：多语体并存

到这里，心里又是一乐，忽然又想道："关节上的几个字，我是已经嵌了上去，但似乎勉强些，不知王大人看得出看不出。万一看不出来，岂不坏了事！"忽又想道："这几个是极平常的字，万一别人破题上头，也无意中弄上了这几个字，倘使主考先看了他的卷，以为是我，倒中了他，岂不是误了我的事！"想到这里，不由得汗流浃背起来，坐不住，走到床上躺一下，一会又起来走走，又自己安慰自己道："那关节的几个字，只有我知道，别人那里有这样巧，也刚刚用了这几个字呢？"忽又回想道："天下事也难说，万一果然有这等巧事，那就怎么样呢！"侧耳听听，外面已经打过三更了。"嗳！我今番不去下场，此刻倒也安安稳稳的睡觉了。虽然，盼了一夜，明日穿了衣帽去拜老师，簪花赴鹿鸣宴，也是开心的！我今年只得二十五岁，到了雍正六十四年，我八十五岁，还要重宴鹿鸣呢！"想到这里不禁噗嗤一声，自己笑起来。①

无论是叙述语言还是人物心理语言，作者运用白话语体，细致、生动、真实地刻画了贵兴在乡试发榜时的复杂心情，充分展示了白话书面语擅长人物复杂细腻心理刻画的优势，这恐怕是简洁精练、套语连篇的文言难以胜任的。

又如《恨海》第二回中对义和团火烧外国教堂的一段情景描写：

棣华走到船头，站起来抬头一看，这一惊非同小可，只见远远的起了六七个火头，照得满天通红，直逼到船上的人脸上也有了火光影子；人声嘈杂之中还隐隐听得远远哭喊之声，不由得心头小鹿乱撞。忙问李富："是那里走水？"李富道："还不得确消息。听说是七八处教堂同时起火，都是义和团干的

---

① 吴趼人：《九命奇冤》，山西人民出版社1981年版，第18页。

事。"棣华再抬头望时，只见岸上树林中的鸦鹊之类，都被火光惊起，满天飞舞，火光之中，历历可数。天上月亮，映得也变了殷红之色。心中不住的吃吓，忙忙退入内舱，脸上不敢现出惊惶之色。①

与李宝嘉小说语言过于俗白琐碎相比，吴沃尧的白话不太文也不太白，整体上继承了传统古白话，且能够做到白话语言的明畅、精确和凝练，而又不失白话语体本身的形象性、生动性，对场景描写如身临其境，对心理描写也刻画得非常细腻真实。一切都是简单的句式，平和的语气，没有炫耀才气的痕迹，运用的均是加工提炼过的白话，但非常的传神，当时人亦称赞他为"写生妙手"②。

二 官话

清末民初小说家大多来自吴粤一带，如果想达到文言一致的效果，他们采用所熟悉的吴语、粤语等方言写作，如此一来，其作品影响力和范围就将大大降低。因此，他们必须选择一种能够熟练掌握，而大江南北的读者亦能接受的语言体式。在提及清末民初小说作家的"文法教科书"时，陈平原认为："不是主要用北京话写作的《红楼梦》，也不是大量使用山东方言的《金瓶梅》，而是《儒林外史》。"③ 胡适亦认为"《儒林外史》用的语言是长江流域的官话，最普通，最适用"，对晚清白话小说的语体影响甚大。④

---

① 吴趼人：《恨海》，载吴组湘编《中国近代文学大系·小说集六》，上海书店1991年版，第286—287页。
② 寅半生：《小说闲评》，转引自陈平原《20世纪中国小说史》第1卷（1897—1916），北京大学出版社1989年版，第167页。
③ 陈平原：《20世纪中国小说史》第1卷（1897—1916），北京大学出版社1989年版，第164页。
④ 胡适：《五十年来中国之文学》，台北：远流出版事业公司1986年版，第113页。

第二章 清末民初小说语体选择：多语体并存

实际上，晚清小说的白话有其时代特点。从表面上看，晚清白话小说语言整体追求通俗易懂的艺术效果，但大部分语言并非选取自当时生活中的民众口语，而是把明清时章回白话小说语言进一步浅白化，部分除去其中的文言、方言和特定的时代特殊用语，因而才显得比较浅俗准确，同时也不可避免地使得此时的白话语体缺乏神采。晚清白话小说的语言体式通俗易懂，当时一部分小说作家努力使语言浅白化。同时，陈平原认为此时期语言大都并非取自当时生活中的口语，笔者窃以为此评价并不客观。历史证明即使是文言书面语发展的过程中都不免带有时代特殊用语的可能性，更何况接近口语的白话。晚清部分小说一大特点是书面语过于口语化，才导致小说语言千篇一律，再加上过于功利化强调，使得小说审美因子缺失且缺乏神采。

与文言简洁凝练相对，白话一大特点便是细腻的描写，当时小说评论家梦生认为："小说最好用白话体，以用白话方能描写得尽情尽致，'之乎也哉'一些也用不着。……小说难作处，全在白话。白话小说作得佳者，便是小说中圣手。小说之为好小说，全在结构严密，描写逼真。能如此者，虽白话亦是天造地设之佳文。"[①] 作为书面语，无论是文言还是白话，如果能够达到"尽情尽致"，都可以深切地表情达意，并表现其蕴藏的内涵，因此文言语体出现了经典名著，而白话能创作出颇有神韵的巨著，这跟采用哪种书面语无关，即文言、白话书面工具本身并非艺术水平高低的标准。梦生认为白话的优势在于描写上，完全可以做到"尽情尽致"，白话小说如果能够做到结构严谨，描写逼真，亦可以有"天造地设之佳文"。

白话、文言两种书面语各有特点，作为叙述语言文言简洁凝练，寓意丰富，但接受范围有限；而白话通俗易懂，为更多数民众理解。

---

① 梦生：《小说丛话》，载陈平原、夏晓虹编《二十世纪中国小说理论资料》第 1 卷（1897—1916），北京大学出版社 1997 年版，第 435 页。

在描写方面，相较于文言语体来说，白话的确有其特长。白话能够叙事更加真切感人，塑造人物形象栩栩如生，比较形象生动，而且描景叙事更加细腻，善于续写琐碎的细节，这些优点在白话小说中表现得非常明显。

《老残游记》是清末民初的一部很有影响力的白话小说，问世之后，不仅在国内流传，而且在国外亦有多种翻译本出现。"据不完全统计，80年来即有130余种版本行销世界（包括中文版本百余种）。"①《老残游记》在清末民初良莠不齐的白话小说中，具有相当高的艺术水平，尤其是在运用白话进行真切生动的描写上。胡适高度赞扬《老残游记》的白描："《老残游记》最擅长的是描写技术；无论写人写景，作者都不肯用套语滥调，总想熔铸新词，作实地的描写。在这一点上，这部书可算是前无古人了。"②《老残游记》的语言体式体现了白话琐碎、细腻、真切感人的优势。如第二回"明湖居听书"中白妞说书一段，颇能体现作者白描的功力：

> 王小玉便启朱唇，发皓齿，唱了几句书儿。声音初不甚大，只觉入耳有说不出来的妙境：五脏六腑里，像熨斗熨过，无一处不伏贴；三万六千个毛孔，像吃了人参果，无一个毛孔不畅快。唱了十数句之后，渐渐的越唱越高，忽然拔了一个尖儿，像一线钢丝抛入天际，不禁暗暗叫绝。那知他于那极高的地方，尚能回环转折；几啭之后，又高一层，接连有三四叠，节节高起。恍如由傲来峰西面，攀登泰山的景象：初看傲来峰削壁千仞，以为上与天通；及至翻到傲来峰顶，才见扇子崖更在傲来峰上；及至翻到扇子崖，又见南天门更在扇子崖上：愈翻愈险，

---

① 郭延礼：《中国近代文学发展史》第2卷，高等教育出版社2001年版，第425页。

② 胡适：《〈老残游记〉序》，载《胡适全集》第3卷，安徽教育出版社2003年版，第585页。

第二章 清末民初小说语体选择:多语体并存

愈险愈奇。

那王小玉唱到极高的三四叠后,陡然一落,又极力骋其千回百折的精神,如一条飞蛇在黄山三十六峰半中腰里盘旋穿插。顷刻之间,周匝数遍。从此以后,愈唱愈低,愈低愈细,那声音渐渐的就听不见了。满园子的人都屏气凝神,不敢少动。约有两三分钟之久,仿佛有一点声音从地底下发出。这一出之后,忽又扬起,像放那东洋烟火,一个弹子上天,随化作千百道五色火光,纵横散乱。这一声飞起,即有无限声音俱来并发。那弹弦子的亦全用轮指,忽大忽小,同他那声音相和相合,有如花坞春晓,好鸟乱鸣。耳朵忙不过来,不晓得听那一声的为是。正在撩乱之际,忽听霍然一声,人弦俱寂。这时台下叫好之声,轰然雷动。①

刘鹗具有很敏锐的观察力和感受力,因此对诉诸听觉感受的音乐艺术审美,亦能将其转化为具体可感的形象,使无形化为有形。刘鹗对白妞说书的描写非常的生动形象,充分调动和丰富读者的审美感受,使读者有身临其境之感。之所以能够达到如此效果,最主要还是归功于刘鹗生动流畅的白话语体。他在文中借物赋形,运用各种白话比喻和象声叠词以及"通感"的原理,把听觉转化为视觉、感觉,以引起读者的想象,从而与作者共同进入体验音乐的审美境界。这段文字声情并茂,使人不能不佩服刘鹗运用白话的娴熟,更证明了白话亦能做到妙笔生花。如谈到白妞说书刚开始的心理感受,"五脏六腑里,像熨斗熨过,无一处不伏贴;三万六千个毛孔,像吃了人参果,无一个毛孔不畅快。"语言既干净又形象,而所取比喻皆是大众习以为常易于接受的,就是这些平淡无奇的普通文字和比喻,

---

① 刘鹗:《老残游记》,载吴组湘编《中国近代文学大系·小说集四》,上海书店1992年版,第257—258页。

使得说书的音乐美给人带来的愉悦感受表现得淋漓尽致，这也正是白话语体的魅力所在。

在《老残游记》中，运用富有表现力的白话描写自然景观、生活场景的情况处处皆是。如山东黄河结冰也可称得上独具特色的文字，作者描写得细致入微，非常生动形象，读后让人有一种亲历现场的感觉。凡此种种，都体现出白话的妙处以及神韵。

与刘鹗《老残游记》语言体式类似的，还有曾朴的《孽海花》。刘鹗和曾朴小说采用了白话语体，但因传统文言功底很深，带有文人文学的痕迹，渗入文言格调。刘鹗能够了无痕迹地融合白话文言，使之浑然一体，语言既生动形象、准确精练而又不缺韵味。曾朴的小说整体上可划入白话小说之列，实际上大多叙述语言比较文言化，而人物对话则更多运用接近口语的白话。谈起曾朴的《孽海花》，鲁迅评其为"文采斐然"①，《负暄琐语》则认为："才情纵逸、寓意深远者，以《孽海花》为巨擘。"② 无论是"文采斐然"还是"才情纵逸"，均道出曾朴的语言风格。如第六回：

> 却说雯青这日，正考完了九江府属公事勾当，恰好新秋天气，想着枫叶荻花、浔江秋色，不可不去游玩一番，就约着几个幕友，买舟江上，去访白太傅琵琶亭故址。明月初上，叩舷中流，雯青正与几个幕友飞觥把盏，谈古论今，甚是高兴。忽听一阵悠悠扬扬的笛声，从风中吹过来。雯青道："奇了，深夜空江，何人有此雅兴？"就立起身，把船窗推开，只见白茫茫一片水光，荡着香炉峰影，好像要破碎的一般。幕友们道："怎地没风没浪？"雯青道："水深浪大，这是自然之理。"停一回，雯青忽指着江面道："哪，哪，哪，那里不是一只小船，咿咿哑

---

① 鲁迅：《中国小说史略》，时代文艺出版社2009年版，第195页。
② 参见时萌《曾朴研究》，上海古籍出版社1982年版，第167页。

第二章 清末民初小说语体选择：多语体并存

哑的摇过来吗？笛声就在这船上哩！"又侧耳听了一回道："还唱哩！"说着话，那船愈靠近来，就离这船不过一箭路了。①

可见曾朴文字追求雅化，运用了较多的文言表述，如"枫叶荻花、浔江秋色""明月初上，叩舷中流""飞觥把盏"等均为文人的表述。雯青开始的对白还文绉绉，后来就是大白话了，也许作者是无意为之，也可能是为了凸显雯青两分的性格。陈平原认为曾朴的小说"夹有不少文言词藻，文人趣味较浓，可不时有掉书袋、炫耀文墨的毛病"②。笔者认为说得很有道理，否则他便不会在叙述语言上过分追求文言词藻了。

曾朴在人物对话上，语言也比较形象生动，独具人物个性特色。如第十三回中写到傅彩云提醒金雯青地图有诈一事，被雯青教训一番，彩云无法，说了一段嘲讽的话：

老爷别吹捧。你一天到晚抱了几本破书，嘴里叽里咕噜说些不中不外的不知什么话，又是对音哩，三合音哩，四合音哩，闹得烟雾腾腾，叫人头疼，倒把正经公事搁着，三天不管，四天不理，不要说国里的寸土尺地，我看人家把你身体抬了去，你还摸不着头脑哩！我不懂，你就算弄明白了元朝的地名，难道算替清朝开了疆拓了地吗？③

傅彩云对白完全是接近口语的白话，既表现出彩云的聪明和见

---

① 曾朴：《孽海花》，载吴组缃编《中国近代文学大系·小说集四》，上海书店1992年版，第47页。
② 陈平原：《20世纪中国小说史》第1卷（1897—1916），北京大学出版社1989年版，第169页。
③ 曾朴：《孽海花》，载吴组缃编《中国近代文学大系·小说集四》，上海书店1992年版，第100页。

识，又体现出其能言善辩的性格特点。总体来看，《孽海花》语言虽然掺杂了文言语调，但大体上还算是通畅明快，是比较成熟的官话白话文体尝试。

三 方言

白话作为接近口语的书面语系统，与方言联系紧密。中国地域广阔，从南至北、从东到西，方言无论在语音还是词汇上都有很大差异，带有地域文化色彩。实际上，语言的发展和规范受政治影响很大，唐宋以中原为政治中心，所通用的官话则以中原方言为标准；明清时，政治中心转移至北京，其通用官话则以北方方言系统为标准。正如袁进所说："北方方言尤其是北京方言成为官员们必须学习的语言，因为元明清三代的京城都在北京，北京成为官员们聚集的地方，北京方言也就成了官话，也在全国各地流传，其影响虽不能与今天的普通话相比，在官界、商界也还是流行的语言，因为方言毕竟难懂，尤其是南方方言，需要有一种适合大家交流的语言。这或许也是当时北方方言的小说较多的原因，因为北方方言懂的人多，销路好，影响大。"① 作为接近口语的白话小说，使用语言则自然选择官话比较多，这样能够扩大读者范围。

清末民初的小说家大多出自吴越江浙一带，如果能够熟练掌握官话则选择官话作为小说的白话书面语。当时小说被作为启迪民智的工具，白话也成为更好的宣传工具，清末民初的作家和理论家也意识到方言俗语更能普及教育。黄伯耀批评当时的小说界运用通语，主张使用方言更有益于普通民众："文人学士，虑文字因缘之未能普及也，曾组设《中国白话》，而内附小说，以谋进化。揆其内容，既非单纯小说之性质；而所演文字，又纯用正音。以吾国省界分歧，土音各异，其曾受正音之教育者几何哉？苟如是，吾料读者囫囵莫

---

① 袁进：《中国文学的近代变革》，广西师范大学出版社 2006 年版，第 66 页。

第二章　清末民初小说语体选择：多语体并存

解，转不如各随其省界，各用其土音，犹足使普通社会之了于心而了于口也。"①

也有部分作家和理论家意识到方言有自身的审美价值，富有地域文化色彩。黄遵宪便有一段对提高小说艺术水平方法的论述："仆意小说所以难作者，非举今日社会中所有情态——饱尝烂熟，出于纸上，而又将方言谚语——驱遣，无不如意，为足以称绝妙之文。前者需要阅历，后者须积材料。阅历不能袭而取之，若材料则分属一人，将《水浒》《石头记》《醒世姻缘》，以及泰西小说，至于通性俗谚，所有譬喻语、形容词、解颐语分别超出，以供驱使，亦一法也。"② 黄遵宪提出小说语言应融会贯通使之更加丰富，其中方言谚语是其中比较重要的组成部分，否则就很难称得上是绝妙小说。

方言有其不可避免的局限性，当初秦代统一疆域之时"书同文"便是解决地域方言带来的沟通交流障碍。经历上千年后出现了能够代替文言沟通交流的书面语形式，即"言文"较为一致的以北方方言为基础的白话书面语。因作家熟悉北方官话的程度不一，且来自各个不同地域，其小说白话语言也有意无意地带上方言的痕迹。程宗启在创作《天足引》序中对其运用方言土语做出评价："我想用白话的书，越土越好。……作白话的书，大概多用官话。我作书的是杭州人，故官话中，多用杭州土音。"③ 亦有当时小说作者因不能很好地运用官话而自责："小说欲其普及，必不得不用官话演之。鄙人生长边陲，半多方语。虽力加效颦，终有夹杂支离之所，幸阅者谅之。"④

---

① 老伯：《曲本小说与白话小说之宜于普通社会》，载陈平原、夏晓虹编《二十世纪中国小说理论资料》第1卷（1897—1916），北京大学出版社1997年版，第330页。
② 黄遵宪：《致梁启超书》，载《黄遵宪集》，天津人民出版社2003年版，第503页。
③ 程宗启：《〈天足引〉白话小说序例》，载陈平原、夏晓虹编《二十世纪中国小说理论资料》第1卷（1897—1916），北京大学出版社1997年版，第215页。
④ 海天独啸子：《〈女娲石〉凡例》，载陈平原、夏晓虹编《二十世纪中国小说理论资料》第1卷（1897—1916），北京大学出版社1997年版，第148页。

可见，当时大部分的白话小说使用最多的还是古白话或官话，而方言尤其是纯方言写作的小说少，清末民初的白话小说中掺杂一两句地方方言倒是有些。在晚清小说中，常常使用几句方言作为点缀的不少，比如《孽海花》里时不时来两句北京方言，又如《海上繁华梦》中来两句苏州白话，又或者如《负曝闲谈》写到京城时也会用上几句京白，写到上海时便改用几句苏白。真正可以称得上有价值的方言小说，也仅有《海天鸿雪记》《九尾龟》《小额》等很少的几部而已。

胡适在论述方言对文学之贡献时，将进入文学的方言分为三类："中国各地的方言之中，有三种方言已产生了不少的文学。第一是北京话，第二是苏州话（吴语），第三是广州话（粤语）。"① 当然，胡适所谈论的是方言使用于多种文学文体的情况，并非仅指小说文体。仅就小说文体来说，晚清之前京话小说和吴语小说已有较成熟的经典作品出现，并取得相当高的成就。《红楼梦》和《儿女英雄传》可谓京话小说的代表，而《何典》和《海上花列传》则是吴语小说影响较大的作品。在晚清之前以及清末民初之时，粤语不曾有影响力的小说出现。尽管广州、香港在晚清思想文化界走在前列，且当时有影响力的思想文化界名人如苏曼殊、梁启超、吴沃尧、黄小配均是广东人，属于粤语方言区。他们对粤语方言非常重视并加以提倡，可是除了粤讴及广东戏本运用粤语，小说中运用较少，这可能跟粤语普及范围有限且与官话距离太远有关，这自然影响其流传区域。可见，并非任何方言都适合进入小说书面语，仍有一个优胜劣汰的过程。

吴语小说和京话小说成为清末民初方言小说的两种主要类型。《海天鸿雪记》和《九尾龟》是晚清吴语小说的代表，而《小额》

---

① 胡适：《〈吴歌甲集〉序》，载《胡适全集》第3卷，安徽教育出版社2003版，第756页。

第二章 清末民初小说语体选择：多语体并存

则是晚清京话小说的代表。

清末民初之时，吴语之所以能够在南方方言中优胜而出，跟吴语方言区长期的文学传统积淀、商业繁荣有关，与吴地成为南方经济思想文化的中心地位关系密切。如果北京方言进入小说，在于北京的政治文化中心地位且接近官话，那么吴语则因其传统文学积淀及商业文化中心地位取胜。胡适在《〈吴歌甲集〉序》论述吴语方言占据优势的原因所在："介于京语文学与粤语文学之间的，有吴语的文学，论地域则苏、松、常、太、杭、嘉、湖都可算是吴语区域。论历史则已有了三百年之久。三百年来凡学昆曲的无不受吴音的训练，近百年中上海成为全国商业的中心，吴语也因此而占据特殊的重要地位。加之江南女儿的秀美久已征服了全国的少年心；向日所谓的南蛮鸟夬舌之音久已成了吴中女儿最系人心的软语了。故除了京语文学之外，吴语文学要算是最有势力又最有希望的方言文学了。"①

此外，吴语小说在清末民初之前已有相当成熟的可供借鉴的作品。如《何典》，原署"缠夹二先生评，过路人编定"，据刘复考证其作者为张南庄，作者大致生活于清朝乾隆、嘉庆年间。《何典》一书最早可见由上海申报馆光绪五年（1879）出版之版本，其在民国真正流传，则主要归功于刘半农和鲁迅的全力推介。全书共十回，十二万字左右，以滑稽幽默的吴方言虚构了一部鬼世间的鬼故事，借以讽刺社会现实。《何典》语言独树一帜，叙述语言和人物对话均采用地道的苏北方言，俗语、谚语、俚语、土言随处可见，甚至不避讳采用极土极俗的字眼，因此小说显得非常口语化、土语化。张南庄为其书定位曰："全凭插科打诨，用不着子曰诗云；讵能嚼字咬

---

① 胡适：《〈吴歌甲集〉序》，载《胡适全集》第3卷，安徽教育出版社2003年版，第520页。

文，又何须之乎者也。"① 如此行文，如果读者熟知吴方言，方言俚语带来的幽默使得他们品评中击节叹赏、会心一笑，感到别有风趣。举小说中第三回写到活鬼临死的情景：

> 那活鬼躺在床上，只管一丝无两气的半死半活。雌鬼见他死在头上转，好不着急！就像热煎盘上蚂蚁一般，忙忙的到鬼庙里去请香火，做野团子谢灶……忙得头臭。看这活鬼时，渐渐的一面弗是一面，眼睛插了骷髅头里去，牙齿咬得锈钉断。到得临死，还撒了一个狗臭屁，把后脚一伸，已去做鬼里鬼了。②

恰是由于这些通篇运用吴方言中的俗语、谚语、土语、俚语，即使是写鬼也写得活灵活现、形象生动，其幽默风趣跃然纸上。对于不熟悉吴语方言和文化的，这种艺术感觉就相对受到影响，这也是方言小说带来阅读障碍的弊端所在。

韩邦庆的《海上花列传》也是比较成功、影响较大的吴语小说，光绪二十年（1894）有石印初刊本八册，1926年亚东图书馆印行新版，胡适在此版本序中评价"《海上花》是吴语文学的第一部杰作"③。《海上花列传》共六十四回，该小说以近代上海妓女生活为题材，由于妓女大多是身处吴语方言区，吴语本身甜软柔美，能够凸显女性性格。因此，韩邦庆的《海上花列传》叙述语言用北方官话，而人物对白使用的苏白，即吴语。实际上，韩邦庆运用吴语是有意为之，他说："曹雪芹撰《石头记》用京语，我书何不可用吴语？"对于吴方言中"有音无字"如"勿要""勿曾"，认为"仓颉

---

① （清）张南庄：《何典》，人民文学出版社1981年版，第13页。
② （清）张南庄：《何典》，人民文学出版社1981年版，第35页。
③ 胡适：《〈海上花列传〉序》，载《胡适全集》第3卷，安徽教育出版社2003年版，第520页。

第二章 清末民初小说语体选择：多语体并存

造字,度亦以意为之,文人游戏三昧,更何妨自我作古,得以生面别开?"① 可见,韩邦庆希望运用吴语,从而在小说语言方面别开生面、独树一帜。

《海上花列传》对话使用苏白,确实对于刻画人物性格具有非常好的效果,其笔下的妓女形象个个惟妙惟肖,活灵活现。比如第九回中黄翠凤与罗子富的对话:

> 王莲生一口烟吸在嘴里,听翠凤说,几乎笑的呛出来。子富不好意思,搭讪说道:"耐哚人一点点无拨啥道理!耐自家也去想想看,耐做个倌人末,几花客人做仔去,倒勿许客人再去做一个倌人,故末啥道理?也亏耐哚有面孔,说得出!"翠凤笑道:"为啥说勿出嗄?倪是做生意,叫无法口宛。耐搭我一年三节生意包仔下来,我就做耐一干仔,蛮好。"子富道:"耐要想敲我一干仔哉!"翠凤道:"做仔耐一干仔,勿敲耐敲啥人嗄?耐倒说得有道理。"
>
> 子富被翠凤顶住嘴,没得说了。停了一会,翠凤道:"耐有道理末,耐说。啥勿响哉嗄?"子富笑道:"阿有啥说嗄,拨耐钝光哉。"翠凤也笑道:"耐自家说得勿好,倒说我钝光。"②

用吴语方言写小说确能达到传神的效果,但对于不懂吴方言的读者来说,也带来一定的语言障碍,即"惟吴中人读之颇合情景,他省人则不尽解也"③。孙玉声在《退醒庐笔记》中也对韩邦庆坚持

---

① 海上漱石生(孙玉声):《退醒庐笔记》,载朱一玄《明清小说资料选编》(下),齐鲁书社1989年版,第815页。
② 韩邦庆:《海上花列传》,载吴组湘编《中国近代文学大系·小说集一》,上海书店1991年版,第228页。
③ (明)沈德符:《谭瀛室笔记》,载孔另境编《中国小说史料》,上海古籍出版社1982年版,第235页。

运用吴语的主张,说道:"余知其不可谏,斯勿复语。逮至两书相继出版,韩书已易名曰《海上花列传》,而吴语则悉仍其旧,致客省人几难卒读,遂令绝好笔墨竟不获风行于时。而《繁华梦》则年必再版,所销已不知几十万册。于以慨韩君之欲以吴语著书,独树一帜,当日实为大误。盖吴语限于一隅,非若京语之到处流行,人人畅晓,故不可与《石头记》并论也。"① 《海上花列传》同《海上繁华梦》一样写上海妓女题材,且成就远远在其上,而不获风行,白白埋没了佳作,孙玉声认为最大原因是其使用吴语,限制了传播范围。为此,张爱玲将其用国语进行翻译,以使更大范围读者共品味。

到清末民初,承袭《海上花列传》之余绪,吴语小说比较繁荣,但艺术价值超越《海上花》的则没有。相对而言,此时期较有价值的吴语小说有两部:《海天鸿雪记》和《九尾龟》。实际上,《九尾龟》的叙述语言用北方官话,至于人物对白,只有妓女才用吴语,其他人则操官话。如此有选择性地使用官话和吴语,使得吴语方言原有的写实意义降低,反而成为象征的意义,苏白成为妓女特有之语言。陈平原评价说:"苏白已成为了一种有特殊内涵的文化符号,它代表作家心目中理想妓女的音容笑貌、言谈举止乃至身段姿势。……苏白＝苏州、上海人＝苏州、上海的妓女＝色艺俱佳的理想妓女,方言的使用在小说中有更深一层的含意,而不再只是渲染气氛或刻画人物。"② 可见,当作家在小说中塑造人物形象时,人物对话所选用的官话或苏白已成为身份地位和文化修养的象征。

在阿英论述晚清吴语小说时,他认为:"在这一类小说中比较可称者,不是胡适所举的《海上繁华梦》与《九尾龟》,而是李伯元

---

① 海上漱石生(孙玉声):《退醒庐笔记》,载朱一玄编《明清小说资料选编》(下),齐鲁书社1989年版,第815页。
② 陈平原:《20世纪中国小说史》第1卷(1897—1916),北京大学出版社1989年版,第173页。

的《海天鸿雪记》。"①《海天鸿雪记》作者是否李伯元,学界仍存在争议。② 全书共二十回(未完),署名二春居士著,1904年由世界繁华报馆刊,亦是一部用吴语描写上海妓女生活的代表性作品。从小说语言体式来说,小说人物对白仍以吴语为主,以增强人物的形象性、生动性,以方言凸显人物性格。如第九回老二让寿生请客一段:

寿生脸上一红,遂问老二道:"耐寻我啥事体?"老二道:"啊呀,耐啥忘记哉?耐说今朝搭倪吃酒呀!"寿生道:"我今朝呒不功夫。"老二道:"耐夷要滑头哉!夜里向有啥个事体?"寿生道:"故歇朋友也呒不,那哼吃酒?"老二道:"朋友末好去请个晼。倪今朝一台酒也呒不,阿要坍台?"进卿道:"唔笃今朝阿是烧路头?"老二道:"宣卷呀!俚末总算老客人哉!随常日脚,从勿叫唔做花头个,今朝日脚浪尴尬仔,阿要搭倪绷绷场面来介。"老二正在指手画脚,不提防余双人挈着钓伯从背后掩来,逼紧仔喉咙,喊道:"做花头末做末哉晼!"老二没有留心,吓了一跳,别转来将双人肩上狠狠的打了一下,说道:"耐个断命人,啥落实梗捎嘎!恨得来!"寿生道:"耐撒别人个烂肩,别人自然也撒耐个烂肩哉晼。"当下大家一笑。③

阿英高度赞扬《海天鸿雪记》中吴语方言的使用,认为"方言的应用,更足以增加人物的生动性,而性格,由于语言的关系,也

---

① 阿英:《晚清小说史》,江苏文艺出版社2009年版,第172页。
② 阿英认为此书为李伯元所作,而陈平原和郭延礼根据1899年7月22日《游戏报》刊登《海天鸿雪记》广告,称作者二春居士系浙中人,而李伯元是常州人。时萌在日本《清末小说研究》9期(1919年)中发表《李伯元年谱》,也认为此作不能肯定为李氏作品。
③ 李伯元:《海天鸿雪记》,载《中国近代小说大系》第9卷,江西人民出版社1998年版,第240—241页。

更突出。几个人的性格,虽仅用了二百七十四言,已具着极清晰的印象,这是用方言的力量"①。《海天鸿雪记》不仅立意深刻,而且吴语方言运用生动流畅,亦有论者认为其"笔墨在近今流行之《繁华梦》、《九尾龟》之上"②。

　　上海商业地位的提升使得吴语在南方有一定影响,但很难在全国流行,正如孙玉声所说,"吴语限于一隅,非若京语之到处流行,人人通晓"③。北京方言仍属于北方语系,相对来说比较接近官话,即使是其他方言区的读者理解上不存在太大的问题。京话小说自《红楼梦》《儿女英雄传》,以至清末民初的《小额》《春阿氏》等,一直延续至现代的老舍作品,生命力非常旺盛。清末民初的京语小说又称京话旗人小说,大部分作者为旗人。满族人说北京话非常有特点,既地道又漂亮,因此京话跟满洲旗人特殊的语言风格关系密切。胡适曾说过:"旗人最会说话,前有《红楼梦》,后有《儿女英雄传》,都是绝好的记录,都是绝好的京语教科书。"④ 陈平原对京话方言小说评价也很高:"纯用官话作小说,虽则通畅,总不免有单调枯燥之嫌;纯用方言作小说,虽则生动传神,却必须以舍弃全国绝大多数读者为代价。唯有京话能兼两美而避其难,这就难怪京话小说能在中国小说的文体探索方面做出较大的贡献。"⑤ 他所说的"纯用方言"实际上是指北方方言区之外的方言,而所谓的"文体"是指小说的语言体式即语体,他对京语小说在小说语体方面的探索加以肯定。

---

　　① 阿英:《晚清文学史》,江苏文艺出版社 2009 年版,第 174 页。
　　② 冥飞:《古今小说评林》,转引自郭延礼《中国近代文学发展史》第 2 卷,高等教育出版社 2001 年版,第 351 页。
　　③ 海上漱石生(孙玉声):《退醒庐笔记》,载朱一玄编《明清小说资料选编》(下),齐鲁书社 1989 年版,第 815 页。
　　④ 胡适:《〈儿女英雄传〉序》,载《胡适全集》第 3 卷,安徽教育出版社 2003 年版,第 542 页。
　　⑤ 陈平原:《20 世纪中国小说史》第 1 卷(1897—1916),北京大学出版社 1989 年版,第 173 页。

第二章　清末民初小说语体选择：多语体并存

在清末民初之际的北京，为救亡图存、变革图强，一批满族文人开始创办以中下层市民为对象的白话报。白话报登载了以北京方言为主、反映北京中下层市民生活的小说，由此培养了蔡友梅、王冷佛、穆儒丐、徐剑胆等为代表的京语小说作者。中国文联出版社1997年出版的"清末民初小说书系"曾经选录了这些作家现存作品的一部分。在这些京话小说作家中，风格较为成熟、京味语言运用最流畅、最地道的当属蔡友梅。

蔡友梅，又名松友梅，笔名损公，清末民初旗籍报人、小说家。从历时来看，清末民初之时京话本身已与曹雪芹的《红楼梦》以及文康的《儿女英雄传》有所不同。曹雪芹和文康更多无意识地、习惯性地运用京语，前者描写大家族的兴衰，后者描绘社会场面。清末民初之时的蔡友梅却把对象定位为中下层市民，语体选择自然追求通俗，他有意识地选择中下层市民的北京方言，以更好地反映北京市民的生活状态。他在其小说《库缎眼》中对自己的语体选择进行明确的说明："本报既开设在北京，又是一宗白话小说，就短不了用北京土语。可是看报的不能都是北京人哪，外省朋友看着，就有不了然的。一个不了然的，就许误会，很耽误事情。所以记者近来动笔，但能不用土语，我是决不用。可是白话小说上，往往有用句俗语，比文话透俏皮。小说这宗玩意儿，虽然说以惩恶劝善为宗旨，也得兴趣淋漓才好。可是话又说回来啦，有兴趣没兴趣，也不在乎用土话上（八面兄理全都让我占了）。往往挤的那个地方儿，非用土话不成。不但记者这宗小说，就是上海白话小说，也短不了用上海的土语。这层难处，作过小说的都知道。如今我想了一个法子，实在必得用土语的时候，费解的不用，太卑鄙的不用，有该注释的，咱们加括弧，您瞧好不好？"①

---

① 蔡友梅：《库缎眼》，载于润琦《清末民初小说书系》，中国文联出版社1997年版，第515页。

蔡友梅不仅认识到北京土语有其自身的特点，与"文话"即官话相比，土话俏皮、诙谐，同时也看到方言的局限性。因此他非常注意北京土话的提炼，尽量选择外省方言区亦能理解的，或加以注释。如《小额》中旗人们在衙门口等领钱粮时的一段描述，由此体会一下蔡友梅的京语风格：

那一天又到钱粮头儿上啦。说句迷信话吧，也是小额活该倒运。他手下有个跑账的小连，外号儿叫青皮连，没事竟耍青皮。有二十多岁，小辫顶儿大反骨，有几个小麻子儿，尖鼻子，闻点儿鼻烟儿，两个小颧骨儿，说话发头卖项，凭他一张嘴，就欠扛两月枷。借着小额的势力，很在外头欺负人。那些个账户儿，没有一个不怕他的。到了旗、营关钱粮，变着法子跟人家要骨头。

那一天是四月初五，青皮连晃晃悠悠，来到旗下衙门。可巧那天是堂官过平（瞎事），定的是辰时到署。天已经十钟多啦，堂官也没来，就瞧门口等着关钱粮的人，真有好几百口子，大家抱怨声天。这个说："德子，你没作活吗？"那个说："这两天没活，我们牛录上有一个拨什户缺（就是领催），大概这两天夸兰达验缺，我也得练练箭哪。"这个说："练什么吧，脑油，咱们这样儿的，还得的了哇！"那个说："咳，这就是瞎猫碰死耗子，那有准儿的事呀！"这个又问那个说："嘿，小常，你还等着是怎么着？上回说过来，就闹了一个晌午歪，瞧这方向，又不定多早晚呢。我是不等啦，晚上到拨什户家里关去得啦。"那个说："你走你的吧，我是非等着不可。一到他们手里，是又剥一层皮。反正在这儿多花几百，吃在我肚子里。"又有一个山东儿，叼着个大烟袋锅子，直拍一个穷人（大概也是为账目）。又有老少两位堂官，都挽着闸儿，在那里闲谈。上岁数儿的问那个年轻的说："大奶奶，怎么你关钱粮来啦？"年轻的说：

"二大大,您不知道吗?您侄儿上南苑啦(准当神机营)。您瞧,快晌午了,说过来可又不来,这不是招说吗?"又有几个卖烧饼油炸果(音鬼)的,有一个卖炒肝儿的,又有一个卖干烧酒的,乱乱哄哄,直点儿的吆喝。①

无论是叙述语言还是人物对白,蔡友梅都选用了京味十足的土语,形成了其流畅轻快、诙谐风趣的京语风格。蔡友梅很多京味小说运用北京方言土语生动形象地刻画北京中下层各类人物以及生活状态,杨曼青便评价道:"观者闭目一思,如身临其境,闻其声而见其人。"② 北京方言的魅力便在于此,不仅逼肖声口,而且干脆利落,不假雕饰亦能达到传神的效果。如"咳,这就是瞎猫碰死耗子,那有准儿的事呀!""上回说过来,就闹了一个晌午歪"等方言俗语,都非常形象生动,是寡味平淡的官话无法相比的。

四 白话译语体

清末民初时的翻译小说兴盛,据日本樽本照雄《新编清末民初小说目录》统计,1905—1919年,共有翻译小说2249种(包括部分短篇翻译小说)。阿英在《晚清小说史》中谈翻译小说时也说:"就各方面统计,翻译书的数量,总有全数量的三分之二,虽然其间真优秀的并不多。而中国的创作,也就在这汹涌的输入情形之下,受到了很大的影响。"③ 翻译小说的大量涌现,不仅对中国小说思想、观念和艺术技巧影响很大,而且对中国小说书面语的发展具有非常重要的意义。如果说中国本土的两种书面语文言和白话相互对立又相互融合,还比较单调,在时代巨大变迁和文化交流频繁的清末民初,翻译语体则为

---

① 蔡友梅:《小额》,世界图书出版社2011年版,第4—5页。
② 杨曼青:《〈小额〉序》,载陈平原、夏晓虹编《二十世纪中国小说理论资料》第1卷(1897—1916),北京大学出版社1997年版,第360页。
③ 阿英:《晚清小说史》,江苏人民出版社2009年版,第184页。

中国本土化的书面语提供新的参照并注入新的血液。

翻译小说在语体采用上，既有本土已有的书面语表达形式，又掺杂欧、美、日等异域小说语言风格。此时期小说翻译语体大体来说可分为四种：一是文言语体，以林纾、周氏兄弟的翻译为代表；二是浅近文言语体，以陈冷血、周瘦鹃、包天笑为代表；三是带有文言词语的白话语体，以吴梼为代表；四是带有异域语言风格的白话语体，以周桂笙、伍光建为代表。清末民初时的小说翻译语体与小说创作语体选择类似，虽然总的格局趋向通俗白话，但同样呈现多元化的过渡状态。实际上，小说翻译语体的划分只是大体上的分类，而不是绝对的。如周桂笙在翻译不同小说时采用不同语体，翻译"毒蛇圈"时使用流畅的白话语体，而翻译《阿罗南空屋被刺案》时运用的是浅近文言语体。又如周瘦鹃在翻译"欧美名家短篇小说丛刻"时，有的用浅近文言，有的则基本上属于白话语体。

关于文言和浅易文言将在其他部分详述，此节重点放在白话译本语体的论述上。译本中的白话语体已与古白话、官话有所不同，有其自身的特点。吴趼人在其短篇小说《预备立宪》的前言中便暗示译本小说与众不同："恒见译本小说，以吾国文字，勿吻合西国文字，其词句之触于眼目者，觉别具一种姿态。而翻译之痕迹，即于此等处见之。此译事之所以难也夫。虽然，此等词句，亦颇有令人可喜者。偶戏为此篇，欲令读者疑我为译本也。呵呵！"[①]

翻译文本毕竟是从一种语言文字转换成另一种语言文字，译出国语言与译入国书面语言必然相互影响，留下翻译的痕迹。译本中的词汇句法"别具一种姿态"，大概是指在外文翻译为中文之后，词汇句法与本土书面语存在着显而易见的差异。随着译本的涌现，译本语体对本土作家笔下书面语产生影响，有故意模仿之作，吴趼人

---

① 偈：《〈预备立宪〉前言》，载陈平原、夏晓虹编《二十世纪中国小说理论资料》第1卷（1897—1916），北京大学出版社1997年版，第193页。

第二章 清末民初小说语体选择：多语体并存

便是一例；亦有潜移默化习惯性地带有译本语体特点，如梁启超的文章中常杂以外来词汇和外国语法，徐枕亚小说中亦出现"自由""吾爱"诸种西化的词汇。无论当时一些作者出于民族自尊考虑，接受也罢，不屑也罢，译本语体对本土作家个人语体选择的影响是不可避免的。由历时考察可知，译本语体在一定程度上对中国白话语体的丰富起到很大作用。其大致呈现三个特征：一是各种标点符号的使用，二是新词汇的运用，三是对异域小说句法的模仿。

关于标点符号的采用，陈平原在介绍译本文体时也有所提及。[①] 西方用标点符号来断句和表达语句的感情色彩，而在中国文言和白话两种书面语表达中，历来句读是一项基本功，对于西方的逗号、句号来断句并不惊奇。而要体现感情色彩时，汉文是用一些特定的语气词来表达。相对简便的标点符号来说，汉语书面语的语气词显得比较笨拙。清末民初之时，译本中已使用问号（？）、感叹号（！）、省略号（……）。后来一些小说创作中也出现西方的标点符号，如《小说林》第1期刊登的《孽海花》便使用了问号和感叹号，《月月小说》第1期的《乌托邦游记》使用了省略号。1909年，周氏兄弟《域外小说集》出版时用了西方的标点符号，并进行说明："'！'表大声，'？'表问难，仅已习见，不俟诠释。""有虚线以表语不尽，或语中缀。有直线以表略停顿，或在句之上下，则为用同于括弧。如'名门之儿僮——年十四五耳——亦至'者，犹云名门之儿僮亦至；而儿僮之年，乃十四五也。"[②] 在译文中，周树人有意识地进行大胆的欧化尝试，主动系统性地运用欧化的标点符号。

标点符号的运用在我们今天看来习以为常，成为现代白话书面语不可缺少的一部分，但在清末民初由西方输入时，却经历了争论

---

① 陈平原：《二十世纪中国小说史》第1卷（1897—1916），北京大学出版社1989年版，第186页。
② 周树人：《〈域外小说集〉略例》，载陈平原、夏晓虹编《二十世纪中国小说理论资料》第1卷（1897—1916），北京大学出版社1997年版，第377页。

尝试阶段。虽然吴趼人笔下行文不自觉地有译本倾向，但对于标点符号的运用还是明确反对的：

> 吾尝言，吾国文字，实可以豪于五洲万国，以吾国之文字大备，为他国所不及也。彼外人文词中间用符号者，其文词不备之故也。如疑问之词，吾国用有"欤"、"耶"、"哉"、"乎"等字，一施之于词句之间，读者自了然于心目；文字之高深者，且可置之而勿用。今之士夫为译本者，必舍我国本有之文词而不用，故作为一"？"以代之。又如赞叹之词，须靡曼其声者，如"呜呼"、"臆"、"嘻"、"善夫"、"悲夫"之类，读者皆得一见而知之，即施之于一词句之间者，亦自有其神理之可见，而译者亦必舍而勿用，遂乃使"！"、"！！"、"！！！"等不可解之怪物，纵横满纸，甚至于非译本之中，亦假用之，以为不若是，不足以见其长也者。吾怒吾目视之，而眦为之裂；吾抚吾剑而斫之，而不及其头颅；吾拔吾矢而射之，而不及其嗓咽；吾欲不遇此辈，而吾之灵魂不肯死。吾奈之何，吾奈之何！①

可见，吴趼人对中国书面语尤其是文言语体非常的自信，认为其"大备"，即很完美，用一些语气词以及拟声词完全可以表情达意，并且也可以作为断句之用，根本不需要标点符号。因此他对标点符号的输入及应用者深恶痛绝，同时又无可奈何。林纾用古文翻译小说，全部运用文言语体的语气表达方式，大概是对西方标点符号如吴趼人一般不屑一顾。吴趼人虽然对标点符号深恶痛绝，但在自己小说《查功课》中也使用了省略号。

除了标点符号的引进，翻译小说的语言中还出现了很多新名词，

---

① 吴趼人：《〈中国侦探案〉弁言》，载陈平原、夏晓虹编《二十世纪中国小说理论资料》第1卷（1897—1916），北京大学出版社1997年版，第212页。

第二章 清末民初小说语体选择：多语体并存

成为白话书面语发展过程中不可忽视的一部分。"语言的发展是经过新质要素的逐渐积累，旧质要素的逐渐衰亡来实现的。"① 这些新词汇不仅在白话译语体中出现，在清末民初使用文言语体翻译时也是不可回避的，而这些代表着新的思维方式和文化内涵的译词又影响到社会的方方面面，其中包括文学艺术的书面语表达。新名词对于中国固有书面文字的影响不小，林纾翻译的《拊掌录》出版，其中《耶稣圣节前一日之夕景》一篇附有译者评语："吾中国百不如人，独文字一门，差足自立。今又以新名词尽夺其故，是并文字而亦亡之矣。嗟夫！"② 林纾虽用文言翻译欧美小说，运用很多音译的新名词，还有一些没法避开的新词汇，对此林纾亦无可奈何。

当时处于文化交流频繁、社会剧烈变革时期，新名词涌入，渗透到人们的日常生活之中，自然开口说话、提笔为文，均避不开新名词。如梁启超的白话政治小说《新中国未来记》更是充斥着大量的具有时代特色的新词汇：

> 那拿破仑当十八、十九世纪交界，正是民族主义极盛的时代，他却逆着这个风潮，要把许多不同种族、不同宗教、不同语言的国民扭结做一团，这是做得到的事业吗？就是没有这莫斯科、沃打卢两回败仗，他那帝政底下的大共和国就做得成吗？③

这里有拿破仑、莫斯科、沃打卢等音译的人名、地名，也有从日本借用的"世纪""民族主义""时代""宗教""共和国"等新名词，同时借此输入新的文化和政治思想。这些经过翻译小说而引

---

① ［苏］斯大林：《马克思主义与语言学问题》，李立三等译，人民出版社1953年版，第25页。
② 林纾：《跋尾》，载林纾、魏易译《拊掌录》，商务印书馆1981年版，第61页。
③ 梁启超：《新中国未来记》，载《中国历史演义全集》第30册，台北：远流出版社1979年版，第1018页。

进的新词在社会上非常流行，新词具体数目难以详细统计，但在小说中出现较多的是与文化、生活、政治、教育、军事等有关的词汇。

　　清末民初翻译小说输入新词汇的同时，也带来了西方小说的语法和句式，虽然借鉴不是很普遍，但也有一些明显的痕迹。周桂笙是我国较早运用白话语体翻译小说的一位翻译家，他所采用的书面语并不统一，有的是浅近文言，也有杂有文言词汇的白话，当然还有具有欧式句式特征的纯白话译文，代表作是1903年他在《新小说》上开始译载的法国鲍福的侦探小说《毒蛇圈》，小说的一开头就显示了欧式语法特征，采用了父女对话体式：

　　"爹爹，你的领子怎么穿得全是歪的？"

　　"儿呀，这都是你的不是呢，你知道没有人帮忙，我是从来穿不好的。"

　　"话虽如此，然而今天晚上，是你自己不要我帮。你的神气慌慌忙忙，好像我一动手就要耽搁你的好时候是的！"

　　"没有的话，这都因为你不愿意我去赴这回席，所以努起了嘴，什么都不高兴了。"

　　"请教我怎么还会高兴呢？你去赴席，把我一个人丢在家里，所为的不过是几个老同窗，吃一顿酒。你今年年纪已经五十三了，这些人已有三十五年没有见了，还有什么意思呢？"①

　　译文的语言是纯白话的，非常的成熟流畅。在中国文言语体中，虽然有省去人称，把对话简化为"曰""对曰"，甚至不用"曰""对曰"的情况，但在白话小说中却没有此先例。在周桂笙的这篇白话译语体小说中，则省去对话者，更加客观直接地呈现对话。吴趼

---

① ［法］鲍福：《毒蛇圈》，周桂笙译，吴趼人评点，载《吴趼人全集》第9卷，北方文艺出版社1998年版，第3—4页。

人小说《查功课》中借用此种欧化句式,完全模仿翻译小说,省略了说话人:

"来啊!"
"是是是,来了来了"。
"快叫起教习师爷们,叫斋夫叫起学生,制台马上委员来查功课。"
"是是是。"
"起来!起来!快起来!快快快起来!"①

欧式句式还有一大特点是定语很长,如1907年《小说林》第一期中的一篇译文:

有一位眼架金镜,口衔锡茄,身披雨衣,足踏草履的豪客,坐着一辆人力车,飞也似的从路旁的人面前闪过。蓦地里发出一种怪声,那车夫便倒退几步,徐徐停下。②

欧化句式比较严密,逻辑层次清晰,相对来说比汉语要严谨、准确。鲁迅看到汉语语义的含混和语法的不精密:

中国的文或话,法子实在太不精密了。作文的秘诀,是在避去熟字,删掉虚字,就是好文章。讲话的时候,也时时要词不达意。这就是话不够用,所以教员讲书,也必须借助于粉笔。这语法的不精密,就在证明思路的不精密,换一句话,就是脑

---

① 吴趼人:《查功课》,载《吴趼人全集·短篇小说集》,北方文艺出版社2019年版,第95页。
② 饮椒:《地方自治》,《小说林》1907年第1期。

筋有些胡涂。倘若永远用着胡涂话，即使读的时候，滔滔而下，但归根结蒂，所得的还是一个胡涂的影子。①

瞿秋白给鲁迅的信中同样谈到了此点："一切表现细腻的分别和复杂的关系的形容词，动词，前置词，几乎没有。"② 句法的精密与否，逻辑层次是否清晰也是区分欧化句式与汉语语法的重要之处。

清末民初之时，除上述翻译家使用白话之外，还有徐念慈的《黑行星》、伍光建的《续侠隐记》等。伍光建小说多译自英文本，其本人精通英语，又有较高的中文素养，其翻译大多采用简洁畅达的白话，与传统的白话相比更接近现代白话。

清末民初之时，一些翻译家把欧式句式语法输入汉语书面语中，从而与异域语言风格相结合，使汉语书面语更加严密、准确，更富表现力和逻辑性。本土白话语体本身存在的一定缺陷，吸收借鉴西方的词汇、语法、逻辑和修辞等方法，成为推动白话语体发展不可缺少的重要因素。

第二节　文言语体

我国文言语体小说在形式体制上与白话语体小说完全不同，白话语体小说更多模仿说书体，而文言小说从走向成熟的唐代传奇到明代的"剪灯二种"，以至清代的《聊斋志异》，基本上延续短制的列传体，或为志怪小说，或为志人小说。文言语体小说与史传传统关系密切不言而喻，文言小说历来更多承担的是"史之余"之角色

---

① 鲁迅：《关于翻译的通信》，载《鲁迅全集》第4卷，人民文学出版社1981年版，第382页。

② 瞿秋白：《关于翻译的通信》，载《鲁迅全集》第4卷，人民文学出版社1981年版，第371页。

第二章　清末民初小说语体选择：多语体并存

和功能。唐代传奇兴盛，标志着文言小说的成熟。虽然文人已经有意为小说，且有意做到"文备众体"，"可见史才、诗笔、议论"，其实在很大程度上是士子通过小说"温卷"来炫耀各种才能，以便扩大个人影响，为其走向仕途铺路。此后文言主流小说延续唐传奇的模式，或者延续志怪、志人古小说体例，如纪昀的笔记体小说《阅微草堂笔记》、蒲松龄的《聊斋志异》。历经千余年，虽然文言小说在与白话小说对峙中由盛而衰，但仍然不绝如缕，在清末民初之际数量上也达到其顶峰状态，五四时文言语体小说完全销声匿迹。

清末民初文言语体小说与此前相比，有承续的因素，亦有其独特性。此时期小说地位随着理论界的提倡而大大提升，白话小说创作声势浩大，同时小说文体亦成为部分文人操练文言语体的试验场。文言语体经历上千年的发展，其风格有所差异，至清末民初影响较大的大体分三类：八股文、辞章、古文。铁樵在《论言情小说撰不如译》中曾讲到小说的修辞学原则，他认为小说在修辞上讲求"理""力""美"，而何种文言语体能达此三种境界呢？他说：

> 吾国二十年前之童子，学为文者，初无一定程序，因师傅而各异；有从八股入手者，有从辞章入手者，有从散文入手者，即相沿称为古文者也。治八股者近理，治辞章者近美。然八股家多不能为他种文字，则所谓理或非理。辞章家或专事堆砌，则美亦非美。惟古文颇循修辞公例，其有未至，则所谓程度问题。①

因小说家个人师傅不同，接受的学习重心不同，而且所宗所习存在差异，习惯使然，有模仿八股的，有近于辞章的，也有采用古

---

① 铁樵：《论言情小说撰不如译》，载陈平原、夏晓虹编《二十世纪中国小说理论资料》第1卷（1897—1916），北京大学出版社1997年版，第533页。

文的。铁樵批评八股文言和辞章文言均不适宜小说修辞表达,实际上八股文言语体和架构虽然多少会影响到清末民初小说家的文言小说创作,但其不适宜小说毋庸置疑,也不曾有小说家愚蠢到以纯八股文言笔法创作小说。铁樵的言论主要是针对当时在民初文坛风靡一时的骈体小说而提倡撰译小说应采用古文,即散体文言语体,而非骈体文言语体。

一 散体古文小说

中国古代文言书面语系统分为散文体和骈文体两种不同的书面语言体系,其分离与消长在长期的历史发展过程中成为汉语文言书面语系统的普遍现象。清代时文言和白话两种文言书面语在散文中均发展到顶峰状态,同时预兆着其消逝之前的"回光返照"。

在散体文言语体中,清末民初之时因作家本身所宗所习不同,其风格也有所差异。钱基博在《现代中国文学史》中曾提到散体文言风格的不同:"民国更元,文章多途;特以俪体缛藻,儒林不贵,而魏晋、唐宋,骈骋文囿,以争雄长。大抵崇魏晋者,称太炎为大师;而取唐宋,则推林纾为宗盟云!"① 钱老既指出民国时出现"俪体缛藻"的骈文语体,但其不被正统人士看重,又将散体文言语体细分为宗魏晋派、宗唐宋派,章太炎可谓是崇魏晋文的大师,而林纾则是宗唐宋派的代表。

章太炎取径魏晋文,擅长魏晋之学,对林纾所操文言语体颇有微词,并加以贬斥:

> 下流所仰,乃在严复、林纾之徒。复辞气虽饬,气体比于制举,若将所谓曳行作姿者也。纾视复又弥下,辞无涓选,精彩杂污,而更浸润唐人小说之风。夫欲物其体势,视若蔽尘,

---

① 钱基博:《现代中国文学史》,上海书店出版社2004年版,第124页。

第二章 清末民初小说语体选择：多语体并存

笑若龋齿，行若曲肩，自以为妍，而只益其丑也！与蒲松龄相次，自饰其辞而只敬之，曰此真司马迁、班固之言。若然者，既不能雅，又不能俗，则复不能比于吴蜀六士矣。①

章太炎认为魏晋作品语体选择无靡丽之词，无娇柔之气，而唐宋文与之相较远为逊色。他批评林纾的笔法近于唐人小说，不俗不雅。尽管如此，就小说文体来说，章太炎所提倡的宗魏晋文所译所作小说寥寥无几，因鲁迅欣赏章太炎文风，崇尚魏晋不尚空言、长于辩理的特点，因而周氏兄弟《域外小说集》带有魏晋文色彩。章太炎所极力批评的林纾"不雅不俗"之文言语体选择则大获成功。尤其是林纾的散文文言语体小说译作对当时的文人影响很大，非常受欢迎，成为当时不少小说家模仿的对象。周作人称清末民初出现了以严复、林纾、梁启超为代表的三种风格译作，而他最欣赏林译小说，其原因在于："这一方面引我到西洋文学里去，一方面又使我渐渐觉到文言的趣味。"② 因此，章太炎更多针对散文创作领域的魏晋文和唐宋文之对立，在小说领域这种分歧意义不大，文言语体的选择必须适应当时的小说文体特点，不宜过于佶屈聱牙，这也是林纾"不雅不俗"语体选择的成功所在。

在辛亥革命之前，文言小说主要集中于翻译小说以及延续古制的短篇小说创作。在翻译小说的作者中，成绩最为突出的非林纾莫属，其翻译的代表作品有《巴黎茶花女遗事》（1899年）、《黑奴吁天录》（1901年）、《迦茵小传》（1905年）、《撒克逊劫后英雄略》（1905年），等等。其译作在当时影响很大，尤其是《巴黎茶花女遗事》有"洛阳纸贵"之誉。

---

① 章太炎：《与人论书文》，载《章太炎全集》第4卷，上海人民出版社1985年版，第168页。
② 周作人：《我学国文的经验》，载《周作人散文全集》第4卷，广西师范大学出版社2009年版，第770页。

林纾译作的一大特点便是运用散体文言语体进行翻译，作为清末民初名噪一时的翻译大家，林纾不懂外文，其翻译基本是与懂外文的王寿昌、魏易等人合作。懂外文的王寿昌、魏易等人口述，这口述应该不会是已经成型的文言语体，以常理判断应该是口语化表述。而以古文家自称的林纾执笔成文，必然以较为典雅的文言语体来传达由翻译者所述的西方小说故事。如果执笔人不能完全表述原作中的意图或不合其思维惯式难以理解之意，则依照个人意图进行改写。这种由翻译者口述，执笔人用文言成文的翻译方式也成为林纾翻译小说的重要特点。毕竟他直接面对的不是异域语言文字，而是口语化的翻译，因林纾根深蒂固的古文观念和文学修养，文言语体自然成为其得心应手的书面语工具之选，也是其必然的唯一选择。此外，林纾的小说文体观念也影响其语体选择，自青年时起林纾便在《左传》《史记》上用力颇勤，且非常赞赏《史记》用笔，在翻译外国小说时，亦将外国长篇小说与中国史传相提并论。[①] 我国文言小说历来有继承史传传统，且以"史之余"来提高文言小说的功用，林纾既然有意将西方小说与中国史传相比，其潜意识中仍脱离不开文言语体小说的固有观念，用文言语体进行创作也是应有之义。况且林纾用古文写作，亦是考虑到个人身份地位以及所面对的读者群的明智之举，毕竟在当时士大夫乐意接受的仍是以古文为代表的雅文学。如何让他们接受西方的小说文学样式？选择他们所熟悉的比较典雅的文言语体是重要的策略之一。实际上，林纾以散体文言语体翻译西方小说，也在一定程度上以"雅"语体提升一直被认为是鄙俗小说文体的文学地位，正如李欧梵所说："林纾的翻译有如潘多拉的盒子，留下了大量连他自己也意识不到的遗产。"[②]

[①] 林纾：《斐洲烟水愁城录序》，载陈平原、夏晓虹编《二十世纪中国小说理论资料》第1卷（1897—1916），北京大学出版社1997年版，第158页。
[②] 李欧梵：《中国现代作家的浪漫一代》，新星出版社2005年版，第56页。

第二章 清末民初小说语体选择：多语体并存

清末民初之时，在翻译界影响最大的翻译者包括严复、林纾、梁启超。严复的译文主要集中于西方政治思想著作，以较严谨的文言语体来启发传统士人，介绍西方的知识体系，以挽救颓败的国势，其所用文言语体相对比较艰深。梁启超的文章相对来说比较平易畅达，有意使用近俗之辞，可称之为浅易文言。林纾的小说语体选择即如章太炎所评价，不太雅也不太俗，不太旧也称不上很新，可以说是介于严复和梁启超之间的一种语体，以调节文言语体与小说通俗文体之间的矛盾，通过适当地变通文言语体，使之能够扩大小说的阅读范围，故而清末民初之时林纾翻译小说独步一时。在林纾的观念中文言语体代表雅致，用变通后的文言语体翻译小说成为其必然选择，并以之为其变革社会的工具。

同时，林纾对用文言语体翻译小说乐此不疲的另一重要原因便是近代稿酬制度的兴起。林纾翻译小说的稿酬极高且成为其主要的经济来源，这也是其延续文言语体风格的重要动力。当时的评论界注意到那时具有购买力的读者群仍是旧派人士，下层民众疲命于基本生存层面且文学修养有限，大概不会有太多的空暇和金钱去购置小说。

> 就今日实际上观之，则文言小说之销行，较之白话小说为优……余约计今之购小说者，其百分之九十，出于旧学界而输入新学说者，其百分之九，出于普通之人物，其真受学校教育，而有思想、有才力、欢迎新小说者，未知满百分之一否也？所以林琴南先生，今世小说界之泰斗也，问何以崇拜者众？则以遣词缀句，胎息史汉，其笔墨古朴顽艳，足占文学界一席而无愧色！[①]

---

① 觉我：《余之小说观》，载陈平原、夏晓虹编《二十世纪中国小说理论资料》第1卷（1897—1916），北京大学出版社1997年版，第335—336页。

时人的评论指出当时出版界的商业运行情况，林纾用文言语体翻译小说，其遣词造句、胎息史汉、笔墨风格成功迎合了当时人们的阅读需求和审美趣味，不仅获得市场效益，而且以文言语体为媒介沟通了中西文学，同时使得小说文体从长期的边缘地位逐渐步入颇受关注的大雅之堂。

林纾曾经师从桐城名家，但他的翻译小说采用的语体并不局限于桐城派风格，而是将桐城古文浅易化。其变通过的文言语体古朴顽艳，合乎士大夫的审美需求，因此其译作在士大夫中左右逢源。假设林纾用白话译述，林译小说很可能将被视为低级通俗读物，难以为当时士大夫接受，即如孔子所谓的"言而不文，行之不远"，可见书面语选择非常重要。语体选择也并非完全选择古雅的文言语体便能够称得上最佳的，事实证明当时章太炎先生倡扬的"魏晋文章"，也难当此任，周氏兄弟用魏晋文语体翻译小说也不成功，阿英认为："周氏兄弟译本，完全用着深奥的古文，又系直译。"[①]"既没有林纾意译'一气到底'的文章，又有些'佶屈聱牙'，其得不到欢迎是必然的。"[②]

相比较而论，林纾变通的文言语体在传播、接受效果上比较理想，林纾文言语体的译笔从总体来看流畅隽永且极富表现力。林纾用文言语体翻译西方小说，不仅妙语连珠，而且达到哀感顽艳和感人至深的艺术效果。举一例说明，《巴黎茶花女遗事》中描写马克与亚猛两人相爱之后的深情蜜意：

> 马克自是以后，竟弗谈公爵，一举一动，均若防余忆其旧日狂荡之态，力自洗涤以对余者。情好日深，交游日息，言语

[①] 阿英：《翻译史话》，载《阿英全集》五，安徽教育出版社2006年版，第791—792页。

[②] 阿英：《晚清小说史》，江苏文艺出版社2009年版，第191页。

第二章 清末民初小说语体选择：多语体并存

渐形庄重，用度归于撙节，时时冠草冠，着素衣，偕余同行水边林下。意态萧闲，人岂知为十余日前，身在巴黎花天酒地中、绝代出尘之马克耶！嗟夫！情浓分短，余此时身享艳福，如在梦中。两月以后，余二人足迹不至巴黎，巴黎游客亦无至者。唯配唐于于舒里著巴二人时时见顾。时长夏郁蒸，林木纯碧，余与马克临窗眺瞩，觉二人情丝两两交纠，飞在林梢草际，微微荡漾。①

林纾笔下马克和亚猛的爱情非常细腻动人，生动形象而富有表现力。虽以简洁凝练的文言语体写作，但已与桐城派文笔不同。且不论林译小说所讴歌的纯洁爱情，为桐城义理所不允许，更重要的是林纾在小说语体上的变通，不避新译词语、通俗语以及佻巧语，风格呈现滑稽风趣、风流蕴藉的特征，与追求雅洁之语言风格的桐城家法相去甚远。

从林纾翻译小说的具体语体运用进行考察，其语体并非纯正的古文语体，而是呈现出特定时代具有的复杂性和杂糅性，只是主体上仍然是文言格调而已。钱钟书认为其语体已不是纯粹的古文，他说："'古文'运用语言时受多少清规戒律的束缚。它不但排除了白话，并且勾销了大部分的文言：'古文中忌语录中语、魏晋六朝人藻丽俳语、汉赋中板重字法、诗歌中的隽语，南北史佻巧语。'后来的桐城派更扩大范围，陆续把注疏、尺牍、诗话等腔吻和语言都添列为违禁品。受了这种步步逼近的限制，古文家战战兢兢地循规循距，以求保持语言的纯洁性，一种消极的、像雪花而不像火焰那样的纯洁。"② 显而易见，林纾翻译小说所用的古文已远远逃离了桐城派的

---

① ［法］小仲马：《巴黎茶花女遗事》，林纾等译，载施蛰存编《中国近代文学大系·翻译文学集一》，上海书店1990年版，第181页。
② 钱钟书：《林纾的翻译》，载《钱钟书论学文选》第6卷，华城出版社1990年版，第122页。

禁忌和家法，他所选择的散文文言语体"不是古文，至少就不是他自己所谓的古文。他的译笔违背和破坏了他亲手制定的古文规律。……林纾译书所用问题是他心目中较通俗、较随便、富于弹性的文言。他虽然保留若干古文成分，但比古文自由得多；在词汇和语法上，规矩不严密，收容量很宽大"，包括"隽语""佻巧语""外来新名词"，有"很大的欧化成分"。① 林纾翻译时虽然运用了若干古文成分，但都是较为通俗浅易并富有弹性的变通文言语体，并无意识地整合了清末民初之际社会时代所用的其他语言文字。

我们论及林纾小说翻译运用文言语体，只是遵照其主体语言风格习惯简称为文言，其实是对古文言的时代变通和弹性发挥。正是林纾的这种不是"古文"的"古文"翻译小说，影响了一代青年，有意与无意之中展现了文言语体自身所独具的魅力。胡适在《五十年来中国之文学》中高度评价林纾所用的文言语体：

> 林纾用古文做翻译小说的实验，总算是很有成绩的了。古文不曾作过长篇的小说，林纾居然用古文译了一百多种长篇小说，还使许多学他的人也用古文译了许多长篇小说；古文里很少滑稽的风味，林纾居然用古文译了欧文与迭更司的作品；古文不长于写情，林纾居然用古文译了《茶花女》与《迦茵小传》等书。古文的应用，自司马迁以来，从没有这种大的成绩。②

林纾富有弹性的文言语体充分展示了古文的魅力，文言语体既能创作翻译长篇小说，也能达到滑稽幽默、描景抒情的效果。采用

---

① 钱钟书：《林纾的翻译》，载《钱钟书论学文选》第6卷，华城出版社1990年版，第122—123页。
② 胡适：《五十年来中国之文学》，台北：远流出版公司1986年版，第86页。

第二章　清末民初小说语体选择：多语体并存

何种语体并非小说艺术高低的衡量标准，而是采用的语体是否达到了一定的艺术效果。

林纾除了翻译小说，还于1913年至1917年间用文言语体创作小说，短篇有《践卓翁短篇小说》，中长篇小说有五部，即《京华碧血录》（又名《剑腥录》）、《金陵秋》、《劫外昙花》、《冤海灵光》、《巾帼阳秋》（又名《官场新现形记》）。其创作小说并没有其译作影响大，但亦有其价值和意义，杨联芬认为："林纾的创作小说在小说史上的意义显然不如他的翻译小说重要。但是，他创作的小说的语言，与他的翻译小说一样，对于我们考察他的小说美学观念，是非常重要的。"① 林纾创作小说和翻译小说语言一样，均使用了文言语体。其创作的短篇小说基本上承续了中国文言小说体式，如《纤琼》中"赵生东觉者，吴县人。少年美丰姿，顾影自怜。弱冠熟十三经，能为韵语。父官布政，前卒。"其小说采用笔记语体，词汇上多用旧文言小说套语，叙述故事简洁凝练，以至郑振铎认为"至于他的笔记，则完全是旧的笔记，聊斋志异之流的后继者，我们可以不必去注意他们。"② 古文不曾作过长篇小说，林纾运用文言语体翻译长篇小说已经是前无古人的独创。创作其长篇小说亦用文言语体，在一定程度上突破了文言语体崇尚简洁凝练、篇幅短小精粹的成规，是清末民初小说语体的一种探索实践。

在翻译语体的选择上，1905年之前翻译语体以文言为主，影响较大的翻译家严复、林纾均选择了文言语体，尤其是严复的语体更是古雅，梁启超评价严复的翻译语言："文笔太务渊雅，刻意摹效先秦文体，非多读古书之人，一翻殆难索解。"③ 1905年之后翻译作品

---

① 杨联芬：《林纾与中国文学现代性的发生》，《中国现代文学研究丛刊》2002年第4期。

② 郑振铎：《林琴南先生》，载《郑振铎文集》第6卷，人民文学出版社1988年版，第348页。

③ 梁启超：《绍介新著》，载《新民丛报》第1号。

尤其是小说翻译语体的选择总趋势是通俗化，林纾的文言语体是文言的变通，其他译作家所选择的语体虽也列为文言语体范围，但已经是有意使用浅易化的文言，如陈景韩、周瘦鹃、包天笑等。陈景韩的译笔明快畅达、句式简短，通篇是浅易文言，如他翻译莫泊桑的短篇小说《义勇军》语言文字便突出此特征：

> 森林寂寂，雪花怒霏，枝头冰结欲堕，上下四围，一白如海，波浪高低汹涌。时守林之家，户口之石上，有一少妇，手持破斧劈木材，身格高大，是为守林人之女，号曰林中之娘。门之内，闻有呼声："铃多娘！今夜家居仅两人，门宜早闭，防有普鲁士士兵和野狼来。"①

其中有近于白话的双音节词，也有外来词汇，又采用文言语体中的简易词汇和表述方式。包天笑的译笔多是浅近文言，其代表作是他的教育小说《馨儿就学记》（1910年商务印书馆版）、《苦儿流浪记》（1912年商务印书馆版），等等。周瘦鹃在"欧美名家短篇小说丛刻"中的作品，其译文语体既有文言又有白话，其中白话译语体大约占据三分之一，多数是浅近文言。如翻译狄更斯的《星》："尝有一稚子，好漫游而富思想。有弱妹一，为其良伴。此二人者，长日恒发奇想。每见一物，辄引以为奇。见花之艳，奇之。见天高而蔚蓝，奇之。见水深而滟潋，奇之。且奇彼上帝万能，乃造此可爱之世界。"② 虽然有文言语体的简洁词汇句法，但没有生僻的字词和艰涩的句子，译文语体非常流畅秀美，却无佶屈聱牙的弊端。

南社著名诗人苏曼殊也是一位用文言语体创作小说的小说家，

---

① ［法］莫泊桑：《义勇军》，陈景韩译，载施蛰存《中国近代文学大系·翻译文学集一》，上海书店1990年版，第723页。
② ［英］狄更斯：《星》，周瘦鹃译，载施蛰存《中国近代文学大系·翻译文学集一》，上海书店1990年版，第696页。

虽毁誉参半，但其小说在清末民初也产生了很大影响。其小说大多具有自传性质，主要有中篇小说《断鸿零雁记》（1912年）和短篇小说《天涯红泪记》（1914年，未完稿）、《绛沙记》（1915年）、《焚剑记》（1915年）、《碎簪记》（1916年）、《非梦记》（1917年），小说体裁大都是讲述感伤凄凉的爱情故事。苏曼殊所用的文言语体使得其笔下的爱情故事哀婉凄切，曲折动人，颇具古典韵味和浪漫情调。虽然苏曼殊采用的是文言语体创作小说，但艺术价值不容忽略，其作品中吸收了很多外国小说的技法，如以第一人称叙事、重视人物外形描写、心理刻画等。由此可见，文言语体运用得好亦能在心理刻画、外形描写以及心理描写方面达到较高的艺术效果。姚雪垠在写给茅盾的信中说："他的《断鸿零雁记》是带有自传性质的作品，写法上已经突破了唐宋以来文人传奇小说的传统，而吸收了外国近代小说的表现手法。就艺术水平说，它比五四以来同类写爱情悲剧题材的白话小说要高明许多。其所以成为名作，并非偶然。"① 苏曼殊的《断鸿零雁记》中有许多细腻的心理描写，如第十三章："余浴毕，登楼面海，兀坐久之，则又云愁海思，袭余而来。当余今日，慨然许彼姝于吾母之时，明知此言一发，后此有无穷忧患，正如此海潮之声，续续而至，无有尽时。然思若不尔者，又将何以慰吾老母？事至于此，今但焉置吾身？"② 其使用的文言语体比较典雅，简洁凝练，以古典的词汇意境来渲染气氛、刻画人物的心理情绪，创造出一种感伤的意境美。

二 骈文语体小说

骈文是中国独有的一种文体，建立在汉文字的独特性质上，从语言体式上形成独特的美学风格。六朝齐梁把骈文风格推向极致，

---

① 姚雪垠：《中国现代文学史的另一种编写办法》，《社会科学战线》1980年第2期。
② 柳亚子编：《苏曼殊全集》二，当代中国出版社2007年版，第183页。

其显著特征是意象繁丽、对仗用典、音韵谐和，骈文讲究辞藻艳丽、矫揉造作之风在六朝之后遭到极大的批评。散体文言语体进入小说文体历史久矣，而擅长描写抒情的骈文语体最不适合叙事，在长期的文学史中用来作小说不能说没有，也仅仅是寥寥无几。而民初时骈文语体小说可谓蔚为大观，达到骈文语体创作小说的顶峰。

以骈文语体创作小说在民初之前非常少，仅属作家偶然而为，到了民初骈文语体小说形成具有一定作家群、读者群的文学风尚。被学界公认为骈体小说的，有唐代张鷟的《游仙窟》，清嘉庆年间陈球的《燕山外史》。

鲁迅在《中国小说史略》中评价《游仙窟》"文近骈俪而时杂鄙语"[①]，后来在1927年写作《〈游仙窟〉序言》时论述得更为详尽："《游仙窟》为传奇，又多俳调，故史志皆不载……即其始以骈俪之语做传奇，前于陈球之《燕山外史》者千载，亦为治文学史者所不能废矣。"[②] 因《游仙窟》使用骈俪语作传奇，此前史志不屑记载，鲁迅则因其文学史价值加以重视。李剑国论述《游仙窟》时亦直接称《游仙窟》为骈体小说："《游仙窟》则以骈体小说的鲜明特征，表明了辞赋——文人赋和俗赋——对于唐传奇形成的重要影响作用。"[③]

《燕山外史》绝大部分属骈文语体，讲究对仗音韵，相对散体文言语体来说，自然限制其表情达意的自由度。鲁迅批评《燕山外史》"然语必四六，随处拘牵，状物叙情，俱失生气，故勿论六朝俪语，即较之张鷟之作，虽无其俳谐，而亦逊其生动也"[④]。鲁迅对骈体小

---

① 鲁迅：《中国小说史略》，时代文艺出版社2009年版，第47页。
② 鲁迅：《〈游仙窟〉序言》，载《鲁迅全集》第7卷，人民文学出版社2005年版，第330页。
③ 李剑国：《唐五代志怪传奇叙录》，南开大学出版社1993年版，第35页。
④ 鲁迅：《中国小说史略》，载《鲁迅全集》第9卷，人民文学出版社1981年版，第248页。

说《燕山外史》的批评被学界认可，大体均认为其用骈文语体创作小说有"不善叙事""陈词滥调""无病呻吟"的弊端，注重形式胜于内容。有些评论家也试图发掘《燕山外史》的价值，方胜认为："就作品中骈文而言，不能不承认作者运用自如的一面，如吴展成《序》所说：'流连宛转，自成文章。'的确，状景图貌，写心叙情，常常能情景切合，声色相融。"① 继方胜之后，李剑国进一步对《燕山外史》的骈文表达效果给予一定的肯定："鲁迅批评《外史》'语必四六，随处拘牵，状物叙情，俱失生气'，如果从骈体小说的根本性缺陷来理解，确实有一定道理。但公允地说，以骈文写小说作为一种新文体的实验，以备小说之一格，未尝没有意义。而且由于陈球注意因情造文，以意驱辞，遵循文学创作和小说创作的一般规律，谙熟文学表现技巧，加之他驾驭文字的能力极高，语言的表现力强，能在极不自由的语言桎梏——对仗、平仄、用典、藻饰——中最大限度地获得表情达意、'绘影传神'（卷八）的自由，因而《外史》自有其独特的审美价值和艺术魅力。"② 清末部分文言短篇小说，如《聊斋志异》中也存在骈文的句式，以炫耀文人才学。

历来学者虽然仅是针对民初之前单独的骈体小说进行批评或发掘其价值，尤其是对中国骈文比例比较高的长篇小说《燕山外史》毁誉兼有，但字里行间也蕴含了骈文语体创作小说的缺点和优点所在。其优缺点均来自骈文语体自身的特点：声韵上讲究平仄对仗，韵律谐和；修辞上注重藻饰和用典，其过于注重形式技巧，往往束缚内容的自由表达。学者肯定其优势也集中于骈文语体擅长描写、抒情的特点，用骈文语体创作小说也可以作为一种小说语体的尝试，有其独特的价值和审美意义。但其缺点也非常明显，因其讲究四六

---

① 方胜：《为〈燕山外史〉一辨》，载（清）陈球《孤山再梦·燕山外史》，春风文艺出版社1987年版，第153页。
② 李剑国：《评〈燕山外史〉》，载李剑国《古稗斗筲录——李剑国自选集》，南开大学出版社2004年版，第423页。

对仗、平仄相合且注重用典，表情达意必然受到严格形式的牵制，容易造成陈词滥调、缺乏新意，更何况传统小说文体以叙事讲故事为主，因此用骈文语体创作小说其局限性更是可想而知。

严格来讲，骈体小说并非通篇纯粹地使用骈俪语体，只是相对散体文言语体小说中掺杂少量骈文而言，它比较大量地使用了骈文语体，因此骈体小说也是相对意义上的骈文语体。除了《燕山外史》骈文比例较高，即使是学界公认的《游仙窟》中亦是骈散结合。

徐枕亚于 1912 年 8 月 3 日在《民权报》上连载骈文小说《玉梨魂》，1913 年由民权出版部发行单行本，成为民初小说的畅销书，在当时颇为轰动，风靡一时。郑逸梅记录了当时的盛况：

> 《玉梨魂》一书，既轰动社会，上海明星影片公司把这部小说，由郑正秋加以改编，搬上银幕，摄成十本。……演来丝丝入扣，且请枕亚亲题数诗，映诸银幕上，女观众有为之搵涕。既而又编为新剧，演于舞台，吸引力很大。那《玉梨魂》一书，再版三版至无数版，竟销三十万册左右。①

紧随其后，出现了吴双热、李定夷、吴绮缘等名重一时的骈文小说家，在民初之际掀起了一个以骈文语体创作小说的热潮，并于1912—1919 年在出版界获得商业市场上的成功，其香艳绮丽的文辞以及缠绵感伤的爱情尤为青年们所欢迎。范烟桥也讲到当时骈文语体在小说中的运用：

> 维新以来，小说蜂起二十年间。盛衰之迹，有足述者。而其文体，亦前后迥乎不同。第一时期其体从东瀛来，开手往往作警叹之词，或谐其声，或状其象，当日《日报》中多载之。

---

① 郑逸梅：《我所知道的徐枕亚》，《大成》1986 年第 154 期。

第二章 清末民初小说语体选择：多语体并存

其思想范围，多数以政治不良为其对象。第二时期喜以词采作引子，每节之首，骈四俪六，至为华美，展初年之《小说月报》可以见之矣。第三期重词章点染，时海上杂志风起云涌，大有旌旗蔽空之概，一时载笔，争奇斗胜，各炫其才富。于是一时之作，典实累缀，不厌短钉。①

范烟桥大致根据小说语体和内容进行分期，第一时期指的是白话新小说，第三时期明显地是指骈文语体小说的盛况。

《玉梨魂》成为民国时期"鸳鸯蝴蝶派"的开山之作和代表作，关于派别的归属一直也有争论，最早可见的材料是《民权报》主笔刘铁冷发表《民初之文坛》上的文字："余等之组合，以民权为基础，一时凑合，全无派别，近人号余等为鸳鸯蝴蝶派，只因爱作对句故。"② 由此可知，鸳鸯蝴蝶派的由来也跟此流派作家"爱做对句"即具有骈文风格有关。

清末民初是一个过渡时代，小说文体与语体均处于一种混杂状态，散体文言语体可以创作长篇小说，骈文语体也被一部分小说家用来创作小说。骈文语体小说在民初虽然获得市场很大份额，短时期内领风骚一时，拥有广泛的青年拥趸，但自一开始便遭到评论界的极力批评。骈文语体作为民初小说语体的一种实验有其本身的价值，反映了小说语体在发展过程中的一种辞赋化选择。经过时间的验证，骈文语体小说寿命短暂，极度繁盛之后却是短短几年便被读者所抛弃的悲壮失败。陈平原评价道："清末民初小说体裁、文体的混乱以及互相渗透，使得一切想入非非的文学尝试都可能被接受。……并非一切尝试与创新都为后人所承认，但这种努力本身自

---

① 范烟桥：《小说话》，载范伯群等编《鸳鸯蝴蝶派文学资料》（上），福建人民出版社1984年版，第41—42页。

② 参见魏绍昌编《鸳鸯蝴蝶派研究资料》，上海文艺出版社1984年版，第180页。

有其价值。清末民初小说文体的尝试，没有比骈文小说走得更远的了。这一次'悲壮的失败'，等于画了一条表示警告的红线：小说文体的辞赋化倾向至此已到极限，不可能再往下走。"①

下面以民初的骈体小说代表作《玉梨魂》来分析此时期骈文语言体式的特点。《玉梨魂》全书三十章，主要写家庭教师何梦霞与青年寡妇白梨影的爱情悲剧。何梦霞与白梨影相爱，迫于封建礼教不能结合，梨娘为保全个人名节，力促小姑崔筠倩与何梦霞结合，然而何梦霞仍专情于梨娘，筠倩因包办婚姻在郁郁寡欢中患病而死，梨娘为成全这桩婚事以身殉情，而何梦霞遭受种种痛苦，报国从军，在武昌起义中壮烈牺牲。从全书故事可知徐枕亚讲述了一个感伤的爱情故事，徐枕亚选用绮丽文辞与此故事情节相合，使得其骈体小说大都呈现"哀感缠绵，情词悱恻，呕心作字，濡血成篇"②的特征。这种体式颇受青年欢迎，当时人亦将骈文小说的兴盛归之于"青年好绮语"。

从语言体式来说，以《玉梨魂》为代表的骈文语体小说并非全用骈体语，而是四六骈俪句式占据很大比例的文言语体，即骈散结合的文言语体。夏志清评价《玉梨魂》的语体选择："他的骈文风格，与庾信相较，似嫌俚俗；就连陈球的《燕山外史》（1810年）——民国前唯一以骈文写成的长篇小说——风格亦似比徐枕亚'纯正'。然而，陈球只是运用骈四俪六句子的各种组合，而徐枕亚在风格上较具弹性，采用骈文与古文的穿插交替法，也就是说，把规格严谨而侧重描写及抒情的骈文段落，与较松弛而可用古文表达的对白、叙述段落，交替穿插出现。"③ 实际上，除《燕山外史》几乎通篇均用骈文语体之外，其他的骈文小说均是骈散交替的混合语

---

① 陈平原：《20世纪中国小说史》第1卷（1897—1916），北京大学出版社1989年版，第181页。
② 徐枕亚：《茜窗泪影》，国华书局1914年版。
③ 夏志清：《〈玉梨魂〉新论》，《联合文学》1985年第12期。

第二章 清末民初小说语体选择：多语体并存

体。骈散结合的混合语体并非徐枕亚的《玉梨魂》独创，其成功在于具体语言操作中对骈文语体的创造性运用。民国初年骈体小说骈散结合的主要特征何在？《燕山外史》大体均是骈四俪六的语体表达，民初的骈文小说则以古体散文语体写人物对话以及叙述段落，骈文语体用于描写、抒情段落，两种语体形式交叉使用。骈散结合使得《玉梨魂》句式错落有致，语体因而较有张力。即使在集中使用排偶的描写段落中，作家也有意识地使用若干散体文言的句式，一定程度上增添小说语言体式的变化，从而尽力避免句式过于单调。夏志清认为《玉梨魂》语体富有弹性，即骈散结合的语言体式较有张力，一定程度上肯定了民初骈文小说在语体上的自我调节。袁进也肯定了《玉梨魂》的语言："《玉梨魂》是一部骈文小说，从语言上讲并不通俗。不过从骈文的要求来看，它又是骈散结合，所用的典故也大大减少。它适合那些能阅读文言文的一般读者。"①

在《玉梨魂》中，涉及叙事、对话和描写人物的心理时，徐枕亚多用富有弹性和表现力的散体文言语体，如第九章"题影"一段文字：

> 既入校，校中人咸来问讯，学生均趋前致敬欢呼，面有喜色，此可见与梦霞平日感情之厚矣。是校共有教员二人，一即李某也。石痴未行时，每日亦授课一、二小时，去后所遗钟点均归梦霞独认。梦霞病假，全班课程由李一人庖代。李为新学界人物，颇染时习，与梦霞不甚相洽。且喜自炫己长，揑人之短。梦霞亦不与之较，特心鄙其人而已。李闻梦霞至，欣然就见。梦霞谢之曰："小病数日，遂致旷职，劳君独任，我心何安？"李谦逊毕，且曰："幸君病愈，近日天气和煦，风日晴朗，大好旅行之时，闻鹅湖各校成绩甚佳，弟意拟于明日星期，率

---

① 袁进：《鸳鸯蝴蝶派》，上海书店1994年版，第44—45页。

学生赴该处旅行，调查其成绩之优劣，藉收观摩之效。且时值初夏，万绿丛生，随地观察，对景留连，亦可增进实物上之知识。特恐君新病之后，不禁跋涉，如许同行，实所深愿。"梦霞诺之，散课后通知学生，约期于明日辰刻齐集。①

这种承担叙事、对话功能的散体文言语体在全书中占据很大比例。即使是骈散结合的文字，相对来说也比较富有弹性。又如第十章"情耗"：

> 镂心作字，啮血成诗，万千心事，尽在个中，一字一吟肠一断。梨娘阅此书，诵此诗，悲伤之情，真不可言喻矣。泪似珠联，心如锥刺，初不料梦霞之痴，竟至此也。其言如此，其心可知。脱异日果践其言，则彼将终身鳏居，无复生人乐趣。虽孽由自作，而情实可哀，我虽不杀伯仁，伯仁由我而死。只缘两字"怜才"，竟演一场惨剧，我将何以对人？且何以自解耶？天乎，天乎！沉沉浩劫，已陷我于孤苦凄凉之境，而冤孽牵连，复有此自投情网之梦霞，抵死相缠，丝毫不容退让。迷迷惘惘，终日颠倒于情爱之旋涡中不能解决。此事果从何说起？薄命孤花，竟是不祥之物，自误不足而误人，一误不足而再误。苦念及此，转不若早归泉下，一瞑不视。黄土青山，红颜白骨，同归于尽，亦免在人世间怨苦颠连。有情难遂，有恨难平，苦挨此奈何天中之岁月。②

其运用骈散结合的语体细腻地刻画了梨娘阅读梦霞信后的痛苦

---

① 徐枕亚：《玉梨魂》，载吴组湘编《中国近代文学大系·小说集六》，上海书店1991年版，第482页。
② 徐枕亚：《玉梨魂》，载吴组湘编《中国近代文学大系·小说集六》，上海书店1991年版，第488—489页。

第二章 清末民初小说语体选择：多语体并存

心理，文中虽然杂有骈俪偶句，亦能让读者读起来文字流畅，对仗自然，富有一定的表现力。

又如《玉梨魂》第九章中排偶集中的段落，徐枕亚也注意以散体文言语体调节单纯骈文语体的单调：

> 朝阳皎皎，含笑出门。一路和风拂袖，娇鸟唤晴；两旁麦浪翻黄，秧针刺绿。晓山迎面，爽气扑人，远水连天，寒光映树。晓行风景，别具一种清新之致。"烟消日出不见人"，非身处江乡，亦不能领略此天然佳趣。梦霞半月以来，蛰伏斗室中，久不吸野外新鲜空气，闷苦莫可名状，今日破晓独行，野情骀荡，傍堤行去，一路鲜明。喜事尚在心头，好景尽来眼底。殊觉心胸皆爽，耳目一新。同一景也，失意时遇之，则见其可怜；快意时遇之，则觉其可乐。①

此段前三句为排偶句子，随后加入"晓行风景"四句散体文言，以及后来在排偶句子中加入"殊觉"，均是调节过于规整的单调语句，使之尽量能够错落有致，富于变化。

《玉梨魂》也充分暴露了骈文语体的致命弱点。骈文语体擅长描写、抒情，辞采华丽，不免有炫才之嫌，使作者、读者均沉浸于文学语言文字本身，而忽视了小说叙事功能。《玉梨魂》中穿插了大量艳词和骈体尺牍，包括一些写景、描述人物外形、抒情等的华艳辞藻。这类文字多是堆砌词句和典故，套语很多，虽然单独的片段读起来对仗工整、富有节奏感、音调和美，但以叙事为主的整部长篇小说均是如此语体，缺乏艺术表现力。这些华艳辞藻、言情尺牍以及哀艳诗词，也暴露出了骈文语体小说的致命弱点——抒情胜于叙

---

① 徐枕亚：《玉梨魂》，载吴组湘编《中国近代文学大系·小说集六》，上海书店1991年版，第481—482页。

事,形式胜于内容,且不可避免地公式化、概念化。陈平原批评其"长篇小说成了由一根微弱的情节线串起来的各类散文、韵文的集锦。单独的片段作为文章读还算精彩,可合起来难免重复繁冗"①。范伯群认为《玉梨魂》采用骈文语体创作小说属于"陈腔滥调的文字游戏","读《玉梨魂》最令人反感的是矫揉造作"。②杨义在《中国现代文学史》中论述民初小说时,将徐枕亚、李定夷的小说文体命名为"骈文支派",而称包天笑、周瘦鹃的小说文体为"史汉支派",他评价道:"骈文支派比起史汉支派,文风更为柔靡俗艳,更多矫揉造作和滥调陈言,因此他们把鸳鸯蝴蝶派的弱点显露得更为淋漓尽致,以致史汉支派不愿也不屑于与他们相提并论。"③

除徐枕亚的《玉梨魂》《余之妻》等骈文小说外,还有李定夷的《霣玉怨》《鸳湖潮》《美人福》,吴双热的《孽冤镜》等。徐枕亚一本《玉梨魂》引起轰动,但后来其本人以及李定夷、吴双热的骈体小说都延续《玉梨魂》的语言体式和感伤爱情故事模式,千篇一律的故事情节和大同小异的文辞,必然使骈文语体小说陷入抄袭或重复的绝境。当时的评论家铁樵从语言文字角度断言骈文语体创作小说必然被淘汰:

> 非不知骈文为中国文学上之一部分国粹,然断不可施之小说。人各有能有不能,吾侪虽不必强作解人,正不必以此自少。且此后语言文字以及形上形下之科学,待治者正繁,人生脑力有限,何必不急是务!吾有意思而欲达之以笔,古文洵不可不治,固不必小说为然(散文中亦有必须骈句之处,即报纸文字亦有必须四六之处,然皆借以达婉曲之意,必非堆砌涂抹之

---

① 陈平原:《20世纪中国小说史》第1卷(1897—1916),北京大学出版社1989年版,第184页。
② 范伯群:《礼拜六的蝴蝶梦》,人民文学出版社1989年版,第114页。
③ 杨义:《中国现代小说史》第1卷,人民文学出版社1986年版,第49页。

谓)。若夫词章之专以雕琢为工，而连篇累牍无甚命意者，吾敢昌言曰：就适者生存公例言之，必归淘汰；且淘汰而后，与中国文学上丝毫无损。①

五四时期新文化激进派对骈文小说严厉批判，不仅认为其思想内容陈腐，更是针对骈文语体本身堆砌辞藻、刻意对仗、卖弄典故以及无病呻吟的弊端。骈文语体应民国初年特殊年代特殊读者群而生，随五四之后销声匿迹。在小说语体的实验中，骈文语体的影响和生命力难以与散体文言语体相比，更不能与白话相提并论，在多元语体并存的舞台展示中，骈文语体昙花一现，不仅遭到古文派的批评挤兑，而且不被主张白话的五四派所接受。

综上所述，清末民初之时文言语体小说主要是指散体古文小说和骈文语体小说，二者均在当时影响较大，旗鼓相当。但此时的散体古文小说和骈文语体小说已经并不纯粹，只是从相对而言保留的散体文言还是骈文文言较多来进行区分。在清末民初文言小说创作中，散体古文小说和骈文语体小说各有其创作队伍、读者群以及自己的阵地。散体古文小说大多来自当时的古文家，如林纾、苏曼殊、周氏兄弟等老成持重、态度认真的一部分作家，面对的读者群也是接受正统语体的旧派文人，主要以《小说月报》《中华小说界》等为其主要阵地。骈文语体小说家都是一些青年才俊，创作的目的以娱乐为主，商业化色彩比较强，小说创作也主要在青年读者中流行，主要以《小说丛报》《小说新报》等为创作阵地。散体古文小说源远流长、根基扎实，在清末民初小说舞台上理直气壮地施展拳脚，且收获颇丰，主要以林纾的散体文言语体译作和创作为代表。骈体

---

① 铁樵：《答刘幼新论言情小说书》，载陈平原、夏晓虹编《二十世纪中国小说理论资料》第1卷（1897—1916），北京大学出版社1997年版，第521页。

小说虽然之前也有个别作者尝试为之，但在清末民初能够风靡一时甚至形成一种流派，亦是前无古人、后无来者之"创"举，时论者铁樵再三强调骈文语体用典繁多，且词句过分雕琢，小说关键在于意胜而非词胜，认为骈文不可用于小说，且必遭淘汰。尽管批评之声不断，但骈文小说也大有收获，徐枕亚的《玉梨魂》成为当时的畅销书，颇受青年们的欢迎，这也是铁樵认为骈文语体言情小说易误导青年人而从种种角度对骈文语体小说进行批评的原因，从另一角度说明骈文小说已形成与散体古文竞争的局面。

第三节　韵文语体（弹词小说）

1907年，王钟麟在《中国历代小说史论》中把长篇小说进行分类，他认为："章回、弹词之体行于明清，章回体以施耐庵之《水浒传》为先声，弹词体以杨升庵之《二十一史弹词》为最古。数百年来，厥体大盛，以《红楼梦》、《天雨花》二书为代表。"[①] 他将长篇小说分为章回体和弹词体两种，实际上是以散文体和韵文体为依据进行划分的，弹词体小说也是长篇小说创作的一种特殊形式。

曲本、弹词等属于有韵的通俗艺术，到明清之际弹词与小说关系紧密，其实它们与小说渊源不同。小说无论是文言笔记小说还是白话小说，均是以散体文言语体或白话语体讲故事，而曲本、弹词等通俗艺术最初不仅配有乐章，还要讲究生、旦、净、丑等角色，一切为配合现场演戏、唱书而作。夏曾佑在《小说原理》中也谈到曲本、弹词的渊源和发展趋势：

---

① 天僇生：《中国历代小说史论》，载陈平原、夏晓虹编《二十世纪中国小说理论资料》第1卷（1897—1916），北京大学出版社1997年版，第286页。

第二章 清末民初小说语体选择：多语体并存

> 弹词原于乐章；由乐章而有词曲；由词曲而有元、明人诸杂剧。如《元人百种曲》、汲古阁《六十种曲》之类，此种专为演剧而设，然犹病其文理太深，不能普及。至本朝乃有一种，虽用生、旦、净、丑之号，而曲无牌名，仅求顺口，如《珍珠塔》、《双珠凤》之类，此等专为唱书而设。再后则略去生、旦、净、丑之名，而其唱专用七字为句，如《玉钏缘》《再生缘》之类。此种因脱去演剧、唱书之范围，可以逍遥不制，故常有数十万言之作，而其用则专以备闺人之潜玩。乐章至此遂与小说合流，所分者，一有韵一无韵而已。①

夏曾佑认为弹词最早源于乐章、词曲，并将弹词的发展划分为三个阶段：第一阶段以《元人百种曲》、汲古阁所刊《六十种曲》为代表，其特点是专为演剧而设立的，但"文理太深"，大概主要还是指其语言修辞过于偏文言，因此尚不能达到普及大众的效果。第二阶段以清代《珍珠塔》《双珠凤》为代表，虽然仍用生、旦、净、丑的角色，但曲已经没有曲牌名，语言仅求顺口，较之第一阶段之"文理太深"，所谓"顺口"则指语言比较通俗易懂，专为唱书而设。第三阶段以清代《玉钏缘》《再生缘》为代表，完全摆脱演剧、唱书的范围，即没有生、旦、净、丑的角色，不讲究曲牌曲调，"逍遥不制"，形制如小说般自由，主要供案头阅读，此阶段弹词与小说合流，二者唯一的差距是弹词有韵而小说无韵。

可见，弹词在清代呈现两种不同的面貌：一是活跃于民间艺人之口，在茶寮书馆中进行演唱，满足大众的精神需求和娱乐；二是江南才女们用此种文体进行创作，使之用于案头的阅读。前一种接近于实际演唱，作为脚本性质的文本存在，表演性强。后一种则是

---

① 夏曾佑：《小说原理》，载徐中玉主编《中国近代文学大系·文学理论集二》，上海书店1995年版，第254—255页。

将叙述男女之情作为主线,以女性读者为阅读接受者的案头文学,其语言韵散结合。后者可称作一种新型的小说文体。骈文小说大多也是骈散结合,但无论骈体还是散体均脱离不出文言的范围。弹词小说中的韵散结合,韵文部分整齐押韵,比较白话来说其选词相对典雅,与文言相比则比较浅易,散体部分大多是通俗白话语体。弹词韵文小说毕竟来源于弹唱艺术,文言小说、骈文小说靠视觉才能更好理解,弹词小说通俗的语体形式即便是用于案头阅读,但用于弹唱靠听觉理解也问题不大。因而弹词韵文小说可以更确切地表述为,弹词韵文语体与小说文体的结合,弹唱艺术与白话小说的合一,其语言体式特征是浅易典雅韵文与通俗白话的联姻。

明末清初,弹词小说出现在江浙一带,开始以抄本形式流行,后来随着书坊大量刊刻出版,流传至全国。此类以七言韵文与散文相间的语言体式,虚构故事与人物形象,形成新型的长篇叙事,一般被学界称为"韵文体长篇小说"或"弹词小说"。笔者亦认为此类弹词作品已完全脱离演剧、唱书的需要,而成为以韵文为主叙述故事的案头文学,而非事实上的曲艺,因此笔者将此类弹词归入小说之列,称为弹词小说。此类弹词小说与其他小说语体不同,有其独特性,即以七言韵文与散文相间,因此依据小说语言体式的不同,把弹词小说列为韵文语体。

弹词小说兴起于明末清初,是一定的历史条件下产生的一种特殊小说文体。清初经济发展,江南地区城市呈现繁荣景象,为弹词小说的出现提供了生存土壤。此时明清的才女开始参与到弹词小说的创作中,使之案头化,从而促成了清代女性弹词小说的繁荣。弹词小说创作群体最初主要是女性作家,所虚构的故事和人物形象也围绕女性展开,表现女性的生存状态,读者群体也主要集中于女性。作为以女性创作为主体的弹词小说,始终处于主流文学之外,在清代达到其发展的顶峰,并一直延续至民国初年,达三百年之久。

从明末到民初的近三百年中,弹词小说数量达四百种之多,颇

第二章　清末民初小说语体选择：多语体并存

具影响的大多数作品主要出自女性作家，如《天雨花》《玉钏缘》《再生缘》《笔生花》《玉连环》《榴花梦》等。据学者考证，"清代女作家姓氏可考的有陶贞怀、陈端生、梁德绳、侯芝、黄小琴、邱心如、郑澹若、藕裳、李桂玉、孙德英、陈谦淑、曹湘蒲、周颖芳、程蕙英、彭靓娟、秋瑾、姜映清等，也有一些是无名氏之作"[1]。这些女性弹词小说的题材主要集中于讲述儿女英雄故事，有些偏重于儿女之情，其中还杂糅神仙故事。夏曾佑曾谈到女性弹词小说模式化的弊端，也恰恰反映了女性弹词小说的主要内容和故事架构，"所写主书之生、旦，必为至好之人，是写君子也；必有平番、救主等事，是写大事也；必中状元、拜相封王，是写富贵也；必有骊山老母、太白金星，是写虚无也。"[2]

清末民初之前的女作家弹词小说语言与其后有所不同，因以女性作家为主体，带有女性语言特点，其作品所使用的语言虽然也以七字韵语为主，但不同于盲女弹唱、书寮说书之词，而且与通俗白话小说语言相差较大。其语言体式总体来说韵散结合、追求清雅典丽，而白话小说语言白话程度高，且章回小说中所使用的叙事套语在女作家弹词小说中很少见。如清代陈端生的弹词小说《再生缘》，全书基本以七言排律的韵文为主，间以说表，语言雅俗结合，心理描写非常细腻。第一回"东斗君云霄被谪"：

>　　话说大元世祖朝中，有一位少年豪杰复姓皇甫名敬，表字亭山。娶妻尹氏良贞。十五完姻，十六应试。中过武状元，拜大将军出征，三年血战。后来太平无事，天子加封统辖十三省京营都督之职，方才迎接夫人入京同住。

---

[1] 鲍震培：《中国女性文学叙事传统的建立——清代女作家弹词小说创作回眸》，《天津大学学报》（社会科学版）2002年第4期。
[2] 夏曾佑：《小说原理》，载徐中玉编《中国近代文学大系·文学理论集二》，上海书店1995年版，第255页。

年少威风挂战袍，三年血战立功劳。同妻尹氏衙中住，富贵时光容易消。廿一之年还乏子，因思后代甚心焦。单传一脉无昆仲，全望生儿袭锦袍。如若绝嗣无一子，祖宗香火便萧条。夫人每劝收姬妾，都督无心娶阿娇。说道是，命里有来终是有，命中无子也徒劳。闺帏不用多姬妾，皇甫敬，但求天意赐儿曹。夫人遂许三年素，净室焚香不惮劳。惟愿上天怜此念，降生一子继宗祧。果然神佛多灵应，渐渐怀妊粗了腰。面上桃花消一半，樽前玉食减分毫。重身不比寻常体，腹大腰粗立不牢。都督亭山心喜悦，这正是，上天不肯绝英豪。请医调治夫人体，早晚殷勤问几遭。不觉光阴容易过，又早是，仲秋天气草萧萧。①

陈寅恪给予《再生缘》极高的评价：

再生缘之文，质言之，乃一叙事言情七言排律之长篇巨制也。弹词之作品颇多，鄙意再生缘之文最佳，微之所谓"铺陈终始，排比声韵"，"属对律切"，实足当之无愧，而文词累数十百万言，则较"大或千言，次犹数百"者，更不可同年而语矣。世人往往震矜于天竺希腊及西洋史诗之名，而不知吾国亦有此体。……弹词之书，其文词之卑劣者固不足论。若其佳者，如再生缘之文，则在吾国自是长篇七言排律之佳诗。在外国亦与诸长篇史诗，至少同一文体。②

陈寅恪认为陈端生的《再生缘》是七言排律写就的长篇言情叙事作品，他虽没有定位其为弹词小说，但他认为其可与西方史诗相

---

① （清）陈端生：《再生缘》，北京古籍出版社2002年点校本，第141—142页。
② 陈寅恪：《寒柳堂集》，上海古籍出版社1980年版，第62—63页。

提并论，至少是七言排律写就的长篇叙事诗，与西方史诗属同一文体。

弹词小说语言采取韵散结合的形式，大致分为两类：一类是通篇采用七字韵语，无论是叙述语言，还是人物语言均不用散体文，如《榴花梦》等。《榴花梦》出自清代道光年间福州女作家李桂玉，此书每卷回目，均由八字四句组成，如第一卷："唐天子建储安国本，贤小姐园中争宝剑，桓总戎遣子探慈亲，桂舍文月下遇妖魔。"① 全书基本以七字句的韵文写成，采用明白流畅的通行文语，不夹杂方言俚语。另一类以七字韵文为主，其中以白话书面语来叙述人物对话，大部分作品属此类。总之，清末民初之前的女性弹词小说基本上是以七言排律铺写成，中间添加一部分白话散体文，形式缺少变化而略显单调。

夏曾佑认为此类弹词小说总体上程式比较固定，弊端很多，缺乏对社会现实的关注，所以他认为"使以粗浅之笔，写真实之理，渐渐引人入胜，彼妇人与下等人必更爱平日所读诞妄之书矣"。虽然弹词小说有旧小说之众多弊病，但它对妇女的影响很大，可以对此文体进行改良，采用较浅白的语言进行创作，来启迪妇女的思想。狄平子在《小说丛话》中明确表达了此种看法："今日通行妇女社会之小说书籍，如《天雨花》《笔生花》《再生缘》《安邦志》《定国志》等，作者未必无迎合社会风俗之意，以求取悦于人。然人之读之者，目濡耳染，日累月积，酝酿组织而成今日妇女如此之思想者，皆此等书之力也，故实可谓之妇女教科书。"②

清末民初，动荡不安使江南才女的女性弹词小说渐趋衰落，而此时一部分男性作家开始关注并利用弹词小说的语言体式进行创作，突破原来弹词小说创作的性别范围，且扩大了弹词小说所表现的内

---

① 李桂玉：《榴花梦》，中国文联出版公司1998年版，第1页。
② 参见谭正璧、谭寻《评弹通考》，中国曲艺出版社1985年版，第407页。

容范围。晚清重要小说家李伯元和陈蝶仙创作过《庚子国变弹词》《自由花》等四部弹词。

弹词小说对妇女思想影响很大,可以被看作"教科书",因此清末民初的作家以韵语体弹词小说承载社会新思想、新观念,来推动女界改革。以此为宗旨和动机创作的韵语体弹词小说有秋瑾的《精卫石》、钟心青的《二十世纪女界文明灯》,其中秋瑾《精卫石》第一回有"爱国情深意欲痴,偶从灯下谱弹词"句,卷首自序明确其写作动机:"每痛我女同胞,坠落黑暗地域,如醉如梦,不识不知。……余乃谱以弹词,写以俗语,逐层演出女子社会之恶习,及一切痛苦耻辱,欲使读者触目惊心,爽然自失,奋然自振……"①可见,秋瑾强调作品推动女界改革的政治目的。1905 年,心庵氏也在《侠女群英史·序》中表达同样的看法:"欲振兴女权,亦仍以七字小说开导之,似觉浅近而易明,如《侠女群英史》一书,其关系非轻也。"②

清末民初小说语体一大基本特征便是多语体并存,这在此前的小说创作中是史无前例的。白话小说不仅为理论界所推崇,且众多小说家投入到白话语体小说的创作和翻译中。散体文言语体不仅被运用于翻译西方小说,而且成为创作长篇小说的语言体式,散体文言小说从而在数量上达到历史上的鼎盛。骈文语体小说在民国初年至五四之前也形成时代风尚,受到一部分作家的吹捧和青年人的欢迎,也出现具有轰动效应的骈体小说《玉梨魂》,曾占据出版市场的很大份额。即使是作为民间表演艺术形式的弹词,也被一些作家借鉴其语言和形式,形成书面化的案头读本,其采用弹词所用的韵语语言体式创作小说,形成一种新的小说样式——弹词小说。清

---

① 《秋瑾全集笺注》,吉林文史出版社 2003 年版,第 457 页。
② 参见谭正璧、谭寻《评弹通考》,中国曲艺出版社 1985 年版,第 262 页。

末民初之时，无论是白话语体还是文言语体，以及在此两种书面语基础上的"变异"语体，在历史发展的进程中均有深厚的积累。在社会剧烈变化和文化交流频繁的特殊时期，多种语体出现了"百家争鸣"的局面，到底孰优孰劣，各派小说家在小说文体中找到"比试"的舞台。

第三章

语体选择与小说观念定位

　　清末民初小说多语体并存，小说家表面上运用不同的语言体式进行小说创作，其中一大原因在于清末民初之时作家对小说文体的认知仍处于繁乱混杂的状态，其语体选择与小说文体的认知关系密切。作为韵语语言体式的弹词小说相对白话语体和文言语体逊色得多，影响也小，仅为少数作家借用来纠正时弊，其文体与语体选择的关系暂且不论。本章主要集中论述白话语体、散体文言语体以及骈文语体与小说文体之关系。

　　清末民初之时，以梁启超为代表的"新小说"流派将小说由传统文学边缘化的"小道"地位提升至文学之最上乘，小说地位提高且成为启迪民智、救亡图存的最有力之工具，为贴近民众，其语体自然选择最能达到言文一致效果的白话语体为主。文化保守派也重视小说的社会意义和价值，其小说大都采用散体文言语体，以林纾为代表。因其坚守小说史传的文学观念，且坚持以文言语体来提升小说的地位，他认为传统雅语言可以使原为"小道"的小说高雅化，同时也能在文化保守派读者群中赢得一席之地。民国初年最极端的小说语体实验便是骈文语体在小说中的运用，其代表便是徐枕亚的《玉梨魂》。当时新小说虽因其政治功用名义上地位得以提升，实际上艺术价值很低。为纠正功利化小说偏离文学之势，徐枕亚等骈文小说家用自认为很美的骈文语体创作小说,来促成小说的文学化。

因各种语体流派的小说尝试以及对小说文体特征的不同认知,传统意义上的小说雅俗观发生很大变化,白话语体和文言语体的差别已经不是区分小说内部雅俗的衡量标准,而是转向所表述的内容,即小说的题材。看似运用白话最多的"新小说"倒成为严肃的雅文学,林纾为代表的散体文言语体小说作家既有雅小说亦有俗小说,而民国初年最雅的骈文语体因其多为才子佳人的言情小说而被归入通俗小说之列。

第一节 "新小说"文体特征与语体建构

社会生活和传统文化在清末民初经历着重大变革,文学观念也出现了新旧的交锋。之前诗文在众文学文体中居于主流,之后在救亡图存、启迪民智的社会舆论下,小说等叙事文体地位得以提升。严复、夏曾佑《本馆附印说部缘起》、梁启超《译印政治小说序》及《论小说与群治之关系》、夏曾佑《小说原理》、楚卿《论文学上小说之位置》等小说理论文章发表,论证了小说对下层民众的影响力,积极提倡启蒙民智的功利化小说理念。小说在传统文学观念中是不登大雅之堂的,晚清文人将"文以载道"观念运用到小说创作中,使得新小说担当启迪民智的社会责任。与传统相比,晚清新小说文体呈现出新特点——混杂性文体,在小说语言的运用上尝试与之相合的语体建构。

一 小说地位提升——从"小道"到"上乘"

小说一词最早出现于《庄子·外物》:"饰小说以干县令,其于大达亦远矣。"[①] 汉代班固的《汉书·艺文志》:"小说家者流,盖出

---

① 《庄子》,中华书局 2015 年版,第 459 页。

于稗官，街谈巷语，道听途说者之所造也。"① 词源一开始就有不入流的色彩。李剑国先生总结早期小说文体方面的特征，他认为："概括起来说，小说文体特征是一小二杂，而小则易杂，杂则必小，小是其'核心'，所以才称'丛残小语'、'短书小传'，所以刘知几又有'短部小书'、'短才小说'之称。小的含义是多方面的，文字短小琐碎——'小语'也；道理是浅俗的小道理——'小道'也；才气微小——'小才小智'也；作者大抵是'稗官'也就是小官或'闾里小知者'——'小家'也；这真是'怎一个小字了得'。"② 一个"小"字显示出小说的低贱地位，不可与诗文相提并论。

　　魏晋南北朝至隋唐期间，小说观念有两个方向，一是历史的杂记，二是俳谐娱乐。汉代虽然对小说功能和价值评价不高，但也有一定角度的认可，比如小说具备"治身理家有可观之辞"的伦理功能，可以"观风俗，知薄厚"的政治功能，有"以广视听"的知识功能，发挥"游心寓目"的娱乐审美功能。其中伦理和政治功能均能体现儒家"文以载道"的文学观点，强调小说可以拥有功利化作用。实际上小说作为审美艺术，审美功能应是其主要文学价值。宋、明、清三朝时小说走向繁盛，成为明清时代表性文体。尽管小说在当时文人中影响很大，与诗文的地位相比，小说仍然是"小道"。小说以故事性、形象性、虚构性为特征，这些要素成为衡量艺术水平的标准，而伦理教化和政治宣传则处于次要的位置。

　　清末时小说的地位突然提高，梁启超在1902年提出"小说界革命"③，狄楚卿提出："小说者，实文学之最上乘也。"④ 新小说采用

---

① （汉）班固著，顾实讲疏：《汉书艺文志讲疏》，上海古籍出版社2009年版，第165页。

② 李剑国：《早期小说观与小说概念的科学界定》，《武汉大学学报》（人文科学版）2001年第5期。

③ 梁启超：《论小说与群治之关系》，载陈平原、夏晓虹编《二十世纪中国小说理论资料》第1卷（1897—1916），北京大学出版社1997年版，第54页。

④ 狄楚卿：《论文学上小说之位置》，载陈平原、夏晓虹编《二十世纪中国小说理论资料》第1卷（1897—1916），北京大学出版社1997年版，第78页。

古白话小说讲述故事的旧形式，装的却是启迪民智的"新酒"，远离了小说原初重审美趣味的特质。小说成为"神话"，被夸大了载道功能。

清末其他文人也开始关注白话小说语言的魅力。《瀛寰琐记》第三期（1873年1月）至第二十八期（1875年1月）连载了蠡勺居士翻译的英国长篇小说《昕夕闲谈》，在序言中他对诸子文、史书与小说的功效进行对比：

> 且夫圣经贤传诸子百家之书，国史古鉴之纪载，其为训于后世，固深切著明矣。而中材则闻之而辄思卧，或并不欲闻；无他，其文笔简当，无繁缛之观也，其词意严重，无谈谑之趣也。若夫小说则妆点雕饰，遂成奇观，袭击怒骂，无非至文，使人注目视之，倾耳听之，而不觉其津津甚有味，孳孳然而不厌也，则其感人也必易，而其入人也必深矣。谁谓小说为小道哉？①

他认为诸子百家和史书对后人的训诫非常深刻，文笔采用的是文言语体，词正意庄、内容简当，严重缺乏趣味，使人昏昏欲睡。小说让人兴趣盎然，更容易感动人心。

康有为在文章中强调小说的社会功用，把小说与"书""经"和八股文的教化效果进行对比："吾问上海点石者曰：'何书宜售也？'曰：'"书"、"经"不如八股，八股不如小说。'宋开此体，通于俚俗，故天下读小说者最多也。启蒙童之知识，引之以正道，俾其欢欣乐读，莫小说若也。"② 在1900年11月的《清议报》上，他谈到类似观点："我游上海考书肆，群书何者销流多？经史不如八股

---

① 蠡勺居士：《昕夕闲谈小序》，载徐中玉主编《中国近代文学大系·文学理论集二》，上海书店1995年版，第215—216页。
② 康有为：《日本书目志·识语·卷十》，载陈平原、夏晓虹编《二十世纪中国小说理论资料》第1卷（1897—1916），北京大学出版社1997年版，第288页。

盛，八股不如小说何。郑声不倦雅乐睡，人情所好圣不呵。"①

书市上小说最多，因为小说语言浅易、故事有趣，既可以启蒙儿童，又传播道义，"欢欣乐读"是小说的魅力。经史、八股像雅乐一样，让人厌倦入睡，康有为认可小说的语言和形式带来了好的社会宣传效果。

严复、夏曾佑在《本馆附印说部缘起》中集中论述了小说的合法性："本馆同志，知其若此，且闻欧、美、东瀛，其开化之时，往往得小说之助。是以不惮辛勤，广为采辑，附纸分送。或译诸大瀛之外，或抚其孤本之微。文章事实，万有不同，不能预拟；而本原之地，宗旨所存，则在乎使民开化。"② 这些文人大多不承认小说的审美价值，强调的是其影响大众的社会功用。

梁启超的"政治小说"有明确的政治目的——推动思想政治变革，小说因此成为"新民"的工具。他还引述了康有为的看法："仅识字之人，有不读经，无有不读小说者。故六经不能教，当以小说教之；正史不能入，当以小说入之；语录不能谕，当以小说谕之；律例不能治，当以小说治之。"③ 梁启超在《论小说与群治之关系》中提出"小说界革命"，明确小说文体的工具性，小说可以支配世道人心，在于小说有"熏、浸、刺、提"的力量，提升了小说的社会价值和地位。④ 梁启超提高了小说的社会价值，同时降低了它的艺术审美特性。杨联芬如此评价："以梁启超为代表的'新小说'论，虽属揠苗助长的方式，但这种思想却从根本上动摇了传统文学观念，

---

① 康有为：《闻菽园居士欲为政变说部诗以速之》，载徐中玉主编《中国近代文学大系·文学理论集二》，上海书店1995年版，第229页。
② 严复、夏曾佑：《本馆附印说部缘起》，载徐中玉主编《中国近代文学大系·文学理论集二》，上海书店1995年版，第248页。
③ 梁启超：《译印政治小说序》，载徐中玉主编《中国近代文学大系·文学理论集二》，上海书店1995年版，第302页。
④ 梁启超：《论小说与群治之关系》，载陈平原、夏晓虹编《二十世纪中国小说理论资料》第1卷（1897—1916），北京大学出版社1997年版，第57页。

使人们普遍地开始以郑重的态度对待小说了。"①

虽有小说理论家质疑梁启超的功利化小说观，但也改变了对待小说的态度，由不屑到郑重。在清末新旧交替的特殊年代，小说承担了救亡图存、启迪民智的社会责任，小说的地位从不受重视的"小道"开始走向严肃文学的"康庄大道"。

二 小说文体变异——从审美到混杂文体

唐代是小说自觉时期，经宋、明、清文人的发展，小说成为一种故事叙述的文体，在语体风格上，白话渐成主流。明清时期文人和读者已有了比较明确的小说文体概念，小说不同于散文和历史著作。明清时期的小说概念是与《三国演义》《水浒传》《西游记》《金瓶梅》《儒林外史》《红楼梦》等作品联系在一起的，这些小说作品代表了中国传统小说的审美特征。小说是作家有意识虚构的、具有形象性的叙事文体，其要素包括叙事性、虚构性、形象性。

在长期演变中，小说文体的内涵与外延不断发生变化，但它长期处于与文史混杂的杂文学状态。明代胡应麟指出："郑氏（指郑樵）谓古今书家所不能分有九，而不知最易混淆者小说也。"② 冯梦龙在《醒世恒言·序》中说："六经国史而外，凡著述皆小说也。"③《今古奇观序》中说："小说者，正史之余也。"④

清末时小说文体由明清时的独立审美文体彻底转向"混杂文体"，所谓的"混杂文体"小说观念是指功利化的新小说观念。小说地位跃于诗、文、史之上的主要原因是以梁启超为代表的晚清文人对传统小说的改造，将"载道"文学观念引入小说文体，开启小说"雅化"的过程。

---

① 杨联芬：《现代小说导论》，四川大学出版社 2004 年版，第 7 页。
② （明）胡应麟：《少室山房笔丛》，上海古籍出版社 2009 年点校本，第 283 页。
③ （明）冯梦龙：《醒世恒言》，上海古籍出版社 1987 年版，第 3 页。
④ （明）抱瓮老人：《今古奇观》，上海古籍出版社 2003 年版，第 1 页。

梁启超创作《新中国未来记》时，小说理念化倾向严重，他如此评价自己的小说创作："此编今初成两三回，一覆读之，似说部非说部，似稗史非稗史，似论著非论著，不知成何种文体，自顾良自失笑。……编中往往多载法律章程、演说论文等，连篇累牍，毫无趣味，知无以飨读者之望矣，愿以报中他种滋味者偿之。"① 梁启超的新小说实际上是非小说化创作，多种文体混杂于一体。多种文体杂糅在一起的小说创作使"新小说"缺少中国传统小说的审美，梁启超认为其"非说部"，不知道将"实验品"归入何种文体。

崇新、求新是"新小说"实践的前导，背负救亡图存理想的文人把西方文学中的小说观念进行牵强附会的改造，对西方文学内部审美和借鉴存在偏差。清末古文翻译家林纾说"西人文体，何乃甚类我史迁也"②，他认为西方小说类似中国"史之余"的稗史，西方小说的结构布局与中国古文笔法相似。由于接受者文化视野和积习的局限，西方文化是经过接受者主观改造之后，能够寻求到认同因素的局部接纳。林纾用文言翻译异域小说，是文人内心深处文言小说"史之余"的传统，以梁启超为代表的新派小说家则以西方政治小说为模仿对象。

新小说文体的建构以救亡图存、启迪民智为目标，从中国古代白话小说中汲取资源，用西方小说理论来印证，忽视小说的艺术审美，把小说作为实现社会理想的工具。因而新小说非常重视历史小说、政治小说的创作，小说类型远比中国传统白话小说多。无名氏在《新世界小说社报发刊辞》中大致罗列了自认为有价值之小说："文化日进，思潮日高，群知小说之效果，捷于演说报章，不视为遣情之具，而视为开通民智之津梁，涵养民德之要素，故政治也、科

---

① 梁启超：《新中国未来记·绪言》，载《梁启超全集》，北京出版社1999年版，第5609页。
② 林纾：《斐洲烟水愁城录序》，载陈平原、夏晓虹编《二十世纪中国小说理论资料》第1卷（1897—1916），北京大学出版社1997年版，第158页。

第三章　语体选择与小说观念定位

学也、实业也、写情也、侦探也，分门别派，实为新小说之创例，此其所以绝有价值也。"① 论者指出小说不是单纯为了"遣情"，更重要的是应作为开通民智的"津梁"，提升民德的"要素"，因而新小说容纳政治、科学、实业、写情、侦探等内容非常具有价值。

《读新小说法》中指出新小说已与旧小说不同，连读法也应随之更新：

> 既已谓之新矣，不可不换新眼以阅之，不可不换新口以颂之，不可不换新脑筋以绣之，新灵魂以游之……新小说宜作史读……新小说宜作子读……新小说宜作志读……新小说宜作经读。匪直此也。飞仁扬义，发挥道德，可作人谱读。割皮解肌，推阐生理，可作内经读。朝四暮三，慨叹社会，可作风俗通读。天动地岌，指陈军情，可作兵法志读。抉摘宫闱秘密，可作唐宋遗事读。描摹儿女爱情，可作齐、梁乐府读。鲁滨孙漂流之记，维廉滨冒险之编，可作殖民志读。大彼德遗谋之发现，俾斯麦外交之狼狈，可作国际史读。埃及之塔，奢门之洞，岣嵝所不能携，琅环所不能记，可作金石录读。王大侠之刀，苏菲亚之弹，公孙弘失其诈，梅特涅失其奸，可作剑客传读。②

无名氏认为新小说具有混杂文体的特点，新小说与史、子、志、经等文体混于一体。风俗通、齐梁乐府、剑客传等勉强可以归入文学之列，人谱、内经、兵法志、唐宋遗事、殖民志、国际史、金石录则几乎不属于文学艺术，更谈不上跟小说文体有关。这类小说称

---

① 无名氏：《新世界小说社报发刊辞》，1906 年创刊的《新世界小说社报》第 1 期，载徐中玉主编《中国近代文学大系·文学理论集二》，上海书店 1995 年版，第 273 页。
② 无名氏：《读新小说法》，载徐中玉主编《中国近代文学大系·文学理论集二》，上海书店 1995 年版，第 278—279 页。

不上是文学审美的小说文体,无名氏戏称"小说又宜非小说读"①。无名氏还总结道:"要而言之,旧小说,文学的也;新小说,以文学的而兼科学的。"② 旧小说有虚构性、叙事性和形象性,而新小说更偏重"科学",叙事功能弱,偏重其他知识的传输,新小说是"非小说",是一种混杂文体。从时人所论小说分类、小说读法以及读者阅读小说所需的知识储备来看,"新小说"已将小说文体改造成了"非小说"混杂文体样式。

晚清一些文人已发现新小说文体"非小说"化、混杂文体化的倾向,黄人直截了当地指出,"昔之视小说也太轻,而今之视小说又太重也。……出一小说,必自施国民进化之功;评一小说,必大倡谣俗改良之旨"③。新小说在黄人眼里"一若国家之法典,宗教之圣经,学校之科本,家庭社会之标准方式,无一不赐于小说者"④,他主张小说应恢复其美学文体特质。

三 白话语体建构——白话书面语成为主角

我国传统小说主要使用两种语体:文言与白话。文言小说和白话小说在传统文人看来也有高低之分,文言小说代表了相对意义上的雅文学,而白话小说位列鄙俗小说。以艺术成就来说,在传统小说中白话小说远高于文言小说。

清末民初的部分文人对中国书面语中"言文分离"的弊端已达成共识,如裘廷梁《论白话为维新之本》等文章阐述的观点。表音

---

① 无名氏:《读新小说法》,载徐中玉主编《中国近代文学大系·文学理论集二》,上海书店1995年版,第279页。
② 无名氏:《读新小说法》,载徐中玉主编《中国近代文学大系·文学理论集二》,上海书店1995年版,第283页。
③ 黄人:《小说林发刊词》,载徐中玉主编《中国近代文学大系·文学理论集二》,上海书店1995年版,第291页。
④ 黄人:《小说林发刊词》,载徐中玉主编《中国近代文学大系·文学理论集二》,上海书店1995年版,第291页。

第三章 语体选择与小说观念定位

文字的西方语言基本可以"言文一致",中国有志之士尝试拼音文字改革,终因汉字的表意传统,多音字多,方言众多,拼音文字很难完美取代汉字的功能。汉语延续几千年的文化特征,使得晚清文人放弃拼音文字的改革,而是采纳白话小说中的语体。白话书面语更接近"言文一致",它是维新文人可资利用的本土资源。白话语体不仅被用于宣传的报章体中,新小说也不例外,晚清文人开始关注白话小说的语体魅力。

严复对国史与稗史小说进行比较,他的结论是稗史小说比国史更容易传播,"说部之兴,其入人之深,行世之远,几几出于经史上。而天下之人心风俗,遂不免为说部之所持"①。稗史小说深入人心的原因是"若其书之所陈,与口说之语言相近者,则其书易传。若其书与口说之语言相远者,则其书不传。故书传之界之大小,即以其与口说之语言相去之远近为比例"②。严复所说稗史小说是白话小说,其书面表达与口语接近,白话比文言流传更广。严复指出白话小说与国史的区别是"简法之语言"和"繁法之语言",并对两个概念进行解释:

> 简法之语言,以一语而括数事。故读其书,先见其语,而此中之层累曲折,必用心力以体会之,而后能得其故。繁法之语言,则衍一事为数十语,或至百语千语,微细纤末,罗列秩然。读其书者,一望之倾,即恍然若亲见之事者然。故读简法之语言,则目力逸而心力劳。读繁法之语言,则目力劳而心力

---

① 严复、夏曾佑:《本馆附印说部缘起》,载徐中玉主编《中国近代文学大系·文学理论集二》,上海书店1995年版,第248页。
② 严复、夏曾佑:《本馆附印说部缘起》,载徐中玉主编《中国近代文学大系·文学理论集二》,上海书店1995年版,第246页。

逸。而人之畏劳其心力也，甚于为劳其目力。①

　　文言属于"简法之语言"，它具有言简意赅、简洁凝练的特点，阅读文言不费眼力却劳心。白话语体是"繁法之语言"，它的特点是描述铺陈，烦琐细腻，费眼力不劳心力，叙述一目了然。从读者接受来说，人宁愿劳其目，而不愿劳其心，白话语体胜文言。黄遵宪对白话小说的语体价值加以肯定："若小说家言，更有直用方言以笔之于书者，则语言文字几几复合矣。余又乌知他日者，不更变一文体为适用于今、通行于俗者乎？嗟乎！欲令天下之农、工、商、贾、妇女、幼稚，皆能通文字之用，其不得不于此求一简易之法哉！"②无名氏在谈到"论小说之教育"问题时，认为："小说之教育，则必须以白话。天下有不能识字之人，必无不能说话之人。出之以白话，则吾国所最难通之文理，先去障碍矣。"③因白话最接近口语，新小说要发挥其教育功效，必须采用白话语体。白话语体比文言语体词汇更加简单，虽仍有不识白话书面语的人，但有一人识之即可，中国人的一大特点是识字人读小说喜于向别人讲述，而不识字之人则从中受到教育。

　　新小说强调文以载道的功用导致其语体建构颇为复杂，在政治启蒙立场下，白话语体更具有影响力。晚清部分士人在理论上大力提倡白话，但理论倡导不等于文学创作，虽然白话的呼声声势浩大，但小说创作中却免不了文言语体的影响。梁启超对此体验很深："虽然，自语言文字相去愈远，今欲为此，诚非易易，吾曾

---

① 严复、夏曾佑：《本馆附印说部缘起》，载徐中玉主编《中国近代文学大系·文学理论集二》，上海书店1995年版，第247页。
② 黄遵宪：《日本国志·学术志二·文学》，载徐中玉主编《中国近代文学大系·文学理论集一》，上海书店1994年版，第556页。
③ 无名氏：《论小说之教育》，载徐中玉主编《中国近代文学大系·文学理论集二》，上海书店1995年版，第276页。

试验，吾最知之。"① 清末民初时期的同一杂志可以同时刊载文言小说和白话小说，杂志对小说语体的要求是"本报文言、俗语参用；其俗语之中，官话与粤语参用；但其书既用某体者，则全部一律"②。"本报文言、俚语兼用，但某种既用某体，则全编一律。"③ 理论超前，实践滞后。

此外晚清文人出于功利目的，在理论上大力提倡白话，骨子里仍然认为白话不登大雅之堂，而文言才具有深厚的文化底蕴。特殊的社会语境下文学语体也呈现出过渡性特点和多语体并存的不成熟状态，晚清文人对多种语体进行尝试。晚清新小说中文白相间、多语体混杂，文言有古文、韵文和浅易文言，白话可再细分为古白话、各地方言和欧化白话。梁启超主张用白话创作小说，文白兼半，困难重重。清末鲁迅译作和创作仍然使用的是文言语体，其五四时期的小说语言则文白间杂，并非纯粹的白话。

为救亡图存、启迪民智，中国传统白话小说在清末民初成为最佳的政治工具，在文学书面语体系中出现了文言向白话转变的趋势。新小说在语体理论上倡导白话，因它的载道功能、混杂文体性以及晚清文人根深蒂固的文化积习，新小说语体实际上是多语体混杂的状态。虽然理论与实践存在差距，但是没有晚清书面语变革的步伐，也就没有现代汉语表达系统，所谓"没有晚清，何来五四"。历史是在各种文化合力中渐变的，完全"脱胎换骨"是幻想，语体的建构也要遵循规律。

---

① 梁启超：《小说丛话》，载徐中玉主编《中国近代文学大系·文学理论集二》，上海书店1995年版，第309页。
② 无名氏：《中国唯一之文学报新小说》，载徐中玉主编《中国近代文学大系·文学理论集二》，上海书店1995年版，第330页。
③ 侠民：《新新小说·叙例》，载陈平原、夏晓虹编《二十世纪中国小说理论资料》第1卷（1897—1916），北京大学出版社1997年版，第141页。

第二节　文言语体小说文体特征与语体选择

　　文言语体主要是延续秦汉文献的词汇语法系统，在词汇、句法、修辞上具有相对稳定规范化的特点。后来在文言语体中又出现了"变异"的骈文语体，主要表现在辞藻、声韵、对仗和用典方面更加精雕细琢，但词汇和句法仍逃不出旧系统范围，仍属文言语体范畴，因此散体文言语体和骈文语体在词汇语法方面具有较多共通之处。

　　散体文言和骈文属于中国古代文言书面系统中两种不同的书面语体系，二者虽然均属文言书面语系统，但在历史发展的过程中有其各自的特点。散体文言语体长短不拘，表述相对自由，在适当的时候也会出现对偶、押韵的类似骈体的句子；骈文则通篇讲究辞藻选择、声韵、对偶，并形成一定的范式，骈文受条条框框之限制，容易造成形式胜于内容、华而不实的矫揉造作文风。在以文言语体为主要书面语表达的散文领域中，散体文言语体和骈文语体的分离与消长成为中国文学中一个普遍现象。战国、两汉时期出现骚体与赋体，这是骈文追求辞赋化的萌芽，六朝成为骈文全盛时期，并成为此时代散文的代表性语体。到了唐宋，掀起反六朝浮靡文风的古文运动，即提倡秦汉时奇行散句的散文创作，散体文言语体胜于骈文语体，随后的元明清散体文言语体始终在散文领域占据主导地位。到了清代，一批散文大家对骈文极力推崇，使得骈体文言和散体文言都发展到相当成熟的顶峰。

　　散体文言语体和骈文语体在散文领域均广泛使用的文学背景下，二者还被文人用来进行小说文体的尝试，散体文言语体创作小说历史悠久可资借鉴，更多继承史传传统，并且在清末民初特殊年代中做出适当调试；而不善于叙事的骈文语体进入小说则采用骈散相间

第三章　语体选择与小说观念定位

的策略，骈文语体的基本特征仍然明显，使小说呈现辞赋化倾向。

一　史传小说文体观念与散体文言语体选择

林纾以散体文言语体翻译外国小说，是他的一大特色和贡献，由这一当时文人所熟悉之语体成为沟通中外文学交流的桥梁。在翻译外国小说的过程中，林纾对中外小说文体进行比较，形成其史传小说文体观，这种文体观也影响到其小说翻译和创作的语体选择。

与梁启超所倡导的"新小说"流派以白话语体为主，将白话语体和小说文体作为启迪民智的工具，其载道的政治功用性非常突出明显。而林纾的小说翻译一开始仅偶然而为，后来竟成为其"无心插柳柳成荫"的影响所在。钱基博在其《现代中国文学史》中讲到林纾最初从事外国小说翻译的缘由："纾丧其妇，劳愁寡欢，寿昌因语之曰：吾请与子译一书，子可以破岑寂，吾亦得以介绍一名著于中国，不胜于蹙额对坐耶！遂与同译法国小仲马《茶花女遗事》行世，国人诧所未见，不胫走万本。"[①]如此偶然之机，1898年不懂外语的林纾和精通法文的王寿昌合译法国小仲马的《巴黎茶花女遗事》，借译书排遣丧妇之悲伤。因林纾不考虑译作的功利性目的，选择的外国小说文本亦是王寿昌推荐的西方"名著"，在翻译中比较并融合中西小说艺术手法，形成林纾的翻译小说文体观念。

前文在论述散体文言语体小说创作时已提及林纾译作方式是与他人合译。林纾不懂外语，而与其合作的翻译者如王寿昌、魏易等懂外语，但大多是理工或实业出身，文学功底薄弱，其方式只能是王寿昌、魏易等人口述，林纾执笔。林纾作为古文大家，且此时不带任何政治和商业目的，自然而然地采用自己最熟悉且最得心应手的散体文言语体翻译，这是林纾之所以用散体文言语体最初翻译《巴黎茶花女遗事》的直接原因。此后，《巴黎茶花女遗事》获得很

[①]　钱基博：《现代中国文学史》，上海书店出版社2004年版，第126页。

大的成功，在新学界和旧学界均受到欢迎，一发不可收拾。散体文言语体翻译外文小说成为林纾的一种模式，甚至为一部分小说翻译家所模仿。此后小说翻译和创作除了文人积习、市场需求外，从小说文体角度来说，散体文言语体的使用与林纾积累的传统小说文体观和其在翻译过程中对外国小说文体观念的认识也存在相当关系。

随着林纾翻译西方小说在社会上取得较大影响之后，他开始从无意为之到有意地从事翻译，并对其意义进行提升定位。他说："余老矣，无智无勇，而又无学，不能肆力复我国仇，日苞其爱国之泪，告之学生；又不已，则肆其日力，以译小说。"① 其后的翻译小说与改良社会现实生活联系起来，在林纾翻译小说的序跋中明确翻译作品之社会意图。《黑奴吁天录·跋》中讲道："今当变政之始，而吾书适成，人人即蠲弃故纸，勤求新学，则吾书虽俚浅，亦足为振作志气，爱国保种之一助，海内有识君子，或不斥为过当之言乎？"② 又如《不如归·序》中："纾已年老，报国无日，故日为叫旦之鸡，冀吾同胞警醒，恒于小说序中撼其胸臆，非敢枉肆嗥吠，尚祈鉴我血诚。"③ 还有《贼史·序》中也有类似的理想表达："顾英之能强，能改革而从善也。吾华从而改之，亦正易易。所恨无狄更司其人，能举社会中积弊，著为小说，用告当事，或庶几也。"④ 在清末民初，无论是梁启超的小说界改良，还是林纾此类的古文保守派，均认识到小说的重要作用，即从小说功能论来看，二者均赞成小说的社会意义。林纾在翻译小说的序跋中所提到的"振作志气""爱国

---

① 林纾：《雾中人·序》，载《林纾选集·文诗词卷》，四川人民出版社1988年版，第183页。
② 林纾：《黑奴吁天录·跋》，载《林纾选集·文诗词卷》，四川人民出版社1988年版，第173页。
③ 林纾：《不如归·序》，载《林纾选集·文诗词卷》，四川人民出版社1988年版，第195页。
④ 林纾：《贼史·序》，载《林纾选集·文诗词卷》，四川人民出版社1988年版，第195页。

保种""冀吾同胞警醒""举社会中之积弊"等皆很明显地表达了林纾翻译小说的预期目的。

由上述文献可知，从重视小说社会功用目的来说，林纾的小说观念与梁启超倡导的"小说界革命"有着很大的相似性，也可以说基本一致，体现了在当时国家危亡之秋，知识分子期望能以著文尽救国救民之力。与林纾同时的人也对林纾翻译的"特殊"用心进行总结：

> 吾友林畏庐先生夙以译述泰西小说，寓其改良社会，激劝人心之雅志。自《茶花女》出，人知男女用情之宜正，自《黑奴吁天录》出，人知社会贵贱等级之宜平。若《战血馀腥》，则示人以军国之主义，若《爱国二童子》，则示人以实业之当兴。凡此皆莘莘大者，其益可案籍稽也。其馀亦一部有一部之微旨。总而言之，先生固无浪费之笔墨耳。①

《茶花女》属无意为之，因文本本身艺术性较强，其所宣扬的男女爱情虽与中国传统观念有所背离，却因其异域之爱情观念以及林纾细腻的文言语体翻译引起中国读者的兴趣。如果以为此时林纾便具有明确的社会目的确实有些牵强，但其后林纾所选的异域小说文本则渐渐有了明确的目的，这在其翻译小说序跋中已有明确表达。

可以说，在小说翻译中，林纾虽然坚持散体文言语体翻译的立场，认为散体文言是雅语言文字，但不影响其与"新小说"流派一样表达追求救亡图存的社会理想。林纾虽然坚持文言语体的正统地位，其思想并不保守。林纾的小说翻译之社会功用性与梁启超的小说观在相似中有差异，二者定位的目标不同。梁启超的小说界改良

---

① 徐熙绩：《歇洛克奇案开场序》，载薛绥之、张俊才编《林纾研究资料》，福建人民出版社1982年版，第134页。

把社会的积弊寄托于国民意识的提升,目的在启迪普通民众,因此"新小说"的预期读者群是中下层民众,其语体选择自然以通俗白话为主;而林纾的翻译及其后的创作阅读对象更多的是具有一定文言基础的中上层知识分子,林纾重视小说的故事性、形象性有利于普及新学,但他认为只有提升那些传统士人的思想意识,才能达到革新时弊的目的,其思想中仍存在着社会阶层的严格划分,因此其翻译的阅读对象是中上层知识分子,而在书面语的选择策略上,白话自然引不起中上层知识分子的兴趣和审美欲望,只能选择散体文言来提升通俗小说的雅文学成分。

林纾不仅用散体文言以及社会改良之目的来提升小说的通俗地位,使之成为或接近雅文学,而且其小说文体观延续文言散文的传统。林纾是一个古文大家,在翻译西方小说时,很自然地将古文与西方小说文笔进行比较,而其古文的传统思想观念及叙事运笔潜移默化地影响到其译作。

林纾在古文与西方小说进行比较时,对中国古文仍坚定不移地秉持"国粹"的观念,以西方小说所有而中国古文也有,来证明中国文言古文并不落伍,实际上林纾是以自己的先入之见来看西方小说,使得西方小说附上了中国古文的某些特征。林纾翻译小说时,寻找西方小说文体与中国古文的相通之处,以便中上层士人拥有接受的文化心理基础。"今我同志数君子,偶举西土之文字示余,余虽不审西文,然日闻其口译,亦能区别其文章之流派,如辨家人之足音。其间高厉者,清虚者,绵婉者,雄伟者,悲梗者,淫冶者,要皆归本于性情之正,章瘅之严,此万世之公理,中外不能僭越。"[①] 林纾以古文之风格来划分西方小说的文字风格,且认为传统古文之"性情之正,章瘅之严"特征与西方相同,并誉为古今中外之"公

---

① 林纾:《孝女耐儿传·序》,载陈平原、夏晓虹编《二十世纪中国小说理论资料》第1卷(1897—1916),北京大学出版社1997年版,第293页。

第三章 语体选择与小说观念定位

理"。如此一种认为西方小说类似中国雅文学文言散文的小说文体观念,使林纾在翻译小说时也获得了主体文化优势的满足感。

林纾在翻译西方小说的过程中,总是有意地发现其故事所传达的思想与中国传统道德有相似之处,这也是中国文言散文的"载道"传统,从而证明中西是相同的,国人没必要在思想伦理、语言文字上向西方"俯首称臣"。文言书面语一直被认为不擅长叙事描写,不适合创作长篇小说,林纾偏用文言书面语翻译并创作长篇小说,更重要的是他认为西方小说宣扬的也是儒家传统伦理道德。甚至他从所翻译的西方小说中发现儒家的伦理道德应该是具有普世性的,施及四海而皆准的。如林纾在《美洲童子万里寻亲记·序》中讲道:"盖美洲一十一龄童子,孺慕其亲,出百死奔赴亲侧。余初怪骇,以为非欧、美人,以欧、美人文明,不应念其父子如是之切。既复私叹父子天性,中西初不能异,特欲废黜父子之伦者自立异耳。"① 林纾将父子之天性定位为儒家伦理的普世性价值之一,其实是颠倒了关系,一切普世性的伦理无论在西方还是东方都是适用的,而非儒家伦理所规范的均是普世性价值。林纾以儒家伦理来贯通中西之思想,为旧派的知识分子接受西学提供了较好的方法和策略,也是最有说服力的一个角度。对于国人印象将西学与中学格格不入的情形,尤其西方自由民主观念与中国五伦的冲突,林纾则阐释为:

> 吾国父兄,始疾首痛心于西学,谓吾子弟宁不学,不可令其不子。五伦者,吾中国独秉之懿好,不与万国共也,则学西学者,宜皆屏诸名教外矣。呜呼!何所见之不广耶?彼国果无父母,何久不闻有商臣元劭之事?吾国果自束于名教,何以《春秋》之书弑者踵接?须知孝子与叛子,实杂生于世界,不能

---

① 林纾:《美洲童子万里寻亲记·序》,载陈平原、夏晓虹编《二十世纪中国小说理论资料》第1卷(1897—1916),北京大学出版社1997年版,第156—157页。

右中而左外。①

如果说梁启超所倡导的"小说界改良",其选择多为政治题材小说,宣扬西方的政治理想和思维模式,发现社会时弊并以西方之观念纠正之,林纾则相反,仍固持本国文明全世界之冠的自信,从西方小说中发现中国早有的儒家伦理观念,同时赢得与其有相似观念的保守派知识分子的认同感。在五四时期,林纾面对新文学阵营批判附载于文言语体之上的封建文化之风时,仍真诚地从个人经验出发,发出中西思想并不相悖的言论:"外国不知孔孟,然崇仁,仗义,矢信,尚智,守礼,五常之道,未尝悖也,而又济之以勇。弟不解西文,积十九年之笔述,成译著一百廿三种,都一千二百万言,实未见中有违悖五常之语。"② 林纾站在保守派基础上,真诚地向思想比较宽容的蔡元培倾诉,认为中西在一些儒家传统道德方面有相通之处,认为五四激进派知识分子在提倡西学的同时,将中国的传统一棒子打死。实际上,到五四时期,激进派知识分子虽然认识到中国传统并非全是糟粕,但出于策略考虑也要全盘推翻,这便是鲁迅所说的以极端方法纠正渗入国人骨髓之传统恶疾。以林纾为代表的文化保守派仍然坚守传统价值观念,但面对已经掌握话语权的五四激进知识分子,已是螳臂当车无法挽回之势,不仅文言语体难以承继,即便传统文化中的精华也被忽略不计。

这并非林纾一人之观念,实际上代表了当时很大一批保守派的观念,他们虽然承认中国的器物技术层面不如西方,但认为语言文字以及思想道德绝对是值得自豪的。在语言发展的自在状态下,林纾认同中国传统伦理思想,更不觉得其主要载体文言书面语存在什

---

① 林纾:《英孝子火山报仇录·序》,载薛绥之、张俊才编《林纾研究资料》,福建人民出版社1982年版,第108页。

② 林纾:《附林琴南原书》(又名《致蔡鹤卿太史书》),载赵家璧编《中国新文学大系·建设理论集》,上海良友图书公司1935年版,第171页。

第三章　语体选择与小说观念定位

么问题,既然西方小说所宣扬的思想与中国儒家传统伦理道德一致,而作为书面语工具的文言语体便没有什么理由不可用。总体来说,无论是梁启超还是五四知识分子,他们与林纾代表的利益群体是完全不同的,梁启超代表清末民初之时的维新派知识分子,已看到社会巨变,认为思想制度的变革无可避免,社会阶层和利益群体必将发生转变。林纾则代表对中国传统思想文化恋恋不舍的旧派文人,文言语体曾是独特的上层身份象征和高雅文化象征,儒家传统思想曾是一生安身立命之本,这些旧派文人已与这些文化特征融为一体,甚至视之如己之生命。在五四时期,当激进知识分子破坏这一切时,林纾这位固守传统文化的老者再也找不到倾诉的对象,自有其可悲可怜之处。清末民初处于社会制度变革之时,社会混乱反而为不同思想的知识分子提供了自由表达的机会和发展状态,林纾也能自由采用文言语体来翻译自己所认可的西方小说。

　　除在翻译西方小说时寻找表达的思想伦理与中国的相似处外,林纾把西方小说的叙事和运笔技巧与中国古文义法相提并论,认为二者也存在相通之处。前文已强调林纾的古文在当时影响很大,自己也颇以古文家自居,追溯林纾所受古文之影响可以发现,他在《左传》《史记》方面用力颇勤,他认为学习文言散文须认真研读《左传》《史记》《汉书》和韩愈之文,"此四者,天下文章之祖庭也!历古以来,自周、秦迄于元、明,其以文名者,如沧海之澜,前驱后踵,而绩学之士,至有不能略举其名者。而左、马、班、韩亦居其中,胡以岿然独有千古!正以精神诣力,一一造于峰极,虽精于文者,莫敢少出其锋颖,与之抗挠,则传诵私淑,历万劫不复漫灭耳!"[①] 由此可知,林纾推崇文章四家,而其本人的古文笔法也得力于以上四家。在西方小说翻译中,林纾在中国的史传中寻找与

---

① 陈希彭:《〈十字军英雄记〉序》,载阿英《晚清文学丛钞·小说戏曲研究卷》,中华书局1960年版,第288页。

西方小说叙事技巧相似之处，他十分称赞《史记》在叙事技巧上的用笔之妙。他在以散体文言语体的古文翻译西方小说时，认为西方小说大多也符合太史公写史的笔法。林纾翻译英国哈葛德的《斐洲烟水愁城录》，其序言中便谈到此种发现的惊喜：

> 余译毕，叹曰：西人文体，何乃甚类我史迁也！①

林纾总是从西方小说文体中寻找中国古文中亦有的因素，以占据心理上的优势感。钱钟书在谈及林纾翻译时，也明确指出林纾有意用古文技法翻译西方小说，"在'义法'方面，外国小说原来就符合'古文法'，无需林纾来转化它为'古文'"②。钱钟书指出了林纾本身便是以先入之见用散体文言语体的古文技法来进行西方小说翻译，根本不需要转化为古文。

林纾在古文中寻找与西方小说叙事技巧相类似的"小说笔法"，如林纾比较推崇的《左传》《史记》等史传文学中便有许多可以称道的小说技法，以语言行为刻画人物形象、设计曲折故事情节、波澜起伏的叙事技巧以及其他的引人入胜的方法，等等。林纾关于此种论述在翻译小说的序言和例言中有很多，如《〈撒克逊劫后英雄略〉序》中："纾不通西文，然谈听述者叙传中事，往往于伏线、接笋、变调、过脉处，大类吾古文家言。"③ 又如在《黑奴吁天录例言》中相似的论述："是书开场、伏脉、接笋、结穴，处处均得古文家义法。可知中西文法，有不同而同者。译者就其原文，易以华语，

---

① 林纾：《〈斐洲烟水愁城录〉序》，载陈平原、夏晓虹编《二十世纪中国小说理论资料》第 1 卷（1897—1916），北京大学出版社 1997 年版，第 158 页。
② 钱钟书：《林纾的翻译》，载《钱钟书论学文选》第六卷，华城出版社 1990 年版，第 122 页。
③ 林纾：《〈撒克逊劫后英雄略〉序》，载《林纾选集·文诗词卷》，四川人民出版社 1988 年版，第 122 页。

第三章 语体选择与小说观念定位

所冀有志西学者，勿遽贬西书，谓其文境不如中国也。"① 林纾认为西方小说文体中的叙事技巧和运笔方法与古文家的笔法相类似，他的工作仅是将西方的语言翻译成散体文言语体的"华语"。在林纾看来，当时能够代表"华语"的自然是古文所认可的散体文言书面语，而非骈文语体，更不是代表下层民众的白话语体。林纾遵照此逻辑，认为有志于西学的中上层文人不应贬低西方小说，因其西方小说笔法有很多与中国古文义法相通之处。林纾所提到的"开场、伏脉、接笋、结穴"等，确实在司马迁、班固、韩愈等人的古文中多有表现，林纾以寻找类似之处的方法去理解西方小说的现实主义创作技法。如林纾对英国小说家狄更斯的理解："迭更斯乃能化腐为奇，操散作整，收五虫之怪，融汇之以精神，真特笔也。史、班叙妇人琐事，已绵细可味矣，顾无长篇可以寻绎。"② 由此，林纾弥补散体文言语体的古文未有长篇之不足，用古文笔法和语体形式翻译西方长篇小说，如胡适所说："自有古文以来，从不曾有这样长篇的叙事写情的文章。《茶花女》的成绩，遂替古文开辟一个新殖民地。"胡适所讲的古文，不仅仅指的是林纾翻译小说所采用的散体文言语体，而且包括古文章的叙事技巧和笔法。古文是中国文言语体书面语的主要文体，而且是清末民初之前占据主导地位的雅文体，以古文比西方小说文体，在林纾看来也是小说雅化、地位提升的原因所在。

林纾以散体文言语体书面语为主的经史散文的笔法和技巧作为其在翻译西方小说中建立的小说观念，在林纾的创作中则表现得更加明显极端，同时也影响到其创作小说的艺术水平。钱钟书便有如此评价："他（林纾）接近三十年的翻译生涯明显地分为两个时期。'癸丑三月'（民国二年）译完的《离恨天》算得前后两期间的界

---

① 林纾：《黑奴吁天录例言》，载陈平原、夏晓虹编《二十世纪中国小说理论资料》第1卷（1897—1916），北京大学出版社1997年版，第43页。

② 林纾：《〈块肉余生述〉前编序》，载《林纾选集·文诗词卷》，四川人民出版社1988年版，第200—201页。

标。在它之前，林译十之七八都很醒目；在它之后，译笔逐渐退步，色彩枯暗，劲头松懈，读来使人厌倦。"① 初期的译笔因其弹性的文言语体以及所选西方小说本身的艺术价值较高，而此后译笔尤其是创作则渐趋"色彩枯暗"。恰在民国二年即1913年，林纾创作"践卓翁短篇小说"，一律是文言语体的小说创作。其短篇小说继承了中国传统文学资源，文言语体词汇套语处处可见，模仿中国古代笔记、唐传奇、史传文学之文体的痕迹非常明显，验证了林纾根深蒂固的小说属于"稗官野史"的史传意识。林纾在《〈践卓翁小说〉序》中表达此种史传意识："盖小说一道，虽别于史传，然兼有记实之作，转可备史家之采撷。如段氏之玉格天尺，唐书多有取者。余伏匿穷巷，即有闻见，或具出诸传讹，然皆笔而藏之。能否中于史官，则不敢知。"②《践卓翁小说》中不仅语言文字大多来自文言书面语中的套语且简洁凝练，更接近散体文言语体，所表达的思想大多来自儒家传统道德观。林纾的小说文体观念中充满了史传意识与记实风格，这是其小说由俗至雅的缘由之一，即小说与史传类似，更何况他有意识地采用了史传散文所习用的散体文言书面语。

至于林纾的文言长篇小说创作更是体现了其史传散文小说文体观念走向极端化。在中国古代小说发展的历程中，有文言语体短篇小说和白话章回体小说，但文言长篇小说创作前所未有，而林纾首创之。从文言与长篇小说结合来说，林纾突破了文言语体小说篇幅短小、语言简洁凝练的陈规。其文言长篇小说更突出的特点便是经史与小说的结合。林纾选择散体文言书面语与其经史小说文体观念相匹配，以增强文言长篇小说的"古雅"之风。关于林纾创作的文言长篇小说，郑振铎的评价为："他的自作小说实不能算是成功。我

---

① 钱钟书：《林纾的翻译》，载《钱钟书论学文选》第六卷，花城出版社1990年版，第119页。

② 林纾：《〈践卓翁小说〉序》，载薛绥之、张俊才编《林纾研究资料》，福建人民出版社1982年版，第121页。

们或者可以称这一类的小说为'长篇笔记',以为他们极类他的笔记,而绝无他所译的狄更斯的小说的气氛。"① 郑振铎认为虽然林纾翻译很多艺术价值较高的西方小说,但其文言长篇小说却没有西方小说的韵味,无论是情节安排还是叙事技巧都相去甚远,传统的笔记体叙事技法和史传传统的极端化以及所采用的文言语体,使得林纾的文言长篇小说更类似于"长篇笔记"。

在林纾的小说文体观念中,小说"补史之阙",而且是追求"野史"的小说,其小说情节模式固定化:选当时的历史事实,并且以虚拟人物进行穿插连贯。林纾在他的文言语体长篇小说《剑腥录》第32章中插入其情节处理的论述:"今敬告读者,凡小说家言,若无征实,则稗官不足以供史料;若一味征实,则自有正史可稽。如此离奇之世局,若不借一人纬贯穿而下,则有目无纲,非稗官体也。今暂借史家便年之法,略记此时大略,及归到邴仲光时,再以仲光为纬。"② 白话章回小说中也有历史演义小说,如《水浒传》《三国演义》等,但其多取历史上一事件作为背景,其重心则放在曲折情节的设置、人物形象的塑造上。林纾的文言长篇小说则相反,人物只是贯穿整个历史事件的经纬线,造成稗官小说体式,实际上所写人物差不多与书中所叙事件关系不大,也看不出所塑造人物在重大历史事件中的性格特征。历史小说要处理好虚构与史实的关系、人物与史料的关系,作为一种文学艺术体式的小说与历史写作不同,有自己的特点,更偏重情节虚构和人物塑造。林纾过于极端化的史传小说文体观,使得他的小说历史重于虚构,人物服务于史实,其小说的艺术价值不高,而其作为史书的价值仍然存在。郑振铎认为:"我们所见的这一类的书,大都充满了造假的事实,只有林琴南的《京华碧血录》,

---

① 郑振铎:《林琴南先生》,载薛绥之、张俊才编《林纾研究资料》,福建人民出版社1982年版,第152页。
② 参见陈锦谷《林纾研究资料选编》,福建文史研究馆2008年版,第235页。

《金陵秋》及《官场新现形记》等叙庚子义和团，南京革命及袁氏称帝之事较翔实；而《京华碧血录》尤足供给讲近代史者以参考的资料（近来很有人称赞此书）。"① 郑振铎所说的《京华碧血录》指的便是《剑腥录》。

毫无疑问，林纾根深蒂固的史传散文小说文体观念也影响到其对小说语体的选择。在他的意识里，不仅在西方翻译小说中处处可循中国文言语体写就的古文笔法和技巧方法，而且小说文体本身应该延续史传散文的传统，才能真正提升小说的地位，脱离通俗的外衣，成就其古雅的地位，而散体文言语体则是此种小说文体观念下书面语工具的必然选择。林纾在清末民初所操持的史传散文小说文体观念以及与之相适应的散体文言语体的运用，在一定程度上展示了文言语体在过渡时代中仍具有一定的生命力，有着自己的时代需求和接受群体，以文言语体进行小说翻译和创作的实践有其存在的历史价值和意义，是中国书面语发展链条中不可缺少的尝试环节。

二　辞赋化小说文体观与骈文语体

陈平原在划分清末民初小说类型时，将言情小说列为其中一种，而民初的骈文语体小说也属于其所谓言情小说之列："我还是将清末民初大批言情小说作为明末清初才子佳人小说的嫡传。相对简单的人物关系，不枝不蔓且近乎程式化的情节推进，单纯简单而强烈的情感体验，纯洁得有点天真的爱情观念（相对于所处时代），大众化的理想表述，雅驯的文字追求，再加上十万字左右的篇幅（太短难以展开悲欢离合，太长又嫌小说架构过于简单无法承载）和以少男少女为潜在的读者，徐枕亚们其实可作为古代中国才子佳人小说到当代中国言情小说（尤其是台湾和香港的若干畅销书作家）的过渡

---

① 郑振铎：《林琴南先生》，载薛绥之、张俊才编《林纾研究资料》，福建人民出版社1982年版，第152页。

第三章　语体选择与小说观念定位

桥梁。"① 就徐枕亚等人的骈文小说体裁而言，陈平原将其归入清末民初才子佳人式的一脉，并提到其书面文字追求"雅驯"，其所谓的"雅驯"应该是指该派小说语体选择的特点。

同时他还论述道："清末民初文学体裁和小说文体的混乱以及相互渗透，使得一切想入非非的文学尝试都可能被接受。这是一个旧文学正在解体，新文学即将诞生的时代，并非一切尝试和创新都为后人所接纳，可这种努力本身自有其价值。清末民初小说辞赋化的倾向，没有比'骈文小说'走得更远了。五四以后的小说家，拒绝了骈文小说这一形式；可在突出心理描写的同时，注重文学语言的表现力，甚至保留某种辞赋化倾向，则仍是言情小说的特色。"② 陈平原在集中论述清末民初言情小说的类型特征时，大体指出了民初骈文小说的文体特征，从题材来讲主要是才子佳人的爱情故事，且情节简单，以青年为预设读者群，符合大众化审美趣味，注重语言文字的雅驯，具有辞赋化倾向，其中也涉及此派小说文体观念与其语言体式的选择有关系，但可惜没有集中详尽地论述文体观念与语体选择的关系何在。笔者借陈平原综合概括出的民初骈文小说文体特征和语体特征，暂将骈文小说文体定位于"才子佳人式辞赋化小说文体观念"，集中论述骈文小说文体观念与语体选择之关系。

从小说功能论来说，骈文小说是对以白话语体来启蒙民智的"新小说"以及林纾的散体文言语体史论小说文体观念的反驳，骈文小说派认为这两者均偏离了文学本身的价值。这仍是文学史上的"文""笔"之辨，此派小说作家认为梁启超、林纾小说创作仅属"笔"之列，而不属于美文。在清末民初，小说文学地位提升之后，

---

① 陈平原：《清末民初言情小说的类型特征》，载《陈平原小说史论集》（下），河北人民出版社1997年版，第1644页。
② 陈平原：《清末民初言情小说的类型特征》，载《陈平原小说史论集》（下），河北人民出版社1997年版，第1661页。

"新小说"派以白话语体创作"载道"小说使之变俗为雅，林纾等人以散体文言语体写史使之由俗而雅，而民初骈文小说则想脱离小说的功利化窠臼，便运用美文之"最"——骈文入小说，题材选取男女感情故事，以为如此便是追求小说之文学价值。当时铁樵批评此类自以为是的小说观念："或谓西洋所谓小说即文学，于是以骈体当之，虽不能真骈，亦必多买胭脂，盖以为如此，庶几文学也，而不知相去弥远。"① 虽然铁樵是在批评骈文小说实际离文学距离甚远，但同时也指出骈文小说派为了追求小说的文学效应，故意采用了大量骈体语，而且以美艳词汇叙述言情故事。骈文作为中国文言语体中分化出来的特殊语言形式，将以单音节为基础的汉字在"建筑美""音乐美"上发挥到极致：骈四俪六、句式工整、两两相对、善用典故且词汇富丽精工，既便于抒情体物，又确实充满美感，大概骈文小说家是借骈俪语言体式之形式美去纠正小说功利化之偏。在具体小说行文中，徐枕亚等骈文小说家试图以看重华丽辞藻音韵的骈文，来追求纯粹的小说文学性效果，有意淡化故事情节，更加突出笔墨之趣，这是一种相当大胆的小说语体尝试。

　　除运用骈俪语体提升小说的文学艺术性外，骈体小说中还大量使用古典诗词，配合骈俪语体使得言情小说达到诗意效果，同时展示文人的才情。在《玉梨魂》中有共计127首古典诗歌和5首词曲，诗词文体大量穿插入小说，作为小说推动情节发展的一部分，用以渲染人物的心理情绪。民国初年，针对晚清小说艺术价值缺乏，时人曾提出以词章来纠正小说功利化、口语化之偏："今之为小说者，俗语所谓开口便见喉咙，又安能动人？……小说的妙处，须含词章之精神。所谓词章者，非排偶四六之谓。中外之妙文，皆妙于形容

---

① 铁樵：《答刘幼新论言情小说》，载陈平原、夏晓虹编《二十世纪中国小说理论资料》第1卷（1897—1916），北京大学出版社1997年版，第521页。

第三章　语体选择与小说观念定位

之法；形容之法莫备于词章，而需用此法最多者莫如小说。"① 无论是提倡以词章用于小说还是骈俪语体创作小说，均是为了提升小说的文学艺术价值，共同针对过于口语化创作的政治小说。

徐枕亚在《〈小说丛报〉发刊词》中表达了与清末民初之时启蒙一派不同的小说观念，在运用骈文语体提升小说语言之美感的同时，也继承了小说的娱乐游戏功能。他说：

> 原夫小说者，俳优下技，难言经世文章；茶酒余闲，只供清谈资料。滑稽讽刺，徒托寓言；说鬼谈神，更滋迷信。人家儿女，何劳替诉相思；海国春秋，毕竟干卿底事？至若诗篇投赠，寄美人香草之思；剧本翻新，学依样葫芦之画。嬉笑成文，莲开舌底；见闻随录，珠散盘中。凡兹入选篇章，尽是虚蹈文字。吾辈佯狂自喜，本非热心励志之徒；兹编错杂纷陈，难免游手好闲之诮。②

随着小说地位提升至"文学之最上乘"，小说成为梁启超思想中载道之工具，可以启迪民智、挽救民族危亡。徐枕亚则反其道而行，明确指出小说很难起到经世致用的社会效应，认为小说仍为"俳优下技，难言经世文章；茶酒余闲，只供清谈资料"，可以不谈家国大事，但可以寄情于风月韵事。其本人也说此报所刊大多为无关国家世事的"虚蹈文字"，骈文语体便成为最好的"虚蹈文字"，选稿标准是以吟咏"风花"的"游手好闲"之作，由此可知徐枕亚之流以骈文语体来延续小说娱乐游戏的功能，反驳了晚清梁启超等人的功利主义小说文体观念。刘铁冷在回忆民国初年的文坛时则提及骈文

---

① 公奴：《金陵卖书记》，载陈平原、夏晓虹编《二十世纪中国小说理论资料》第1卷（1897—1916），北京大学出版社1997年版，第65页。

② 徐枕亚：《〈小说丛报〉发刊词》，载陈平原、夏晓虹编《二十世纪中国小说理论资料》第1卷（1897—1916），北京大学出版社1997年版，第486—487页。

语体运用于小说的情况，虽然很清楚地肯定四六文不适合世用，即对于针砭社会时弊、挽救世风作用不大，但以四六文来写诗赋或小说作为个人遣愁泄愤的方式未尝不可，同时可以在写骈文小说中展示文人的才华。① 民国初期已与梁启超所倡导"新小说"的社会语境不同，梁启超代表的文人的政治启蒙的宏大政治激情到了民国初年已渐渐走向低迷与压抑，文人们在小说创作中由载道转向娱乐游戏——自娱娱人。

因种种因素的影响，民国初年的骈体小说以描写哀怨的男女爱情故事为主，且以大量骈文语言体式创作而成，借以表达此特殊历史背景下文人的忧伤。因此，此类小说虽是才子佳人式的言情题材，与传统的才子佳人小说相比，它更重感伤情绪氛围的渲染，不重叙事和情节的发展，这是骈文小说所追求的艺术效果——哀艳化抒情，也是骈文小说派作家辞赋化小说文体观念的反映，而抒情之最佳的语体选择则非骈文语体莫属。

正如评论家所言："在中国情感文学的触摸中，并非一无所获，它们通过自己的成功和失败不断建构着新的演说方式。"② 骈文小说作家群体虽然使骈文语体小说轰动一时，获得市场成功，但他们毕竟是用最不能写小说的骈文语体去抒写爱情视角的小说，表达当时处于社会边缘地位的文人那种哀伤的灵魂，在骈文语言体式的运用中去营造哀怨的情思，使得民国初年的骈文小说文体观念与使用的语言体式配合默契。

据学者考订，从1912年到1919年，骈体小说主要以报刊发表及单行本两种方式出现，绝大部分在报刊上发表，在题材上以言情为主流，占据百分之八九十，而其风格也以哀伤悲痛为主流。③ 骈文

---

① 刘铁冷：《铁冷碎墨》，小说丛报社1919年版。
② 袁国兴：《1898—1948 中国文学场态》，广东人民出版社2005年版，第55页。
③ 郭战涛：《民国初年骈体小说研究》，广西师范大学出版社2010年版，第85—90页。

第三章 语体选择与小说观念定位

小说无疑非常重视哀伤的言情题材,而其作者也成为多愁善感的文人,借男女哀伤的爱情抒发文人感伤。徐枕亚论及骈文小说作家群的心理状态时谈道:"人谓文人为情种,吾谓文人真情魔之伥耳!虽然,'情之所钟,正在吾辈'。文人多情,文人之不幸也。文人多慧,慧根即情根也。文人多穷,境穷则情挚也。大抵文人一生,方寸灵台,无一足以萦绕,惟与此'情'之一字,有息息相通之关系。"[①]在一定程度上,民国初年的言情小说是一种不得已而离开社会政治与现实的社会承担和责任的结果,此时的社会状态又让边缘化的文人转向对内心深处的哀伤,看到其心灵深处的逃避和孱弱。骈体小说作家群的心理状态使得其小说创作重视哀情之抒发,其风格自然由"新小说"派的刚健转向对阴柔之风的追求。骈文语体讲究对仗,讲究和谐的音韵,造成一种一唱三叹、回环缠绕的效果,这使得它更擅长抒情,同时也形成文字语言的骈偶化所带来的阴柔文风。从骈文语体自身特点来说,它与骈体小说文体观念简直是珠联璧合。

下面以骈体小说的代表作《玉梨魂》为例,在具体作品中探讨骈体小说文体观念和语体选择之关系。《玉梨魂》故事人物非常的简单,讲家庭教师何梦霞和寡妇白梨影的爱情悲剧。该小说对于其外在环境以及曲折的情节叙述很少,而用大量的骈文语言体式来表达人物在礼教意识的压力下痛苦的内心世界。简而言之,它不靠情节,而是以渲染主要人物内心世界的悲苦情绪去推动故事发展,原本以曲折情节为要素的小说,反而成为辞赋化的抒情之作。如白梨娘初读何梦霞书信后的心理描写:"梨娘读毕,且惊且喜。情语融心,略含微恼;灼潮晕颊,半带娇羞。始则执书而痴量,继则掷书而长叹,终则对书而下泪。九转柔肠,四飞热血,心灰寸寸,死尽复燃。情

[①] 徐枕亚:《〈孽缘镜〉序》,载陈平原、夏晓虹编《二十世纪中国小说理论资料》第1卷(1897—1916),北京大学出版社1997年版,第489页。

幕重重，揭开旋碍。既而重剔兰镫，独开菱镜，对影而泣。"① 可以说，《玉梨魂》此类的骈体小说一开始便把小说文体定位为"唯美"化的言情小说，让其充满烂漫的哀伤情调，并对其进行一种诗意的表达，骈文语体恰恰以辞赋化抒情语句将这种诗意表达得淋漓尽致。刘纳认为骈文小说骈偶语言的选择也是配合了骈文小说所追求的诗意艺术效果的需要："骈俪文字适合铺陈伤惨情景，尤其在这份伤惨并不具备深致的独特性的情况下。感觉不够精细，不够敏锐的作者可以省去捕捉用以借喻的'客观对应物'的过程，直接通过公共性景物的反复罗列，表达自己所需表达的伤惨。"② 她指出，在骈体小说中运用骈俪语言体式适合铺陈哀伤情绪，对于许多中国文人所熟悉的古典意象和景物的描写虽与故事情节没有关系，但作者通过层层渲染来表达书中人物在此环境中的哀伤的心理情绪。

　　与散体文言语体和白话语体相比，骈文擅长描写和抒情，而不善于展示细节和干脆利落地描述事态发展，其不善于叙事的特征在长期文学发展中已成共识。骈体使用骈偶句式，其严格的对仗和音韵限制了叙事的自由，不能精确展示故事情节的细节，同时一个意思需要分成偶句表述，也打乱了叙事节奏，使情节发展迟缓拖沓。骈体语言善于抒情而不善叙事的特点与骈体小说的不重"写实"而重传达情致的文体特征相符，骈文语言体式回环往复的特征使得骈体小说具有情感化、主观化的明显特征，可谓"正是这种情辞胜于事实的叙述风格表明骈文作为一种诗化文体的艺术特质"。③ 虽然在民国初年大部分骈文小说并非全篇用骈偶语式，已采用骈散结合的方式，用散体文言去弥补叙事之不足，但其主调仍是骈偶语式所带来的抒情小说，其目的是建构辞赋化诗意小说的风格，从而忽略小

---

① 徐枕亚：《玉梨魂》，江西人民出版社1986年版，第22—23页。
② 刘纳：《民初小说的情感取向和文体特色》，《海南师院学报》1996年第3期。
③ 钟涛：《六朝骈文形式及其文化意蕴》，东方出版社1997年版，第172页。

说对叙事功能的发挥,而把重心放在对爱情悲剧的主观情绪渲染方面。邓伟也认为:"民初骈文小说是一种情绪的文体,多描写人物在静态条件下思绪的波动。"①

《玉梨魂》之类的骈体小说运用骈俪语言体式确实在民国初年的小说文体领域开拓了新的审美空间,将骈文语体与小说文体结合。虽然运用骈文语体,发挥了骈文描写抒情的优势,并营造出骈体小说哀伤凄婉的诗情基调,但毕竟骈文语体积淀了太多传统历史文化因子。类似的古典意象、传统典故、千篇一律的故事构架和哀情之格调,往往使骈体小说因袭套路,文字烂俗,空洞无物。一部《玉梨魂》也许因其特殊的语言体式和凄婉哀情能够让青年读者耳目一新,但后来模仿的类似之作必然毫无新意,让读者失去阅读兴趣。

在《玉梨魂》中,为了渲染情绪气氛,徐枕亚除了运用诗词文学样式,还采用了日记和书信来调节小说的节奏,尤其是作为骈体应用文之一的书信,实际上也成为作者呈才炫能的手段之一。《玉梨魂》中书信共十四则,其文字大多为典雅华丽的骈体语式。徐枕亚等骈文作家群在小说文体中引入尺牍,是借尺牍卖弄才情,同时渲染哀感顽艳的整体气氛,表面上像是追求艺术技巧上的革新,实际上是亵渎了艺术,无益于艺术革新。无论是骈文小说所运用的骈俪语式,还是穿插的诗词、日记、尺牍等其他文体形式,均是借其渲染哀艳悲情,更重要的是作者在卖弄才情。

陈平原评价骈文小说在短时期内受欢迎之原因和特征时谈道:"骈文小说之大受欢迎,时人归之于'青年好绮语'。这未始没有一定道理,作者、读者多为青年男女,爱其情事之缠绵悱恻,更爱其文辞之香艳绮丽。《玉梨魂》第二章称《石头记》为'弄才之笔,谈情之书,写愁之作',可说是骈文小说家的夫子自道。其中尤以

---

① 邓伟:《分裂与建构:清末民初文学语言新变研究》,中国社会科学出版社2009年版,第295页。

'弄才之笔'最能概括这批作家的艺术追求。"① 骈文小说文体特征便是以香艳绮丽的文辞来抒写缠绵悱恻的爱情愁绪,而背后仍是作者炫耀才情,即"弄才之笔",陈平原对骈文小说派作家心理概括得非常准确到位。

在徐枕亚创作《玉梨魂》获得市场成功之后,他又假托何梦霞的一册日记创作了《雪鸿泪史》,其中增加许多哀艳诗词。他在1915年宣传《雪鸿泪史》时高度评价此日记体骈文小说中哀艳诗词的价值:"书中所载诗词共二百余首,较《玉梨魂》增加一倍,悉系书中人真迹。缠绵情绪,尽于书中吐露,非他种凭空结构之小说以杂作填塞者可比。阅过《玉梨魂》者自能辨之。……研究诗学者,犹不可不人手一编也。"② 可见,由古典诗词来刻画人物、渲染情绪之作用,在《雪鸿泪史》中似乎有意突出其可以单独作为一种文学文体进行研究,作者炫耀才学之目的洞明。至于此种创作方式是否还符合小说文学文体的要求,徐枕亚则否认其创作是"小说":"余著是书,意别有在,脑筋中实未有为'小说'二字,深愿阅者勿以小说眼光误余之书。使以小说视此书,则余仅为无聊可怜、随波逐流之小说家,则余能不掷笔长吁,椎心痛苦?"③ 看来徐枕亚自视甚高,认为《雪鸿泪史》意在别处,大概也是以此证明其高雅才情,特意在卖弄笔墨。

综上所述,作家的骈体小说文体观念决定了其所运用的语言体式只能是骈文语体,而非白话语体和散体文言语体。

---

① 陈平原:《清末民初言情小说的类型特征》,载《陈平原小说史论集》(下),河北人民出版社1997年版,第1660页。
② 徐枕亚:《人人必读之小说〈雪鸿泪史〉》,载陈平原、夏晓虹编《二十世纪中国小说理论资料》第1卷(1897—1916),北京大学出版社1997年版,第516页。
③ 徐枕亚:《〈雪鸿泪史〉自序》,载陈平原、夏晓虹编《二十世纪中国小说理论资料》第1卷(1897—1916),北京大学出版社1997年版,第553—554页。

第三章 语体选择与小说观念定位

第三节 小说语体选择与雅俗观念定位

雅俗之分是中国文学的重要评价标准之一。所谓的雅，可追溯到周代，那时的雅乐用来为政教服务，根据祭、飨、祀对象的不同而使用不同的音乐，以此来标识严格的世俗生活等级秩序。雅俗原本是指音乐的等级分类，而且从一开始雅便属于少数人享有，而俗则来自民间，为等级低下之民所属。由音乐领域的雅俗观念推向文学艺术形式，则成为品评文学的价值标准和尺度。

文学领域的雅俗之分，涉及艺术风格、审美趣味、体裁、语体、读者群等方面的区别。纵观中国文学史，雅俗的区别最明显的是文学体裁和语言体式的规约。从文学体裁来看，在中国古代文学传统中，雅文学与诗、文、辞、赋等文体相关联，而这些基本上是传统士人主要的创作体式，并为整个教育体制、人才选拔体制、政治体制所肯定和认可，是在上层士人中流传的主流文学体裁。小说、戏曲、民谣等文体则被归入俗文学之流，因其多来自民间而且符合下层民众的审美需求。从其源流来看，小说文体一开始便被定位为"街头巷语，道听途说"的"小道"，一直处于通俗文学地位，上层士人不屑于此种文体的创作，即便是创作一些传奇体、笔记体小说，也是以之作为自娱自乐或者炫耀才情的途径。从文学语体来看，文言与白话是汉语两种基本的书面语表达系统，它们不仅词汇、语法有区别，而且分别代表着不同的文化价值体系。文言是上层士人身份的象征，而且作为雅文体的诗文基本是用文言书面语，因此文言成为雅致的代名词；而白话源于民间，是大众之语，自然相对比较俚俗。

中国古代小说文体包括文言小说和白话小说，因小说处于整个文学结构的边缘地位，因此二者均没有进入主流文学圈。尽管如此，在传统士人的潜意识中,二者仍有高下之分。文言小说受中国史传影响较大,由上层文人用文言语体创作且在此阶层中流传。而白话小说从其起源便是以平民大众为对象,而且大多为政治主流势力所排挤的边缘化文人创作,其身份地位开始向平民大众靠近。文言小说和白话小说最主要的区别在于所使用的语言样式不同——所用书面语是接近口语的白话,还是远离口语的文言。在小说文体内部仍有雅俗之分,其最重要的衡量标准和最明显的表征便是文言和白话两种不同书面语表达系统的使用,文言代表高雅,而白话则是通俗的代名词。

在清末民初的特定历史时期,传统高雅之文学体裁诗、文、词、赋仍延续,而作为"小道"的俗文体样式"小说"却获得空前地位的提升,甚至达到"文学之最上乘"的赞誉。如前所论述小说文体与语体选择时,笔者已涉及小说文体经过文人的"化妆"和"改造",使得小说具备众高雅文学体式所具备的"载道"功能,从而达到小说由"俗"至"雅"的提升,这在论述"新小说"白话语体选择与雅小说观念定位中进一步深入论述。当小说在文学众文体中地位渐趋凸显之时,雅俗观念开始在小说文体中构成一对矛盾体,日益分化。其中语体的选择与小说雅俗观念的关系与传统相比,亦发生微妙的变化。

一 白话语体小说——以俗为雅

以"新小说"为代表的白话语体小说的创作群体在小说文体由"俗"至"雅"的地位提升中贡献最大,不仅从理论上鼓吹小说的救世功效,而且在异域小说的启迪下,对中国传统通俗小说进行"雅化"的改造。所谓"新小说"以俗为雅,主要指其选择白话通俗语言体式创作严肃小说,运用白话语体为工具创作能够启迪民智之小说,过分强调小说教化传道的功利目的。古白话小说在中国传统文学样式中,关于小说文体有一个顽固化的观念,即"从纪元前

第三章 语体选择与小说观念定位

后起一直到十九世纪,差不多二千年来不曾改变的是:小说者,乃是对于正经的大著作而称,是不正经的浅陋的通俗的读物。"① 这里主要说的是白话小说,一方面他指出小说所运用的语言体式是接近口语的通俗白话,另一方面则是涉及小说所反映的内容和故事通俗易懂、明白晓畅,艺术风格和审美趣味符合普通大众的需求,与文人士大夫用文言语体所创作的诗文不可同日而语。所谓的大著作则主要指高雅的文学样式,尤其是诗文,而浅陋的通俗读物便是指小说。对其"正经"与"不正经"的划分实质上仍是基于传统文人雅俗的判断,毫无疑问,小说便是用大众化通俗白话创作的"鄙俗"文体。

与经、史、诗、文之类的传统雅文学文体相比,传统白话小说一定程度上承担了宣扬道德伦理的功能,但更重故事性、情节性,游戏与娱乐功能更明显。士大夫读严肃的经史"昏昏欲睡",而读小说时则"碰玩不能释手",晚清之前传统士人大都不屑于白话小说创作,但仍抵制不住小说的魅力,也有阅读《水浒传》《金瓶梅》等白话小说。从传统士人的态度来看,他们将小说视为消遣娱乐的对象,同时因白话小说语言和风格通俗,亦能为文化程度较低的普通民众所接受。小说之所以被认为不高雅、不正经,原因有二:一是娱乐性强,载道教诲功能弱化;二是运用通俗白话,缺乏士大夫所认为的文言具有的审美价值。

为了提升小说的品位,早在清末民初之前创作者和批评家已经开始寻找使小说雅化的办法和途径。拟话本、章回小说中许多篇头诗和篇尾诗,以及随处可见的"有诗为证"和引经据典也是白话小说雅化的点缀。罗烨认为小说应吸收传统雅文学代表文体经、史、诗、文的特点,讲究学问、教诲而且有才情,所以认为话本创作、表演创作应做到"开天辟地通经史,博古明今历传奇,藏蕴满怀风

---

① 浦江清:《说小说》,《当代评论》1944 年第 4 卷第 8—9 期。

与月，吐谈万卷曲和诗"①。李贽用小说与经史散文拉近距离，亦是雅化途径之一，认为"使人知此为稗家史笔，有关于世道，有益于文章"。②金圣叹称赞《水浒传》："天下之文章，无有出《水浒》右者"③，毛宗刚认为《三国》"叙事之佳，直与《史记》仿佛，而其叙事之难，则有倍难于《史记》者"④，张竹坡则直接评价《金瓶梅》为"真千古至文"⑤。评论家的观点总起来说仍是将小说与传统雅文体的经、史、诗、文相连，认为如果小说做到有关世道人心，可以记史，并且符合文章之体式，那么小说也可以提升至高雅文学之列。至于文化修养很高的文人小说创作，如吴敬梓、曹雪芹等上层文人的参与，更是促进了小说地位的提升。尽管作家和批评家以种种方式努力提升小说的地位，但在清末民初新小说家登上文坛之前，小说仍被掌握话语权的士大夫阶层排挤在雅文学之外。

"新小说"派从小说文体来说，采取了传统小说尤其是白话章回小说能够深入人心、通俗有趣的形式特征，而实际上却是在批判传统白话章回体小说的"旧思想"，植入"载道"的功能，即梁启超等人所提倡的小说救世说，把小说创作的目的由传统的娱乐消闲转化成改良群治，这便成为清末新小说由俗趋雅的途径。当时理论界发表一系列推崇小说政治功用的理论文章，为提升小说的地位造声势。

在梁启超小说界改良理论明确化之前，严复、夏曾佑以及康有为已发表类似的观点和看法。《本馆附印说部缘起》中最早提及小说影响世道人心之作用以及异域小说开化民智之功。当时的文人已明确发挥小说之社会功效，一是改造中国旧有的白话章回小说，二是

---

① 罗烨：《醉翁谈录》，古典文学出版社1957年版，第3页。
② 王先霈、周伟民：《明清小说理论批评史》，花城出版社1988年版，第171页。
③ 朱一玄、刘毓忱：《水浒传资料汇编》，南开大学出版社2002年版，第213页。
④ 《毛宗岗批评本三国演义》，岳麓书社2006年版，第10—11页。
⑤ 《张竹坡批评金瓶梅》，齐鲁书社1987年版，第37页。

以异域小说为标本。康有为则谈到小说可以用来进行正道之引导，并提及异域小说翻译的重要性："易逮于民治，善入于愚俗，可增七略为八、四部为五，蔚为大国，直隶王风者，今日急务，其小说乎！仅识字之人，有不读'经'，无有不读小说者。故'六经'不能教，当以小说教之；正史不能入，当以小说入之；语录不能喻，当以小说喻之；律例不能治，当以小说治之。天下通人少而愚人多，深于文学之人少，而粗识之、无之人多。……今中国识字人寡，深通文学之人尤寡，经义史故，亟宜译小说而讲通之。泰西尤隆小说学哉！"① 与严复、夏曾佑的观念相类似，康有为既重视中国传统白话章回小说的启蒙作用，又主张将经、史、语录、律例内容渗入小说文学样式进行改造，使之承担经史之载道功能，这很明显是对传统通俗小说的"严肃"化即雅化的改造，并且也提到要翻译异域小说来宣扬"经义史故"。此时的文人将改造的目标设定为下层民众，期望以"小说"之名来承担雅文体诗文的载道内容，因此他们认为此类小说应保留能够为下层民众所接受的接近口语的白话语体，而将小说雅化的重点放在小说所承载内容的变革上。

新小说界极端推崇小说的政治功用，其理论代表便是梁启超的小说"新民""救世"说，其认为小说创作的最高目的便是改良群治。在论述新小说文体与语体之关系时，笔者已谈到新小说仅采用古白话小说之名，运用其通俗的白话语体形式，而实际上已脱离了小说自身最重要的文学意义和价值，即它的审美娱乐功能，而接续了古代散文的教化功能，成为混杂文体形式。一言以蔽之，新小说是以通俗的白话语体创作具有政治功效的严肃"文章"，通俗的白话语体仅仅是方便向普通大众宣传新思想和观念，前者是形式工具，后者是其需要达到的最终目的。陈平原也评价道："新小说家追求小

---

① 康有为：《〈日本书目志〉识语》，载陈平原、夏晓虹编《二十世纪中国小说理论资料》第1卷（1897—1916），北京大学出版社1997年版，第27页。

说文体的'俗',是为了更便于向大众灌输新思想,是利俗的文学,而不是通俗的文学。'利俗'是手段,'启蒙'才是目的。着意启蒙的文学不可能是真正的通俗文学。作家是站在俗文学的外面,用雅文学的眼光和趣味,来创作貌似通俗的文学。由雅人写给俗人看的,为了迁就俗人的阅读能力而故意俗化的小说,骨子里仍然是雅小说。"[①] 从中国传统小说观念出发,他认为作为通俗文学的白话小说在新小说家笔下发生质的改变,因小说承载的功能发生转变而使得新小说由俗趋雅。新小说是以高姿态的雅人,为迁就俗人的阅读能力而不得已采用的白话语体以及通俗小说的文体形式,骨子里是想把诗文雅文学的载道功能转移至白话通俗小说,使得小说由"小道"提升至"文学之上乘",由俗文学的地位提升到高雅的文学殿堂。

晚清新小说代表作中,即使是公认艺术成就较高的《老残游记》中也插入政论与寓言,更不用说当时创作的大量政治小说和科学小说,完全置以情节叙事为基本特征的小说文体于不顾,借白话语体以及通俗小说形式,大肆地进行政治宣传和科学知识的普及。如果说当时翻译小说中的政治小说和科学小说在曲折的情节中传达一些政治理念和科普知识,而受西方通俗小说影响的本国政治小说和科学小说创作则走向极端,人物塑造和情节设置完全让位于大量思想和概念的介绍。虽然新小说流派试图通过老百姓能够接受的白话和通俗的小说艺术形式灌输新的政治理念和科学知识,但其实际上很难真正为普通大众所接受。普通大众文化水平不高,习惯于"寓教于乐"的艺术形式,而新小说更倾向于纯粹的说理或教诲,不重视情节,也忽视了小说本身的娱乐性,小说内容本质上具有了诗文的雅文学特征。因小说政治教化功能以及上层文人成为主要的创作群体,更是造就了晚清小说的高贵地位,白话小说成为文坛的主宰,

---

① 陈平原:《20 世纪中国小说史》第 1 卷(1897—1916),北京大学出版社 1989 年版,第 103 页。

步上高雅严肃文学的台阶。

总而言之,晚清新小说骨子里追求的是文以载道的严肃内容,而白话语体仅算得上是其诱导普通大众阅读的通俗外衣,其小说创作可称为以俗为雅。

二 散体文言语体小说——以雅化俗

林纾在文学史上奠定其文学地位的便是"林译小说"。林纾所翻译的域外小说大多为通俗小说,为达到化俗为雅的效果,林纾翻译小说时一再强调史传的小说观念,更是有意采用代表雅致的文言语体,即"古文笔法",明确反对使用通俗的白话语体。如果说新小说外俗内雅,以形式上的通俗白话语体追求文以载道的严肃内容,那么林译小说则追求内俗外雅,即内容是通俗小说而配之以其所认可的雅致文言语体。二者有相似之处,即都是以不同的途径和方式提升小说的文学地位,尝试将小说由俗文学改造成为雅文学。

林纾运用古文翻译外国小说并非偶然,其虽以翻译家的声誉占据文坛,但这与他在古文上的高深造诣密不可分。前文在论述林纾的史传小说文体观与散体文言语体选择时,已经提到林纾对古文的痴迷。当然,不仅仅是林纾,清末民初之际类似林纾这类守旧的传统士人很多。他们一生与以文言语体为表述方式的诗文为伴,文言书面表达方式是他们最为熟悉的也是最为欣赏的表述方式,诗文是其安身立命之所在,尤其在封建体制严格的科举选士制度之下更是如此。以文言语体为主的诗文成就高低自然成为体现传统士人人生价值实现与否的标志,很难想象传统士人追求"立德""立言""立功"中的"立言"可以使用白话语体,文言语体的诗文才是传统士人安身立命之所在。

林纾以古文笔法翻译小说,追求以雅化俗。林纾的古文与当时人心所向的桐城派古文不同,桐城派讲究"义法"。林纾的桐城气息并不浓,对于桐城派作家死守"义法"等清规戒律,林纾并不赞同,他认为:"文之入手,不能无法。必终身束缚于成法之中,不自变化,纵使能成篇幅,然神木而形索,直是枯木朽株而已,不谓文也。"① 林纾对桐城古文的弊端了然在目,因此他的古文能够吸取前贤之精髓,同时在此基础上有所创新变化。

林纾以其独特的文言散文笔法运用于小说的翻译和创作,总体来说,其古文的文笔雅洁洗练,而且生动优美,具有相当的审美价值。林纾创作的古文数量很多,收录在《畏庐文集》《畏庐续集》《畏庐三集》中的散文作品近300篇。林纾的散文题材多样,大致包括传记、山水游记和抒情散文、杂文、诗文集序跋以及祭文、墓志铭、寿序等。其中艺术价值较高的是前两类散文,尤其是山水游记和抒情记事散文成就最高,其采用的文言语体笔法与小说翻译文笔相似。如《苍霞精舍后轩记》抒发对去世的母亲和妻子的怀念,字字情真意切,读来令人潸然泪下:

> 栏循楼轩,一一如旧,斜阳满窗,帘幔四垂,乌雀下集,庭墀阒无人声。余微步廊庑,犹谓太宜人昼寝于轩中也。轩后严密之处,双扉阖焉。残针一,已锈矣,和线犹注扉上,则亡妻之所遗也。②

全文仅500余字,却能用简洁平和的文笔来含蓄地表达深厚的感情,充分展示了林纾的文言书面语表达功力。林纾叙事古文以简洁的文笔传达深厚之情,其"叙悲之作,音吐凄梗,令人不忍卒读,盖以血性为文章"③。

林纾的山水游记散文中也可看出其文字雅洁优美,描绘出一种

---

① 林纾:《春觉斋论文》,人民文学出版社1998年版,第112页。
② 林纾:《畏庐小品》,北京出版社1998年版,第30页。
③ 高梦旦:《〈畏庐文集三集〉序》,载《林琴南文集》,北京市中国书店1985年影印本,首页。

第三章　语体选择与小说观念定位

淡远、闲适、优雅的意境。他在《畏庐论文》中说道："意境者，文之母也。一切奇正之格，皆出于是间。不讲意境，是自塞其途，终身无进道之日矣。"① 如他的《游西溪记》：

> 西溪之胜，水行沿秦亭山十余里，至留下，光景始异。溪上之山，多幽茜，而秦亭特高峙，为西溪之镇山。溪行数转，犹见秦亭也。溪水渺然而清深，窄者不能容舟。野柳无次，被丽水上，或突起溪心，停篙攀条，船侧转乃过。石桥十数，柿叶蓊荟，秋气洒然。桥门印水，幻圆影如月，舟行人月中矣。②

林纾描绘浙江山区的水乡风光，曲水清深，群山环绕，读此文后让人心旷神怡，宛如景在眼前，其游记散文颇具意境和神韵。林纾的游记散文笔法非常优美，与其对环境精细的观察以及真挚浓烈的感情密切相关。林纾描摹山光水色的游记散文还有《游栖霞紫云洞记》《记九溪十八涧》《湖心泛月记》《明湖泛雨记》《记雁宕三绝》等，其雅洁的文言语体将山光水色描绘得生动优美，传神入微，给人以美的享受，具有相当强的艺术感染力。

综上所述，林纾古文的造诣可见一斑，更难能可贵的是林纾将古文的笔法运用到其小说翻译之中。林纾在他的《春觉斋论文》中讲到文章须"应知八则"，即"意境""识度""气势""声调""筋脉""风趣""清韵""神味"，尤其应该加以重视的是文章之"意境"和"神韵"。林纾翻译比较成功的外国小说，如《巴黎茶花女遗事》《黑奴吁天录》等均具有林纾古文文笔特点。文学评论家丘炜蔓评论林纾翻译《巴黎茶花女遗事》的动人文笔："以华文之典料，写欧人之性情，曲曲以赴，煞费匠心。好语穿珠，哀感顽艳。

---

① 参见王水照编《历代文话》，复旦大学出版社2007年版，第6367页。
② 林纾：《林纾文选》，百花文艺出版社2006年版，第174页。

读者但见马克之花魂，亚猛之泪渍，小仲马之文心，冷红生之笔意，一时都活，为之欲叹观止。"① 其所谓的"华文之典料"明显是指文言语体，哀感之情类似于林纾的抒情叙事散文，其中亦是"好语穿珠"，也充分展示出文言语体传情达意的含蓄和雅致。郭沫若在评价林纾的《迦茵小传》时说："这在世界的文学史上并没有什么地位，但经林琴南那种简洁的古文译出来，却增了不少的光彩。"②《迦茵小传》这部小说之所以在清末民初受到知识分子的欢迎，主要得益于林纾简洁的文言语体，林纾以文言的雅致掩饰了小说本身的通俗，即以雅化俗。

"林译小说"中翻译比较好的作品除《巴黎茶花女遗事》和《黑奴吁天录》之外，还有狄更斯的《块肉余生述》、司各特的《撒克逊劫后英雄略》、欧文的《拊掌录》等，这些翻译小说在当时影响很大。"林译小说"不仅引进了西方小说新的文学观念，在形式、结构和表现手法上有独特之处，而且输入了新思想和新礼俗。林纾用文言语体翻译了160余种小说，其译文的文笔和散文一样，虽师从桐城名家，但与桐城古文相去甚远，不受义法的牵制，形成洗练流畅的文笔。林译小说语言如其散文语言一样极富艺术表现力，无论是叙事、抒情还是描摹景物都能曲尽其妙。林译小说颇受当时读者喜爱，除西方小说情节曲折、故事动人和别样的表现手法外，还在于林纾所使用的简洁优雅的文言语体表述方式颇能传达原作的风格情调。西方小说多为故事性、情节性、叙事性比较强的现实主义作品，相对比较通俗，而林纾用典雅的文言语体以及代表雅文学的散文笔法去翻译西方小说，试图以雅化俗。林纾在评价狄更斯小说

---

① 丘炜蔓：《茶花女遗事》，载陈平原、夏晓虹编《二十世纪中国小说理论资料》第1卷（1897—1916），北京大学出版社1997年版，第45页。
② 郭沫若：《少年时代》，人民文学出版社1979年版，第113页。

时，认为其小说"俗中有雅，拙而能韵"①，实际上也表达出林纾翻译西方小说的目标所在，以雅的文言语体使通俗小说趋向雅化是其翻译异域小说的预期目的和效果。

林纾以雅化俗的小说笔法还表现在他的中长篇小说创作中，林纾中长篇小说多取材于时事，欲通过近代史上的重大历史事件来反映社会现实，抒发个人情怀。从艺术成就来说，其创作的《剑腥录》等中长篇小说无法与翻译小说相比，但以典雅的文言语体构造重大历史事件下的通俗爱情故事，与林纾以雅化俗的方式提升小说地位却是异曲同工。

与新小说偏重政治内容相比，林译小说以及林纾自创小说总体来说比较重视小说的情节性、叙事性等艺术特征。林纾使用典雅的文言语体调和小说的通俗，虽然改变不了其部分翻译小说通俗的本质，但毕竟以"雅文"状"俗事"也创造出别具一格的艺术效果，可以说是雅俗并存共赏。

三 以徐枕亚为代表的骈文语体小说——以雅返俗

辛亥革命之前，以梁启超为代表的前期新小说虽采用了看似通俗的白话语体创作小说，但并非真俗，政治教化的严肃内容贯穿其中，使得小说趋向雅化。实际上，新小说作家预想的迎合大众阅读水平启迪民智之目的并未真正实现，其枯燥的政治教诲和专业术语的宣传反而严重脱离读者大众。更勿论以林纾为代表的译作，虽然他大多翻译作品是异域通俗小说，但刻意采用雅致的文言语体来雅化小说，其预期读者仍是有一定古文素养的士人，普通大众不在其列，而其创作的小说也基本上是以文言语体创作的反映世情的社会小说，整体还算是雅俗共赏。

---

① 林纾：《〈块肉余生述〉续编识语》，载陈平原、夏晓虹编《二十世纪中国小说理论资料》第 1 卷（1897—1916），北京大学出版社 1997 年版，第 349 页。

辛亥革命之后，小说反雅化之道而走向另一个极端，新小说也走向极俗，梁启超奋起疾呼，批评其俗化的堕落之势，"观今之所谓小说文学者何如？呜呼！吾安忍言！吾安忍言！其什九则诲盗与诲淫而已，或则尖酸轻薄毫无取义之游戏文也"①。辛亥革命之前，小说地位由小道上升为文学之最上乘，并将改良群治定位为小说之严肃目的，但此类教诲小说过于概念化、枯燥化，物极必反，驱使一部分作家为迎合广大读者的阅读需求而追求小说的消闲功能。前期新小说作家将小说推向内容的极雅，甚至严重脱离了读者大众，读腻了政治教诲小说，读者反而更可能追求消闲游戏的俗小说。不但后期新小说为迎合读者以白话创作俗小说，甚至以徐枕亚为代表的前期鸳鸯蝴蝶派以看似典雅的骈文公开追求小说的俗化，创作出一系列的言情俗小说，笔者简称此派小说特点为以雅返俗，即用雅致的骈文创作地地道道的媚俗言情小说。

此时期的小说注重情节的离奇与有趣，《小说月报》特别广告便强调其小说的"独到之处"："情节则择其最离奇而最有趣味者，材料则特别丰富，文字力求妩媚。"② 由此可见，辛亥革命之后小说中表现出政治热情消退，开始追求游戏之文，文字追求"妩媚"更是为了取悦读者，而文言中的骈文便最为贴近"妩媚"的语言风格。

时人在评价早期鸳鸯蝴蝶派的小说创作时，有如此论述：

> 君子立身处世，不以文章眩俗，不以笔墨惑人。凡一文一字，发于心而著于书，必求有益于风化，有利于人民，有功于世道人心，而后垂诸千载不朽焉。不然，徒逞纤巧之语、淫秽之词，虽锦章耀目，华文悦耳，有蔑礼仪伤廉耻而已。……近

---

① 梁启超：《告小说家》，载陈平原、夏晓虹编《二十世纪中国小说理论资料》第1卷（1897—1916），北京大学出版社1997年版，第511页。

② 《〈小说月报〉特别广告》，载陈平原、夏晓虹编《二十世纪中国小说理论资料》第1卷（1897—1916），北京大学出版社1997年版，第419页。

第三章 语体选择与小说观念定位

来中国之文士,多从事于艳情小说,加意描写,尽相穷形,以放荡为风流,以佻达为名士,言之者亹亹,味之者津津,一编脱稿,纸贵洛阳。①

评论者持中国传统士人的立言、立德观念,认为作文应务求"有益于风化""有利于人民""有功于世道人心",这也是早期新小说的追求所在。而以徐枕亚为代表的早期鸳鸯蝴蝶派虽然"锦章耀目,华文悦耳",虽运用雅致的骈文创作艳情小说,但改变不了极俗的本质。

从《小说月报》广告词以及时论者的字里行间,我们可以看出此类小说之所以未入严肃雅文学之列,而是定位为俗化小说,因其具有以下特征。

首先,此类小说与早期新小说强调启蒙意识、不重视故事情节不同,更强调曲折离奇的故事情节,加强小说的娱乐性、趣味性。早期鸳鸯蝴蝶派小说以言情小说为主要题材,徐枕亚又在他的《枕亚浪墨》第一集再次细分为"惨情""孽情""烈情""妒情""哀情"②,刘铁冷在《铁冷碎墨》也将言情小说进一步划分为"艳情""怨情""幻情""苦情"等诸多情节类型,最主要的是特意渲染新奇曲折的故事情节。③ 从题材上说,并不是所有写爱情的小说均是媚俗小说,关键是如何处理,苏曼殊凭借深厚的文学修养创作的爱情小说《断鸿零雁记》颇具浪漫主义文学的神韵。早期鸳鸯蝴蝶派的言情小说不重表达"情"的真伪深浅,而是在"奇""侠""幻""妒""苦""艳"等修饰语上制造离奇的爱情故事,以迎合读者的阅读趣味。

---

① 程功达:《论艳情小说》,载陈平原、夏晓虹编《二十世纪中国小说理论资料》第 1 卷(1897—1916),北京大学出版社 1997 年版,第 480 页。
② 《枕亚浪墨》,清华书局 1926 年版。
③ 刘铁冷:《铁冷碎墨》目录,小说丛报社 1919 年版。

其次，早期鸳鸯蝴蝶派的言情小说作者也抛弃了早期新小说的启蒙意识，俯就认同甚至取悦于普通市民的审美趣味和思想。此派小说作家已经没有了自上而下唤醒民众、启迪民智的姿态，也放弃了独立思考世情的愿望，而是以普通市民的价值标准为标准，以一般大众的审美趣味为趣味。言情小说大多故事情节是媒妁之言、父母之命使得男女之情受阻，从而给小儿女带来无尽的苦闷和痛苦，同时虽欲追求婚姻自由，但仍选择传统的爱情观。在民国初年，早期鸳鸯蝴蝶派的骈体言情小说中，此类哀情小说占有较大比例，范烟桥指出："辛亥革命以后，'父母之命、媒妁之言'的传统婚姻制度，渐起动摇，'门当户对'又有了新的概念，新的才子佳人，就有新的要求，有的已有了争取婚姻自主的勇气，但是'形隔势禁'，还不能如愿以偿，两性的恋爱问题没有解决，青年男女为此苦闷异常。"① 范烟桥这段话主要分析了哀情小说在民国初年繁盛的原因，似乎有一定的道理，同时也透露出传统伦理道德观念仍占据主导地位，并没有像五四时期的小说提出冲破传统束缚的思想。骈文言情小说作家代表之一吴双热明确表达其表面为新、实则与市民相似的传统伦理观："自由婚之真谛，须根乎道德，依乎规则，乐而不淫，发乎情而止乎义。否则淫奔耳，奸诱耳，桑间濮上之行为耳。此则予之所深恶痛绝者也。"②

此类用骈文写作的言情小说家大都喜欢在序跋以及小说中强调其道德情操和政治正义感，徐枕亚在《玉梨魂》中处理梨娘和何梦霞无望的爱情时，让梦霞在爱国战争中奋勇杀敌而牺牲。很明显，此类政治事件仅仅是作为言情小说的背景出现，作家是将儿女情长与英雄热血联系在一起，以制造小说的曲折情节，其小说艺术追求更倾向于

---

① 范烟桥：《民国旧派小说史略》，载魏绍昌编《鸳鸯蝴蝶派研究资料》，上海文艺出版社1984年版，第274页。
② 吴双热：《〈孽冤镜〉自序》，载陈平原、夏晓虹编《二十世纪中国小说理论资料》第1卷（1897—1916），北京大学出版社1997年版，第491页。

游戏、消闲,骨子里是追求与普通市民一致的审美取向——"媚俗"。朱自清直接称"鸳鸯蝴蝶派的小说意在供人们茶余酒后的消遣,倒是中国小说的正宗"①。虽然早期鸳鸯蝴蝶派以典雅的骈文创作小说,但骨子里却继承了以小说为消闲的传统小说观念。

徐枕亚为代表的骈文言情小说被定位为以雅返俗的俗化小说的一大原因是:此类小说追求文艺的商业化,作家们由启蒙或带有政治倾向的社会思想家转变成了迎合普通市民审美趣味以卖文为生的文人,小说创作目的也由启迪民智转向生财牟利。徐枕亚在为吴双热的《孽冤镜》作序时赞扬作者道:"能以至情发为妙文以赚人眼泪者也。一册《兰娘哀史》,赚得之泪已不少矣。而双热犹以为未足,更有《孽冤镜》之刊焉。吾知是书一出,阅者必尽易其哭兰娘之泪而哭环娘也。"② 小说创作以赚人眼泪为目的,实则是为了迎合读者心理,从而赚取更多的稿酬,是以牟取金钱为最终目的。辛亥革命之前新小说虽然采用白话,但其内容重教诲和政治宣传,脱离普通市民,小说杂志往往赔本经营;而辛亥革命之后小说可以追求离奇曲折的情节,重消闲娱乐趣味性,使得普通大众趋之若鹜,销路非常之好,创作此类小说使书局或杂志收益颇丰。当时,俗化小说成为小说界的主潮,五四时期有人指出俗化小说商业化的倾向:"读者却正以消遣暇暑而才读文学,作者正以取得金钱之故,而才去著作娱乐的文学。"③ 文艺商业化的追求使得此类小说被模式化重复创作,《玉梨魂》或《孽冤镜》初一接触觉得作家颇富才气,但模仿之作蜂拥而上使得小说毫无新意,久而久之也会让读者感到审美疲劳。

陈平原谈到骈文言情小说时也认为:"求雅者未必真雅,求俗者

---

① 朱自清:《论严肃》,《中国作家》创刊号,1947年。
② 徐枕亚:《〈孽冤镜〉序》,载陈平原、夏晓虹编《二十世纪中国小说理论资料》第1卷(1897—1916),北京大学出版社1997年版,第490页。
③ 西谛:《新文学观的建设》,《文学旬刊》38号,1922年。

未必真俗。为启发民智而利俗的小说，本质上是雅小说；为牟取金钱而媚俗的小说，才是道道地地的俗小说。用骈文作小说，就文字而言，自然是再雅不过的了；可就其迎合遗老遗少们的阅读口味，游戏笔墨，搔首弄姿，且真的'著书都为稻粱谋'而言，却又是通俗小说无疑。"① 小说的雅俗与否，已经无关乎它是雅致的"骈文"还是通俗易懂的"白话"，而是骨子里追求的是严肃目的还是牟取金钱，是选择"利俗"还是选择"媚俗"。

综上所述，从"新小说"追求以俗为雅，到以林纾作品为代表的散体文言语体小说以雅化俗，再到以徐枕亚作品为代表的骈文语体小说以雅返俗，可知传统小说以文言、白话语体划分雅俗已发生变化。清末民初之际，中国小说无论是文体还是语体都呈现出新的"气象"。小说文体由"小道"到"文学之最上乘"，开始由俗至雅。而作为雅俗重要衡量标准的文言和白话两种书面语表达已丧失其原有之表征作用，简而言之，语体的选择已经不再是衡量小说雅俗的标准。白话语体创作的小说并不代表通俗，反而因其"载道"功能而成为倾向于严肃文学的高雅小说，而文言甚至是极端化的骈体文言也不代表小说一定是雅致小说，因其他的一些本质特征，反而成为通俗小说。

---

① 陈平原：《二十世纪中国小说史》第 1 卷（1897—1916），北京大学出版社 1989 年版，第 113 页。

第 四 章

多语体并存与文人心态

清末民初小说由"小道"到"文学之最上乘"地位不断提升的过程中,在小说语言体式的选择上,过渡时代也为汉语各种书面语表述方式提供了宽容的空间和施展的舞台。无论是白话小说还是文言小说,暂不论质量,至少从数量上都可称得上史无前例,出现了白话语体、古文语体以及骈文语体多语体并存的状态。

多语体的选择除受到不同作者小说文体观念的影响之外,与作家群体心态关系密切。所谓的文人心态,通俗地讲,是指在特定的社会语境下文人的心理状态,文人的心理状态在某一特定的历史时期影响着具有言说权利的文人群体,使文人们无意识地受到某种观念的控制。文人的心理状态是一种潜在的精神力量,它是文学行为的主要动机,影响着他们的文学选择。1895年,法国社会心理学家古斯塔夫·勒庞发表《乌合之众》,开创了社会心理学研究。在该书中,作者认为社会文明经历大变革从表面看来是政治变化、王朝倾覆或外敌入侵引起的,同时更重要的是人们思想在社会巨变影响之下发生深刻变化引起的。他在书中写道:"真正的历史大动荡,并不是那些以其宏大而暴烈的场面让我们吃惊的事情。造成文明洗心革面的唯一重要的变化,是影响到思想、观念和信仰的变化。"① 在此观念的指导下，勒庞认为近代是欧洲人类思想经历变革的重要时期。清末民初之际，中国社会的剧变也同样引起了文人们思想观念意识的变化。在清末民初这样一个剧烈变动的历史语境下，文人心态影响到文学创作的方方面面，而小说创作中的语体选择也逃离不开特定的文人心态，研究小说多语体并存的状态必须探讨清末民初迥异的文人心态。

第一节　白话语体小说
——政治精英文人的"政治舞台"

传统中国社会以儒家价值为核心形成四大阶层：士、农、工、商。其中士居四民之首，而且是社会中最活跃的阶层。中国传统社会通过科举制度选拔社会精英，士大夫阶层成为社会的中心，拥有社会治理的权力和掌握言说工具的话语权。近代社会巨变引起部分士大夫阶层心理的变化，率先把政治诉求引入小说创作，无论是小说文体还是小说白话语体的选择都成为一种实现其政治理想的工具。

一　救亡图存的理想追求

近代文学史研究者为了与史学划分一致，往往强调 1840 年鸦片战争，并以之作为近代文学的起点。实际上，文学史断代与历史断代并非完全一致，鸦片战争并没有使中国上千年的社会政治经济体制崩溃，文人的传统文化观念仍然根深蒂固。与此前相比，鸦片战争虽给中国带来前所未有的冲击，但西方强势文化对中国思想界影响有限。以魏源为代表的传统文人主张"师夷长技以制夷"，认为西

---

① ［法］古斯塔夫·勒庞：《乌合之众——大众心理研究》，冯克利译，中央编译出版社 2000 年版，第 5 页。

第四章 多语体并存与文人心态

方船坚炮利,器物上胜于中土,但没有撼动文人们的文化自信,文人们坚定地认为中国文明居世界之首,中国社会思想遇到的问题和挑战可以凭借中国文明完满解决。

真正使中国传统文人思想发生巨大变化的是1894年中日甲午战争,处于上层的中国士大夫阶层中的先觉者经历甲午战争的惨败,意识到制度变革的必要性,于1989年发动了戊戌变法,从器物革命转向制度革命。梁启超在《戊戌政变记》中说:"吾国四千余年大梦之唤醒,实自甲午战败割台湾偿二百兆以后始也。"① 以康有为、梁启超为代表的政治精英主动寻求政治上的变革,倡导维新变法。康有为在《上清帝书(一)》中明确其变法的政治思想:"天不能有阳而无阴,地不能有刚而无柔,人不能有常而无变。因此以皇上之明,观万国之势,能变则全,不变则亡,全变则强,小变仍亡。"② 梁启超在《变法通义》中也表达了在政治变革中求国家生存之道的思想:"万国蒸蒸,日趋于上,大势相迫,非可阏制。变亦变,不变亦变。变而变者,变之权操诸己,不变而变者,变之权让诸人。"③ 这批主张变法维新的政治精英形成一个群体,以办报、讲学等方式宣传其政治思想,其政治活动及制造的舆论对中国近代的历史进程产生了重大的影响。

在文学领域,这些政治化的文人群体成为时代的弄潮儿,不惜利用一切可以利用的形式实现其政治理想。他们将文学政治化,通过将小说由消闲娱乐的通俗文体形式改造成承载政治内容的严肃雅文体形式,并采用言文比较一致的白话语体试图争取扩大其政治宣传的接受范围和效果。以康有为、梁启超为代表的政治精英接受异域的观念来为其政治理想服务,尤其是一衣带水的日本文化和文学

---

① 梁启超:《戊戌政变记》,岳麓书社2011年版,第3页。
② 参见汤志钧编《康有为政论集》,中华书局1981年版,第211页。
③ 《梁启超选集》,中国文联出版社2006年版,第47页。

引起他们的注意，使他们颇受启发。

　　康有为认为小说文体通俗易懂，既可以作为启发童蒙的好工具，又可以教育愚俗之民。他讲到小说最易销售，经书不如八股文，八股文又不如小说，并指出"宋开此体，通于俚俗，故天下读小说者最多也。启童蒙之知识，引之以正道，俾其欢欣乐读，莫小说若也。……天下通人少而愚人多，深于文学之人少，而粗识之、无之人多。'六经'虽美，不通其义，不识其字，则如明珠夜投，暗剑而怒矣。……今中国识字人寡，深通文学之人尤寡，经义史故，亟宜译小说而讲通之"①。作为今文经学流派的康有为是主张用普通民众可以认识的简单白话语言通过小说由浅入深地传达"经义史故"，并赞扬异域小说的教育功效："泰西尤隆小说学哉！日人尚未及是，其《通俗教育记》、《通俗政治记》亦其意矣。其怀思奥说，若《佛国不思议》、《未来之面》、《未来之商》、《世界未来记》、《全世界一大奇书》、《世界大演说会》、《大通世界》、《月世界一周》、《新日本》、《新太平记》、《南海之激浪》，皆足以发皇心思焉。"②康有为认为小说是可以达到教育儿童和"愚人"的最佳文学文体形式，采用白话而非文言是因为儿童和普通民众识文言比较困难。

　　梁启超也强调小说使用白话书面语有利于教育儿童和普通民众，而文人士大夫所操的文言书面语对他们来说理解很困难。他在《变法通议·论幼学》中论述道："古人文字与语言合，今人文字与语言离，其利病既娄言之矣。今人出话，皆用今语，而下笔必效古言，故妇孺农田民，靡不以读书为难事，而《水浒》、《三国》、《红楼》之类，读者反多于六经（寓华西人亦读《三国演义》最多，以其易

---

① 康有为：《〈日本书目志〉识语》，载陈平原、夏晓虹编《二十世纪中国小说理论资料》第1卷（1897—1916），北京大学出版社1997年版，第29页。

② 康有为：《〈日本书目志〉识语》，载陈平原、夏晓虹编《二十世纪中国小说理论资料》第1卷（1897—1916），北京大学出版社1997年版，第29页。

第四章 多语体并存与文人心态

解也）。"① 同时，他也看到日本的片假名言文一致的好处，并与中国宋贤语录中接近口语的白话语体表达相比较，肯定言文一致益处多多："日本创伊吕波等四十六字母，别以平假名、片假名，操其土语，以辅汉文，故识字、读书、阅报之人日多焉。今即未能如是，但使专用今之俗语，有音有字者以著一书，则解者必多，而读者当亦愈夥。……今宜专用俚语，广著群书：上之可以借阐圣教，下之可以杂述史事，近之可以激发国耻，远之可以旁及彝情，乃至宦途丑态，试场恶趣，鸦片顽癖，缠足虐刑，皆可穷极异形，振厉末俗，其为补益岂有量耶！"②

维新派戊戌变法改良运动失败之后，康有为、梁启超等人意识到依靠上层从制度上改革已经行不通，因此另辟新径，将变革的重心转向普通民众，由直接的政治活动转向思想启蒙。他们想通过通俗小说来启迪民智，改变民众愚昧落后的思想，借民众的觉醒以实现其强国之梦。梁启超在《论小说与群治之关系》中明确强调小说的社会作用，有支配人心的"不可思议之力"，将小说的政治功能提升到无以复加的程度。在小说语体的选择上，当然要服务于小说的政治功效和维新启蒙之目的，最佳的语体形式只能是一般粗识文字的民众可以看得懂或听得懂的通俗白话语体。

革新派文人认为启发民智需要改革艰涩的文言书面语，将通俗易懂的白话语体以及大众喜闻乐见的小说文体应用于宣传其思想。如此可以消除阅读障碍，使"愚民"转变为"智民"，各种新思想才能真正实行。李孝悌也曾经撰文论述此时期革新派知识分子急切启发民智，从而改良社会的心态：

---

① 梁启超：《变法通议·论幼学》，载陈平原、夏晓虹编《二十世纪中国小说理论资料》第1卷（1897—1916），北京大学出版社1997年版，第28页。

② 梁启超：《变法通议·论幼学》，载陈平原、夏晓虹编《二十世纪中国小说理论资料》第1卷（1897—1916），北京大学出版社1997年版，第28页。

> 我认为"开民智"的主张之所以会在这个时候被提出来，和甲午之后知识分子普遍体认到思想改革的迫切性有很大的关系。换句话说，"开民智"的论调是在一个一般性的思想启蒙运动的背景下出现的。1895年之后，随着新式报纸、学堂和学会的大量出现，知识阶层的启蒙运动已经从理论层次落实到实际行动，……但在短短五六年间，由于义和团和八国联军造成前所未有的危局，使得"开民智"的主张一下子变成知识分子的新论域，"开民智"三个字也一下子变成清末十年间最流行的口头禅，其普遍的程度绝不下于五四时代的"德先生"与"赛先生"。一般"有识之士"或所谓的"志士"深感于"无知愚民"几乎招致亡国的惨剧，纷纷筹谋对策，并且剑及履及，开办白话报；创立阅报社、宣讲所、演说会；发起戏曲改良运动；推广识字运动和普及教育，展开了一场史无前例的大规模民众启蒙运动。①

李孝悌从历史角度阐发了甲午之后革新派知识分子对国家前途的担忧大大超过任何一个朝代。维新变法失败后，深知中国众多的"愚民"几乎导致亡国的厄运，于是他们开始转向社会启蒙运动，开办白话报、学堂、学会、发起诗歌小说戏曲改良运动，甚至提倡白话语体普及教育，目的就是启发民智，实现其强国之梦。至于革新派在文学和书面语言领域的变革也像李孝悌所说，它是"一场如火如荼的社会运动"，白话语体小说成为革新派文人社会思想运动的有力工具而已。

二 "言文一致"成为革新派文人的共识

清末民初维新派对白话语体的推崇并非偶然，随着近代资本主

---

① 李孝悌：《清末的下层社会启蒙运动：1901—1911》，河北教育出版社2001年版，第15—16页。

第四章 多语体并存与文人心态

义的发展和社会文化的巨大变革,新思想、新事物、新名词等不断输入,书面语必须反映这种变化的语言,也要相应做出变化。文言语体相对比较稳定规范,而白话语体更具弹性和包容性,也容易达到言文一致,使人接受新事物时更为顺畅。清末民初之时"言文一致"的白话语言体式成为革新派文人的共同理想追求,实际上从当时的语言理论主张以及其他文体样式的语体选择,可看出当时政治改良派文人此种共同的心理状态。

在诗歌领域,早在1868年黄遵宪便提出"我手写我口"的主张,反对中国传统文人顽固的崇古思想:

> 俗儒好尊古,日日故纸研。六经字所无,不敢入诗篇。古人弃糟粕,见之口流涎。沿习甘剽盗,妄造从罪愆。黄土同抟人,今古何愚贤?即今忽已古,断自何代前?明窗敞琉璃,高炉热香烟。左陈端溪砚,右列薛涛笺。我手写我口,古岂能拘牵?即今流俗语,我若登简编,五千年后人,惊为古斓斑。①

黄遵宪认为中国古人一向热衷于崇古和模仿,作品没有创新,他是主张其时代的"流俗语"进入诗歌。在"我手写我口"的诗歌主张下,黄遵宪将清末的新事物、新名词写入其诗歌,甚至在他创作的《山歌》九首中,把粤语和客家方言写入诗歌。整体来看,黄遵宪采用的仍是旧体诗对仗、押韵的外在形式,梁启超认同黄遵宪的此种诗歌主张,评价道:"近世诗人能熔铸新理想以入旧风格者,当推黄公度。"②梁启超所谓的新理想实际上表达仍是将现时代代表新意义的名词、事物入诗,不局限于文言语体中的词汇。黄遵宪虽然没有明确提出"白话"一词,实际上他所主张的"我手写我口"

---

① 《黄遵宪全集》(上),中华书局2005年版,第75页。
② 梁启超:《饮冰室诗话》,人民文学出版社1998年版,第51页。

也是应有之意。

关于中国书面语表达中长期出现的言文分离现象,黄遵宪非常关注,他在自己的《杂感》中谈道:"少小诵诗书,开卷动龃龉。古文与今言,旷若设疆圉。竟如置重译,象胥通蛮语。"① 与清末其他文人一样,黄遵宪自幼所读诗书全是与口语相隔甚远的文言语体,所谓的"古文"是指文言书面语,"今言"是指口语,二者的距离就像彼此属于不同疆域。文言语体和白话语体虽然均是中国书面语言,但文言却像外国语言一样,需要翻译才能明白。在另一篇文章中也有类似观点:

> 语言者,文字之所从出也。语言与文字合,则通文者多;语言与文字离,则通文者少。余于《日本学术志》中,曾述其意,识者颇讳其言。五部洲文字,以中国为最古。上下数千年,纵横数万里,语言或积世而变,或随地而变,而文字则亘古至今,一成而不易。父兄之教子弟,等于进象胥而设重译。盖语言文字扞格不入,无怪乎通文字之难也。②

黄遵宪指出中国语言变化的言文分离趋向,与文化保守派认可并固守此种分离不同,在他看来言文分离弊端很多,必须改革中国的语言文字,拉近书面语和口语的距离。

黄遵宪主张缩短书面语和口语的差距与其出使日本的经历有关。1877年清廷任命何如璋出使日本,黄遵宪被任命为驻日使馆参赞随同前往。当时日本明治维新之后百业复兴,进步知识分子宣扬西方自由、平等的资产积极民主思想,改革书面语文字,使语言文字相互接近,让一般民众更易接受。黄遵宪受日本社会以及文字改革的

---

① 《黄遵宪全集》(上),中华书局2005年版,第75页。
② 《黄遵宪全集》(上),中华书局2005年版,第287页。

第四章　多语体并存与文人心态

启发,认为中国语言文字也须改革,实现书面语与口语合流。清末之时,东西文明交流频繁,西方诸国的表音文字言文一致更让中国革新派文人审视本国言文分离的问题。

梁启超与黄遵宪有着类似的经历,其流亡日本期间,也是日本明治维新不久,各种西方的新学说、新思想涌入日本,在西方语言文字和日本片假名的启示下,他同样意识到中国书面表达与口语严重分离的突出现象,为"开民智"和挽救民族危亡等政治功利目的,主张言文一致。在《沈氏音书序》中,梁启超指出文字与语言各自发展特点:"仰今之文字,沿自数千年以前,未尝一变;而今之语言,则自数千年以来,不啻万百千变,而不可以数计。"① 梁启超这里所指文字很明显是文言,书面语的停滞、口语的发展形成一对矛盾,必然导致言文分离。

梁启超在另篇又明确指出,语言文字经历了"言文一致"到"言文分离"的过程,从文字产生之初语言文字是比较相合的,"古人之言即文也,文即言也,自后世语言文字分,始有语言文字分,始有离言而以文称者,然必言之能达,而后文之能成,有固然矣,古文学绞文者,必先造句,造句者,以古言易今言也"②。在语言文字分离之后,文人作文造句,则必须将口头语言转化成文言语体。同时,他表达了言文相合的极大作用:"言文合,则但能通今文者,已可得普通之知识,其古文字之学,待诸专门名家者之讨求而已,故能操语者即能读书,而人生必需之常识,可以普及;言文分,则非多读古书、通古义,不足以语于学问,故近数百年来学者,往往瘁毕生精力于说文尔雅之学,无余裕以从事于实用。"③ 梁启超认为

---

① 梁启超:《沈氏音书序》,载《梁启超全集》,北京出版社 1999 年版,第 90 页。
② 梁启超:《变法通议·论幼学》,载《梁启超全集》,北京出版社 1999 年版,第 35 页。
③ 梁启超:《新民说·论进步》,载《梁启超全集》,北京出版社 1999 年版,第 684 页。

如果言文相合,那么但凡稍微有些简单文字基础之人,便能了解普通知识,扩展人生常识;言文不合则不然,皓首穷经一生只专注于古书古义,尽是无谓地耗费毕生经历而已。白话与文言相比,可以更易传播和接受知识,文言大多为"虚"事,言文合则节省心力,以便从事当时士人所迫切的实用之事。

对晚清文人影响较大的另一观念便是社会进化论思想,自严复翻译《天演论》之后,进化论成为晚清革新派文人所普遍接受的观念。梁启超在论述文学书面语发展时其理论依据便是进化论思想,他指出文学语体白话渐趋替代文言的主导地位是文学进化的必然规律:

> 文学之进化有一大关键,即由古语之文学变为俗语之文学是也。各国文学史之开展,靡不循此轨道。中国先秦之文,殆皆用俗语,观《公羊传》《楚辞》《墨子》《庄子》,其间各国方言错出者不少,可为佐证。故先秦文界之光明,数千年称最焉。寻常论者,多谓宋、元以降,为中国文学退化时代。余曰:不然。夫六朝不文,靡靡不足道矣。……自宋以后,实为祖国文学之大进化。何以故?俗语文学大发达故。宋后俗语文学有两大派,其一则儒家、禅家之语录;其二则小说也。小说者,绝非以古语之文体而能工者也。本朝以来,考据学盛,俗语文体,生一顿挫,第一派又中绝矣。苟欲思想之普及,则此体非徒小说家当采用而已,凡百文章,莫不有然。虽然,自语言文字相去愈远,今欲为此,诚非易易,吾曾试验,吾最知之。[①]

很明显,梁启超此部分集中论述文学语体变化,其所谓的古语

---

① 梁启超:《小说丛话》,载徐中玉编《中国近代文学大系·文学理论集二》,上海书店1995年版,第308—309页。

第四章　多语体并存与文人心态

是指文言语体，而俗语则指白话语体。他在文中认为，西方文学语言体式经历了一个由古语到俗语的发展过程，中国文学发展也同样遵循此进化规律。他较详细地分析了中国文学史俗语体文学发展的两个重要阶段：一是先秦时诸子百家经典，其书面语选择与当时的口语比较接近，甚至运用了不少方言；二是宋代的儒禅语录及小说，在传统文人看来，宋元伊始文学采用俗语是文学的退化，而梁却进一步肯定是文学进化的结果。俗语不仅出现在通俗小说中，而且儒家、禅家语录也因其语录体以及记录的方便和切实而采用俗语白话。先秦之后则言文分离，六朝达到极致，是指六朝以炫耀才学为旨趣的骈体文；到了清朝考据兴盛，而且盛行八股文，俗语中绝，却正是文学发展的"顿挫"。梁启超从整个文学发展论述俗语体的采用是文学发展的必然，最后更道明此思想的归依在于晚清向民众普及思想的需要。他认为俗语不仅可以用于小说，其他文章均可采用，主张大大拓宽白话语体使用范围。

与其同时的狄楚卿对梁启超的主张产生强烈的认同感，他说道："饮冰室主人常语余：俗语文体之流行，实文学进步之最大关键也。……中国文字衍形不衍声，故言文分离，此俗语文体进步之一障碍，而即社会进步之一障碍也。为今之计，能造出最适之新字，使言文一致者上也；即未能，亦必言文参焉。此类之文，舍小说外无有也。"[①] 他对梁启超提出的"俗语文体之流行，实文学进步之最大关键也"加以肯定，亦认为通俗语体的流行是文学进步的关键性标志，也是文学自身发展的必然趋势。从文学进化论的观念来看，文言语体的消退以及白话语体的繁盛是文学语体优胜劣汰的选择结果。实质上，清末民初提倡白话语体的文学更多是政治的考虑。狄葆贤认为，为真正达到言文一致，最好造一种新文字，这里很可能

---

① 狄楚卿：《论文学上小说之位置》，载陈平原、夏晓虹编《二十世纪中国小说理论资料》第1卷（1897—1916），北京大学出版社1997年版，第80页。

指的是拼音文字。即使没有可能重新造文字，也要恰当运用一直存在的两种语体，最好是俗语、文言参半，简而言之"半文半白"。

可见，黄遵宪、梁启超、狄葆贤等人对文学语言由文言语体到白话语体发展的必然趋势给予明确论述，对文言书写提出质疑，对白话书写渐趋认同，清末民初革新派文人在"言文分离"走向"言文一致"上基本达成共识。

三 工具化实用主义心态

黄遵宪、梁启超等人提倡白话语体，很明显是出于开民智、启"愚民"之功利目的，白话语体仅为达此目的之工具，尚未上升到文学欣赏意义上的语体改造，总体还是利民、利俗的实用主义心态占据革新派文人的内心世界。革新派文人认为，报刊书籍采用白话语体，甚至可以使用各地方言，将会提高俗语宣传思想的效用，解除艰涩文言带来的阅读障碍，这无疑将有助于改良社会，拓展大众的学识和思想，改造天下"愚民"，使民众具备国民素质，进一步完成现代民族国家建构，进而更有效地推行各种新思潮和新政策。

黄遵宪在《日本国志·学术志二·文字》中谈道："泰西论者，谓五洲中以中国文字为最古，学中国文字为最难，亦谓语言文字之不相合也。"黄遵宪的语言文字合一之目的何在呢，他在本文中明确指出："欲令天下之农工商贾妇女幼稚皆能通文字之用，其不得不于此求一简易之法哉。"① 作者欲创作言文合一的书面语形式，其实用主义目的一览无余，旨在普及文化、开启民智，自然也是为宣传其资产阶级维新思想服务的。

梁启超在论述由古语文学向俗语文学进化，俗语广泛运用的可能性时，进一步明确俗语的工具性作用，即他在《小说丛话》中所

---

① 《黄遵宪全集》（下），中华书局2005年版，第1420页。

第四章　多语体并存与文人心态

讲到想普及思想,必须使用俗语,小说、散文、诗歌等所有文学样式都应积极使用通俗白话语体。狄葆贤甚至主张以方言作为开启民智的书面语工具。变法维新及启迪民智成为此派文人的主要诉求,白话语体成为启迪民众思想的一种有力工具,这是当时进步知识分子的共同愿望,即借助白话语体改造社会。为了启迪民智和宣传维新思想,革新派文人将文言语体转变为白话语体,让白话语体承担起教化民众的功能,重新让文字回归至初创时作为沟通交流所用的实用价值。

黄遵宪、梁启超、狄葆贤等文人均主张言文一致,采用一种便于普通民众理解的通俗语体,但并未明确提出"白话文"口号,真正明确提出"崇白话而废文言"口号的是维新派文人裘廷梁。裘廷梁(1857—1943),江苏无锡人,出身读书世宦家庭,接受过严格的传统教育,参加科场考试并不顺利,后来在戊戌变法期间宣传维新思想,1898年曾经创办《无锡白话报》(后改名为《中国官音白话报》)。1898年他在《苏报》上发表了《论白话为维新之本》一文,一边提出"崇白话而废文言"的理论主张,一边创办白话报积极实践白话语体。

在这篇近代主张白话语体的理论文章中,其题目本身就明确了白话语体的作用——为宣传维新思想服务。首先裘廷梁从民众之智愚与国家之兴衰的关系出发构建其理论体系,认为智民多则国兴,智民少则国衰:

> 入其国而智民多者,靡学不新,靡业不奋,靡利不兴,君之于民,如脑筋于耳目手足,此动彼应,顷刻而成。入其国而智民少者,靡学不腐,靡业不颓,靡利不湮;士无大志,商乏远图,农工狃旧习,盲新法;尽天下之民,去光就暗,蠢蠢如鹿豕,虽明诏频下,鼓舞而作新之,如击软棉,阒其无声,如

震群聋，充耳不闻。①

很明显，裘廷梁所提倡的白话语体的目的在于士农工商各社会阶层均能从"群聋"状态发展为"智民"，实现国家兴旺。

接着他将矛头指向文人常用的文言语体，论述因长期使用文言语体造成书面语与口语长期分离，中国民众因无法识字而成"愚民"，"愚民"导致国衰，以此逻辑证明文言语体危害社会之大。他写道："有文字为智国，无文字为愚国；认字为智民，不识字为愚民：地球万国之所同也。犹吾中国有文字而不得为智国，民识字而不得为智民，何哉？裘廷梁曰：此文言之为害矣。"② 在裘廷梁看来，白话语体具有实用的工具价值。裘廷梁从清末的社会实际需求出发，详尽地论述文言的弊端，将白话语体的提倡与开启民智、宣传维新思想以及整个国家的兴盛联系结合在一起。

裘廷梁感叹道：

> 呜呼！文言之害，靡独商受之，农受之，工受之，童子受之，今之服方领习矩步者皆受之矣；不宁惟是，愈工于文言者，其受困愈甚。二千年来，海内重望，耗精敝神，穷岁月为之不知止，自今视之，仅仅足自娱，益天下盖寡。呜呼！使古之君天下者，崇白话而废文言，则吾黄人聪明才力无他途以夺之，必且为有用之学，何至暗没如斯矣？……且夫文字，至无奇也。仓颉、沮诵，造字之人也，其功与造话同。而后人独视文字为至珍贵之物，从而崇尚之者，是未知创造文字之旨也。……中文也，西文也，横直不同，而为用同。文言也，白话也，繁简

---

① 裘廷梁：《论白话为维新之本》，载徐中玉编《中国近代文学大系·文学理论集一》，上海书店1994年版，第82页。
② 裘廷梁：《论白话为维新之本》，载徐中玉编《中国近代文学大系·文学理论集一》，上海书店1994年版，第83页。

不同，而为用同。只有迟速，更无精粗，必欲重此而轻彼，吾又乌知其何说也？①

他认为文言之害不仅仅影响到农、工、商、童子，尤其是工于文言语体的士人受困更严重。士人一生把精力全耗费在仅能自娱自乐的文言书面语中，对国家社会进步毫无益处，只有废除文言书面语、采用白话，才能使国民的聪明才智运用到有用的实务上。同时，他指出传统保守派文人皓首穷经，视文言书面语为珍宝，盲目崇古，将文字的使用仅局限在读书人身上，唯有他们独享文言书面语，使文言成为其高人一等的独特身份的象征。实际上，书面语最初的目的便在"用"的功能，中西文字、文言白话均是要有用，文言语体严重损害了社会各阶层的务实精神，而且不利于社会的发展进步。

裘廷梁从实用工具性出发，进一步论述白话的好处：

> 一曰省日力：读文言日尽一卷者，白话可十之，少亦五之三之，博极群书，夫人而能。二曰除骄气：文人陋习，尊己轻人，流毒天下，夺其所恃，人人气沮，必将进实求学。三曰免枉读：善读书者，略糟粕而取菁英；不善读书者，昧菁英而矜糟粕。买椟还珠，虽多奚益？改用白话，决无此病。四曰保圣教：《学》、《庸》、《论》、《孟》，皆二千年来古书，语简理丰，非卓识高才，未易领悟。译以白话，间附今义，发明精奥，庶人人知圣教之大略。五曰便幼学：一切学堂功课书，皆用白话编辑，逐日讲解，积三四年之力，必能通知中外古今及环球各种学问之崖略，视今日魁儒耆宿，殆将过之。六曰练心力：华人读书，偏重记性。今用白话，不恃熟读，而恃精思，脑力愈浚愈灵，奇异之才，将必

---

① 裘廷梁：《论白话为维新之本》，载徐中玉编《中国近代文学大系·文学理论集一》，上海书店1994年版，第83—84页。

迭出，为天下用。七曰少弃才：圆头方趾，才性不齐；优于艺者或短于文，违性施教，决无成就。今改用白话，庶几各精一艺，游惰可免。八曰便贫民：农书商书工艺书，用白话辑译，乡僻童子，各就其业，受读一二年，终身受用不尽。①

裘廷梁列举了白话语体的八大益处，即"省日力""除骄气""免枉读""保圣教""便幼学""练心力""少弃才""便贫民"。其中"除骄气"是为了摧毁传统文人因掌握文言书写权力所产生的傲气，不仅可以减轻文人相轻以及社会等级歧视中的内耗，废除文言还可以拉近社会各阶层的心理隔阂，从而转向有利于社会的"实学"。这里既指出使用文言语体的文化保守派文人心理状态，同时也体现出裘廷梁等维新派文人强调白话语体的实用性心态。从白话语体的八大益处来看，白话语体能够让国人快速掌握知识技能，摆脱言文不一致耗精费神艰涩难懂的文言语体，通过书面语革新，从而达到启迪民智、富民强国的目的。

最后，裘廷梁总结道："由斯言之，愚天下之具，莫文言若；智天下之具，莫白话若。……吾今为一言以蔽之曰：文言兴而后实学废，白话行而后实学兴；实学不兴，是谓无民。"② 在裘廷梁的思维方式中，在民众中推行维新才能挽救中国的危亡，而文言或白话的书面语选择关系着中国的兴亡盛衰，此派是以务实观念进行书面语改革。白话语体作为书面工具，其对社会各阶层的影响程度显然高于文言语体。

当时另一维新派文人陈荣衮发表《论报章宜改用浅说》，亦主张废弃文言，提倡白话，他对文言语体的害处论述得比较切实：

---

① 裘廷梁《论白话为维新之本》，载徐中玉编《中国近代文学大系·文学理论集一》，上海书店1994年版，第84—85页。
② 裘廷梁《论白话为维新之本》，载徐中玉编《中国近代文学大系·文学理论集一》，上海书店1994年版，第86页。

第四章　多语体并存与文人心态

> 今夫文言之祸亡中国，其一端矣。中国五万万人之中，试问能文言者几何。大约能文言者不过五万人中得百人耳。以百分一之人，遂举四万九千九百分之人置于不议不论，而惟日演其文言以为美观。一国中若农、若工、若商、若妇人、若孺子，徒任其发听塞明，哑口瞪目，遂养成不痛不痒之世界。彼为文言者曾亦静言思之否耶！夫好文之弊，累人不浅。……大抵今日变法，以开民智为先。开民智莫如改革文言。不改文言，则四万九千九百分之人日居于黑暗世界中，是谓陆沉。若改文言，则四万九千九百分之人，日嬉游于琉璃世界中，是谓不夜。①

从陈荣衮的论述来看，中国文言书面语对社会危害很大，只有占社会很少比例的人才能懂文言，且被少数人"钻研"成美观之文字。社会上的普通民众被排除在文言书面语之外，不掌握话语权，连了解知识世情的知情权也被剥夺，只能成为"聋哑"的"愚民"。开启民智才能不至于使国家"陆沉"，而开启民智必须破除普通民众阅读文言书面语的障碍，改革文言语体才能带来光明。

综上所述，清末民初主张"言文一致""崇白话而废文言"的革新派文人均是将书面语改革与宣传维新思想以及兴实业等社会现实联系在一起。虽然黄遵宪关注诗歌语言的革新，裘廷梁、陈荣衮提倡白话语体主要集中在报章文体上，梁启超、狄葆贤等论述言文一致不仅要使用在小说文体样式上，诗文戏剧诸文体的语言体式均应采用，但立足点都是一致的，面对国家危亡关头、外来强权文化的影响，先进的知识分子不得已全力进行改革，提倡简易的白话书面语成为其改革的突破口，凭借书面语言的改革来改造社会。在特定的历史环境下，革新派文人担当起教化功能，让书面语重新回归

---

① 陈荣衮：《论报章宜改用浅说》，载陈荣衮《教育遗议》，台北：文海出版社1973年版，第28—29页。

其实用价值，走向普通民众。

第二节　古文语体小说
——文化保守派传统审美惯性的延续

清末民初之时，散体文言语体仍受到普遍的推崇，传统延续下来的雅俗文学价值观念在一部分文化保守派文人中仍然根深蒂固。在中国古典散文和诗歌文学样式中，散体文言书面语表述体系实际上占据重要的地位。

一　八股文的余绪

文言语体发展到晚清虽然已经受到白话语体的威胁，但生命力仍然强盛，文化保守派文人延续八股文和桐城派古文影响而继续坚持其熟悉而钟爱的散体文言书面语表达方式。周作人认为："在十八九两世纪的中国，文学方面是八股文与桐城派古文的时代。"[①] 虽然晚清八股文与科举制度相继废止，桐城派古文也由盛渐衰，但文化影响具有历史的惯性，其对散体文言语体书写面貌影响深远。

从明代开始，八股文成为科举考试的专用文体，其形式和内容均有严格的规定。形式上要求"破题、承题、起讲、入题、起股、中股、后股、束股"，称为"八股"，内容上围绕《四书》阐发圣贤之言。清末民初时的文人至少从幼年时起，科举仍是社会教育的主要目标。从蒙学教育开始，学生选取四书五经为其学习的最基本内容，而且把史书、诗赋等诸文体均列入学习的范围，当然文言是唯一的书面表述方式，这里的文言语体包括散体文言、骈体文言。八

[①] 周作人：《儿童文学小论》，载周作人《中国新文学的源流》，河北教育出版社2002年版，第39页。

第四章　多语体并存与文人心态

股文属于骈散相间的语言体式，这就要求写作者在熟读各种文体的基础上，熟练掌握散体文言和骈体文言的书面语表述方式。王尔敏谈到以科举为目标的内容和形式教育大概在启蒙后五年左右完成，他认为："儒士基本知能的取得，俱在启蒙后三五年内完成。盖儒生工诗能文，是其本分。师儒须以精选之作，早予灌输。大抵普通儒士必读之九经史鉴、古文诗词，多在幼少年十二三岁时已阅诵完毕。循科考一途，聪慧者往往早达，十四五岁即能中举成进士。"① 科举考试内容和形式的限定，使得学生对文言语体耳熟目详，强化集中训练使得读书人出口成章、下笔成文，当然这里的"章"和"文"均是文言语言体式。八股文风不仅对散体文言创作小说的作家产生影响，而且骈文小说作家也受到八股文风的影响。古文小说家偏重散体文言语体，而骈文小说家则选取与其哀情题材相得益彰的骈文语体。这里着重论述八股文中散体文言对古文小说作家的影响，八股文中骈文成分对骈文小说家的作用将在后面涉及。

　　林纾是当时八股文科举考试所受教育对个人影响的缩影，由此可窥科举对文人文学语言体式选择产生了潜移默化的影响。林纾出生于福建闽县（今福州市），自幼家境贫寒，勤奋好学，9岁时入村塾接受传统教育，11岁时从师于薛则柯学习古文辞，并学习八股文，欲走科举致仕之途。林纾曾用零花钱购置残破古书三大橱，自13岁起便校阅这些残破古书，到20岁时校阅不下两千卷。② 青年时代的林纾刻苦好学，在1882年31岁时中举，自此多次赴京应考未中，即便如此也仍孜孜不倦于博览群书，为其古文奠定深厚的根基。在中举之后，林纾赴京应考，在当时的文坛逐渐以古文知名于士大夫之中。当时桐城派的后期代表人物吴汝纶对林纾的文笔颇为赏识，

---

①　王尔敏：《近代文化生态及其变迁》，百花洲文艺出版社2002年版，第35页。
②　张俊才：《林纾年谱简编》，载薛绥之、张俊才编《林纾研究资料》，福建人民出版社1982年版，第14页。

林纾记载了时人对他的评价:"光绪中,桐城吴挚甫先生至京师,始见吾文,称曰:是仰遏掩蔽,能伏其光气者。"①

1901年八股取士制度废除,改试策论,但在整个教育科举制度下,只是考试内容上的改良,并没有改变文言语体的主导地位;1905年,清廷废除了科举考试制度。八股文和科举制度的废除对读古书求仕的文人阶层产生了深刻影响,读书人"朝为田舍翁,暮登天子堂"的梦想彻底破灭了。中国传统社会中的文人阶层身份被迫无奈地开始走向边缘化,在中国延续数千年的士大夫精英政治与文化身份终结。一部分文人转化为激进的知识分子,主动利用报纸杂志等新的传媒方式,以及有利于大众接受的语言体式和文体样式争取其文化活动空间,并积极拓宽其对社会文化思想的实际影响力,以梁启超为代表的新小说作家群便是传统文人分化的一支。一部分文人彻底走向商业化市场化,创作俗艳的骈文言情小说作为谋生之路。还有一部分如林纾之类的文人,一生之精力付诸古文,科举考试的影响使他们习惯于用文言书面语进行表达,即便在白话语体与之抗衡的晚清,他们仍然对文言语体乐此不疲。他们不仅用文言语体创作诗词文赋,而且将文言语体引入西方长篇小说的翻译以及直接创作长篇文言小说。可以说,这部分文人与传统文人文学思想比较接近,是传统文化的基本认同者和固守者。

二 保守派文人的固守

清朝中晚期,桐城派古文在文学领域独占鳌头,其理论主张在晚清古文中占据统治地位,同时影响到同时期整个古文的创作风格。清末民初时,桐城派逐渐式微,但在桐城派古文中所用的散体文言语言体式影响到其他文体,尤其是对小说文言语体选择也产生一定

---

① 林纾:《赠马通伯先生序》,载薛绥之、张俊才编《林纾研究资料》,福建人民出版社1982年版,第78页。

第四章　多语体并存与文人心态

程度的影响。

清末民初的散体文言语体延续了传统雅文学的语言逻辑,在此基础上继续发展调试,使得清末民初之时的散体文言书面表述呈现了新的特质。胡适如此表述散体文言语体在清末民初之时的应用:

> 总计古文在那四五十年中,有这么多的用途:第一是时务策论的文章,如冯桂芬的校邠庐抗议,如王韬的报馆文章,如郑观应,邵作舟,汤寿潜诸家的"危言",都是古文中的"策士"一派。后起的政论文家,如谭嗣同,如梁启超,如章世钊,也都是先从桐城派古文入手的。第二是翻译外国的学术著作。最有名的严复,就出于桐城派古文家吴汝纶的门下。……第三是用古文翻译外国小说。最著名的译人林纾也出于吴汝纶的门下;其他用古文译小说的人,也往往是学桐城古文的,或是间接模仿林纾的古文的。①

桐城派古文的文学观念实际上仍是延续了中国道统文学观念,内容上主张孔孟程朱的"道统",而在文章艺术审美上追求韩柳欧苏的"文统"。单纯从胡适所总结的上述三类文人语体选择来说,严复、林纾等人更接近于桐城派古文风格,采用比较纯粹的散体文言语体。严复、林纾虽采用了雅致的散体文言语体,但表达的内容已与桐城派的文论主张不同,其内容包含大量西方思想文化与文学艺术。时务策论的王韬、梁启超等人,代表着清末民初文人分化出来的激进知识分子之一支,借助近代报刊媒介形式,宣扬政治改良和启蒙民智,在语体选择和内容选择上与桐城派差距更大,语体选择

---

① 胡适:《中国新文学大系·建设理论集·导言》,上海良友图书公司1935年版,第3页。

因其实际需要使得散体文言语体浅易化，以扩大其受众。晚清时期，在救亡图存的社会语境下，桐城派固守的"义理""考据""辞章"已不适应时代的需要。梁启超等人即便曾经欣赏"天下至美"的桐城派古文，也必须将其改造使之适应现实社会的需要。梁启超认为此时的桐城派古文风格："以文而论，因袭矫揉，无所取材；以学而论，则奖空疏，阏创获，无益于社会。"① 以梁启超为代表的"新文体"从内容和语体上与"桐城派"古文明显不同，胡适认为其为"桐城派"的余绪稍显勉强。严复、林纾等人的散体文言语体与中国古代语言关系密切，虽然散体文言语体表现的内容和形式已不同以往，但与梁启超的"新文体"相比，仍是采用较为纯粹的散体文言语体表述，严复、林纾的古文创作与当时影响较大的"桐城"古文所选用的语言体式更为接近。② 一部分研究者甚至将严复、林纾等人列入"桐城派"的外围人员，可见这类文人的书面语表述与中国古代文言书写关系密切。

　　林纾与桐城派的关系一直是研究界关注的问题之一，有评论者认为林纾属于后期"桐城派"，但在林纾自我评价之中，并不承认自己是桐城古文派。林纾对古文派别观念很淡薄，他认为："实则文无所谓派，有提倡之人，人人咸从，而靡不察者，即指为派。余则但知其有佳文，并不分别其为派。"③ 在另一处他也谈到此观念："夫文字安得有派？学古者得其精髓，取途坦正，后生遵其轨辙而趋，不知者遂目为派。然则程、朱学孔子，亦将谓之为曲阜派耶？"④ 虽

---

① 梁启超：《清代学术概论》，中国人民大学出版社 2004 年版，第 191 页。
② 管新福：《桐城传统与严复、林纾的文雅译风》，《贵州民族大学学报》（哲学社会科学版）2015 年第 5 期。
③ 林纾：《论古文白话之相消长》，载《中国新文学大系文学论争集》，上海良友图书公司 1935 年版，第 79 页。
④ 林纾：《震川集选·序》，载薛绥之、张俊才编《林纾研究资料》，福建人民出版社 1982 年版，第 77 页。

第四章　多语体并存与文人心态

然林纾不认可自己属于桐城古文派，但与他同时代的人还是常常将林纾与桐城古文联系在一起，林纾谈到此经历："辛酉五月，余晤康长素于沪上。长素曰：'足下奈何学桐城？'余笑曰：'纾生平读书寥寥，左、庄、班、马、韩、柳、欧、曾外，不敢问津。于归震川则数周其集，方、姚二氏，略为寓目而已。'长素怃然。"①

由此可见，基于桐城派和林纾有着尊崇唐宋的共同价值追求，林纾古文与桐城派古文有相近之处。清代桐城派尊崇唐宋八大家古文笔法，自唐开始，以文言语体为书面表达的古文便建立在道统的文学观念上，以文章传达儒家圣人之道，并在文化中占据着主流意识形态。桐城派自觉传承程朱理学，文章上承续唐宋八大家，前期桐城派方苞提出"义法说"，姚鼐提出"义理、考据、辞章"，再到曾国藩在新的社会语境下补充，提出"义理、考据、辞章、经济"，桐城派的发展始终围绕尊唐宋的"文法"和遵程朱理学的"义法"。林纾也认为古文创作应延伸到历史资源中，非常推崇《左传》《史记》、韩愈的散体文言语体的笔法，这使得林纾虽然没有刻意学习模仿桐城派古文，但与桐城派有相近的文法。相对来说，林纾对桐城派古文笔法基本上是肯定的，但又不局限于此，与其他古文流派比较来说，林纾认为："终不若桐城一派之能自立。盖姚文最严净，吾人喜其严净，一沉溺其中，便成薄弱。法当溯源而上求诸欧、曾。然归文正习此两家者，离合变化，较姚为优。"② 与此有关须加以关注的材料是，1918 年林纾出版了《古文辞类纂选本》前五卷，也是以桐城派姚鼐所编的《古文辞类纂》为底本的。严格来说，林纾并不属于桐城派，因为他"转益多师"，吸取众家之长，但在一定程度上对桐城派是认同的。

---

① 林纾：《震川集选·序》，载薛绥之、张俊才编《林纾研究资料》，福建人民出版社 1982 年版，第 77 页。
② 林纾：《桐城派古文说》，载《中国近代文学大系·文学理论集一》，上海书店 1994 年版，第 469 页。

桐城派古文把散体文言语体发挥到极致，可称得上"至美之文"。桐城古文也不是一成不变的，晚清时期曾国藩对桐城古文加以改造，使得散体文言书面语在新语境下焕发出新的生命活力。胡适评价道："从曾国藩到吴汝纶，桐城派古文得着最有力的提倡，得着很大的响应。曾国藩说的：'举天下之美，无以易乎桐城姚氏者也'，……自从韩愈提出'文从字顺各识职'的古文标准后，一些'古文'大家都朝着'文从字顺'的方向努力。只有这条路可以使那已死的古文字勉强应用，所以在这一千年之中，古文越做越通顺了……姚鼐曾国藩的古文差不多统一了十九世纪晚期的中国散文。散文体做到了明白通顺的一条路，它的应用的能力当然比那骈俪文和那模仿殷盘周诰的假古文大多了。这也是一个转变时代的新需要。"① 与曾国藩为代表的后期桐城派相似，严复和林纾将承载中国几千年文化的文言语体视为生命，在使用中国传统古文语体中对其加以调适，以"文从字顺"为目标，增强散体文言书面语自身的生命力，从而满足晚清社会对思想文化书写的需求。

与林纾不懂西文不同，严复曾在英国留学，在当时的中国，他是少有的学贯中西的人才。甲午战后，为了探索救亡图存的道路，他将精力转向维新思想的宣传和翻译西方社会科学著作。严复的译作整体采用的是散体文言语体。优美古雅的散体文言语体，使得其翻译的思想哲学著作也具有了文学意义。他提出"信""达""雅"的翻译标准，所谓的"信"就是要忠实原著，"达"则是讲求文通字顺，而"雅"便是讲求文字的优美，即《论语》所讲"言之无文，行之不远"。为追求译文的雅致，严复自然不会采用传统文人眼中的通俗白话语体翻译，而是采用雅致的散体文言语体。鲁迅评价严复的译文语体"桐城气息十足，连字的平仄也都留心，摇头晃脑

---

① 胡适：《中国新文学大系·建设理论集·导言》，上海良友图书公司1935年版，第2页。

第四章　多语体并存与文人心态

的读起来,真是音调铿锵,使人不自觉其头晕"①。主张言文一致的梁启超对其译文的语体选择提出批评:"文笔太务渊雅,刻意摹效先秦文体,非多读古书之人,一翻殆难索解。"②严复与梁启超属于不同理念的文人,梁启超把启迪思想和救亡图存的希望寄托于普通民众身上,从此角度出发认为严复采用的翻译语体不妥。实际上,严复译作的预想读者是那些妄自尊大的士大夫阶层,希望占据中国主流社会的士大夫阶层接受西方社会学说,以此挽救国家危亡。严复反驳梁启超道:"不佞之所从事者,学理邃赜之书,非以饷学僮而望其受益也,吾译正以待多读中国古书之人。使其目未睹中国之古书,而欲稗贩吾译者,此其过在读者,而译者不任受责也。"③由此可推知,严复翻译西方社会科学著作时对语体的选择是深思熟虑的,之所以采用类似桐城派的古雅文笔,是为了通过雅致的外衣,使更多士大夫接受。正如胡适所讲:"严复用古文译书,正如前清官僚戴着红顶子演说,很能提高译书的身价……若用白话,便没有人读了。"④

严复采用散体文言语体翻译西方社会科学著作的同时,完全使用原有的文言词汇句法难以表达,在用古文传达西方新思想时,严复对散体文言语体还是进行了一定的调试,使二者能够较完美地结合。张嘉森对严复译文采用的语体赞誉很高:"侯官严复以我之古文家言,译西人哲理之书,名词句调皆出独创。译名如'物竞''天择''名学''逻辑',已为我国文字中不可离之部分。"⑤严复等人习惯文言语体的书面表达方式,在新的社会语境下加入新的词汇句法,使之文通字顺,从而再次激发传统古文的生命力,使其满足社

---

① 鲁迅:《关于翻译的通信》,载《鲁迅全集》第4卷,人民文学出版社1981年版,第381页。
② 梁启超:《绍介新著〈原富〉》,《新民丛报》第1号。
③ 《严复集》,中华书局1986年版,第516—517页。
④ 胡适:《五十年来中国之文学》,台北:远流出版公司1986年版,第82页。
⑤ 贺麟:《严复的翻译》,《东方杂志》1925年第22卷第21号。

会的需求。试想如此枯燥单调的社会科学论著,而且是中国思想观念中所没有的,即便是通读古书之士大夫真正接受都有一个过程,更何况普通民众。作为有担当的传统文人,严复绝不会把社会先进思想的引进和理解直接施之于民众。设想如果运用通俗白话进行翻译,传统士大夫不屑于阅读,而普通大众不会接受这种单调的文体,对其所宣扬的社会思想更是一头雾水。

虽然本部分论述清末民初之时文人心态对小说语体选择的影响,但实际上文学语体选择时文人心态是有相通之处的。对严复、林纾等文化保守派文人来说,他们对文言书面语有着深厚的感情。在他们的潜意识里,文言语体与他们高贵的士大夫身份是一致的,文言语体也是文人之间交流的唯一书面工具。林纾即使将文言语体用作翻译西方小说和自创长篇小说时,也逃离不开这类文化保守文人的此种心态,自恃高贵的文人身份只能选取雅致的文言语体,从而获得具有一定古文基础的文人的欣赏。从小说创作来说,此时市场化商业化倾向明显,散体文言语体小说仍然有其广大的阅读群体,而且此阅读群体具有实际的购买能力。白话小说运用通俗的白话语体,以试图让普通民众接受新思想,实际上忙碌于基本生活需求的普通民众是不会去购买任何读物的。时人评论当时文言小说的热销:"就今日实际上观之,则文言小说之销行,较之白话小说为优……余约计今之购小说者,其百分之九十,出于旧学界而输入新学说者,其百分之九,出于普通之人物,其真受学校教育,而有思想、有才力、欢迎新小说者,未知满百分之一否也?所以林琴南先生,今世小说界之泰斗也,问何以崇拜者众?则以遣词缀句,胎息史汉,其笔墨古朴顽艳,足占文学界一席而无愧色。"① 其以林纾为例,分析小说市场化条件下,散体文言语体小说作者表现出的文人心态,如何既

---

① 觉我:《余之小说观》,载陈平原、夏晓虹编《二十世纪中国小说理论资料》第1卷(1897—1916),北京大学出版社1997年版,第336页。

保持高贵的传统文人身份,又获取市场收益。

林纾以古文家自称,时人对其古文评价也很高,后期桐城派的马其昶评价道:"今之治古文者稀矣,畏庐先生,最推为老宿。其传译稗官杂说遍天下。顾其所自为者,则矜慎敛遏,一根诸性情,劬学不倦。其于《史》、《汉》及唐宋大家文,诵之数十年,说其义,玩其辞,醰醰乎其有味也。"① 林纾的古文受到桐城派文人的推崇,是由于其古文风格与桐城派还是比较接近的。周作人也将桐城古文与林纾翻译西洋文学联系在一起,"到了吴汝纶、严复、林纾诸人起来,一方面介绍西洋文学,一方面介绍科学思想,于是经曾国藩放大范围后的桐城派,慢慢便与新要兴起的文学接近起来了"②。林纾古文受到传统士人的热捧,钱基博记载林纾散文《畏庐初集》出版时的盛况:"初集出,一时购读者六千人,盖并世作者所罕觏焉。"③

在谈到林纾小说文体观与文言语体选择时,本书具体分析了林纾史传的小说观念,以及把古文之语体用于西方小说翻译和长篇文言小说创作。有论者甚至认为林纾部分杂传体古文受"小说笔法"的影响,"杂传体古文就具有类似小说的风味。其实,在叙事与描写上,古文与小说同源。文学的发展,使其分别走向了雅与俗的不同轨迹。但在各自成熟与对立的过程中,你中有我,我中有你。相互辉映与融合,泾渭分明的雅俗文体在艺术的审美统照下彼此兼容。《左传》、《史记》作为历史古文家心仪追慕的范本,在'实录'之史中就有很多'虚饰'之文。……(他)并不热衷于文以载道,已经从'理'的束缚中解脱出来,其'婉媚'意境更具生活气息,颇

---

① 马其昶:《韩柳文研究法序》,载薛绥之、张俊才编《林纾研究资料》,福建人民出版社1982年版,第41页。
② 周作人:《中国新文学的源流》,河北教育出版社2002年版,第44页。
③ 钱基博:《现代中国文学史》,上海书店2004年版,第130页。

类于小说清韵,显然更多地融入了小说等俗文体的写作方法与技巧"①。林纾古文与林译小说不仅在写作方法与技巧上有相通之处,在语体选择上也是相通的,有着相似的心理状态。如果说林纾用小说笔法来增强其杂传体古文的艺术感染力,那么以古文所用的散体文言语体则使通俗小说文体样式雅化,借此提升翻译小说在众多士大夫之中的艺术价值。

林纾翻译小说在销售上也获得空前的成功,一定程度上反映出在清末民初相对自由的时空中,现代白话文尚不成熟的语言背景下,林纾的散体文言语体创作的古文和小说翻译代表着成熟的审美基质,散体文言语体仍具有生命力。有论者在评价散体文言语体在近代散文创作中的意义时指出,在清末民初"古文已经建立起一套自身的形式规范,虽有'形式主义'之讥,但这套规范却能够保证古文自身的相对的独立和自主性,这在林纾那里表现得相当明显"②。文言书面语在封建各种体制的保障下,经过历年历代文人的不断操练和丰富,早已形成一套自身的规范,在一定程度上满足了书面表达的需要。文言不仅可以用于诗文歌赋,而且可以用于通俗小说。文言语体小说在清末民初之际,也达到其顶峰状态,证明了其存在的价值和意义。

三 "传世之文"和美文的载体

梁启超等人不遗余力地主张言文一致的白话语体,且亲身创作白话诗文以及小说,大力扩张白话语体的影响力,意在用白话语体启迪民智。白话语体是其实现政治理想的最佳书面语工具,即白话语体作为"觉世之文"而存在。文化保守派文人也不否认白话语体

---

① 吴微:《"小说笔法":林纾古文与"林译小说"的共振与转换》,《中国现代文学研究丛刊》2002年第4期。
② 季剑青:《近代散文对"美文"的想象》,载夏晓虹、王风等编《文学语言与文章体式——从晚清到"五四"》,安徽教育出版社2006年版,第105页。

第四章　多语体并存与文人心态

对启迪民智的作用，但如果创作"传世之文"和雅致的美文则由散体文言语体承担。白话语体的"觉世之文"中的"世"为普通民众的时空概念，而散体文言语体所谓的"传世之文"，其中的"世"则是具有一定学术文学修养的文人阶层的时空概念。由清末民初这一特定历史时期延伸下去，我们从整个文学发展脉络来看，经过提炼之后的成熟白话语体同样能够担当"传世之文"和创作美文的功能。清末民初是一个特定的历史时期，文言经过千百年文学实践已形成独立而规范的书面语表达系统，当时的白话尚不成熟，杂陈着外国语词汇句法、中国各地方言、官话以及古白话小说中的白话语体。对当时的文化保守派文人来说，保存国粹、创作美文非文言语体莫属。在他们潜意识中，白话语体和文言语体仍然是不同身份地位的象征，是文学雅俗的重要衡量标准。

章太炎一生崇尚魏晋古文，偏爱孤傲艰深的文言语体风格。作为资产阶级革命派，为宣传革命需要，他曾经用通俗白话语体创作过《逐满歌》以及演讲词结集的《章太炎的白话文》。演讲词服务于口头演讲的需要，演讲内容涉及"留学""教育""中国文化"等现实问题，自然是用与口语接近的语体记载下来。在章太炎看来，《逐满歌》和演讲词自然不属文学艺术之列，为一般大众需要必须用白话语体，而文人传世之作以及文人之间的书面交流还是要采用文言。他认为文言白话存在着雅俗高低之分，是身份的象征，文言不能被替代。

清末民初提倡言文一致及文学语言通俗化的浪潮很高，而章太炎却强调"言语"与"文辞"的分流，他认为作文应以"小学"为基础，反对白话取代文言。在《文学说例》一文中，他谈道："尔雅以观于古，无取小辩，谓之文学。文学之始，盖权舆于言语。其书契既作，递有结构，则二者殊流……夫炎、蛊而上，结绳以治，则吐言为章也。既有符号，斯淆杂异语，非通古今字，知先代绝言者，无能往来，况乎审别流变耶。世有精练小学拙于文辞者矣，未有不知小学而可言文者也。"①"尔雅以观于古"之句出于《大戴·小辩》。尔，近也；雅，正也。文学应当接近雅正之文，"无取小辩"则是说不用"口谈"之言，章太炎的观点与当时流行的"言文一致"的观点是相悖的。章太炎也承认"文学之始，盖权舆于言语"，书面语源自口语，书面语言一开始与口语比较接近，这与梁启超、黄遵宪等人的观念相同。之后言文分离，章太炎与主张白话语体的文人均看到言文分离的事实，前者承认言文分流，而后者反对言文继续分离，提倡言文一致。章太炎认为言语和文字分流之后，文人首先要"精炼小学"才能遣词达意，近雅远俗，文辞闳雅。

章太炎虽然意识到文字作为言语的载体，"同出一本"，古代的文言书面语即当时的口语。在其思想深处，他不愿放弃传统士人专属的文言书面语。在他看来，文言和白话不同，文言、白话代表着不同的文化身份，有雅俗、高低之分，就像士大夫之言与农牧之言有所区别一样。他在《白话与文言之关系》中说道："今世作白话文者，以施耐庵、曹雪芹为宗师。施、曹在当日，不过随意作小说耳，非欲于文苑中居最高地位也，亦非欲取而代之也。"②章太炎认为清末民初白话文提倡者所学习的作家作品只不过用白话"随意作小说"，因此文言文比白话文层次高。

章太炎对待白话语体和文言语体的态度是不同的，为了宣传革命、开启民智，可以用通俗白话语体。白话语体通俗易懂，是给一般粗通文字的普通民众看的。高层次的学术著作以及文学作品的读者是具有一定文学修养的文人，应当用雅言，即文言语体创作。章太炎也谈到自己创作时的这种文人心态："仆之文辞，为雅俗所知者，盖论世数首而已，斯皆浅露，其辞取足便俗，无当于文苑。向

---

① 章太炎：《文学说例》，台北：艺文印书馆1966年版，第19页。
② 章太炎：《白话与文言之关系》，载《章太炎讲演集》，河北人民出版社2004年版，第218—219页。

第四章　多语体并存与文人心态

作《訄书》，文实宏雄，箧中所藏，视此者亦数十首，盖博而有约，文不掩质，以是为文章职墨，流俗或未之好也。"① 章太炎认为其白话语体创作的宣传散论属于浅露文章，取白话语体便于普通民众阅读；而《訄书》中的文章运用的是文言语体，阅读对象是高雅的文人，"流俗或未之好也。"可见，章太炎是以阅读对象的不同决定其使用语体的不同。

刘师培面对清末民初的白话书写风潮，有类似章太炎的观点，认为虽然白话语体有其实际功用，但文言语体不可骤然废弃，保存国学和文学创作仍需文言语体。刘师培根据不同功用选择不同语言体式："盖文言合一，则识字者日益多。以通俗之文，推行书报，凡世之稍识字者，皆可家置一编，以助觉民之用。此诚近今中国之急务也。然古代文词，岂宜骤废。故近日文词，宜区二派：一修俗语，以启瀹齐民；一用古文，以保存国学。庶前贤矩范，赖以仅存。若夫矜夸奇博，取法扶桑，吾未见其为文也。"② 刘师培认为白话书写之功用在于"觉民之用"，作为改良社会的主要工具；而发扬国粹必须使用文言语体。

时移势转之后，林纾面临着与章太炎、刘师培类似的认同危机，他们均是受到千百年古文熏陶出来的文人，也曾以激进的姿态运用白话语体创作启迪民智之作。当面临白话语体完全取代文言语体的五四时期更为激进的白话文运动时，林纾坚决捍卫文言语体。在这些中国文化保守派文人那里，文言语体凝聚了千百年来中国传统道德伦理与审美文化。在林纾的《论古文白话之相消长》一文中，表达了其对文言语体的固守："若废尽古书，行用土语为文字，则都下引车卖浆之徒，所操之语，按之皆有文法，不类闽广人为无文法之

---

① 章太炎：《与邓实书》，载《章太炎全集》四，上海人民出版社1986年版，第169—170页。
② 刘师培：《论文杂记·序》，载李妙根编《刘师培辛亥前文选》，香港三联书店1998年版，第319页。

啁啾，据此则凡京津之稗贩，均可用为教授矣。若水浒红楼亦不止为一人手笔，作者均博极群书之人。总之，非读破万卷，不能为古文，亦并不能为白话。若化古子之言为白话，演说亦未尝不是。"①林纾的论述并非无道理，文学语言无论是文言语体还是白话语体均是经过提炼的，即便是白话书面语进入文学作品也不等于口语的简单记载。从文言语体和白话语体两种书面语的发展来看，二者并非完全对立，它们同根同源，均属于表意的文字系统，在发展的过程中不断地互相借鉴融合。白话语体在发展过程中逐渐展示其生命力和表现力，同样汲取了文言语体富有生命力的一些词汇，换句话说白话语体不是凭空而生，文言语体作为千百年来占统治地位的书面语形式并非完全没有价值。相对来说，文言语体固守陈规，而白话语体更能适应社会文化剧烈变迁，满足社会各阶层的需求。

因此，从整个文学语言体式发展来看，文言白话的此消彼长不仅仅是历史发展的必然，在一定程度上也是政治的需求。在清末民初自由时空中，各种书面语表达皆有其生存空间，但在五四新文化运动之后强制性地唯白话独尊，散体文言和骈文迅速为白话语体所取代，其中人为的因素对文言的迅速消亡起到了推波助澜的作用。从一定意义上说，语言是政治的语言，此说法不为过。白话语体完全取代文言语体既是文人身份的转移，也是社会话语权的转移。

第三节　骈文语体小说
——商业化文人对政治的无奈疏离

社会语境的不同影响了小说风格，白话语体小说作家群代表激

---

① 林纾：《论古文白话之相消长》，载《中国新文学大系文学论争集》，上海良友图书公司1935年版，第80—81页。

第四章　多语体并存与文人心态

进的思想革命者，斗志昂扬地利用白话语体小说宣扬个人政治理想、启迪民众，即使是文言小说文化保守派也试图保存文言语体形式来引进西方先进文明和思想。兴盛于辛亥革命之后的骈文小说则呈现出别一种风貌，这一作家群体对辛亥后的现实政治失望至极，为逃避政治从而沉浸于创作吟风弄月的骈文小说，同时随着中国商业经济的繁荣和大都会的发展，市民队伍不断扩大，吟风弄月的骈文小说成为适应市民阶层文化生活所需的通俗文学。

一　政治之无奈疏离

从社会政治语境来看，骈文小说的兴起与此时的文人心态密切相关，与辛亥革命之后政治混乱，文人因找不到理想和生活的出路而产生迷茫、苦闷、抑郁等情绪有关。虽然辛亥革命推翻了清王朝的统治，表面上结束了封建体制，但革命成果为袁世凯窃取，袁世凯试图称帝，其倒行逆施激起了许多革命志士的坚决反对。他们代表着一部分激进革命的文人心态，与骈文作家同时的南社便是这样的文人群体组织。南社的主要作家大多是资产阶级革命派，他们或挥戈上阵，或口诛笔伐，誓死捍卫辛亥革命的成果。面对袁世凯的倒行逆施和独裁统治，他们大多立场坚定、态度明朗，其小说创作大都以通俗易懂的白话语体为主。以徐枕亚为代表的骈文小说作家群则呈现出与南社作家不同的心态，这一部分文人看不到革命的出路，思想走向苦闷、彷徨和颓唐。与南社的革命斗士相比，他们是政治的逃避者，他们中的激进者也赞成共和，同情并支持资产阶级革命。如骈文作家之一的李定夷在袁世凯复辟帝制时曾写《复友人劝入筹安会书》："由君主而共和，中外历史所见，已历历可数；由共和而君主，鄙人不敏，从未之闻。……鄙人则愿守'苟全性命不求闻达'之语，冷眼观治世之盛规也。"[①] 这部分作家一遇革命挫折

---

① 李定夷：《定夷丛刊》下集，转引自陈平原《江南读书记》，《江南》1988年第2期。

思想便产生动摇，在民国二、三年间，面对袁世凯毁坏辛亥革命成果，这批文人不是积极面对，而是借吟风弄月的骈文小说发泄个人的苦闷和哀愁，逃避社会现实。

民国初年出现了较多的刊物，为逃避社会政治的这些苦闷文人提供了发表骈文小说的园地，其中影响较大的有《民权素》《小说丛报》《小说新报》等刊物。《民权素》的主编蒋箸超在"序"中申明创办此刊物之缘由："余主民权小品者凡十有九月，海内文士环以行集请，其时出版部既局于调遣，即余亦自陋不文，未敢率尔创议也。革命而后，朝益忌野，民权运命截焉中斩，同人冀有所表记，于是循文士之请，择其优者陆续都为书，此民权素之所由出也。……惜乎血舌箝于市，谠言粪于野，遂令可歌可泣之文字湮没而不彰，转不若雕虫小技尤得重与天下人相见。究而言之，这锦心绣口者，可以遣晨夕，抵风月，于国事有何裨焉？当传者不敢传，于不必传者而竟传之，世道人心宁有底止欤？"① 辛亥革命之后黑暗的政治时局是《民权素》出版的重要动力，体现出蒋箸超等人对现实政治浓郁的关怀。《民权素》与《民权报》相比，虽有"碎玉"专栏抨击时弊，但因政局混乱，使得该报政治激情相对减弱。"血舌箝于市，谠言粪于野"的社会现实也让其备受挫折，在现实黑暗政治的高压下，那些可歌可泣、有利于世、应当流传的文字只能湮没，反而是那些于世无裨益的风月消遣之文才可以传播。其文中所讲的"锦心绣口"便是指华丽辞藻的骈文小说。可见，一部分作家专注于风花雪月的言情骈俪小说并非情愿，而是对现实的无奈逃离，其内心的抑郁之情可想而知。

明代继元朝之后文人地位下降，但科举仍在，仍然有一部分文人可以"学而优则仕"，尚有"得君行道"的途径。民国初年，科举已经废除，辛亥革命推翻封建帝制，而袁世凯又倒行逆施恢复帝

---

① 蒋箸超：《民权素·序》，《民权素》1914年4月25日。

第四章 多语体并存与文人心态

制。时局动荡让文人处于进退两难的境地,原本对革命抱有美好想象的文人受到沉重的打击,这些文人在愤激之余只能寻求另一种精神寄托和文化活动空间。

骈文小说代表作家之一的刘铁冷创作《铁冷碎墨》,其中两篇序言道出骈文小说作家的创作心态。一是徐枕亚在"序一"中转述刘铁冷个人的创作意图:"铁冷笑曰:……呜呼,茫茫大地,愁云包之,芸芸众生,愁丝牵之,余固天生愁种,无可为欢,藉笔墨以自祛烦恼。而世之文人,潦倒如余,思著文章自娱者,亦复不少,以余书赠之,亦可省却旁人几许笔墨,自娱娱人,余意不过是。"① 政治的黑暗混乱使许多文人看不到希望,文人处于此等社会中以一"愁"字概括其绝望的沉闷心境,于是刘铁冷借笔墨来寻求自我解脱和逃避现实,他将自己的创作目的直接定位于"自娱娱人",仅此而已,别无他求。在《铁冷碎墨》徐呼公为其作的"序二"中更明确刘铁冷骈文创作是其抱负难以实现之后的无奈选择:

> 吾知铁冷之志,不在此零缣断素,固别有怀抱也,不能展其怀抱,不得已而致力于零缣断素。铁冷之心亦云苦矣。嗟乎铁冷,斯世齷齪,大道若昧,黄钟瓦釜,并世难容,吾人戴得此峥嵘头角,固难与腥膻物争厌胜负,而亦不愿惊骇聋聩、纸上谈兵,污吾一付干净之笔研,则惟有范山模水,说怪搜神,胸串记事之珠,体续庄谐之录,以消磨此无聊之岁月,安排此锦绣文章。②

刘铁冷本人在后来发表《民初之文坛》中直接指出了民国初年

---

① 徐枕亚:《铁冷碎墨·序》,载陈平原、夏晓虹编《二十世纪中国小说理论资料》第1卷(1897—1916),北京大学出版社1997年版,第494页。
② 参见郭战涛《民国初年骈体小说研究》,广西师范大学出版社2010年版,第179页。

社会政治对文人的潜在压力,并借骈文哀情小说表达心中的苦闷:"然在袁氏淫威之下,欲哭不得,欲笑不能,于万分烦闷中,借此以泄其愤,以遣其愁,当亦为世人所许,不敢侈言倡导也。"① 刘铁冷面对五四文人的指责,虽有为此派作家辩护的成分,同时也显露出民国初年骈文小说作家群的创作心态,明知四六文无益于世,暂且用来作为文人"泄其愤、遣其愁"的工具而已。

徐枕亚在《小说丛报》发刊词中也透露出文人对时代的无奈疏离:"天胡此醉,斯人竟负苍生;客到穷愁,知己惟留斑管。有口不谈家国,任他鹦鹉前头;寄情只在风花,寻我蠹鱼生活。……劫后残生,且自消磨于故纸。"②

徐枕亚的《玉梨魂》在当时轰动一时,他运用骈文为主的语言体式将男女主角缠绵悱恻的爱情故事表达得淋漓尽致,字里行间浸透着作者浓郁的哀伤。1913年8月15日《民权报》第十一版有一篇盛棨的《与徐枕亚书》,评价徐枕亚多愁善感的性情:"夫先生诚伤心人也,《玉梨魂》诚伤心史也,以伤心人而奏伤心曲,更以伤心人而聆伤心音,使普天下才子佳人,同声一哭者,非《玉梨魂》而谁属欤? 棨一介书生,千秋恨土,好读先生文,尤好先生之《玉梨魂》一书,间即手卷一章,未尝不襟为之湿,凄音盈耳,洵称再续离骚。"③ 由此可见,无论在时人还是后人眼里,徐枕亚给人一种多愁善感、柔弱颓唐的孱弱文人形象。

实际上,徐枕亚在此前也是一位具有铁血豪情的文人志士。1912年7月2日《民权报》第十一版有徐枕亚的《死与自由》一文,言辞激烈,呼吁争取自由、民权以及反对专制,"不自由毋宁死! 自由两字,吾人之第二生命也! 抱死主义,自由之唯一代价也。

---

① 参见《永安月报》1947年第93期。
② 徐枕亚:《〈小说丛报〉发刊词》,载陈平原、夏晓虹编《二十世纪中国小说理论资料》第1卷(1897—1916),北京大学出版社1997年版,第487页。
③ 盛棨:《与徐枕亚书》,《民权报》1913年8月15日。

不自由而生,则躯壳未死灵魂已死,不自由而死,则躯壳虽死灵魂不死!"① 徐枕亚激情表达个人对自由民主社会的渴望,对专制统治的痛斥。1914年当政治形势走向恶化,徐枕亚在《民权素》第一集"序二"中又表达无奈的低沉情绪:"然而我口难开,枯管无生花之望;人心不死,残编亦硕果之珍。是区区无价值之文章,乃粒粒真民权之种子。"② 虽然徐枕亚由原来的激情四溢转向消极低沉,但仍对民主民权怀抱着一丝希望。徐枕亚也是在政治理想无法实现的情况下,将其失望的沉郁情绪寄托于其哀情骈文小说的创作中。

羽白在《小说旬报》宣言中也表述了当时的政治状况以及编辑骈文小说的无奈初衷:"时当大陆风云,千变万化;神州妖雾,惨淡迷漫。本同人哀国土之丧沦,痛人心之坠落;恨乏缚鸡之力,挽救狂澜,愧无诸葛之才,振兹危局;整顿乾坤,且让贤者,品评花月,遮莫我侪;清谈误国,甘尸其咎,结缘秃友,编集稗乘;步武苏公,妄谈鬼籍,聊遣斋房寂寞,免教岁月蹉跎。"③ 虽然仍有直面社会残酷现实的"志士"存在,一部分文人虽痛感国土沦丧,但采取了逃避的态度。在此乱世,一部分文人百无聊赖,只能寄情于与国事无关的文字来消磨时光。

为逃避黑暗政治环境的逼迫,部分骈体小说作家寄情于"风花"故事,作者试图通过哀艳悲情的缠绵爱情故事,有意淡化政治意识,在华美辞章、美艳的意象以及和谐音韵中遗忘现实生活中的苦闷。骈体小说的写作者和部分接受者因受社会政治因素的影响产生类似的逃避政治的心态,同时也促成了骈体小说在民国初年的兴盛。可以说,民国初年骈体言情小说的出现离不开当时政治环境对文人心态的影响。

---

① 徐枕亚:《死与自由》,《民权报》1912年7月2日。
② 徐枕亚:《民权素·序二》,《民权素》第一集1914年4月。
③ 羽白:《〈小说旬报〉宣言》,载陈平原、夏晓虹编《二十世纪中国小说理论资料》第1卷(1897—1916),北京大学出版社1997年版,第481页。

正如龚鹏程所言:"我能体会文人生命的局限,他们张扬感性而少理性之检括、纵情于符号世界而无力面对现实社会,都是严重问题。"① 骈文小说作家群便代表此类无力面对现实社会的孱弱文人,在残酷时势逼迫下,文人选择了逃避,将目光转向与世事无关的情感题材。然而,儒家积极入世以及家国天下士人的传统使他们在看似放浪形骸、敏感多情的文人心态之外,也难以彻底忘怀家国责任。刘铁冷在其散文《销寒雅集记》② 中传达了此类文人两难的复杂痛苦心态,一方面是选择庄子的狂傲忘俗:"俯仰于糟邱中,齐得丧,忘祸福,混贵贱,轻贤愚,同乎万物,而与造物者游。"另一方面难以掩饰心中的苦闷:"已而酒阑人醉,杯盘狼藉。若者蒙头而睡、若者顿足而跃、若者狂啸、若者大哭,似有至伤心事,愤愤而不能已于怀者。……余观其状,不能名其故,余亦不自知悲从何来,竟泫然而泣下。"中国文人以社会担当为个人价值的最高境界,处于此时代的文人似乎百无一用,欲追求逃离世俗之乐,亦是无奈之选择,因而内心潜在的痛苦只能在酒醉之后得以显现。"某客瘏,忽拂袖起曰:'贪一人之饱暖,忘天下之饥寒,而不能以广厦庇之者,非丈夫也!'挺身去。众感其意,乃罢长夜之饮。夫酒所以合欢也,客乃不欢而散,殆亦与余同病者欤?"此篇散文传达了民国初年骈文小说作家既有魏晋士人放浪不羁性情以求自保的心态,又有在醉酒狂歌之中不忘以广厦庇天下饥寒的儒士之社会担当的理想。

刘铁冷在其骈文小说创作中虽以言情故事取胜,但有其自身小说的情节特点:侠骨柔情并重,如他的《血鸳鸯》中写俞生在战斗中丧生,同时塑造了一位刚烈女子傅蕙若,在祭祀其夫时"妇乃拔剑斫地,感三良之殉秦;抢首呼天,恨独夫之肆虐,并州数剪,尽除烦恼之丝;匕首一裔,断送春葱之指"。民国初年的其他骈文小说

---

① 龚鹏程:《中国文人阶层史论》,兰州大学出版社2004年版,第32页。
② 参见《民权报》1912年12月20日。

家也将家国兴亡之事作为故事背景处理，可以说是这批文人两难心态的展示，《玉梨魂》中通过书信和朋友转述得知何梦霞参与战斗的情况，《西湖倩影》中交代陈惠安参与武昌起义等。虽然骈文小说作家很明确地以"情"为其创作表现的绝对主体，但少许的世事渗入其间，使骈文小说的哀情具有了一些英烈之气。

二 骈文小说作家市场化、商业化追求

1905年，清廷废除了科举考试制度，文人学而优则仕的大门被迫关闭了，他们失去了一向安身立命之地。同时，另一扇大门为其展开，清末民初之际随着经济的发展，都市文化心理和市民价值观念形成，小说商品化倾向明显。许多登载小说的报纸杂志不断涌现，稿酬制度逐步确立，"求仕无门"的文人只能选择拓展另一种社会文化空间和谋生途径，因此越来越多的文人进入新的公共传播媒介机构。此时，小说市场逐渐建立，作家也趋向专业化，商品意识也渗入小说作家的创作过程，影响其题材的选择、语体的运用及创作风格，这种特征在骈文小说作家中表现地更为突出。

骈文小说作家群兴起于20世纪初，鼎盛于袁世凯称帝前后，大本营便是中国商业经济繁荣的大都会上海。上海被称为"十里洋场"，它伴随着西方列强殖民化的过程，成为中国近代军事、政治、经济、文化发展最快，而且是人口最多的大都会。科举废除以及辛亥革命之后政治混乱使得这批孱弱的文人无所适从，而商业化的大都会为他们提供了生存的文化空间和谋生之途，此时大量文人涌入上海，选择报纸杂志作为其安身立命之所。为适应都市市民阶层文化生活需求，他们选择以华丽骈文语体创作的才子佳人通俗小说，此类小说虽然披上雅致的骈文语体"外衣"，实质上是以趣味性和娱乐性为特征的通俗小说，以此来迎合市民阶层的欣赏趣味。

科举废除，安身立命之路绝，经营小说可以生财，有利可图的小说领域成为许多读书人蜂拥而至的"宝地"。骈文小说作家吴双热

在《〈枕亚浪墨〉序》中感叹道:"吾与汝皆一介布衣,文字而外无他长。"① 他在《民初上海文坛》中谈到当年的洋场才子,"既无技术性的生产能力,又不能手缚一鸡",只好"卖文为生"。而吴双热在找到合适的固定工作后,即脱离文坛,不再写小说。② 这是在社会政治体制、文化体制剧变语境下,传统文人分化的一支,文人走向市场化和商业化。历来清高的中国文人由传统治国平天下的角色转向卖文为生的"文匠"似乎心理不适应,因此也不免以非其所愿,感叹英雄无用武之地以及借小说抒发其无聊郁闷之情作为其选择的理由。既然骈文小说作家以创作小说为其谋生之徒,自然不能像新小说家梁启超等一样以小说作为启蒙手段,不考虑小说的经济效益,他们在小说创作时必须考虑作品的经济利润,迎合小说读者群的文化需求,以便赢得更多市场和读者,使得其小说经济效益最大化。

骈文小说作家不但在题材上选择才子佳人通俗故事,在风格上追求阴柔,而且还别出心裁地运用骈文语体。运用骈文语体创作小说可能有此派作家出于个人喜好的因素,更重要的是他们也考虑到读者的接受能力,带给读者以别样的"新鲜感"。虽然光绪帝于1905年发布上谕次年停科考,许多读书人之前仍为科考接受过骈文教育,部分读者有研读骈文的喜好,这些均为民国初年的骈文小说提供了潜在的作家群体和读者群体。况且骈文语体具有艳丽的意象,回环往复的表达以及和谐的音韵,均为才子佳人题材增添了抒情色彩,二者相得益彰。在民国初年的几年间,特殊的文化氛围恰恰为骈文小说提供了生存空间。晚清时政治改革激情昂扬,新小说以启迪民智为目的选择了白话语体,即使是倾向于保守的传统士人也倾向于选择散体文言表达其社会理想,很难设想有骈体言情小说的生

---

① 吴双热:《〈枕亚浪墨〉序》,载陈平原、夏晓虹编《二十世纪中国小说理论资料》第1卷(1897—1916),北京大学出版社1997年版,第518页。
② 参见陈平原《20世纪中国小说史》第1卷(1897—1916),北京大学出版社1989年版,第80—81页。

第四章　多语体并存与文人心态

存空间，而几年之后白话文运动强制性推行，骈文小说自然也难成气候。在民国初年，混乱的政局反而为骈文语体提供了宽松的文化语境，出现民国初年骈体小说繁盛的局面。

作家一旦进入市场，其写作心态受名利的驱动在所难免，他们积极利用广告形式进行炒作，比如骈文小说代表作徐枕亚的《玉梨魂》便是市场运作成功的范例。《玉梨魂》在《民权报》上连载引起轰动，当《玉梨魂》出版时《民权报》为其广而告之，并极尽夸饰溢美之词，有意识地引导读者的关注，"制造"出更多的读者群。广告词如下："此书情词瞻雅，文笔典丽，为枕亚君剧作，亦为本报最特色之小说，都七万余言，远近爱读之者、催促出版者，函缄盈尺，亦可见此书之价值矣。兹经枕亚君细加笔润，重行校勘，装订精美，洵我国小说界有数之出版物，亦月下花前无上之消遣品。初版无多，欲购从速。"[①] 此广告宣扬《玉梨魂》一书具有较高的文学价值，以"情词瞻雅，文笔典丽，函缄盈尺"概括之，同时注重出版物的精美包装，并指出此小说故事动人，可谓"月下花前"浪漫恋爱的"无上消遣品"，特别适合处于恋爱情境中的青年人，借此扩大了《玉梨魂》的阅读群。

从《玉梨魂》后来的实际出版收益来说，市场运作颇为成功。1915年《小说丛报》第16期中"枕亚启事"声称《玉梨魂》"出版两年以还，行销达两万以上"。张静庐的《在出版界二十年》中也提及当时《玉梨魂》的销售情况，"出版不到一二个月，就二版三版都卖完了……我们如果替民国以来的小说书销数做统计，谁都不会否认这部《玉梨魂》是近二十年来销行最多的一部"[②]。可见，骈体小说市场的成功离不开报刊、出版界的市场运作，他们利用广告推波助澜，揣测读者心理，推测文学市场的最佳"卖点"，不仅尽

---

① 参见《民权报》1913年9月13日第1版。
② 张静庐：《在出版界二十年》，上海杂志公司1938年版，第37页。

力夸饰骈文小说的价值,而且有意识地引导读者的审美趣味,可以说是刻意地"制造"骈文小说的读者群。

民国初年的骈体小说出现了部分优秀之作,一些作家为出奇制胜,不断翻新花样地制造新鲜感吸引更多的读者,最明显的例子便是徐枕亚的《玉梨魂》和《雪鸿泪史》。为迎合读者大众的求新求奇心理,这些商业化的作家必须考虑读者的阅读期待,于是作家在创作技巧上突破艺术上的禁区。虽然文学史上曾经有过骈文语体小说,且已验证骈文语体不适宜写小说,徐枕亚却偏偏用来加以简易化改造进行小说创作。在中国古代,书信是一种用来论文、抒情、说理、记游的文体,不曾用来创作小说,作家极少为小说中的人物拟写文辞优美的书信。徐枕亚创作《玉梨魂》时,受其以前编写《高等学生尺牍》《普通学生尺牍》的启发,将表达男女主人公情感的书信成为小说内容的重要组成部分。《玉梨魂》中的艳情书信颇受读者欢迎,徐枕亚为迎合读者口味,扩大市场收益,又将其改为日记体的《雪鸿泪史》,其中"诗词书札,较《玉梨魂》增加十之五六"[1],广告又为之加以渲染"爱阅言情尺牍者不可不读"[2],甚至徐枕亚为自著《花月尺牍》所做的广告也称"开卷有香无语不艳"[3]。市场的指挥棒过分迎合追随小说读者趣味,使小说技巧上的创新也不可避免地走向媚俗,小说创作水平每况愈下。

《玉梨魂》的成功激发了骈文才子佳人小说的创作热,在利益的驱动下,为迎合读者的口味,许多作家转向此类题材、风格和骈文语体的小说创作。只要哪类题材、风格和语体受到读者欢迎,作家就会蜂拥而至,马上就引来一大批的仿作,读者市场完全成为作

---

[1] 徐枕亚:《〈雪鸿泪史〉例言》,载陈平原、夏晓虹编《二十世纪中国小说理论资料》第1卷(1897—1916),北京大学出版社1997年版,第554页。

[2] 《人人必读之小说〈雪鸿泪史〉》,载陈平原、夏晓虹编《二十世纪中国小说理论资料》第1卷(1897—1916),北京大学出版社1997年版,第516页。

[3] 参见《小说丛报》3卷8期。

家创作的"指挥棒"。骈文小说千篇一律,大量缺乏创造性的"复制品"产生,与创作者的文学能力有关,更大程度上是商业利益的驱动。《小说丛报》上那篇广告《雪鸿泪史》的文字中也写出当时言情小说泛滥:"比来小说风靡,言情之作尤夥。而布局遣词,千篇一律,翻阅一过,味同嚼蜡。其上者亦徒风云月露之词装点而成。"① 为宣传《雪鸿泪史》属于上品之作,过分夸饰其独特之处:"特辟蹊径,纯用白描,力趋于高尚纯洁一派。虽所叙只一二人之事,情节极其淡漠,而洋洋十余万言,令人百读不厌。其深刻之处,直是呕心作字,濡血成篇,不徒以词华见长。"② 显然广告在极力寻找《雪鸿泪史》与众不同之处,如果说徐枕亚的《玉梨魂》因其骈文语体和书信体的运用还可算作创新,那么到《雪鸿泪史》也看出作者的黔驴技穷。各种言情小说故事大同小异,而小说中所表现出来的诗文修养高低成为评价小说好坏的标准之一,大大偏离了小说自身应有的艺术特质。在民初骈文小说兴盛时,便有人批评其媚俗的倾向:"吾见今之所谓文人学士,以其文词售世,而希望一般社会之欢迎者,大多揣摩时尚,以求合于庸耳俗目者为多。其上者,则骈四俪六,姹紫嫣红,不惜以闺房秽语,为取媚见长之具;而其下焉者,则甚而讲嫖经,谱俚曲,以求快一时之笔墨。"③ 批评者同时也指出大多文人学士创作心态所在。

三 炫耀才华之文人积习

骈文小说多受青年男女的欢迎,从接受者年龄心理来看,青年

---

① 《人人必读之小说〈雪鸿泪史〉》,载陈平原、夏晓虹编《二十世纪中国小说理论资料》第1卷(1897—1916),北京大学出版社1997年版,第516页。
② 《人人必读之小说〈雪鸿泪史〉》,载陈平原、夏晓虹编《二十世纪中国小说理论资料》第1卷(1897—1916),北京大学出版社1997年版,第516页。
③ 光翟:《淫词惑世与艳情感人之界线》,载陈平原、夏晓虹编《二十世纪中国小说理论资料》第1卷(1897—1916),北京大学出版社1997年版,第308页。

人喜欢缠绵悱恻的爱情故事，且喜欢香艳绮丽的文辞。另外，徐枕亚一介书生卖文为生，精神无所依托，选择注重音韵辞藻的骈文语体创作小说，也满足了文人借此炫耀才华卖弄笔墨的潜在心理需求。《玉梨魂》第二章中评价《石头记》是"弄才之笔，谈情之书，写愁之作"，如此概括骈文小说家也比较恰如其分。弄才之笔是一向操持文言书面语的文人展示个人才华的舞台，逞才使气是传统文人的一贯心态。清末民初科举废除、社会混乱，文人丧失安身立命之所，"百无一用"之余创作小说以求谋生之余，又不甘于仅仅如此，在小说中突出笔墨情趣，以弥补心中的缺憾，把此前准备科举的诗赋文能力在仅有的小说创作过程中加以展示。除借小说炫耀个人书面表达的能力之外，对这些游离于政治之外的文人来说，社会似乎没有向其提供更多展示其才能的空间和机会。

文人在中国社会属于一个特殊的阶层，其身份地位和社会文化均与其他阶层有很大的差别，尤其是中国传统文人以"明道救世"为其最高价值追求，除此之外就是以文学水平衡量才能高低。唐代之后科举选才使文人热衷于文学，读书人可通过展示文学才能入仕，从而促使文人加强语言文字修养，而文人的文学才能也主要集中于诗词赋文方面。虽然民国初年骈文小说作家创作兴盛时期科举制度已经废除，但自幼所受的教育仍然是以科考为指向的。

自明代到20世纪初废除八股取士制度，八股取士制度延续了数百年，且成为教育内容和读书人作文方法的指针。八股文又称为制艺、四书文、时文等，从文章学角度来看，它兼具诸文体，讲究结构和章法的严密性，讲求文辞声韵的和谐美。周作人对八股文的美学意义给予一定程度的赞美："八股文生于宋，至明而少长，至清而大成，实现散文的骈文化，结果造成一种比六朝的骈文还要圆熟的散文体，真令人有观止之叹……所以八股不但是集合古今骈散的菁华，凡是从汉字的特别性质演出的一切微妙的游艺也都包括在内，

第四章　多语体并存与文人心态

所以我们说它是中国文学的结晶,实在是没有一丝一毫的虚价。"①虽不乏溢美之嫌,但八股文注重骈散相间,注重音韵和谐,它将汉文字的表意表音特质发挥到极致还是有一定道理的。八股文有严格的体制,破题、承题、起讲部分一般用散体文言语体,主体部分即八股(又称八比),要求八组排比对偶句(骈句),商衍鎏对八股进行阐释,认为:"起讲后排比对偶,接连而八,故曰八股""比者对也,起、中、后、束各两比内,凡句之长短,字之繁简,与夫声调缓急之间,皆须相对成文,是为八股之正格"。② 在具体操作中,八股并非要求每一股均用整齐的骈句,但基本形态属于骈文语体,为了在八股文中展示笔者的博学和文辞才能,他们在写作时喜欢刻意采用整段作对的长骈句。

八股文这种骈散结合的语言体式要求学生积累典故,掌握音韵平仄,而且要训练并熟练掌握骈句语体表达。正是因为八股取士制度决定着读书人的命运,从童蒙教育开始便选择有利于科考的读本和训练方式,其中训练音韵属对及典故的运用是其教育的重点部分。如此训练的结果使学子能够掌握骈文语体写作的基本技能,虽然八股文的骈文语体属于严正风格的论说文,与民初小说作家选择的六朝繁丽骈文风格有本质区别,但写作技巧却是一致的。在此基础上培养了学生对典故、意象、音韵、对仗诸方面的理解,同时也具备了对骈文的写作能力和欣赏能力,为民国初年骈体小说提供了潜在的作家群体和读者群。

明代至清代的八股取士制度主要集中于严正的应用文类骈文训练,并非民国初年骈文小说作家采用的六朝骈俪语体。值得注意的一个文学现象是,清末民初六朝骈文创作出现了繁荣的景象,

---

① 周作人:《中国新文学的源流》,华东师范大学出版社1995年版,第67—68页。
② 商衍鎏:《清代科举考试述录》,生活·读书·新知三联书店1958年版,第227、233页。

一定程度上也为骈文小说的兴盛营造了很好的文学风尚，同时借此文体在散文创作中的声势，用骈文语体创作小说自然带有作者炫耀才学的因素。清代中叶，胡天游、洪亮吉、汪中等作者推崇并创作骈文，遂有"骈文中兴"之称，当时骈文风格多样。清末光绪年间以王闿运为代表推崇模仿六朝骈文，又出现了骈文创作的高潮，骈文选本大量涌现，著名的选本有《后八家四六文钞》《皇朝骈文类苑》《骈文类纂》《国朝十家四六文钞》等。骈文创作的热潮一直延续至民国初年，在报刊中既有抨击时弊的骈文，也有游戏文字的骈文，还有写景、抒情、咏物题材的涵咏性情之骈文。骈文小说作家如果把骈文语体与小说文体结合，处理好骈散结合的关系，也有独特的艺术价值，即使有炫耀才华之嫌也与小说风格相契合。如徐枕亚的《玉梨魂》是当时影响较大的骈文小说，实际上他的小说语体富有弹性，采用骈文与古文相间的方法，骈文侧重描写和抒情，古文则用来叙事和对白，增强了骈文小说的语言表达效果，围绕情节的需要而选择语体。《玉梨魂》中有主人公的书信采用了六朝纂缛艳丽的骈文风格，在表现作者文笔才能的同时，对增强人物情感心理也具有较大作用。有些骈文小说作者炫才的倾向比较明显，骈文语体创作大段文字完全与小说情节相脱节，其作用仅仅是作为炫耀作者才能而存在。典型的例子是《鸳鸯铁血记》，这篇小说中骈文比例很大，大多是书札、电报、寿文等应用文体大量掺入小说正文之中，而这些骈体应用文无助于人物形象刻画，也与故事情节的推动关系不大，很明显的"炫才"之作，小说完全成为其展示骈文写作能力的附属品，这无疑大大降低了骈文小说的艺术价值。

　　徐枕亚、刘铁冷对骈文语体的小说非常热衷，这种语体小说既可以给他们带来经济收入，而且可以展示其文字才学。当时《小说海》的发刊词却批评小说的骈文语体："传曰：言之无文，行而不远。所谓'文',非藻绘之谓,能达人所不能达之谓。故曰辞达而已矣。"① 新文学进一步强化了对骈文小说的批判,贡少芹在《小说新报》1919年第3期上发表《敬告著小说与读小说者》,他认为用骈文语体是小说创作的大忌,他谈道:"在执笔者,以为不如是,不足显其文字古茂富丽也,其实所谓古茂富丽者,不在运用词典癖字,而在文气与文笔。"虽然新文学与骈文小说观念迥异,从另一个角度来说,也可看到骈文小说作家刻意追求小说文字的"古茂富丽",为通俗小说穿上华丽典雅的骈文"外衣",故意炫耀其文学功底和博学。

---

① 宇澄:《〈小说海〉创刊号》,载陈平原、夏晓虹编《二十世纪中国小说理论资料》第1卷(1897—1916),北京大学出版社1997年版,第509—510页。

第五章

文言、白话的此消彼长

多语体并存是清末民初小说语体的一大特征，与此同时，社会特殊的语境加速了文言、白话此消彼长的进程，文言、白话此消彼长的趋势可以从很多角度看出端倪。本章主要从语言学内部新名词的引入、复音词的增多以及西方句法渗入来说明文言语体原有特征萎缩。文白的消长不仅表现在汉语言本身发生变化，在小说、诗歌、散文、戏剧诸种文学样式中白话呈蒸蒸日上之势。本章专门选取当时颇具代表性的梁启超的文学语体实践为例，论述清末民初文言、白话两种书面语此消彼长的发展规律和趋势。

第一节 文言语体渐趋萎缩

从语言学角度来看，文言语体拥有相对稳定的词汇和句法结构，主要以单音节词为主，清末民初之时大量新名词的涌入、复音节词的增多、新的句法出现均挑战了文言语体，而相对稳定的文言语体表达系统来说，白话语体包容性强，更具优势。

第五章 文言、白话的此消彼长

一 新名词输入

正如张中行在《文言与白话》中对文言书面语的描述，文言与白话是相对而言的，他并没有给出确切的定义，而是较详尽地描述文言语体在词汇、句法、修辞上的特征。在词汇上，文言语体词汇大多保存古义、单音节词多等；在句法上，句子简短、各种句式有稳定的格式、多用偏正形式的主谓关系、宾语前置、状语和补语位置颠倒、省略较多、容许变格等；在修辞上，重押韵、对偶、用典。总而言之，文言语体是以秦汉文献为标本形成的具有相对稳定的词汇和句法的书面语形式，不受时空限制。口头语言随着社会时代的变迁使得新词不断产生、旧词不断衰亡，其中语音和语法也发生一定程度的变化，文言书面语虽然也吸纳部分词汇，但整体的词汇句法模式并未动摇。

清末民初，中国社会发生急剧的变化，两千多年超稳定的封建体制受到外来势力入侵、资产阶级改良与革命、西学东渐等冲击陡然走向没落，封建体制下一直处于稳定状态的文言书面语在这个特殊时代也如封建体制命运一样，渐趋萎缩。徐时仪在《汉语白话发展史》中论道："任何语言的发展都会打上不同时期历史、政治、社会、文化的烙印，特别是在历史大变革时期。清末民初是中国社会急剧发展变化的时期……一方面外国的侵略使中国沦为半殖民地，另一方面人们对西方思想、文化和科学知识有了进一步的接触和了解。在中西文化的激烈对撞和交融中，秦汉以来的白话由文言的附庸借助时代的大变革取代文言而赢得现代汉语书面语的正统地位，成为新的语言系统。"[①] 在长期的历史进程中，白话取代文言经历了由量变到质变的积累过程，在不同时代的历史文献中，均有或多或少的词汇成为现代汉语的重要组成部分，只是采用的词汇比例有多

---

① 徐时仪：《汉语白话发展史》，北京大学出版社2007年版，第209—210页。

有少,尤其是在社会发生巨变和异族文化交流频繁的时代,文白消长的进程加快,而清末民初便是这样的时代。

随着西学东渐,新词汇大量涌现,在文学各体裁中均有体现。当时的诗歌创作中运用了大量的新名词,以1899年郑藻常的《奉题星洲寓公风月琴尊图》为例:"太息神州不陆浮,浪从星海狎盟鸥。共和风月推君主,代表琴尊唱自由。物我平权皆偶国,天人团体一孤舟。此身归纳知何处?出世无机与化游。"① 这首诗从体式看仍属文言诗歌,但诗中引入许多新名词,如共和、代表、自由、平权、团体、归纳、无机等,均是使用日本翻译西方语句的新词汇。

实际上,当时维新派的康有为、谭嗣同、夏曾佑、黄遵宪、蒋智由等诗人的古体诗创作中加入了许多新名词。梁启超的剧本和小说创作中也不可避免地引用外来新词汇,尤其是他的"新文体"书写中有意大量使用新词汇,如《过渡时代论》中的一段:"其现在之势力圈,矢贯七札,气吞万牛,谁能御之!其将来之目的,黄金世界,荼锦生涯,谁能限之!故过渡时代者,实千古英雄豪杰之大舞台也,多少民族由死而生,由剥而复,由奴而主,由瘠而肥,所必由之路也。美哉过渡时代乎!"② 梁启超在行文中所使用的"过渡""时代""目的""舞台""民族"等都是借用日本的外来词,这使得梁启超的文言与新词汇相结合形成了其独特的语体风格。

受梁启超语体风格的影响,新名词成为当时部分知识分子书写政论文时的用语。这时,新名词大量出现,并进入具体的文章书面语中,新的词汇大大改变了文言的原有固定词汇,文言词汇在文章中的比例出现衰变萎缩。此时的文章文体特征也发生相应变化,出现了与此前不同的时务散文文体样式。梁启超文章凭借《时务报》

---

① 参见夏晓虹《晚清文学改良运动》,载陈平原、陈国球编《文学史》第2辑,北京大学出版社1995年版,第229页。
② 梁启超:《过渡时代论》,《清议报全编》第一册(1901),日本横滨新民社1898年版,第46页。

第五章 文言、白话的此消彼长

风行全国,对具有"新风格、新意境"的时务文体的风行与成熟起了极大的推动作用。夏晓虹认为:"无论在理论上还是实践中,'文界革命'最有价值且予后世影响最大的贡献,还是新名词。"① 新词汇的大量涌现促进文言走向衰变,对汉语书面语白话取代文言意义重大。

清末民初之际,新词汇输入汉语书面语最主要的还是体现在文言语体中。在汉语书面语表达系统中,当时文言语体与白话语体并存,白话语体被理论界重视、提倡到用于创作实践,主要是作为文人启迪民智的工具而存在,且大多采纳的是古白话、地方方言或官话,如此才便于下层民众接受。新名词的出现代表着新概念、新思想、新事物的传播涌现,新词汇的出现与时代文化关系密切。在一定程度上来说,没有新词汇的创造,新思想、新事物便无法传播,而新思想、新事物的大量涌现,又成为推动新词不断出现的动力源泉。

这些反映新思想、新事物的新词汇有本质、抽象、科学、阶级、发明、文明、化学、概念、文学、文化、法律、现象等,据语言学家刘正埮、高名凯统计,外来词1500余条,其中459个词汇借用日语。② 王力也谈到此时期新词汇出现的速度超过以前几千年的发展速度,"从蒸汽机、电灯、无线电、火车、轮船到原子能、同位素等等,数以千计的新词语进入了汉语的词汇。还有哲学、社会科学、自然科学各方面的名词术语,也是数以千计地丰富了汉语的词汇"③。这些新词汇在现代人看来是白话书面语中所熟悉的词汇,但在其最初进入汉语中时,白话中并未广泛使用,白话书面语中大量使用会让下层民众不知所云。因而担当代表新思想、新事物的新词

---

① 夏晓虹:《晚清社会与文化》,湖北教育出版社2001年版,第137页。
② 高名凯、刘正埮:《现代汉语外来词研究》,文字改革出版社1959年版。
③ 《王力文集》第3卷,山东教育出版社1985年版,第680页。

汇引进汉语任务的，只能是知识精英的士大夫，书面语自然是他们所熟悉的文言语体，文言语体固有词汇满足不了表意的需要，只能文言语体中加入大量的外来新词汇，一方面通过此途径让具有一定文化修养的士大夫接受新思想，另一方面普通大众有渐趋理解适应的过程。

文言语体具有稳定的词汇系统和句法系统，虽然在用词上有一定的弹性，但像张中行所言："表示什么意思，用什么词，组成什么样的句式，虽然容许一定的灵活性，但这有如京剧旦角的服装，可以穿青衣，也可以穿红挂绿，却绝不许穿生角、净角的长袍。"总体来说，文言语体的词汇只能限定在一定范围之内。清末民初语言文字急速发展，王国维在《论新学语之输入》中也评价："今年文学上有一最著之现象，则新语之输入是已。"① 在清末民初文言语体中出现的大量的外来词汇，主要借用日语词汇。在明治维新时期，日本翻译了西方学术著作引进西文词汇，在中日文化交流过程中，中国留日学生以及戊戌变法失败后流亡日本的维新派人士将日语中现成的新词汇用于汉语。高名凯、刘正琰在《现代汉语外来词研究》中将借用的日本新词语分为三类：第一类是"纯粹日语（即日语原有的而非用汉字翻译欧美词汇成员的日语的词）来源的现代语外来词。如场合、场面、场所……"②；第二类是"日本人用古代汉语原有的词去'意译'欧美词语的词，再由汉族人民根据这些日语的外来词而改造成的现代汉语的外来词，如文学、文化、文明……"③；第三类是"先由日本人以汉字的配合去'意译'（或部分的'音译'）欧美语言的词，再由汉族人民搬进现代汉语里面来，加以改造

---

① 王国维：《论新学语之输入》，载《中国近代文学大系·文学理论卷二》，上海书店出版社1995年版，第720页。
② 高名凯、刘正琰：《现代汉语外来词研究》，文字改革出版社1959年版，第82页。
③ 高名凯、刘正琰：《现代汉语外来词研究》，文字改革出版社1959年版，第83页。

而成的现代汉语外来词,如马铃薯、辩证法、美学……"①

新词汇很多,清末民初文献资料繁杂,无法精确统计新词汇的数量,但可看出数量不少,后来为我们所熟悉的现代汉语词汇在清末民初时已被应用于汉语。黄兴涛认为清末民初的新名词和新概念的输入,带来西方的物质文明和精神文明,也促进了中国思想文化的现代化,依据此种标准将新词汇分为四类:"具体说来,晚清民初的新名词涵带'现代性'的方式大约有以下四种:(1)直接生动地反映现代性物质文明成果,如'蒸汽机'、'轮船'、'火车'、'军舰'(铁甲)、'电报'、'煤气灯'、'手表',等等;(2)直接具体地反映现代性制度设施,如'议院'、'邮政局'、'交易所'、'证券'、'银行'、'公司'、'博览会'、'博物馆'、'图书馆'、'高等师范专科学校'、'公园'、'卫生局'、'警察署'、'实验室'、'新闻馆'、'报纸',等等;(3)集中凝聚现代性的核心价值观念,如'科学'、'民主'、'自由'、'人权'、'进步'、'进化'、'民族'、'社会'、'文明',等等;(4)广泛反映现代性学科知识和成就的学术术语,如'代数'、'化学'、'物理学'、'天文学'、'逻辑学'、'哲学'、'法学'、'政治学'、'经济学',等等。而各门学科又有自己的术语体系,以逻辑学为例,就有'概念'、'判断'、'推理'、'大前提'、'小前提'、'三段论'、'归纳'、'演绎'等。"② 新名词代表着新思想、新事物的出现,后来这些词汇在汉语书面语中广泛使用和沉淀,代表着新词汇的生命力以及其所代表的思维方式为国人接受,同时也说明了文言在词汇领域的渐渐失守。

二 单音词向复音词转化以及句法的欧化

无论是高名凯、刘正埮所列举的借用日语之新词汇,还是黄兴

---

① 高名凯、刘正埮:《现代汉语外来词研究》,文字改革出版社1959年版,第88页。
② 黄兴涛:《清末民初新名词新概念的"现代性"问题——兼论"思想现代性"与现代性"社会"概念的中国认同》,《天津社会科学》2005年第4期。

涛所列举各个领域的新名词，均有一个共同特点，即均是复音词或多音节词，与以单音节词为主的文言语体相区别。外来新词汇的输入对中国占主导地位的文言书面语影响很大，在文言书面语表达系统中，词汇以单音节词为主，而白话书面语系统中则多为复音节词，外来新词汇与白话书面语系统更为贴近。从此角度讲，外来新词汇的大量输入促进了文言语体向白话语体的转化。

复音词在文言书面语中的增多增加了文字表述的精确性，王国维对此认识深刻："日本人多用双字，其不能通者，则更用四字以表之。中国则习用单字，精密不精密之分，全在于此。"① 单音节词有限，表达词义有限，在有限的汉语文字中可以出现一定规则的排列组合，则不但创造新义，而且文字表述变得更准确。现在的论者也有同感："数以千计、万计的大量双音节以上新名词的出现和活跃，词汇的概念意义即确切含义、规范'界说'的社会认同与实践，以及与之相伴随的新式词典的编撰和流行，相当明显地增强了汉语语言表达的准确性"②。

钱穆在谈论中国文字与文学时也提到中国汉语构词方式存在的缺陷，也赞同使用复音词来扩展意义："盖中国语字简洁，一字则一音，一音则一义。嗣以单音单字，不足济用，乃连缀数字数音，而曰车站，曰橡皮车胎，即目为一新字亦无不可也。如此连缀旧字以成新语，则新语无穷，而字数仍有限，则增字之弊可免。抑且即字表音，而字本有义，其先则由音生义，其后亦由义缀音，而字义之变又不至于不及。此中国文字以旧形旧字表新音新义之妙用一也。"③ 钱穆所谓的单音单字过于简洁是对中国文言书面语系统词汇特点的准确概括，表意模糊，在新事物出现之后表意不准确，所以

---

① 王国维：《王国维学术经典》，江西人民出版社1997年版，第22页。
② 黄兴涛：《近代新名词的思想史意义发微——兼谈对于"一般思想史"之认识》，《开放时代》2003年第4期。
③ 钱穆：《中国民族之文字与文学》，生活·读书·新知三联书店2002年版，第5页。

通过增字或音译或加词缀的方式创制一些复音词来适应表意的需求。复音词的大量增加大大改变了文言词汇的固定范式,王力有相类似的表述:"中国语向来被称为单音语,就是因为大多数的词都是单音词;现在复音词大量地增加了,中国语也就不能再称为单音语了。"① 复音词促成了以单音节词汇为主的文言语体走向衰亡,但复音节的基础仍是以文言中的单音节词汇,可见现代汉语白话语体与文言语体同根同源,并非毫无瓜葛。

中国的构词方法既受到了西方语言的影响,同时也是在汉语已有文字基础上加以改造的过程,通过意译或添加词缀的方法吸收和创制外来词。徐时仪谈到清末民初时单音词向多音词转化中此种现象:"由于一种语言不可能完全是自给自足的,因而语言之间的借贷现象也就普遍存在。异域形式进入本土语言以后,常要受到本土语言的同化。同时,异域形式也可异化本土语言。这些西方译著受外语构词法的影响,出现了'洋~'、'西~'、'电~'、'~的'、'~式'、'~感'、'~作用'、'~主义'、'~学'、'~机'、'~化'、'~家'、'~业'等词缀。这些词缀往往具有概念归类的典型特点,如'~感'具有心理学的共同特征,'~作用'具有物理学的相同含义,'~主义'具有系统的理论特征。汉语吸收了这些词缀后,构成了一批新词语。"② 可见,新词语引进的过程中离不开文言书面语原有词汇的参与,随着新词语的扩展,中国出现新的复音词构词方法,这也是传统文言书面语系统的"新变"表现之一。

三 文言"新变"与文白消长之意义

清末民初之际,新词汇在文言语体中首先大量运用,而在白话语体的诸文体中反而运用得较少,也说明了在社会时代剧变下延续

---

① 王力:《中国现代语法》,商务印书馆1985年版,第339页。
② 徐时仪:《汉语白话发展史》,北京大学出版社2007年版,第216—217页。

上千年的文言语体内部开始松动。对此特点许多学者表示了关注，夏晓虹说："俗语文体中如果出现了太多还未进入口语的新名词，就达不到通俗易懂、明白如话的效果。这种由于语文分离以及外来思想与原有语言不协调所带来的困难，不仅使桐城派古文家严复在翻译时深感'精理微言，用汉以前字法句法，则为达易；用近世利俗文字，则求达难'；而且在客观上也逼使输导新学的新文体不得不采用一种介乎文、白之间的语体，以便使许多文言（特别是抽象名词）白话化，并使表达新思想新事物的新名词，日益为人们所熟悉。"①因为长期以来中国书面语以文言语体为主导，口头语与书面语分离，使得新的质素输入后，呈现出文白相间的不协调状态，既非纯粹的文言，又非接近口语的白话，只能使此时的书面语表达呈介乎文白之间的样式。在白话语体取代文言语体过程中，并非简单的一个彻底消亡，另一个完全替代，二者在发展过程中不断融合。实际上，从汉语书面语的整体发展历史来看，无论白话、还是文言均属于表意文字系统，二者同根同源，文言语体在白话书面语最终成为成熟的现代汉语中起到了不可替代的作用，文言语体为现代汉语输入了大量新的词汇，而且文言中许多富有生命力、表现力的词汇短语也在现代汉语中保存下来。可以说，没有文言语体就没有现代汉语现在的面貌，但历史不能假设，汉语书面语白话取代文言的趋势可以说是文言由盛而衰、白话由弱到强的过程，也是文言不断被白话"同化"的兼并过程。

五四时期提倡白话文的胡适也提出将文言语体中"活"的复音"文言字"收入白话书面语中，其实是他的误解。在谈论国语进化的问题时，他说了这样一段话："文言里的字，除一些完全死了的字之外，都可以尽量收入。复音的文言字，如法律、国民、方法、科学、

---

① 夏晓虹：《五四白话文学的历史渊源》，《中国现代文学研究丛刊》1985年第3期。

教育……等字，自不消说。"① 胡适所说的复音"文言字"实际上指的是清末民初文言语体中所输入的外来新词汇，并非真正的文言词汇。复音的外来新词汇与文言原有单音词不协调，文言单音词表意模糊，只能通过上下文理解其义，而复音词则使表意更加直接明确，它更接近于能够诉诸听觉的白话语体，复音词的增多本身也是白话语体成熟的标志之一。大量复音词的使用引起了文言书面语体系的变化，使得文言走向浅易化、通俗化，同时也增强了描写复杂社会现实的能力。单音节词因其简洁深奥，造成文言书面语与口语的分离；复音词的大量出现一方面避免歧义，另一方面也与口语接近，具有进入白话书面语的天然优势，客观上有利于中国书面语由文言语体向"言文一致"的白话语体转化。

新词汇虽然最早大多在文言书面语表达系统中出现，但随着普通大众对新名词的接触，在口语中开始活跃，白话书写中也渐趋增加新名词的份额。汉语产生新的构词方法，这些新词语在各种文学文体中使用，不断扩大其影响，渐趋规范，并且进入当时民众的口头语言中。这些新词汇既不同于文言，也不同于古白话，而是具有了鲜明的特点。在中西文化的交流碰撞中，在中国原有单音节汉语词汇基础上采用意译法和添加词缀等方法形成一批外来词，从而表现新思想、新事物，这是汉语书面语系统中文言向白话转变中不可忽视的因素。可以说，新的构词方法促成了汉语书面语的文白转型。

第二节 白话语体蔚为风潮

与文言语体渐趋萎缩相比，白话语体的势头蒸蒸日上，小说、诗歌、散文、剧本诸文体均成为白话通俗语体的表现领域。自梁启

---

① 胡适：《国语的进化》，《新青年》1920年第3期。

超提倡"小说界革命"引领白话小说风潮开始,白话小说凭借其启迪民智、改革社会工具之名,俨然成为近代文学史上的盛事,白话小说创作呈现异彩纷呈的局面。在第二章论述清末民初小说多语体并存时,笔者详细论述了当时白话小说创作中白话语体的多样化,同时一定程度上也映射了当时白话语体小说的繁盛。除了小说文体,散文、诗歌以及剧本等文体领域的语体选择也一反传统,大量使用白话语体,大大压缩了文言语体的表现空间,扩展了白话语体的展示领域。就此时期白话语体创作的诸文体艺术价值来看,学界对其评价并不高,但这批创作在汉语书面语由文言向白话转变过程中意义深远,不可忽视。

一 异彩纷呈的白话小说创作

白话小说的繁盛除了表现在古白话、官话、方言、欧化白话译语体等小说语体创作小说,还表现在白话小说理论支持者众多。梁启超在提倡"小说界革命"时,已将小说提升至"文学之最上乘"的地位,后来又在《论小说与群治之关系》一文中将小说定位于救国之利器、改造社会之良方,充分发挥小说的感染力作用,并利用白话语体形式启迪民智,以达到中国传统雅文学观念中的"治国平天下"之文人理想。

梁启超以"改良群治"之白话小说功用把小说文体由俗文学提升为治国救国"载道"的雅文学之后,赢得了相当多文人的认同,他们对梁启超的理论进行阐发,如邱炜萲的《小说与民智关系》、松岑的《论写情小说与新社会之关系》、天僇生的《论小说与改良社会之关系》、徐念慈的《小说林缘起》、棣的《小说种类之区别实足移社会之灵魂》《改良剧本与改良小说关系于社会之重轻》、亚荛的《小说之功用比报纸之影响为更普及》、老伯的《曲本小说与白话小说之宜于普通社会》等。这些评论者均强调小说的政治功用,很明显与梁启超之小说观念一致,对白话小说的载道功能坚守不移。

第五章 文言、白话的此消彼长

在白话小说理论的宣扬下,其读者群体和创作群体大量增加,白话小说成为清末民初之际的"时尚",文人作家以阅读和创作白话新小说为荣。当时的论者谈到文人购阅新小说之渴望:"观各国诸名小说,如美国之《英雄救世》,英国之《航海述奇》,法国之《智民娠喻》,日本之《佳人奇遇》,德国之《宗教趣谈》,皆借小说以振国民之灵魂。甚至学校中以小说为教科书,故其民智发达,如水银泻地。自文明东渡,而吾国人亦知小说之重要,不可以等闲观也,乃易其浸淫'四书'、'五经'者,变而为购阅新小说。"① 论者不仅指出文人购阅新小说的热潮,而且明确指出此热潮受到异国小说的影响,成为开通民智的重要工具。

同时,部分论者也谈到当时白话小说创作的繁盛,光绪三十二年(1906)寅半生在《小说闲评》叙中如此描述小说的盛况:"十年前之世界为八股世界,近则忽变为小说世界,盖昔之肆力于八股者,今则斗心角智,无不以小说家自命。于是小说之出日见其多,著小说之人日见其夥。略通虚字者无不握管而著小说。循是以往,小说之书,有不汗牛充栋者几希?"② 随着社会的变迁,白话小说的社会功能得以强调并提升至极致,文人将创作的重心由八股世界转向白话小说,白话小说渐渐成为占据主导地位的文体形式。

可见,白话小说理论、创作得到文人们的鼎力支持离不开小说功能的政治化。正因为此派文人对白话小说观念的有意识改造,使得小说与社会大众政治生活密切相关,从而促使白话语体书写的小说扮演了文坛重要角色。

白话小说刊物及小说作品如雨后春笋般涌出。白话小说的繁盛除表现于理论支持者和创作者众多之外,还表现在刊登白话小说的

---

① 老棣:《文风之变迁与小说将来之位置》,载陈平原、夏晓虹编《二十世纪中国小说理论资料》第1卷(1897—1916),北京大学出版社1997年版,第226—227页。
② 寅半生:《〈小说闲评〉叙》,载陈平原、夏晓虹编《二十世纪中国小说理论资料》第1卷(1897—1916),北京大学出版社1997年版,第200页。

刊物如雨后春笋般陆续创刊,通过新的媒介形式使不同社会阶层更易于接受白话小说,不仅为白话小说创作者提供了发表园地,而且为阅读者提供了阅读园地。

从杂志专刊来看,具有代表性并且影响较大的刊物有《新小说》《小说林》《绣像小说》《月月小说》《白话小说月刊》《小说画报》等,一部分报纸副刊也刊载小说,如《国闻报》的"小说部"。这些小说刊物虽然也刊登文言语体的小说,并非纯粹的白话语体小说,但其刊登的主要对象仍是白话语体小说,以满足社会群体对政治化白话语体小说热衷的需求。小说创作中白话语体成为主流,可以看出白话语体的强劲势头,包天笑在《小说画报》上宣称非白话小说不予刊登。可见,白话语体小说逐渐成为小说刊物的主体,与报刊的大众媒介和社会公共空间之本质相契合,白话语体属于大众普遍接受之语体,在文学体式的语体选择上部分小说作家更倾向于选择白话语体。

近代白话小说的繁盛和受欢迎重视的程度更是表现在具体数目上,根据部分研究者粗略统计,[1]清末民初前后二十年左右的时间里约1500种白话小说诞生,1900—1919年出版的长篇白话小说达500余部。白话语体的小说恰好适合当时文人的救亡图存理想追求,大量采用白话语体才能使启蒙大众的目的达到最大效用。在当时,白话小说数量巨多,论者尝试对其进行分类。在论述此时期小说文体观念混杂化时,指出分类的特点恰恰证明了小说文体的非"小说"化。同时,当时论者对白话小说有意识的分类也在一定程度上反映出白话小说的繁盛。陆绍明在《月月小说·发刊词》中提到:"白话小说分数家:说近考据,则为考据家之小说;言涉虚空,则为理想家之小说;好用诗词,则为词章家之小说;言近道德,则为理学家之小说;好言典故,则为文献家之小说;好言险要,则为地理家

---

[1] 罗秀美:《近代白话书写现象研究》,博士学位论文,台湾"中央大学",2004年。

第五章 文言、白话的此消彼长

之小说;点缀写情,则为美术家之小说。"① 《月月小说·序》中也谈到此刊物所选的小说类型:"历史小说而外,如社会小说,家庭小说,及科学、冒险小说等,或奇言之,或正言之,务使导之以入于道德范围之内。即艳情小说一种。亦必轨于正道,乃入选焉(后之投稿本社者,其注意之)。"② 白话小说分类众多,包括历史小说、社会小说、家庭小说、科学小说、冒险小说以及艳情小说等,但编选者特意强调各类型小说必须遵守"正道"。

小说刊物的大量涌现以及白话小说的数目庞大且分类多样,充分说明了当时白话语体小说的繁盛。在白话语体小说创作中,首先是具有救国思想的政治白话小说。如梁启超在《新小说》一号到三号上刊登的《新中国未来记》,该小说刻意使用白话语体书写,从而借小说发表其政治主张,摘录小说中两个主要人物"黄克强"和"李去病"的辩论,可看出梁启超白话语体特点:

> 你看自秦始皇统一天下,直到今日二千多年,称皇称帝的不知几十姓,那里有经过五百年不革一趟命的呢?任他什么饮博奸淫件件俱精的无赖,甚至杀人不眨眼的强盗,甚至欺人孤儿寡妇狐媚天下的奸贼,甚至不知五伦不识文字的夷狄,只要使得著几斤力,磨得利几张刀,将这百姓像斩草一样杀得个狗血淋漓,自己一屁股蹲在那张黄色的独夫椅上头,便算是应天行运圣德神功太祖高皇帝了。③

梁启超通过接近口语化的白话书面语表达其对社会政治的看法

---

① 陆绍明:《月月小说发刊词》,载陈平原、夏晓虹编《二十世纪中国小说理论资料》第1卷(1897—1916),北京大学出版社1997年版,第198—199页。
② 吴沃尧:《〈月月小说〉序》,载陈平原、夏晓虹编《二十世纪中国小说理论资料》第1卷(1897—1916),北京大学出版社1997年版,第188页。
③ 梁启超:《新中国未来记》,载《梁启超全集》,北京出版社1999年版,第5618页。

和理解，同时也可以看出白话书面语同样具有犀利深刻的说理气势。后来资产阶级革命派的陈天华也延续了梁启超"文以载道"的小说文体观念，在《民报》第2—9号的"小说"栏目中发表《狮子吼》，主要写知识青年们的革命活动，并在小说中描述了轰动一时的"苏报案"事件，以表达作者反封建的民主精神。其小说语体更是口语的再现：

> 问案官道：这流血党三字，从没听过讲过，怎么就叫流血党呢？答道：现在国家到了这样，你们这一班奴才，只晓得卖国求荣，全不想替国民出半点力，所以我们打定主意，把你们这一班奴才杀尽斩尽，为国民流血，这就叫做流血党咧。①

从词汇、句法结构等方面看，行诸书面语的文字与口语基本没有差别，当然作者的目的在于用浅显易懂的口语化书面语使得更多普通民众能够读懂接受，因口语化书面语没有经过提炼，其缺少文学色彩，这也是当时口语化白话社会政治小说的通病。

除了具有政治意义、救国思想的白话语体小说，还有文人创作反映其他社会问题的白话小说，在文学史上被评为代表此时期小说成就的佳作，即清末民初的四大小说家——李伯元、吴沃尧、刘鹗、曾朴的小说创作。这批文人创作的白话小说具有代表性的有：李伯元的《官场现形记》《文明小史》《海天鸿雪记》，吴沃尧的《二十年目睹之怪现状》《恨海》《新石头记》，刘鹗的《老残游记》，曾朴的《孽海花》等。这些文人的白话小说语体选择整体上均被列入白话书面语，但因当时白话尚未成熟定型，因此各具特点，这在论述小说的多语体选择中进行了详尽的分类，有的学习借鉴古白话小说的语体，有的采用了北方官话，有的则融合文言富有表现力的词汇

---

① 陈天华：《狮子吼》，台北：广雅书局1984年版，第74页。

句法使得白话语体更加圆熟且富有文学色彩。此外，还有大批不知名的白话小说创作，共同形成了白话语体小说的繁盛局面。可见从小说文体来看，白话语体呈现出蒸蒸日上的趋势。

二 浅易化的散文语言体式

清末民初之际，随着社会的剧烈变动和文化交流频繁，新思想、新事物、新名词不断涌入，作为反映此种变化的语言必然有所变化。维新派文人为了宣传维新思想和启迪民智的功利主义追求，也亟须选择一种适用的语言体式，而这种语言体式非白话语体莫属。理论界掀起了白话文的热潮，如黄遵宪早在1868年便提出"我手写我口"，裘廷梁在《苏报》上发表《论白话为维新之本》，明确"崇白话而废文言"的主张，陈荣衮在1900年《知新报》上刊登了《论报章宜改用浅说》，明确主张以白话为报章的主要书写工具。这些理论主张对散文语言体式走向通俗化、浅易化影响很大。

报刊直接面对广大的普通民众，必须对书面语进行相应的调整和变革，语言体式走向浅显化，从此角度来看，报刊上的散文成为白话语体最佳的展示舞台。谭嗣同为宣传维新变法的政治主张，专门撰写《报章文体说》，大力赞美报章体。所谓的"报章体"已不同于以往的文言语体散文，其意义不仅是强调报章体关注实务，而且包括散文在语言体式选择上的解放和革新。谭嗣同也有"报章体"之作，如《论学者不当骄人》《湘报后序》《论湘粤铁路之益》等。选取谭嗣同在《论湘粤铁路之益》中的一段文字，直接体会其散文的书面语特点：

> 今日之世界，铁路之世界也。有铁路则存，无则亡；多铁路则强，寡则弱。西人为统计之学者，校稽环球各国铁路之长短，列为图表，惟美国最长，惟中国最短，而各国安危盛衰之数，率以是为差。问国富，亦辄举铁路以对，其效莫铢发爽也。俄人注全力于亚洲，于是经营西伯利亚大铁路，自森彼得罗堡

以达海参崴，绵亘三万余里。①

因文言的积习，其报章体散文中不可避免文言词汇和文言句式，但整体看来更加浅易化，句子长短不拘，并且加入大量的俗语、俚语和外来词汇，使得散文语言质朴晓畅，与传统文言散文有很大差别。

此类报章体中的散文语言体式从严格意义上讲并非纯熟的白话语体，而是半文半白的浅易文言，夏晓虹评价当时半文半白的报刊文章："新文体所用的语体并非白话，而是浅近文言。从这一点看，似乎新文体与晚清白话文运动比较，是一种退步。然而问题并不这样简单。'字不够用，这是做纯白话体的人最感苦痛的一桩事。……有许多字，文言里虽甚通行，白话里却成僵弃。我们若用纯白话体做说理之文，最苦的是名词不够。若一一求其通俗，一定弄得意义浅薄，而且不正确。'（《晚清两大家诗钞题辞》）而俗语文体中如果出现了太多还未进入口语的新名词，就达不到通俗易懂、明白入话的效果。这种由于语文分离以及外来思想与原有语言不协调所带来的困难，不仅使桐城派古文家严复在翻译时深感'精理微言，用汉以前字法句法，则为达易；用近世利俗文字，则求达难'；而且在客观上也逼使输导新学的新文体不得不采用一种介乎文、白之间的语体，以便使许多文言（特别是抽象名词）白话化，并使表达新思想新事物的新名词，日益为人们所熟悉。"②

特定年代新思想、新事物和新名词不断涌现，纯粹的古白话也难以达到易懂的效果，而且新的词汇用古白话原有词汇很难传达新思想、新事物的真正内涵，因此客观上产生了介乎文、白之间的语

---

① 谭嗣同：《论湘粤铁路之益》，载《谭嗣同全集》，中华书局1981年版，第116页。
② 夏晓虹：《五四白话文学的历史渊源》，载《中国现代文学研究丛刊》第3期，作家出版社1985年版，第31—32页。

第五章 文言、白话的此消彼长

言体式,这是文言向白话转化的必经阶段。与现今已相对成型稳定的白话语体即现代汉语相比,现代汉语既不是纯粹的古白话,也并非摒弃了所有文言词汇,同时它还吸收了许多外来词汇和句法。现代汉语是以白话为主,同时吸收了文言、方言以及欧化词汇句法的融合体。梁启超的报章体散文也是掺杂了俗语、俚语、外来词汇的浅易文言语言体式,这是文言白话此消彼长趋势在散文领域的体现。

梁启超在1897年任职湖南时务学堂时曾订立《湖南时务学堂学约》,第六条规定中首先谈到"传世之文"和"觉世之文":"学者以觉天下为己任,则文未能舍弃也。传世之文,或务渊懿古茂,或务沉博绝丽,或务瑰奇奥诡,无之不可。觉世之文,则辞达而已矣,当以条理细备,词笔锐达为上,不必求工也。"① 此时的梁启超将文章分为"渊懿古茂、沉博绝丽、瑰奇奥诡"的"传世之文"和"辞达而已、条理细备、词笔锐达"的"觉世之文",前者自然是作为雅文字的文言语体,后者则是梁启超在《时务报》上所发表的大量报章体,不是真正意义上的白话语体,也是文言向白话转化中的浅易文言语体,是被称作"新文体"的散文。此时的梁启超并未完全意识到书面语言变革的重要性,在戊戌变法失败逃亡日本之后,开阔了视界,才认识到古语文学向俗语文学转化是文学的必然,并在《新小说》第七号上发表《小说丛话》肯定文言向白话书面语变革的语言观念。

如果说维新派文人的报章体散文采用了吸取俗语、俚语及外来词汇的浅易文言语体,那么其后的资产阶级知识分子的文章则是接近口语的白话语体。如陈天华受梁启超"觉世之文"的影响,创作了通俗易懂的长篇白话演说文《警世钟》,在当时军队和学校中广为流传,在民众中传播资产阶级革命的思想。摘录一段文字,可见白话语体在其文章中的运用:

---

① 梁启超:《湖南时务学堂学约》,载《饮冰室合集》,中华书局1994年版,第27页。

如今各国不由我分说，硬要瓜分我了。横也是瓜分，竖也是瓜分，与其不知不觉被他瓜分了，不如杀他几个，就是瓜分了也值得些儿。俗语说的赶狗逼到墙，总要回转头来咬他几口，难道四万万人，连狗都不如吗！洋兵不来便罢，洋兵若来，奉劝各人把胆子放大，全不要怕他。读书的放了笔，耕田的放了犁耙，做生意的放了职事，做手艺的放了器具，齐把刀子磨快，子药上足，同饮一杯血酒，呼的呼，喊的喊，万众直前，杀那洋鬼子，杀投降那洋鬼子的二毛子。①

这几乎都是以口语写成的白话散文，颇具煽动性，既表达了作者的政治激情，所使用口语化的白话书面语使其散文具有平民化倾向，适宜下层民众阅读。

秋瑾接受了梁启超的"觉世"散文观念，在1904年日本东京创刊的《白话》报上发表了多篇具有警示色彩的散文，如《演说的好处》（第一期）、《敬告中国二万万女同胞》（第二期）、《警告我同胞》（第三期）等。其散文既发表在以白话书写为标的的报刊上，从其散文语体选择上看也是纯熟的白话语体。举例说明，如《敬告中国二万万女同胞》中的一段：

哎！世上最不平的事，就是我们二万万女同胞了。从小生下来，遇着好老子，还说得过；遇着脾气杂冒、不讲情理的，满嘴连说："晦气，又是一个没用的。"恨不得拿起来摔死。总抱着"将来是别人家的人"这句话，冷一眼、白一眼的看待，没到几岁，也不问好歹，就把一双雪白粉嫩的天足脚，用白布缠着，连睡觉的时候也不许放松一点，到了后来肉也烂尽了，

---

① 陈天华：《警世钟》，华夏出版社2002年版，第72页。

第五章 文言、白话的此消彼长

骨也折断了，不过讨亲戚、朋友、邻居们一声"某人家姑娘脚小"罢了。①

秋瑾以明白晓畅的白话语体批判缠足对中国妇女的残害，表达了她本身的切肤之感。又如《敬告姊妹们》更是表现出秋瑾对白话语体运用的流畅：

> 我的二万万女同胞，还依然黑暗沉沦在十八层地狱，一层也不想爬上来。足儿缠得小小的，头儿梳得光光的；花儿、朵儿，扎的、镶的，戴着；绸儿、缎儿，滚的、盘的，穿着；粉儿白白、脂儿红红的搽抹着。一生只晓得依傍男子，穿的、吃的全靠着男子。身儿是柔柔顺顺的媚着，气虐儿是闷闷的受着，泪珠儿是常常的滴着，生活是巴巴结结的做着：一世的囚徒，半生的牛马。试问诸位姊妹，为人一世，曾受着些自由自在的幸福未曾呢？②

秋瑾的语言风格在其白话散文中体现得淋漓尽致，其思想犀利深刻，却是使用通俗的白话语体道出，很自然地拉近了与普通妇女的距离。秋瑾的白话语体并不影响其"高谈雄辩，语惊众座"的风格，并且其白话语言大量使用了排比句，使得其散文具有铿锵有力、抑扬顿挫的艺术风格，虽是政论散文，但不失其白话语体所达到的美学效果。

以陈天华、秋瑾代表的政论散文，语言体式均是明白如话的白话语体，在当时属于白话散文的代表。但有学者认为此时期的白话

---

① 秋瑾：《敬告中国二万万女同胞》，载《秋瑾集》，上海古籍出版社1991年版，第4—6页。

② 秋瑾：《敬告姊妹们》，载《秋瑾集》，上海古籍出版社1991年版，第14页。

散文有其致命的缺点，即白话散文其语言体式与普通民众的口语混同，缺乏提炼和新词语的吸纳，缺少艺术美感。夏晓虹认为："若作为现代散文来读，它还缺少两个基本的要素：新词语与文学性。因为白话文是作为开通民智的工具使用的，所以其在语言上的要求是'我手写我口'，以学习、接近口语为最高准的。而当时表达新事物、新观念的新名词刚刚从国外输入或由文人造出，尚未在下层社会流行，未进入日常生活的口语中，自然便被排斥在白话文之外。根据同样的理由，白话文主要是用作宣传、教育的手段，文章不必写得有文采，'辞达而已矣'。"① 在清末民初的白话散文创作中，因白话语体主要作为宣传教育、开通民智的书写工具存在，很大程度上迎合普通大众的阅读需求，白话语体是不经提炼的大众口语，使得此时期的白话散文缺少文采。这说明白话语体成为成熟且富有艺术表现力的书面语并不能仅仅停留在"言文"的完全一致，口语不等于成熟的白话书面语，由口语进入文学领域的书面语必须经过提炼。

综上所论，无论是谭嗣同、梁启超的浅易文言语体散文，还是陈天华、秋瑾的口语化语体散文，均是在清末民初过渡历史时期文学语言由文言到白话转化的摸索和尝试，同时也见证了文白消长过程中相互对抗、相互融合的复杂状态。

三　浅显的诗歌语言和剧本语言

（一）走向浅显的诗歌语言

诗歌与散文一向是传统文学的"正宗"，文学发展到清末民初时，诗歌语体形式整体来看仍受传统积习笼罩，文言书写占据主导地位，但此时期白话语体的诗歌已经出现了新的质素，既与传统文言语体诗歌不同，也与接近口语化的民歌稍有区别。诗歌采用白话

---

① 夏晓虹：《五四白话文学的历史渊源》，载《中国现代文学研究丛刊》第3期，作家出版社1985年版，第28—29页。

第五章 文言、白话的此消彼长

语体是在五四新文化运动之后逐渐成熟的，但清末民初时诗歌实践可算其"量变"的积累，此时的诗歌语言已被部分诗人加以有意识的改造，要求以浅显易懂的语体形式写诗。

自 1898 年《清议报》开辟《诗文辞随录》之后，先后刊登了谭嗣同、康有为、夏曾佑、蒋智由等人的诗歌，诗歌中加入许多新词语，用来宣扬其维新思想，这应该算是诗歌改革的先声。康有为在他的《与菽园论诗兼寄儒博、曼宣》两诗中便主张"新世瑰奇异境生，更搜欧亚造新声""意境几于无李杜，目中何处着元明"，他明确提出诗歌"造新声"，写"异境"。同时在《人境庐诗草·序》中康有为对黄遵宪的诗歌有如此评价："采欧美人之长，荟萃熔铸，而自得之"，从他对黄遵宪诗歌的高度评价中可看出对"新派诗"的认可。这是在西方文化以强力打开中国大门之后，中国传统文人直面这种变化而做出的进步抉择，勇于接收与传统不同的新思想、新事物，因而代表新思想、新事物的新词语、新意境的运用成为应有之义。又如夏曾佑使用新词汇入诗，梁启超谈到创作"新诗"的特点时，尤其提及夏曾佑的提倡之功："盖当时所谓新诗者，颇喜挦扯新名词以自表异。丙申、丁酉（1896—1987），吾党数子皆好作此体，提倡之者为夏穗卿。"[①] 夏曾佑被梁启超誉为"近世诗界三杰"之一。梁启超还对诗人丘逢甲的诗作进行评价，也可体现出诗界革命的宗旨："以民间流行最俗最不经之语入诗，而能雅驯温厚乃尔，得不谓诗界革命一巨子耶？"[②] 梁启超与其小说主张一样，非常关注诗歌语言的变革，认为诗歌中运用"最俗""最不经"之语，仍能达到温柔敦厚的传统美学效果。在清末民初的诗歌创作中，为便利宣传其维新思想，诗歌语言已有走向浅俗化的倾向，口语、俗语进入诗歌以达到浅显易懂的效果。

---

① 梁启超：《饮冰室诗话》，人民文学出版社 1998 年版，第 49 页。
② 梁启超：《饮冰室诗话》，人民文学出版社 1998 年版，第 30 页。

相对文人诗歌来说，民歌和歌谣用语比较浅俗，接近口语，容易上口而且易于理解，在白话书面语发展过程中起到不可忽视的作用。清末民初之际，维新派文人因歌谣通俗易懂的特性对其加以重视，梁启超《新小说》杂志创刊时特设"杂歌谣"栏目。在栏目首期上，刊载了梁启超的《爱国歌》和黄遵宪的《军歌》，起到了一定的示范作用。被梁启超誉为"近世诗界三杰"之一的黄遵宪，是一位喜爱民歌并深受其影响的诗人，他甚至将民歌提高至与儒家经典并列的地位，展示了其过人的气魄。

黄遵宪对古风体诗歌评价很高，主要是强调其通俗易懂、浅显晓畅的风格特点，他在手写本《山歌·题记》第一则中有这样的一段话："十五国风妙绝古今，正以妇人女子矢口而成，使学士大夫操笔为之，反不能尔，以人籁易为，天籁难学也。余离家日久，乡音渐忘，辑录此歌谣，往往搜索枯肠，半日不成一字，因念彼冈头溪尾，肩挑一担，竟日往复，歌声不歇者，何其才之大也。"① 在黄遵宪看来，出自民间的歌谣属于天籁之音，动之于情发之于口，文人士大夫操笔苦思冥想越发不能成就脱口而出的"天籁"之效果，大概主要受其文言书面语固定表达词汇和方式以及长期形成的思维定式限制，只能勉强模仿创作"人籁"之诗。中国诗词发展中的一大特点便是从民间的艺术形式走向文人创作，这是诗词由通俗语言向雅致语言发展的过程，当然也是由清新活泼感情真挚到矫揉造作，走向重复缺乏创新的过程。可见，民歌的白话语体有其独特的魅力和艺术效果。

黄遵宪不仅在理论上高度评价民歌的艺术魅力，将歌谣视为经典，而且亲自采录并加工了一部分山歌，这与他所提出来的"我手写我口"的诗歌语言体式革新主张相一致。如《人境庐诗草笺注》

---

① 黄遵宪：《山歌·题记》，载《人境庐诗草笺注》卷一，上海古籍出版社1999年版，第54—55页。

第五章 文言、白话的此消彼长

卷一中的民歌:"催人出门鸡乱啼,送人离别水东西。挽水西流想无法,从今不养五更鸡。"① 这是一首表达男女惜别之情的民歌,双方的分离如水之东西,挽水西流不可能办到,只能迁怒于打鸣的鸡身上。又如:"一家女儿做新娘,十家女儿看镜光。街头铜鼓声声打,打着中心只说郎。"② 民歌中语言通俗易懂,而且运用了双关的修辞手法,以铜鼓敲打的声音"郎"与新郎的"郎"双关,看出女儿出嫁时对新郎的爱慕和期盼。当时,黄遵宪吸收了传统古风歌行乐府以及山歌民谣的通俗易懂语体风格,创作了很多通俗晓畅的诗歌。

与通俗歌谣相类似的语言浅易化的诗歌,还有说唱体诗歌,容量上增大,而且同样追求语言体式上的通俗流畅。被誉为"近世诗界三杰"之一的蒋智由便创作了一些说唱体浅易诗歌,他是资产阶级维新派人物,也是新派诗的实践者,早年曾在《清议报》和《新民丛报》上撰写诗文宣传维新思想。比较有名的诗作是他的《卢骚》:"世人皆欲杀,法国一卢骚。《民约》倡新义,君威扫旧骄。力填平等路,血灌自由苗。文字收功日,全球革命潮。"③ 诗歌体式还是旧体风格,但诗中运用了许多文言书面语中没有的新词汇。最后两句曾被资产阶级革命派的邹容引入《革命军·自序》中,因而流传影响较大。同时,他有一首比较出名的通俗诗歌《奴才好》,也被邹容引入《革命军》:

> 奴才好,奴才好,勿管内政与外交,大家鼓里且睡觉。古人有句常言道,臣当忠,子当孝,大家切勿胡乱闹。满洲入关二百年,我的奴才做惯了,他的江山他的财,他要分人听他好。

---

① 黄遵宪著,钱仲联笺注:《人境庐诗草笺注》,上海古籍出版社1981年版,第57页。
② 黄遵宪著,钱仲联笺注:《人境庐诗草笺注》,上海古籍出版社1981年版,第58页。
③ 施方:《蒋智由传》,浙江工商大学出版社2018年版,第102页。

> 转瞬洋人来，依旧做奴才。他开矿产我做丁，他开洋行我细息，他要招兵我去当，他要通事我也会……奴才好！奴才好！奴才到处皆为家，何必保种与保国！①

蒋智由的《奴才好》很明显借鉴了新乐府的形式，语言幽默通俗晓畅，对中国民众的"奴性"做了冷嘲热讽和无情的鞭挞。

与《奴才好》类似的通俗诗歌还有陈天华的《猛回头》和《同胞苦》，连崇尚魏晋古奥艰深语体风格的章太炎也写过通俗白话诗歌《逐满歌》和《革命歌》。陈天华的《猛回头》采用了通俗易懂的白话语体，而且可以用作说唱，颇具鼓动性：

> 拿鼓板，坐长街，高声大唱。尊一声，众同胞，细听端详：我中华，原是个，有名大国，不比那，弹丸地，僻处偏方。论方里，四千万，五洲无比；论人口，四万万，世界谁当？论物产，本是个，取之不尽；论才智，也不让，东西两洋。看起来，那一件，比人不上；照常理，就应该，独称霸王。为什么，到今日，奄奄将绝；割了地，赔了款，就要灭亡？这原因，真真是，一言难尽；待咱们，细细数，共做商量。②

陈天华运用类似歌谣的形式宣传革命，其流畅的白话书写使得该诗歌为更多的下层民众所接受，这也是《猛回头》在当时流传极广的主要原因所在。此外，以古文著称的章太炎创作《逐满歌》也

---

① 施方：《蒋智由传》，浙江工商大学出版社 2018 年版，第 109 页。因邹容在《革命军》中引用，曾一度被学界认为是邹容诗作，杨天石在 1980 年第 1 期《近代史研究上》发表《〈奴才好〉不是邹容的作品》进行纠正，郭延礼在《中国近代文学发展史》上将《奴才好》的作者纠正为蒋智由，张永芳的《晚清诗界革命论》中也有相关论述。
② 陈天华：《猛回头》，载中国史学会编《辛亥革命》第 2 册，上海人民出版社 1981 年版，第 148 页。

第五章 文言、白话的此消彼长

展示了白话语体在民歌中的运用:

> 莫打鼓,莫打锣,听我唱个排满歌。如今皇帝非汉人,满洲鞑子老猢狲。辫子拖长尺八寸,猪尾摇来满地滚。头戴红缨真狗帽,顶挂朝珠如鼠套。他的老祖努尔哈,带领兵丁到我家。龙虎将军曾归化,却被汉人骑胯下。后来叛逆称皇帝,天命天聪放狗屁。①

章太炎虽然主张用典雅的文言创作传世之文,但为向普通民众宣传革命,章太炎还是赞赏言文一致、通俗易懂的白话书面语,而且还亲自创作白话诗歌,可见他并不完全反对白话文。在《逐满歌》中,章太炎以通俗易懂的白话语体展示其白描功夫,为严肃的革命话题增添了几分幽默。

用文言翻译甚至创作小说的林纾,在五四时期曾坚决反对白话文运动,也曾经创作白话诗歌。林纾自己回忆道:"忆庚子(1900)客杭州,林万里、汪叔明创为白话日报,余为作白话道情,颇行一时。"② 当时著名报人林万里、汪叔明创办《杭州白话报》,林万里以"白话道人"为笔名任该报主笔,林纾为之写白话道情,在当时风行一时。实际上,林纾早在1897年就创作了以浅白俚语书写的《闽中新乐府》三十二首,如《国仇》《兴女学》《小脚妇》等,作为启蒙儿童的教材,以白话入诗可窥林纾在书面语使用上开通的一面。以《兴女学·美盛举也》为例体验林纾诗歌中的白话书写:

> 兴女学,兴女学,群贤海上真先觉。华人轻女患识字,家

---

① 章太炎:《逐满歌》,《复报》第5期。
② 林纾:《论古文白话之相消长》,载《林纾选集》,四川人民出版社1988年版,第156页。

常但责油盐事。夹幕重帘院落深，长年禁锢昏神智。神智昏来足又缠，生男却望全先天。父气母气本齐一，母苟蠢顽灵气失。胎教之言人不知，儿成无怪为书痴。陶母欧母世何有，千秋一二挂人口。果立女学相观摩，中西文字同切磋。学成即勿与外事，相夫教子得已多。西官以才领右职，典签多出夫人力。不似吾华爱牝鸡，内人牵掣成贪墨。华人数金便从师，师困常无在馆时。丈夫岂能课幼子，母心静细疏条理，父母恩齐教亦齐，成材容易骎骎（沁音又作驳骚）起。母明大义念国仇，朝暮语儿怀心头。儿成便奋报国志，四万万人同作气。女学之兴系匪轻，兴亚之事当其成。兴女学，兴女学，群贤海上真先觉。①

因启蒙文化修养较低的妇幼群体需要，林纾刻意用通俗晓畅的俗语，不拘于形式，可看到在时代影响下林纾在诗歌语体上的变化，这也是坚守古文的林纾一大进步。

胡适对林纾的白话诗也加以肯定，在1924年12月1日的《晨报六周年纪念增刊》上发表《林琴南先生的白话文》一文，一方面在林纾逝世之后纪念林纾，另一方面证明五四诗歌白话语体革新的正确方向。他说：

> 二十八年前，正当维新运动将成立的时期，……那时候，林琴南先生受了新潮流的影响，做了几十首新乐府，批评种种社会制度的不良，发表他的革新意见。这些诗都可算是当日的白话诗。……林先生的新乐府不但可以表示他的文学观念的变迁，并且可以使我们知道：五六年前的反动领袖，在三十年前也曾做过社会改革的事业。我们这一辈的少年只认得守旧的林

---

① 林纾：《兴女学·美盛举也》，载《林纾选集》，四川人民出版社1988年版，第277—279页。

琴南，而不知道当日的维新党林琴南；只听得林琴南老年反对白话文学，而不知道林琴南壮年时曾做过很通俗的白话诗，——这算不得公平的舆论。

胡适所提及的"白话诗"是指林纾的《闽中新乐府》，这也充分证明了林纾早年创作白话诗的事实。章太炎、林纾等国粹派守旧文人虽然坚持古文的雅文学立场，但身处剧烈变动的时代，也主动尝试俗语白话创作，以便于"利俗"，让普通民众接受。从另一角度说，这也是文言白话此消彼长在诗歌领域的体现。

（二）以白话为主的剧本语言

在文学众体裁中，与小说、散文、诗歌等案头文学相比，戏剧属于说唱文学，集剧本与舞台艺术于一身。因其独特的视听艺术特质，剧本唱词要求接近口语，以便听众通过听觉能够顺畅理解。作为案头文学的文体形式可以用艰涩的文言语体书写，读者也可以一遍遍地反复阅读品味；而戏剧作为以听觉为主的舞台艺术，如果运用太多的文言则势必影响听众的欣赏效果。戏剧从产生开始，应该说更偏重口语，在后来发展的过程中，文人为改善其俗化的面貌，加入一些雅致的文言诗词，使之成为雅俗共赏的艺术。

清末民初，随着"诗界革命""小说界革命""文界革命"的开展和实践，在其影响之下戏剧改良也是大势所趋。与其他文体形式革新相似，为适应时代的需求、开启民智、振奋国民精神，戏剧内容上要求反映现实内容，而剧本对白趋向口语化。1902年，梁启超发表《劫灰梦传奇》，剧中有这样的表述：

> 你看从前法国路易第十四的时候，那人心风俗不是和中国今日一样吗？幸亏有一个叫做福禄特尔，做了许多小说戏本，竟把一个国的人从睡梦中唤起来了。想俺一介书生，无权无勇，又无学问可以著书传世，不如把俺眼中所看着那几桩事情，俺

心中所想着那几片道理，编成一部小小传奇，等那大人先生、儿童走卒，茶前酒后，作一消遣，总比读那《西厢记》、《牡丹亭》强得些些，这就算我尽我自己面分的国民责任罢了。(《楔子》)①

从中可看出，梁启超的传奇作品与小说相似，可以作为案头文学供读者阅读。在清末民初有些评论者直接将传奇、杂剧归入小说一类。与其小说观念相通，梁启超的戏剧同样是为启迪民智服务，在语体选择上自然是口语化的白话书面语。

1902年《大公报》"论说"栏目中刊载了一篇名为《编戏剧以代演说》的文章，认为戏剧是开启民智的最佳途径："尝终日不食，终夜不寝，以求所谓开化之术。求而得之，曰编戏曲。编戏曲以代演说，则人亦乐闻，且可以现身说法，感人最易。事虽近戏，未尝无大功于将来支那之文明也！盖听戏一事，上而内廷，下而国人，无不以听戏为消遣之助。"② 戏剧和小说作为讲故事的叙事文学样式，颇受大众欢迎，戏剧表演容易感动人心，利用此种影响，戏剧也成为开启民智的工具。因而该文总结道："诚多能编戏曲以代演说，不但民智可开，而且民隐上达。……今不欲开化同胞则已，如欲开化，舍编戏曲而外，几无他术。"③

署名棣的批评家在《中外小说林》第二期上发表了《改良剧本与改良小说关系于社会之重轻》一文，也阐发了剧本改良的意图和方向："但使去其痼习而导以新风，如其政治之改革，种族之分限，

---

① 梁启超：《戏剧小说集·劫灰梦传奇》，载《梁启超全集》，北京出版社1999年版，第5649页。
② 参见李孝悌《清末的下层社会启蒙运动：1901—1911》，河北教育出版社2001年版，第163页。
③ 参见李孝悌《清末的下层社会启蒙运动：1901—1911》，河北教育出版社2001年版，第164页。

第五章　文言、白话的此消彼长

风俗之转移，以是为初级之改良，即足以开国民之脑慧。然持此以为第一级改良戏本，……盖当此半开化之时代，国民之心思眼力，固宜顺其程度以致开通，即著作家宜顺其程度以为立论。"① 剧本改良的目的是功利化需要，为开启民智、移风易俗则必须顺应普通民众的文化程度，言外之意剧本的语言体式要选择普通民众能够接受理解的白话语体。

光绪三十年（1904），陈去病、汪笑侬、柳亚子等人在上海创办《二十世纪大舞台》，柳亚子撰写《二十世纪大舞台发刊词》，明确提出戏剧改良："热心之士，无所凭藉，而徒以高文典册，讽诏世俗，则权不我操，而《阳春》、《白雪》，曲高和寡，崇论闳议，终淹殁而未行者，有之矣。今兹《二十世纪大舞台》，乃为优伶社会之机关，而实行改良之政策，非徒从空言自见。"② 文言语体的艺术作品只能是阳春白雪、曲高和寡，大多只能是空言，对于挽救世道人心无实际意义，而一向被视为低贱的戏曲却可以作为通俗的启蒙工具。同年，陈独秀在《安徽俗话报》第十一期上发表白话语体书写的《论戏曲》，第二年又用文言语体发表在《新小说》上，可见当时文人穿梭于白话书面语和文言书面语之间，其目的是适应不同文化层次读者群的需要，以尽量扩大其影响力。陈独秀重点强调戏曲的社会教育功能："戏园者，实普天下人之大学堂也；优伶者，实普天下之大教师也。……做小说、开报馆，容易开人智慧，但是识不得字的人，还是得不到益处……惟有戏曲改良，多唱些暗对时事、开通风气的新戏，无论高下三等人，看看都可以感动。"③

在传统戏曲改良的过程中，曲白的比例发生了变化，偏重文言

---

① 棣：《改良剧本与改良小说关系于社会之重轻》，载陈平原、夏晓虹编《二十世纪中国小说理论资料》第1卷（1897—1916），北京大学出版社1997年版，第316页。
② 柳亚子：《二十世纪大舞台发刊词》，载徐中玉编《中国近代文学大系·文学理论集二》，上海书店1995年版，第560页。
③ 参见《新小说》1905年第2卷第2期。

韵体的曲减少，而说白增多，如洪炳文的《警黄钟》第四出"醉梦"中没有一曲，全是说白。说白成为表达情节的主导，说白也由口语化表达代替了传统戏曲中的骈体韵白。剧本中语言体式由半文半白的曲白转向接近口语的白话，显示出传统戏曲向现代戏剧的转化。随着"文明戏"的引入，中国出现了以口语化对白为主的早期话剧。

戏曲改良和剧本创作也体现了清末民初之时文白消长的现象，为启迪民智，许多知识分子将戏剧进一步通俗化，以适应大众阅读和观看，充分发挥其"救国"的社会价值。

第三节　以梁启超文本为例的分析

清末民初，恰逢社会巨大变动，西方诸国之侵略给中国带来了沉重灾难，与此同时新的思想和观念也随之引入。封建体制渐趋消亡，现代国家观念在被迫开眼看世界中产生，臣民也开始获得国民身份，一姓之国由此转向国民之国，响应时代之需的部分新式文人也将启蒙民智作为强国途径之一。为适应此功利目的，文学之语体选择也发生了变化，代表士大夫话语权利的文言语体渐趋转向为民众所接受的白话。

从说书艺术到白话小说，部分文人把目光转向平民，使得与语言接近的白话书面表达比例增加，打破了文学领域文言一统的局面。尽管如此，文言与白话仍并行不悖。至晚清，文学满足不同受众的内在发展规律，为有意识启蒙民智之目的所代替。新式文人在西方拼音文字、日本片假名以及古白话的影响下，有意识地关注言、文之关系以及文言、白话孰优孰劣，并投入文学语体实验，探索一种与口语接近且更具表现力的书面语形式，以达到启蒙思想之目的。其时汉语尚无白话之确定规范，故书面语表达呈现不确定性和过渡

第五章 文言、白话的此消彼长

性，其中的文言、白话均不是传统意义上纯粹的文言和白话，而是多语体混杂在一起。

梁启超处此思想文化巨变之时代，其语言观念及实践在汉语由文言向白话转化过程中占据了重要地位，本节将以梁启超的为例分析文白消长的趋势。

一 进化论与调和论并存之语言观念

（一）中国语言与文字从分离到相合

从语言学上讲，西文属表音符号，汉语属表意符号，因而汉语发音与符号之间具有随意性，这便使得汉语口语与书面语很难达到"言文一致"，况且书面语和口语本身就存在差异，比较容易出现语言与文字相分离，甚至走向极端。中国地域广阔，方言众多，自秦始皇始采取"书同文"，在一定程度上以书面表达的统一稳定了沟通的途径。自汉代以来，超稳定的社会体制以及在这种体制基础上形成的教育体制、考试体制、崇古之风，文言成为旧式文人安身立命的"道具"、身份的象征、炫耀才华的资本以及典雅的代名词。因此，在很长的历史时期中，文言占据汉语书面表达之主导地位。

文言表达之稳定与语言之不断发展的矛盾必然造成了言、文的严重分离。发现此问题且有所论述的智者古已有之，如汉代王充的《论衡·自纪》、唐代刘知几的《史通·言语》，均提到书面表达与口语的分离，且均主张拉近二者之间的距离；明代的文论家袁宗道在其《论文》中亦提出"口舌代心者也，文章又代口舌者也"的类似言说。尽管如此，文言的主导地位仍不足以发生动摇和改变。

近代以来西方的侵入给中国人带来的异域文化启示，再加上中国社会运行机制变化、科举废除，文言书面语所依附的社会语境已经不存在，近代先锋知识分子对文言书面语提出质疑，他们明确主张在书面语上实现"言文一致"。现代国家观念的兴起和国民群体的出现，促使少数人掌握的文言快速衰败，与口语较接近的白话文表达渐渐壮大。黄遵宪之"我手写我口,古岂能拘牵",开启近代白话文书写的重要序幕;1898年,裘廷梁在其名篇《白话为维新之本》中正式提出"废文言而崇白话"的主张;陈荣衮在《论报章宜改用浅说》中,也明确主张报纸应放弃文言而以白话为主要书写工具。

梁启超在西方语言文字和日本片假名的启示下,也同样意识到中国书面表达与口语严重分离的突出现象,为"开民智"和挽救民族危亡等政治功利目的,力图纠正,在其论述中多有提及,而且指出言文相合作用很大。

从文学角度以及受严复翻译《天演论》的影响,晚清士人普遍接受了进化论的观念,并将之运用于社会各个领域,其中包括文学语言体式的变迁。梁启超、狄葆贤等人认为从中国历史典籍可以看到白话在文学史中占据一席之地,文言语体文学发展至俗语文学是文学进化的一大关键。白话才能更好地解决文言书面语与口语严重分离的矛盾,白话语体接近口语,更易达到言文一致,有利于启迪民智、传播思想。

(二) 文字工具论——白话文更具社会影响力

梁启超提倡俗语,很明显是出于开民智、启愚民之功利目的,俗语仅为达此目的之工具。晚清部分文人认为,报刊书籍采用白话语体,甚至可以使用各地方言,将会提高俗语宣传思想的效用,解除艰涩文言带来的阅读障碍,这无疑将有助于改良社会,拓展大众的学识和思想,使民众具备国民素质,进一步完成现代民族国家建构,才能更有效地推行各种新思潮和新政策。

梁启超在论述由古语文学向俗语文学进化,俗语广泛运用的可能性,进一步明确俗语作为工具性的作用,即所讲到的:"苟欲思想之普及,则此体非徒小说家当采用而已,凡百文章,莫不有然。"[①]

---

① 梁启超:《小说丛话》,载徐中玉编《中国近代文学大系·文学理论集二》,上海书店出版社1995年版,第309页。

他认为运用俗语语体更有利于向民众普及现代思想,不仅小说家当采用俗语,其他体裁领域亦可使用俗语语体。对"愚民"亡国之担忧,以及对文学功能化的提倡,使梁启超转向利用俗语语体的文学"开民智""启愚民",文言达不到应有的社会功效,而白话语体恰于此时成为有效的传播形式和工具。

在《论小说与群治之关系》一文中,论述文言、白话的社会作用时,梁启超指出:"三曰刺。……此力之为用也,文字不如语言。然语言力所被,不能广不能久也,于是不得不乞灵于文字。在文字中,则文言不如其俗语。"① 为达到效果,文字不如语言,这也是当时演说发达的原因之一。然语言自身因时空的限制,不能传之广,亦不能传之久。诉诸文字,则俗语比文言更有力量。由此推断,白话的运用渐趋普遍,并且认可地方口语方言入文。如此才能启迪民众新知,达到较好的效果。

狄楚卿也曾有类似的论述:"且中国今日,各省方言不同,于民族统一之精神,亦一阻力。而因其势以利导之,犹不能不用各省之方言,以开各省之民智。"② 狄楚卿认为采用各地方言,才能使广开民智取得最大的成效,使社会改良功效更明显。

以变法维新及启迪民智为重要诉求时,白话书写成为更能到达民众的一种工具。这也是梁启超同时代进步知识分子的共同愿望,即借助语言文字的变革来改造社会,让白话承担起教化民众的功能,实现文字初创时作为沟通所用的实用价值。

(三)文言、白话调和论

从功能看,文字记录语言,是沟通符号之一种。因此,梁启超认为言文最初本相合,后世分离。语言随时代发展不断变化,而后

---

① 梁启超:《论小说与群治之关系》,载《饮冰室合集》第四册,中华书局1989年版,第8页。
② 狄楚卿:《论文学上小说之位置》,载陈平原、夏晓虹编《二十世纪中国小说理论资料》第1卷(1897—1916),北京大学出版社1997年版,第80页。

人文字崇古尊古，文章艰涩，非通读古书且达到一定程度，一般人很难理解。如今提倡俗语文体，其实是回归言、文本初的状态。梁启超反对宗古而提倡"俗语文体"的态度非常明确，因口语与书面语之差别，虽不能达到言文完全一致，至少文字应通晓易懂。

梁启超批评严复的译笔时，再次明确表明其观念，认为严复"文笔太务渊雅，刻意模仿先秦文体"，必须多读古书的人才能明白。严复翻译《原富》之文笔刻意模仿先秦古文体，不是熟读古书之人，很难理解其先进思想。梁启超认为，中国文人应像欧美、日本诸国一样，改变其文体——此文体更多是指语体——以达到向国民传播文明思想的目的。当然，他指出正统文人"立言"传之后世必须使用雅致的文言之观念根深蒂固，是长期以来难以改变的积习。

一方面，即使梁启超主张言文相合，但他已习惯文言书面表述，采用白话，不免有"今欲为此，诚非易易"①之感。另一方面，鉴于近代掌握话语权的仍是有一定古文基础的文人，且一部分受众也是旧式文人，因此梁启超仍保持一种调和的态度，只要能够传播思想，认可二者并存。

在他创办的《新小说》出刊前，于报上刊登此似宣言的发刊词："本报文言、俗语参用；其俗语之中，官话与粤语参用；但其书既用某体书，则全部一律。"② 其主张文言与俗语（即白话）一起用，俗语之中，北京方言和广州方言参用，只要保持所选语体的一致性即可。

《新民丛报》1902年第六号中刊载了《十五小豪杰》译后语：

> 本书原拟依《水浒》、《红楼》等书体裁，纯用俗语，但翻

---

① 梁启超：《小说丛话》，徐中玉编《中国近代文学大系·文学理论集二》，上海书店1995年版，第309页。

② 新小说报社：《中国唯一之文学报〈新小说〉》，载王运熙编《中国文论选（近代卷）》，江苏文艺出版社1996年版，第340页。

第五章　文言、白话的此消彼长

译之时，甚为困难。参用文言，劳半功倍。计前数回文体，每点钟仅能译千字，此次则译二千五百字。译者贪省时日，只得文俗并用。明知体例不符，俟全书杀青时，再改定耳。但因此亦可见语言、文字分离。为中国文学最不便之一端，而文界革命非易言也。①

　　梁启超翻译小说欲使用俗语，当时可供借鉴的是古白话小说语体。他深刻感受到俗语的局限性，而兼用文言可以达到较好表达效果，因此使用半文半白的书面语体。文界语体改革并非易事，处于社会文化的过渡时代，梁启超对文言、白话两种书面语采取调和的态度。并非梁启超认识不到问题本质所在，而是特定时空使然。
　　梁启超虽然支持白话文，认为言文应相合，而且文言到白话是文学发展的必然规律。但由于像他一样的正在转变中的士大夫们积习已久，对于他们来说，白话远没有文言得心应手，文言长期分离的状况使这一代文人面临进退两难的窘境。尽管白话小说更符合文学发展的趋势，可白话太过浅白、不能满足表达现代思维的需要，因此在创作和翻译中，梁启超作了折中，使用的是一种文白相间的文体。即使是鲁迅这样的激进人物，也不可避免地遇到同样的问题，在翻译《月界旅行》时，他写道："初拟译以俗语，稍逸读者之思索，然纯用俗语，复嫌冗繁，因参用文言，以省篇页。"②

二　"多语体"之书写

　　在现代汉语的生长过程中，梁启超力倡言文一致，他不是第一位白话文提倡者，但是对文言语体向白话语体的转变发挥了重要作

---

①　梁启超：《戏剧小说集·十五小豪杰》，载《梁启超全集》，北京出版社1999年版，第5674页。
②　周树人：《月界旅行·辨言》，载陈平原、夏晓虹编《二十世纪中国小说理论资料》第1卷（1897—1916），北京大学出版社1997年版，第68页。

用。梁启超提出的语言观念、创作实践的成绩，不仅构架了语言变革的理论基础，而且积极开拓书面语言从古文到白话转变的可行性。

（一）"新文体"散文——浅易文言

梁启超的散文具有独特性，散文运用了浅易文言，其文界实验之文体又被称为"新文体"或"报章体"。"报章体"因晚清出现了新的载体形式——报刊，从而得其名。新的载体和传播方式促成了公共交流空间的形成，并带来了一系列的变化，生成自身的特质：如作者主体身份发生变化，由御用文人转向相对独立的报人或撰稿人；文学传播市场化，执笔者必须考虑其受众群体的审美需求和接受能力；阅读群体逐渐大众化，即其阅读范围尽可能地扩展至社会各个阶层。新载体上述诸特质，为散文语体的实验提供了可能性因素。

为充分利用报纸面向社会全部阶层的优势，从而达到启蒙效用，梁启超创办了《新民丛报》《清议报》《新小说》等报刊，其文章以前所未有之"创新性"语体在当时社会上产生了极大反应，有守旧派以古文经典为衡量标准而不屑一顾，也有开明人士因其浅易而流畅的文风而加以褒奖。这些报章成为梁启超文学语体变革的"实验场"，对于新载体与"新文体"之间的相互关系，梁启超有着敏锐的感受："自报章兴，吾国文体为之一变，汪洋恣肆，畅所欲言，所谓宗派家法，无复问者。"①

报章具有市场化的特质，为启蒙大众和宣传目的，它的书面语言逐渐转向通俗，突破清末以来桐城古文的"宗派家法"，使得报章体呈现平易晓畅的语言风格，便于读者接受。梁启超对报章体语言总结道："至是自解放，务为平易畅达，时杂以俚语、韵语，及外国语法，纵笔所至不检束，学者竞效之，号'新文体'，老辈则痛恨，诋为野狐。然其文条理明晰，笔锋常带情感，对于读者，别有一种

---

① 梁启超：《中国各报存佚表》，《清议报》第 100 号，1901 年。

第五章 文言、白话的此消彼长

魔力焉。"① 钱基博先生在《现代中国文学史》中对他中肯的评价是:"酣放自恣,务为纵横轶荡,时时杂以俚语、韵语、排比语、及外国语法,皆所不禁,更无论桐城家所禁约之语录语、魏晋六朝藻丽俳语、诗歌中隽语、及南北史佻巧语焉。"② 梁启超报章体散文语言是文言、白话及外来语的融合,钱基博先生比较全面地概括了梁启超散体语言特点。

近代是一个急剧变革的时代,几千年相对稳定的体制在外来文化的冲击下面临抉择。随着社会的发展和时代的进步,新事物不断涌现,一向奉文言为圭臬的传统古文已严重脱离口语,影响沟通表达的基本功用。梁启超也认为古文不允许用新文字表达新事物,不利于思想传播:"言日增而文不增,或受其新者而不能解,或解矣而不能达,故虽有方新之机,亦不得不窒……犹于当世应用之新事物、新学理多所隔阂,此性灵之浚发所以不锐,而思想之传播所以独迟也。"③

梁启超新体散文语言很注重运用俚语、旧文人视为"俗""熟"的口语、谚语和"小说家语"入文,力求通俗易晓。以《少年中国说》为例:

> 夫以如此壮丽浓郁翩翩绝世之少年中国,而使西欧日本人谓我老大者何也? 则以握国权者皆老朽之人也。……彼其一身饮食、步履、视听、言语,尚且不能自了,须三四人在左右扶之捉之,乃能度日,于此而乃欲责之以国事,是何异立无数木偶而使之治天下也。……"西风一夜催人老,凋尽朱颜白尽

---

① 梁启超:《清代学术概论》,载《梁启超全集》,北京出版社1999年版,第3100页。
② 钱基博:《现代中国文学史》,中国人民大学出版社2004年版,第289页。
③ 梁启超:《新民说·论进步》,载《梁启超全集》,北京出版社1999年版,第684页。

头。"使走无常当医生,携催命符以祝寿,嗟乎痛哉!①

在这段文字中,白话、简易文言、韵文、富丽辞藻、隽语一并用之,虽平白浅近,却显示出了神采与力度。

梁之新体散文还大量吸收外来语,输入外国新的思想和理念,采用诸如"泼兰地""金字塔""法律""主权""国民""地球"等新名词、新概念。这不仅扩充了文章的思想容量,也增强了文章的表现力。在社会剧变和文化交流频繁的语境下,本国如若原有词汇不足表达,则需借用外来语、外来语法来充实丰富汉语。

(二)小说戏曲——古白话、文言、新词汇混杂

梁启超主张小说界革命,强调小说启迪民智的功效。梁启超的小说理论轻艺术而重功用,仅以小说之名,利用小说的古白话语体为读者所乐意接受,他的小说语言也是白话、文言和新词汇的混杂。

如他的政治小说《世界末日记》开头这样表述:

地球之有生物,凡二千二百万年,其间分六期:太初期一千万年,生物原始期六百万年,生物发生期二百三十万年,高等生物发生期五十万年。原人期三十万年,人智开发期二百万年。自兹以往,地球日以老,太阳日以冷,而一切有情,遂皆灭尽。②

这段文字除一些新词汇外,其余皆为文言句式。

还有部分小说是新词汇和古白话混合表述,如《新中国未来记·楔子》里的一段话:

---

① 梁启超:《变法通议·少年中国说》,载《梁启超全集》,北京出版社1999年版,第410—411页。
② 梁启超:《戏剧小说集·世界末日记》,载《梁启超全集》,北京出版社1999年版,第5638页。

第五章 文言、白话的此消彼长

话表孔子降生后二千五百一十三年，即西历二千零六十二年。岁次壬寅，正月初一日，正系我中国全国人民，举行维新五十年大祝典之日，其时正值万国太平会议新成，各国全权大臣在南京。……各国专门名家大博士来集者不下数千人，各国大学学生来集者不下数万人。①

梁启超的戏剧译作采用的语言延续文言传统，使用较多古典诗词韵语，兼用古白话小说语体，语言表达倾向于浅易。又如《劫灰梦传奇》：

（梁州序）苍天无语，江山如画，一片残阳西挂。旧时王谢，燕归何处人家？阴山铁骑，斗米黄巾，胜付渔樵话。神京有地骋戎马，中原无处起龙蛇，泱泱风，安在也？

（啸介）想起中国现在情形，真乃不胜今昔之感。看官啊，你道甲午庚子两役，就算是中国第一大劫么？只怕后来还有更甚的哩，你看那列强啊——②

此篇虽然多语体混杂，但语言更偏重文言，而《新罗马传奇》语言更偏向古白话，如：

（副净）你怕上谁的当呀？
（丑）咄！咱们俄普奥三国，瓜分了波兰，波兰人民，心怀

---

① 梁启超：《戏剧小说集·新中国未来记》，载《梁启超全集》，北京出版社1999年版，第5610页。
② 梁启超：《戏剧小说集·劫灰梦传奇》，载《梁启超全集》，北京出版社1999年版，第5648页。

不服,这回一定运动想图恢复呀,怎好不提防?①

多语体混杂的还有其译作《十五小豪杰》,前用古白话,后采用文言表达:

> 一千八百六十年正月十五日午后,就是这学校放暑假的日期,一百多名学生,个个好像出笼鸟一般欣欣然归家去了。这两个月内,是任从他们自由的。这里头有一班孩子,许久想绕着这纽西伦群岛环游一周,便趁着这空儿,各各禀准他的父母,约定同行,恰好就中了一个名叫雅涅的,他父亲有这号胥罗船,于是各人凑些费用,预备齐全而往。②

翻译至第四回,便转向文言:

> 武安乃小憩石上,从袋子里掏出食物及波兰地酒,少疗饥渴。随看四面光景,但见海中无数鱼族,印盘涡于上,时有海豹两三只出没嬉戏。这海豹却是寒带动物,这越发见得此地系在北纬度高处了。俄而飒然有声,则有群鸟名鹏鹐者,从头上飞过。这种鸟系南极地方出产,此地极寒,更可推见。③

除一些新的词汇之外,其他的词汇和语法结构大都采用文言表述。

---

① 梁启超:《戏剧小说集·新罗马传奇》,载《梁启超全集》,北京出版社1999年版,第5652页。
② 梁启超:《戏剧小说集·十五小豪杰》,载《梁启超全集》,北京出版社1999年版,第5669—5670页。
③ 梁启超:《戏剧小说集·十五小豪杰》,载《梁启超全集》,北京出版社1999年版,第5673—5674页。

（三）诗歌之语言——文言"白话化"

1902—1905 年，梁启超发表《饮冰室诗话》，明确了其诗歌品评标准"以旧风格含新意境"。他赞同黄遵宪在诗歌语言上提出的"我手写我口"的言文合一诗歌观，认为俗语和口语可以在诗歌中运用。

在实际的诗词创作中，梁之诗词大多仍为古典诗词，少白话诗创作，但他在《晚清两大家诗抄题辞》中提出了对白话诗乃至白话文的意见，意见颇中庸，但也不乏道理。梁启超认为，白话诗在中国并不算是稀奇，寒山诗、邵尧夫《击壤集》中的诗都可视为白话诗，王安石的诗集中也不乏接近口语的白话诗。从诗歌的广义来说，词、曲也可以算上是诗歌，词、曲与诗相比，语言更加通俗俚浅，这大概与词、曲产生的社会环境和说唱性质有关，其语言比诗更接近口语，比如周清真、柳屯田的词十有九是白话，元明人曲本虽然文白参半，还是白话居多，如《琵琶记》。

因此，梁启超评价那些坚持诗歌语言一定采用文言的保守派，"那些老先生忽然把他指白话当洪水猛兽看待起来，只好算少见多怪"。但又接着说"至于有一派新进青年，主张白话为唯一的新文学，极端排斥文言，这种偏激之论，也和那些老先生不相上下。就实质方面而论，若真有好意境好资料，用白话也作得出好诗，用文言也作得出好诗，如其不然，文言诚属可厌，白话还加倍可厌"[①]。在梁启超看来，白话和文言作为两种历史独立的书面语体系，各有独特的优势，诗歌艺术水平高低的衡量标准不在于使用什么语体。他认为应该将文言、白话融合，充分发挥它们的文学表现力。

三　梁启超对文白消长之作用

语言学家索绪尔曾有这样的观点："如果民族的状况猝然发生某

---

① 梁启超：《晚清两大家诗抄题辞》，载《饮冰室合集》第 5 册，中华书局 1989 年版，第 73 页。

种外部骚动,加速了语言的发展,那只是因为语言恢复了它的自由状态,继续它的合乎规律的进程。"① 清末民初就是一个社会巨大变革的时代,封建体制衰落,科举制被废除,加速了语言的发展,为文言和白话的此消彼长提供契机。在科举制度未废除前,文言文的正统地位是无法撼动的,只有当科举的废除抽空了读书人学习文言的动力,白话文才能真正逐渐流行起来。

梁启超处于一个特殊的时代,其大力提倡文学语体革新及创作实绩,使得浅近文言在晚清散体文中风行一时,大大改变了文言的强势地位,开创了一种浅近文言语体。在小说、戏曲、诗歌等文体创作中,他的语言是典型的多语体混杂——古白话、新词汇、文言、欧化语言等诸种语体,这是过渡时代不确定状态的语体实践。

文言、白话同根同源,均属于中国历史演进过程中形成的表意符号系统。所不同在于其代表的文化意义,二者代表着不同阶层的价值观念。近代书面汉语在特殊社会语境下,经过文人的书面实践,以北方方言为基础,融合仍具表现力的部分文言和古白话,吸收外来词汇,借鉴欧美语言,从而形成了具有时代性的近代白话。新语体不仅是文学语言形式的革新,也预示着新知识体系和价值观念的产生。梁启超的语言理论及多语体创作实践,对汉语文言、白话此消彼长之作用不可忽视。

---

① [瑞士]索绪尔:《普通语言学教程》,高名凯译,商务印书馆1980年版,第210页。

第 六 章

文白消长的必然性与时代契机

　　文言与白话两种语体贯穿于中国文学整个发展过程中。大致在汉代时，汉语书面表达系统出现文、白之分，从汉代到清代两千多年中，文言书面语与白话书面语并存。从文言语体占据主导渐渐发展至以白话语体为主，尤其在清末民初之际特殊的文化语境下白话语体渐趋取代文言语体，直到五四时期白话完全取而代之。文言语体由显而微，由强至弱，而白话语体则由微而显，从处于附属于文言的地位到最终取而代之。从白话语体由不登大雅之堂到登堂入室的发展轨迹来看，文白的此消彼长既不是五四时期一个历史时期的"专利"，也不是外国传教士以及西方语言的参照作为汉语书面表达系统文白转变的唯一重要因素。文白的转变不仅是汉语书面发展的必然，而且时代变革也成为加速其转变的重要因素。因此文言白话的此消彼长趋势不仅是一种语言现象，更离不开特定的时代语境，同时它本身也成为一种复杂的文化现象。

第一节　汉语言自身进化的必然规律

　　本书第一章便对文言、白话两种汉语书面表达方式进行历时的梳理，白话与文言同根同源，均属表意文字系统，文白的转变是汉语言发展的内在规律，也是汉语书面语发展的必然。

　　文言是以先秦口语为基础的发展相对停滞、稳固化的书面语，而白话语体更接近各时代的口语，基本与口语保持一致。文字是语言的载体，它的本质功能是突破时空的局限交流理解的便利，从书面语最初功能来看，白话语体更占据优势。在历史发展过程中，因中国特定的地理环境和文化语境，"书同文"的结果使得文言书面语长期占据主导地位，同时文言语体也不可避免地承载着特殊的文化身份。白话语体在文言占据主体地位的情况下作为一支潜在的"暗流"，不断地吸收各时代的具有表现力生命力的口语成分进入书面语。文言与白话毕竟运用同一种语言而且均是表意的汉字，古白话不可避免地采用文言语体中的词汇，在一些白话文学作品中特意加入文言词汇和诗词提升其审美价值。即便是现在比较成熟的现代汉语中一些词汇如"同盟""诞辰""矛盾""频繁"等词汇最早也在文言语体书写的古文献中出现，更别说那些我们所熟悉的简洁凝练、寓意丰富的成语。可见即便白话语体完全取代文言语体也并非对文言的彻底摒弃，一些具有生命力和表现力的文言词语仍然保留在白话语体中，文言、白话相得益彰。文言语体在发展的过程中也不纯粹，在白话完全取代文言之前文人用文言语体写文章，一方面模仿古文，另一方面也常不自主地将所处时代的某些口语成分运用到书面表达中，文言语体中综合了各个历史时期的口语成分。由此可见，文言、白话并非水火不相容，他们之间没有不可逾越的鸿沟。始自汉魏，成熟于隋唐五代时的古白话语体中，佛经、变文、俗讲、各种语录以及后来的话本、小说、杂剧和南戏剧本等很明显地应归入古白话系统，此外还有一些比较通俗的诗、词、曲等均介于文言与白话之间。

　　明代游历中国的意大利传教士利玛窦在谈到文言、白话两种书面语的区别时说："在风格和结构上，他们的书面语言和日常谈话中

第六章 文白消长的必然性与时代契机

所用的语言差别很大,没有一本书是用口语写成的。""然而,说起来很奇怪,尽管在写作时所用的文言和日常生活中的白话很不相同,但所用的字词却是两者通用的。因此两种形式的区别,完全是个风格和结构的问题。"① 从一个外国人的视角来看,文言语体和白话语体一些字词都是相通的,只是风格和结构的区别,利玛窦所谓的风格大概是指文言语体与白话语体的雅俗风格之别,而结构则是指文言和白话在语法、修辞上的不同。可见,文言和白话是汉语书面表达中内在的融合转化,白话语体更接近语言文字传情达意的本质属性,更具容纳富有表现力的新词旧语能力。以白话语体创作的小说相对来说更形象、生动,描写更加逼真细腻,"栩栩如生"常用来评价小说的人物性格塑造和环境描写,也是指白话语体描写细致,突出细节,擅长表述琐碎之事,取得了非常逼真的效果。白话语体更接近口语,相对文言语体来说"不隔"。口语被作为听觉语言,白话语体、文言语体被作为书面语的视觉语言,白话语体拉近了听觉与视觉之间的距离。白话语体文学大大缩短了读者通过视觉转化为听觉的过程,而文言语体只有经过多年特殊学习训练才能达到此效果。从书面语传情达意的最本质属性来说,白话语体更具优势。因此白话语体由微而显最终取代文言具有一定的必然性,并非学界部分学者认为的二者迥然不同而且是五四时代的"基因突变"。

在语言学界,研究汉语白话发展的学者对文言、白话此消彼长的规律和趋势研究相对比较客观中肯,如徐时仪在他的《汉语白话发展史》中,一再强调白话取代文言经历了由量变到质变渐进积累的历史过程,并且从语言学角度对此过程中的语音、词汇、语法、修辞等语言诸要素进行梳理和分析。在其研究著作中谈到宋元时语言发展时,徐时仪总结当时汉语书面语的发展规律:"汉语原有的书

---

① [意]利玛窦:《利玛窦中国札记》,何高济译,广西师范大学出版社2001年版,第22页。

面语系统在其时口语的影响下，遂由不断增加文言文中的口语成分进而渐演变成另一书面语系统，文白此消彼长也渐由量变向质变转化，初步形成了不同于文言文系统的古白话系统，出现了一批基本上记录和反映了当时口语的平话、杂剧和小说。变文、语录、话本、杂剧和小说等广泛运用白话，改变了六朝骈文和唐代古文脱离口语的情况。"① 虽然徐时仪在分析特定时代的白话发展规律，实际上也表达出他对汉语白话由量变到质变整体发展规律的认可。他在此著作的另一处更加明确这一看法："白话文的形成并不是一蹴而就的，而是在口语的基础上逐步影响文言文，增加文言中的白话口语成分，进而形成与文言文相抗衡而并峙的反映实际口语发展的古汉语另一书面语系统。白话文书面语系统在整个历史时期内并不完全相同。它逐渐演变，以适应口语本身的变化。"② 他指出白话语体的形成离不开文言语体，没有文言语体也就没有所谓的相对应的白话语体产生、发展和成熟，同时又指出白话文书面系统只是笼统的称法，它随社会的发展口语变化不断地演变。相对文言"死"的语体来说，而白话书面系统是"活"的语体，它不断地随着社会时代文化的变化而演变，更能适应明白晓畅传情达意的需求。

　　本书第一章第二节梳理文言白话在文学作品中的发展脉络，从中可以直观感受到文言、白话此消彼长的趋势。白话发展分为白话的露头期、白话的发展期、白话的成熟期以及文白转型的完成，语言学界对不同时期出现的词语在现代汉语词汇中的比例进行了统计，从此角度也证明了文言、白话此消彼长是一个量变积累并在特定的历史条件下走向质变的必然过程。据徐时仪统计，在秦至南北朝的白话露头期，"根据《汉语水平词汇等级大纲》（适用于对外汉语教学）确定的3051个常用词，其中1033个最常用词中有518个在秦

---

① 徐时仪：《汉语白话发展史》，北京大学出版社2007年版，第12页。
② 徐时仪：《汉语白话发展史》，北京大学出版社2007年版，第10页。

第六章 文白消长的必然性与时代契机

至南北朝已出现，2018个一般常用词中有859个在秦至南北朝已出现，秦至南北朝出现的这些现代汉语沿用的常用词计达45%。"① 即使在文言语体书写的古文献中也涌现了一大批复音词，复音词是白话语体与文言语体词汇差异的显著特点之一，这些复音词为后来汉语白话语体的发展奠定了词汇基础。到隋唐五代白话的发展期，汉语白话长足发展，其中反映当时商业和都市生活的复音新词大量涌现，如"招牌""开张""本钱"等。徐时仪仍然根据《汉语水平词汇等级大纲》为依据对此时的最常用词和一般常用词比例进行统计，"就汉语常用词而言，根据《汉语水平词汇等级大纲》确定的3051个常用词，其中1033个最常用词中有175个在隋唐至宋元已出现，2018个一般常用词中有351个在隋唐至宋元已出现，隋唐至宋元出现的这些现代汉语沿用的常用词计达17%……汉语白话发展至宋元，现代汉语沿用的常用词已占现代汉语常用词的62%。"② 到白话的成熟期明清时，"就汉语常用词而言，根据《汉语水平词汇等级大纲》确定的3051个常用词中，其中1033个最常用词中有131个在明清已出现，2018个一般常用词中有189个在明清已出现，明清出现的这些现代汉语沿用的常用词计达10%至11%。汉语白话发展至明清，秦汉以来沿用至现代汉语的常用词已达72%，约为现代汉语常用词的一大半，将近四分之三。"③ 从徐时仪的统计来看，现代汉语常用词的雏形在明清时期大致形成，到清末民初之际体现新事物、新思想、新概念的新词语又大量涌现，成为现代汉语词汇的组成部分。徐时仪统计"据对《汉语水平词汇等级大纲》确定的3051个常用词首见年代的考察，大多见于'五四'以前，仅有693个见于'五四'以后"④。从白话语体最基本的词汇发展来看，白话、文言演变

---

① 徐时仪：《汉语白话发展史》，北京大学出版社2007年版，第100页。
② 徐时仪：《汉语白话发展史》，北京大学出版社2007年版，第177页。
③ 徐时仪：《汉语白话发展史》，北京大学出版社2007年版，第208页。
④ 徐时仪：《汉语白话发展史》，北京大学出版社2007年版，第213页。

呈现明显的此消彼长趋势，这种演变是历史积累的过程，而非五四时代专属。

语言的演变与社会文化发展密切相关，语言的发展变化既有内在原因，也有外在原因。从秦汉以来文白此消彼长反映出汉语表意文字系统中演变的规律，这种趋势是汉语言内在发展的必然。周祖谟认为："语言是社会的产物。社会的政治、经济、文化不断前进，新的事物不断出现，语言也就必须与社会的发展相适应。人的思维是受客观的存在而决定的。客观的事物有了发展和变化，人的思维也就随之而有改进，日趋于复杂，同时语言也必然日趋于精密和完善，否则就不能很好地表达思想。"① 从语言的发展规律来看，在作为语言载体的书面语表达中，文言白话的此消彼长是社会发展的必然，是汉语书面语最终选择白话语体的必然结果。

白话语体有着文言语体所没有的优势，它能够适应社会的发展。白话不断地从文言语体词汇中创造新词、新义，并且通过汉语词汇系统内部的调节完成文白词汇的形体，如"衣—着—穿""书—写""足—脚""口—嘴""生—活"等常用词由并时共存，到新词完全取代旧词。随着社会的发展，新事物、新思想大量涌现，同时要求相应的词语表示。新词语或者新造，或者在旧词基础上派生。汉字属于表意系统，富有音节性，文言语体中以单音节词为主，而单音词有限性不能满足人们生活和思想交流的需要，往往一词多义，更多的是采用增加音节，促使汉语词汇由单音节词向双音节词发展，这样既满足语言交流的实际需要，而且书面表述更接近口语，更准确鲜明。同时白话语体开始使用新的句式，增加主、谓、宾基本句式中定语、状语、补语等成分，使汉语表述更精确，拓宽了语言的表现空间。从语言学角度分析，汉语词汇的双音化趋势决定白话必

---

① 周祖谟：《汉语发展的历史》，载《周祖谟语言文史集》，浙江古籍出版社1988年版，第7页。

然取代文言，文白此消彼长的演化是汉语言发展的必然。

白话语体是汉语言发展的必然，在文学领域中也可看出白话语体不可阻挡的发展趋势。胡适在五四时期明确主张白话文学，他撰述《白话文学史》来证明其主张的可行性和合理性，其中第八章"论唐以前三百年中的文学趋势"中谈到白话语体不可遏制的生机和活力："从历史的大趋势看来，从民间的俗谣到有意做'谐'诗的应璩、左思、程晓等，从'拙朴'的《百一诗》到'天然去雕饰'的陶诗，这种趋势不能说是完全偶然的。他们很清楚地指点出中国文学史的一个自然的趋势，就是白话文学的冲动。这种冲动是压不住的。做《圣主得贤臣颂》的王褒竟会做白话的《僮约》，做《三都赋》的左思竟会做白话的《娇女诗》，在那诗体骈偶化最盛的时代里竟会跳出一个白话诗人陶潜：这都足以证明那白话文学的生机是谁也不能长久压抑下去的。"① 胡适指出即使是在文言、骈文盛行的年代，白话语体也是"暗潮"涌动，可见白话语体的生机和活力。

第二节 白话报刊的兴起与大众传播

清末民初文言、白话此消彼长的发展趋势，一方面是汉语言自身的发展演变，另一方面也离不开其外在条件，即社会文化因素的影响。在文言、白话语体发展的历史长河中，二者已非纯粹的书面语区别，而是被赋予各自的文化身份和社会意义。文言、白话此消彼长的趋势同样离不开时代文化这一重要的外在因素，语言变化较大的时期恰恰是社会动荡、不同文化交流频繁以及新思想、新事物涌现的时代。社会的剧烈变动、普通民众的大迁徙以及民族文化的融合等因素对语言的发展变化具有相当重要的影响。从历史长河中

---

① 胡适：《白话文学史》上卷，台北：远流出版公司1986年版，第129页。

可以体会到，越是社会动荡、思想文化交流频繁的年代，语言的发展变化速度加快，反之则相对发展缓慢。清末民初时期便是社会剧烈变革的年代，封建体制走向没落，外敌入侵，中西文化激烈碰撞，新事物、新思想不断涌入，同时传统文人面对着救亡图存的历史使命、社会文化身份的被迫转变，一系列的社会文化变化必然带来语言本身的变革，而白话语体在这样特定的年代获取了由量变到质变的时代契机。

清末民初之际，新式的印刷技术诞生，书刊出版行业形成规模，这既促成白话小说的大量出版，又促成另一种大众传播媒介——报刊的涌现。时至清末民初，在挽救民族危亡的时代背景下，文人阶层开始寻找最佳的"利器"唤醒民众，与民众一起共担救亡图存、兴国富民的重任。在有利于启蒙教育普通民众的思维模式下，以裴廷梁为代表的维新派明确提出"崇白话，废文言"的理论主张，提倡言文基本一致的白话语体，同时重视报刊的大众传播作用，于是白话报刊的创办在清末民初之际形成热潮。

一 白话报刊的风起云涌

清末民初社会剧烈变动，激起了文人们的保国热情，为了启迪民智，他们利用先进的印刷术印制宣传册，并不约而同地开办白话报刊，借此来宣传其思想。白话报刊形成一股强大的文化潮流，从数目上也颇为壮观，陈万雄统计结果是"清末最后约十年时间，出现过约140份白话报和杂志"[1]，蔡乐苏在《清末民初的一百七十余种白话报刊》中则认为当时白话报有170多种，[2] 此外还有资料尚不明确的报刊有待进一步考证。

白话报刊，顾名思义是以白话语体书写的报刊，白话报刊成为

---

[1] 陈万雄：《五四新文化的源流》，生活·读书·新知三联书店1997年版，第234页。
[2] 参见丁守和编《辛亥革命时期期刊介绍》第5集，人民出版社1983年版，第493页。

展示白话语体的重要载体和舞台。早在1815年，传教士马礼逊创办《察世俗每月统记传》，可算是第一份近代中文报刊，当时所用语体既不是古雅的文言，也不是白话小说中的古白话，而是半文半白又掺杂外来语法的书面语言。在此报刊的序言中编者明确所刊文章"必不可难明白"，"盖甚奥之书，不能有多用处，因能明甚奥之理者少故也。容易读之书者，若传正道，则世间多有用处"。① 近代报刊具有大众传媒的特点，其读者群定位是普通大众，而非以士大夫为主，因而它自然要求在书面语言的选择上倾向于明白晓畅。1876年，《申报》所附出的《民报》上开始以白话语体作为书面语出刊。国人最早创办的白话报是1897年的《演义白话报》，紧接着有1897年的《平湖白话报》，1898年的《无锡白话报》等。自国人创办白话报始，白话报刊蔚为风潮，近代产生的一百七十余种报刊对近代意义深远，蔡乐苏评价道：

> 自甲午以后，到五四之前，短短二十余年，是我国近代思想文化发生显著变化的时期。各种报刊如雨后春笋般的出现，就是这种变化的重要标志之一。其中的白话报刊，出现的规模相当广，延续的时间比较长。深入地探究部分报刊所产生的内部原因、发展经过，以及与五四新文化运动的联系，无疑地，不仅将会有助于报刊史、新闻史的研究，而且，也会有助于近代思想文化史的进一步深化。②

蔡乐苏在前人研究的基础上，将1897年到1918年20年左右时间里出版的白话报刊进行爬梳。根据其所统计的170多种白话报刊，

---

① 参见袁进《试论中国近代文学语言的变革》，《上海社会科学学院学术季刊》1997年第4期。
② 蔡乐苏：《清末民初的一百七十余种白话报刊》，载丁守和编《辛亥革命时期期刊介绍》第5集，人民出版社1983年版，第493页。

出版地大多为大城市，以上海为最多，其次是北京、杭州等地，边疆及海外也发行出版了白话报刊。这股办报热潮主要着眼于救国救民、开通民智、宣传革命。

在1904年创刊的《东方杂志》上也可看到白话报的繁盛景象，第1卷第10期上有这样的记载："各省之有白话报，自浙江杭州始，即名为《杭州白话报》。以浙省论，继起者有《绍兴白话报》、《宁波白话报》、《湖州白话报》。此外，则有《中国白话报》、《京话报》、《智群白话报》、《苏州白话报》、《安徽俗话报》、《福建白话报》，亦皆继《杭州白话报》而起者也。"① 这是各省创办白话报的盛况，以汉文字为书写工具。

此外，《东方杂志》还注意到其他民族语言也被用来创办报刊，从整个中华民族角度来看，此类民族语言文字与汉语言文字属于不同系统，因接近本民族口语，亦可列入"特殊"白话报之列。《东方杂志》对《蒙古报》基本情况的介绍如下："京师：蒙古喀喇沁亲王近就该王府创办一《蒙文报》，系汇选各报，译成蒙文，总馆设于京师。凡内、外蒙古，及奉天、吉林、黑龙江等处，均设分馆，专为开通蒙人风气，以期自强。闻已聘雍和宫喇嘛罗君子珍为主笔，其余办事人员，亦以喇嘛居其多数。"② 西藏有藏文报刊："西藏：驻藏大臣豫，以藏中人士痼蔽已深，欲事开通，难求速效。因思渐开民智，莫善于白话报，特于藏中开设白话报馆一所，参仿四川旬报及各省官报办理，以爱国尚武，开通民智为宗旨，通篇全译唐古忒文字，取其便于番民览阅。"③ 无论是蒙古文字还是藏文创办的报纸，二者的共同特点是用民族语言文字翻译汉语而来，其目的与其他各省市白话报目标一致，为了便于本民族民众理解接受，更易于

---

① 参见《东方杂志》1904年第1卷第10期。
② 参见《东方杂志》1907年第4卷第9期。
③ 参见《东方杂志》1907年第4卷第9期。

开通民智。

1903—1904 年拒俄运动之后，资产阶级革命派登上历史舞台，他们也兴办了大量的白话报刊，为其宣传排满革命鼓吹呐喊。关于此派的白话报刊，陈万雄有一个整体描述：

> 这辈新知识分子，举凡他们所能及如办学、办报和组织团体等工作，纷纷投身其中，而办白话报即是其中一桩首着先鞭的工作。我们可以见到，原先立场依违未定的白话报如《杭州白话报》等，到 1903 年 3 月间，言论开始转向革命。同时，《童子世界》、《中国白话报》等革命的白话报，纷纷出现。随之而陆续创刊的站在革命立场的白话报有爱国学社的《智群白话报》、陈独秀的《安徽俗话报》、王世裕的《绍兴白话报》、杜课园的《扬子江白话报》、钱玄同的《湖州白话报》、刘冠三的《山东白话报》、秋瑾的《白话杂志》、《白话日报》、钱凤辇、张世膺的《江西白话报》、吴樾的《直隶白话报》和王法勤的《河北白话报》等皆是。其他如《福建白话报》、《宁波白话报》和《江苏白话报》等，虽欠确据，皆似是倾向革命的。[①]

革命派的白话报刊造成了很大的声势，客观上也实践了口语向书面语的转化。

二 重要白话报刊分析

白话报刊的意旨非常明确，即为了开启民智、普及新知，这从中国白话报刊的创刊词和序言中可以显而易见地了解到。李孝悌也引述了《大公报》征文获奖的一篇宣扬设立白话报社的文章，从侧面验证了白话报刊的内容、预想读者群以及白话书面语选择的必然

---

① 陈万雄：《五四新文化的源流》，生活·读书·新知三联书店 1997 年版，第 161 页。

性。"《大公报》在两年号的纪念征文中,有一个题目是'论推行强迫教育之法',其中一篇得奖之作就主张多设白话报社,将国家政治要闻,地方的疾苦利弊,工艺商业之发明及社会学问的进步,编为白话列入报纸,以使粗识文字的人得以了解世界状况,并增长知识。"① 正如得奖之主所设想的,白话报刊运用接近口语的白话书面语来开启民智,使普通民众接受新知,可见清末民初之际白话报刊的兴办及其意义成为共识。

白话报刊不仅与当时文人主张的言文一致相呼应,而且从白话报办刊的过程中启迪了清末民初的白话文运动,以白话作为开启民智的最佳工具。提倡"崇白话而废文言"的裘廷梁于1898年创办《无锡白话报》,后改名为《中国官音白话报》。在《无锡白话报》创刊时,裘廷梁将1897年《苏报》上发表的《论白话为维新之本》再次发表,可见清末民初的白话报刊与白话运动密不可分,白话报刊成为白话文理论的实践基地。他在《无锡白话报序》中强调办报的意旨在于开启民智:"欲民智大开,必自广兴学校始;不得已而求其次,必自阅报始。报安能人人而阅之,必自白话报始。"② 裘廷梁创办白话报是为了改革社会,而改革社会又必须启迪民智,首要之务是废科举、兴学校,不得已求其次是办报。当时已开办的公私报刊皆以艰涩的文言书写,只适合上层文人阅读,要人人能读报,必须使用白话书面语。

《中国官音白话报》以宣传通俗教育为主,其内容大致分为三部分:一是演古,运用中国文学中的经史来教育民众;二是演今,摘取中外名人的作品以及反映奇思妙想的外国小说;三是演报,涉及中外的时事新闻,同时刊载工商情况和小品文字。所谓的"演"便是指将艰涩的文言表述内容演化为白话,例如该报刊登新政的"上

---

① 李孝悌:《清末的下层社会启蒙运动:1901—1911》,河北教育出版社2001年版,第23页。
② 裘廷梁:《无锡白话报序》,《时务报》第61册。

第六章　文白消长的必然性与时代契机

谕",先刊载文言原文,然后演成白话,如:"七月十九日奉上谕:吏部奉遵议礼部尚书怀塔布等处分一折,朕近来复次降旨,戒谕群臣,令其破除积习,共矢公忠。""(演译文)吏部遵著意旨,议礼部尚书怀塔布的处分。议定了,上了一个折子。十九日奉上谕道:朕近来复次降旨,儆戒各部大臣,教他们去除习气,忠心为国。"①裘廷梁不仅从理论上积极倡导白话,而且创办白话报,通过改革书面语达到开通民智的意图。

当时影响较大的白话报还有 1901 年创刊的《杭州白话报》和 1903 年创办的《中国白话报》,这两大报刊均与林白水关系密切。

1901 年《杭州白话报》在杭州创办,1904 年停刊,参与编撰的文人有陈叔通、林白水等人,其内容主要是以鲜明的立场针砭时弊及国际大事,并提出改革的主张。林白水明确指出该报纸是为了开新风气:"杭州白话报是开风气的事体,诱人识字的一件宝贝。……看白话报的人越久越多,那新风俗、新学问、新知识必将出现在所处的老大中国了。"② 为追求启民智、开风气,《杭州白话报》书面文字走向通俗,全部文章采用白话书面语,使读者读之能晓。如此一来看报纸的人多了,民众的学问、知识得以更新,其对白话语体取代文言语体作用不可小觑。

《中国白话报》也是较早提倡白话书写的刊物,林白水既是该报的主办人,同时也是该报论说、小说、新闻、时事问答等栏目的主要撰稿人。林白水发表了很多白话文章,刘师培也曾经在该报上发表有关历史、地理、学术、传记等方面的白话文章。《中国白话报》的预想读者群不局限于知识分子,还有下层民众和青少年,因此所选用的语言不可能是上层精英文人所熟悉的文言,而是能够为普通

---

① 范放:《中国官音白话报》,载中科院近代史资料编辑组《近代史资料》1963 年第 2 期。
② 宣樊子(林白水):《论看报的好处》,载丁守和编《辛亥革命时期期刊介绍》第 2 集,人民出版社 1983 年版,第 63—80 页。

大众所接受的白话书面语。林白水甚至攻击中国传统读书人所用的文言书写文章空洞无文,认为只有大众能够接受的白话语体文章才有用:"我们中国最不中用的是读书人。那般读书人,不要说他没有宗旨,没有才干,没有学问,就是宗旨、才干、学问件件都好,也不过嘴里头说一两句空话,笔底下写一两篇空文,除了这两件,还能干什么大事呢!"① 林白水的这篇发刊词彻头彻尾采用了接近口语的白话,但其言说有失偏激,文章是否空洞关键不在于语体的选择,文言、白话仅是传达思想的书面工具而已。究其原因在于林白水过分强调白话报刊的社会功用,将救国的希望寄托于普通大众,白话语体成为其启发教育下层民众的有力工具,林白水对白话语体的实践和推崇在文言白话此消彼长趋势中功不可没。

五四新文化运动的主将如陈独秀、胡适等人,在清末民初之际也兴办白话报,参与晚清白话书面语的实践。1904年3月《安徽俗话报》在安徽芜湖出版,于1905年8月停刊,陈独秀担任主编,共发行22期。他在该报第一期便说明兴办白话报的缘由:

> 现在各种日报旬报,虽然出得不少,却都是深文奥义,满纸的之乎也者矣焉哉字眼,没有多读书的人,那里能够看得懂呢。这样说起来,只有用最浅近最好懂的俗语,写在纸上,做成一种俗化报,才算是顶好的法子,所以各省做好事的人,可怜他们的同乡不能够多多识字读书,难以学点学问,通些时事,就做出俗话报,给他们的同乡亲戚朋友看看。现在已经出了好几种:上海有中国白话报、杭州有杭州白话报、绍兴有绍兴白话报、宁波有宁波白话报、潮州有潮州白话报、苏州有苏州白

---

① 林白水:《中国白话报发刊词》,载丁守和主编《辛亥革命时期期刊介绍》第1集,人民出版社1983年版,第442页。

话报。①

于是陈独秀创办安徽人可以看到的白话报,期望运用通行俗话书写的白话报能够让没钱多读书的安徽人了解时事,增长见识。《安徽俗话报》涉及的内容有改良社会不良习俗、国内外及地方性新闻、提倡教育实业,另外还有诗词、小说戏剧的刊载。从《安徽俗话报》的俗语体选择以及涉及内容来看,它属于面向普通民众的刊物。

五四白话文运动的主将胡适参与编撰《竞业旬报》,进行白话语体的实践。《竞业旬报》于1906年10月在上海创刊,当时由傅君剑、谢消庄、丁洪海、胡适等担任编辑。其办报宗旨与其他白话报类似,之所以作为重点报刊介绍,是为了说明清末民初白话报刊的创办对五四白话文运动的"前"影响。胡适在《四十自述》中回忆道:

> 竞业学会的第一件事就是创办一个白话的旬报,就叫做《竞业旬报》。他们请了一位傅君剑先生(号钝根)来做编辑。《旬报》的宗旨,傅君说,共有四项:一振兴教育,二提倡民气,三改良社会,四主张自治。其实这都是门面语,骨子里是要鼓吹革命。他们的意思是要'传布于小学校之青年国民',所以决定用白话文。②

三 白话报刊与文白消长之意义

白话报刊不仅对报刊史、新闻史发展研究具有意义,更有助于探讨近代思想文化的变革,而文白此消彼长是其内容之一。白话报刊对思想文化的语言文字载体影响深远,它对汉语书面语由文言向

---

① 陈独秀:《开办安徽俗话报的缘故》,《安徽俗话报》第1期。
② 胡适:《四十自述》,安徽教育出版社1999年版,第57页。

白话的转变意义深远，加速了文言的消亡和白话主导地位的确立。

白话报刊的出现显然与启迪民智的宣传密切相关，但是它的作用不仅在于此，后来许多学者将其与国家现代化进程联系在一起，强调白话报刊的深远影响。陈万雄评价道："白话报的出现，除宣传革命、做舆论的鼓吹外，还具有开通民智、疏导文明的作用，长远目标则是国家民族的改造，以臻中国于近代化。不能认定，如创办白话报的工作，只属'狭隘的宣传工具'。"[①] 中国现代化的进程得益于白话报的繁盛，白话报刊传播了许多与传统不同的新观念、新思想。对此旷新年也有类似的观点："白话文运动的高潮后面总是蕴藏着一个远为广阔的知识扩张和知识变迁的背景。在清末，白话文运动明显地和'新知'或'西学'的知识涌入有关；在五四，白话文运动与新文化运动，与'欧化'或'西化'结合在一起。"[②] 清末民初的白话报刊毋庸置疑地处于白话文运动的重要组成部分，当然也是认可了白话报刊对传播现代思想观念的意义。

从传播学角度来看，传播媒介与语言符号密不可分。白话报刊是一种新的传播媒介，而这种新的媒介需要相应的语言符号，清末民初的白话报刊使用白话书面语是新的大众传播方式的必然。晚清时，白话报刊创办的宗旨和预设的大众读者群已规定了其大众传播的特质，其语言符号自然是通俗的白话语体，但白话报刊的白话语体不同于传统小说戏曲中的古白话，而且是更接近口语。

1897年11月资产阶级维新派创办《演义白话报》，《白话报小引》中明确办报宗旨和语体选择："中国人要想发奋立志，不吃人亏，必须讲求外洋情形，天下大势，必须看报。要想看报，必须从白话起头，方才明明白白。"[③] 所谓的中国人已不仅是代表社会精英

---

① 陈万雄：《五四新文化的源流》，生活·读书·新知三联书店1997年版，第156—157页。
② 旷新年：《胡适与白话文运动》，《中国现代文学丛刊》1999年第2期。
③ 《白话报小引》，《演义白话报》第1号，1897年11月7日。

第六章　文白消长的必然性与时代契机

的士人阶层，而且是全体民众。国民欲自立自强，必须了解中外时事，报纸是传播的重要媒介，语言符号必须用白话才能让大众明白。陈荣衮在《论报章宜改用浅说》中曾经说过："地球各国之衰亡强弱，恒以报纸之多少为准。民智之开民气之通塞，每根于此。……多用文言，此报纸不广大之根由。"① 陈荣衮认识到报纸这一大众传播媒介对国家兴亡的作用，报纸数量多则民智开，国家才能富强。涉及报纸所用的书面语，文言语体多则报纸不易推广，白话语体与报纸大众传播方式特质契合，白话语体与大众的贴近成为报纸的主流书面语。

白话报刊中白话的大量使用是时代和文化普及大众的需要，也是白话报刊作为大众传播媒介对语言变革的内在要求。白话报刊的书面语来自普通民众所熟悉的口语语言，这样才能使民众接受，达到启迪民智的目的，基本上符合清末民初文人对"言文一致"的追求。刘师培一向被认为是坚守文言语体的"国粹派"，但他并不反对在启迪民众时使用白话，与当时许多文人类似地持文言、白话功能分殊论的观点。他曾论述清末民初时白话报刊对白话书面语发展的意义："近岁以来，中国之热心教育者，渐知言文不合一之弊，乃创白话体之报，以启发蒙愚。……中国自古代以来，言文不能合一，与欧洲十六世纪以前同。欲救其弊，非用白话未由，故白话报之创兴，乃中国言文合一之渐也。"② 无论是清末民初"国粹派"还是革新派，二者均是在启迪民智、挽救民族危亡的功利目的下，改革中国言文不合之弊，而白话报刊所使用的白话基本实现了言文合一的目标。

此时的白话也有弊端，太过追求与大众口语的接近，忽视了口

---

① 陈荣衮：《论报章宜改用浅说》，载陈荣衮《教育遗议》，台北：文海出版社1973年版，第29页。
② 刘师培：《论白话报与中国前途之关系》，《警钟日报》1904年4月25日。

语和书面语的区别。有学者认为白话报刊的白话书面语是模拟口语写作的书面语："与'五四'白话文运动把口语转变为书面语不同的是，近代白话写作无意于改造白话本身，而是尽量贴近口语，以口语的原生态为最高的境界，而不是美，或者实用，或者其他。白话本身就倾向口语，但特别强调那种说话的感觉，就可能是有意为之的亲切了，是特意营造的一种贴近口语的语言风格。这种语言风格，我们称之为模拟口语写作，总的来说，近代报刊白话文都有模拟口语写作的倾向。"① 虽然白话报刊的白话与真正书面语意义上的白话仍存在差距，但它毕竟推动了文言、白话的此消彼长，白话报刊极重要的社会意义在一定程度上动摇了文言语体的主导地位。

五四时期大力提倡白话文学的胡适在晚清也有白话语书写的经历，他参与主编白话报《竞业旬报》，并在该报上发表白话文和白话小说，这可称得上是胡适早年的白话文训练。对于清末民初白话报刊对他的影响，他在回忆中说道：

> 这几十期的《竞业旬报》，不但给了我一个发表思想和整理思想的机会，还给了我一年多作白话文的训练。清朝末年出了不少的白话报，如《中国白话报》《杭州白话报》《安徽俗话报》《宁波白话报》《潮州白话报》，都没有长久的寿命。光绪、宣统之间，范鸿仙等办《民国白话日报》、李莘伯办《安徽白话报》，都有我的文字，但这两个报都只有几个月的寿命。《竞业旬报》出到四十期，要算最长寿的白话报了。我从第一期投稿起，直到他停办时止，中间不过有短时期没有我的文字。和《竞业旬报》有编辑关系的人，如傅君剑，如张丹斧，如叶德

---

① 杜新艳：《白话与模拟口语写作——〈大公报〉附张〈敝帚千金〉语言研究》，载夏晓虹、王风等编《文学语言与文章体式——从晚清到"五四"》，安徽教育出版社2006年版，第379页。

第六章　文白消长的必然性与时代契机

争,都没有我的长久关系,也没有我的长期训练。我不知道我那几十篇文字在当时有什么影响,但我知道这一年多的训练给了我自己绝大的好处。白话文从此成了我的一种工具。七八年之后,这件工具使我能够在中国文学革命的运动里做了一个开路的工人。①

可见清末民初时期白话报刊的风起云涌对白话语体最终取代白话语体意义重大。

陈平原评价白话报刊对五四白话文学革命的影响时谈道:"裘廷梁只是认定白话乃'维新之本',不考虑其审美价值;梁启超意识到'俗语之文学'乃文学进化之关键,但仍以文言写作。所有这些,使得晚清白话文章艺术水平不高。可白话报刊的出现,培养了新一代读者的文体感,对'五四'文学革命影响很大。考察陈独秀、胡适之从《安徽俗话报》《竞业旬报》走到《新青年》的历程,不难明白这一点。"② 陈平原过于强调五四时期文学语言变革的重要性,认为晚清的白话报刊不仅训练了五四白话文学的主将,而且培养了新一代的读者群,实际上忽视了晚清裘廷梁、梁启超等人对文白消长趋势的意义。

白话报刊培养了普通民众的白话书面语阅读能力,主要表现在清末民初时官府和民间"有志"之士对白话报刊的极力普及。在这方面官府和民间达成共识,前者试图利用白话报刊的教化功能训导民众,后者启迪民智传播新知,客观上使更多民众接触白话报刊及白话书面语的表达方式,为白话取代文言培养了一批受众。《东方杂志》记载了许多关于地方官员和民间志士设立阅报处、阅报社、阅报馆及宣讲白话报刊的史料,举例说明:

---

① 胡适:《四十自述》,安徽教育出版社1999年版,第64—65页。
② 陈平原:《中国散文小说史》,上海人民出版社2004年版,第195页。

直隶：严牧以盛在景州任时，曾联合学界同志，设立阅报处兼附宣讲所，购报二十余种供人观觉。长垣县朱大令佑保，自到任后因举办各项新政，士庶中尚多留心时务之人，而乡民绝少热心公益之辈，缘于城内设立宣讲所，仿照宣讲乡约之例，并附以各项报章，选派绅士按期讲演，年余以来，下流社会已渐开通云。①

白话报刊的盛行还影响到中国教科书的编订，间接地通过教育途径扩展白话书面语的影响力。郑国民在《语文教科书的变革历程》中谈道："1897年梁启超曾发表文章主张学习日本变法的经验，用通俗文字来启发民智。一些具有维新思想的人士创办了大量的白话报纸，有的报纸一条新闻用文言和白话各报道一次。毫无疑问，白话报纸的出现和编辑方法对白话语文教科书产生了重大的促进作用。另外，教会为了传教的方便，把教义和别的书籍翻译成白话，使学者容易学习，这在一定程度上对白话语文教科书的编制有所启发和借鉴作用。"② 在《东方杂志》上也有类似的表述："奉天：《东三省日报》总理童君汝川，近约同志数人，组织一《小学报》，以浅近文字发挥普通知识，为小学教育之佐助。"③

总体来看，清末民初白话报刊以接近口语的白话为书面语，以普通民众为预设读者群，向大众传播新知，承担起在历史上曾经专属于文言语体能传达的社会重任。其不仅借白话报刊扩展了大众的认知，而且更重要的是成为白话最终取代文言的重要环节。白话报刊提供了训练白话书面语的"场地"，与此相对应也培养了普通民众

---

① 参见《东方杂志》第5卷第1期，1908年2月26日。
② 郑国民：《从文言文教学到白话教学》，北京师范大学出版社2000年版，第88页。
③ 参见《东方杂志》第4卷第7期，1907年9月2日。

对白话书面语的接受能力。

第三节 社会文化运行机制变化与文白此消彼长

在中国长达两千年的封建体制下，以儒家经典为核心的科举制度和教育体制使文言书面语一直被视为正统书面语。封建体制下的文人在科举指挥棒下皓首穷经，在文言书面语为载体的经文中磨砺，既能熟练阅读文言古书，而且可以熟练地操作文言书面语。清末民初，整个社会文化运行机制逐渐地发生变化，文言书面语所依存的根基动摇之后必将走向式微，而言文一致且更符合语言文字发展规律的白话蒸蒸日上。同时，中国书面语受到西方文化的影响，启发中国追求言文一致的书面语变革，中西文化的交流大大丰富了汉语书面语。

一 科举废除与文人身份转变

（一）科举制度保障文言书面语的稳固地位

科举制度作为一种选拔人才的政治制度，始于隋唐，到清末废止，其中元代初期停用几十年，此制度沿用1300多年之久，其影响颇为深远。科举制度不仅在维护社会政治稳定、传承儒家文化等方面发挥着重要作用，而且以儒家典籍为核心的科举制度保障了文言书面语的优势地位。

首先回顾一下中国科举制度的形成演变以及如何保证文言语体在封建体制下的优势地位。

一般认为，中国科举制度最早始于隋朝，隋炀帝时设置明经、进士二科，以试策取士。唐代进一步发展完善，唐代科举选士科目更加细化，分为常科和制科，每年分期举行称作常科，由皇帝下诏临时举行叫作制科。其中常科包括秀才、明经、俊士、进士、明法、明字、明算、一史、三史、开元礼、道举、童子等。唐代科举科目之中，明经、进士两科最受重视，其中进士为最重，明经次之，进士科主要以考核诗赋为主，因而作诗写赋成为学子自幼学习的重心。学子们将大量的时间、精力用在熟背经文和学习作诗方面，促进了唐代诗文的繁荣。延续唐朝科考内容，宋初科举考试也重视诗赋。应科举的内容和要求，文人们将精力用于讲究华丽辞章造句，雕琢文字，形成虚浮文风。宋中期王安石对科举进行改革，考试内容改为经义，所谓经义便是将四书五经、程朱理学列为考试内容，从四书五经中出一题目，由考生用文言书面语作文章，文章有基本格式：破题、接题、小讲、缴结、官题、原题、大讲、余意、原经、结尾共十部分，这成为明清八股文的前身。科举考试发展到明代，考试内容主要还是对儒家经典的记忆和解释，对文章格式的限制更加严格，即八股文。八股文又称制义、制艺、时文、八比文，仿照宋朝经义，以古人语气即文言语体撰文，而且文章结构排偶均有严格要求。首先从所论内容来说，以四书五经取题，代圣人立说，文章分为破题、承题、起讲、入手、起股、中股、后股、束股等八股，其中每两股为一段，要求两股是平仄相对文字，这样的文章格式被称为八股文。[①] 清代沿袭明代八股取士制度，文章格式增加许多限制，要求越来越烦琐。

　　科举考试是文人入仕的唯一出路，读书成为晋身之阶，科举考试内容以及文章语言体式的严格要求和限制，使得士人自幼读书始便遵照科考要求，背诵记忆四书五经，除熟悉四书五经的章句经义之外，还要模仿四书五经古文进行文言书面语的训练，从而娴熟地掌握文言体制与做法。可见，千百年来，科举制度使得文言书面语成为读书人安身立命的重要组成部分，文人一旦科举成功，便更有

---

① 黄笃清：《八股文鉴赏》，岳麓书社 2006 年版。

第六章　文白消长的必然性与时代契机

效地掌握文言的书写权利,将其身份晋升为上层文化精英,以文言书面语行使其贵族话语权。明清之际,八股取士成为众多读书人进仕之途,八股文成为读书人求得功名利禄的敲门砖,而时文的训练必须熟读经书多加模仿,于是读书人一生沉浸于经文之中,"学而优则仕"成为读书人的最高理想。从科举考试制度整个运行机制来看,一千多年的科举制度保障了文言书面语的优势地位,封建科举制存则文言书面语不亡。虽然白话书面语在文学史中早已占据一席之地,但是仍然作为文言书面语为标准的雅文学对立面俗文学而存在的。文言书面语为上层士人掌握,而白话则属于平民语言,二者有雅俗高低贵贱之分。在封建科举制度的规定下,白话替代文言的书面语变革没有可能。白话取代文言的质变只有在一定的历史条件下才能发生,在此之前只能在文言书面语的笼罩下进行量变的积累。

(二) 科举废除与文言走向式微

八股文过分追求语言形式,将文言书面语发挥到极致,同时也促使文言语体成为"死"语言。八股科举取士的弊端日渐暴露,尤其是面对内忧外患,八股取士制度已不能适应时代的需求,改革成为历史的必然。

科举八股取士最大的弊端在于引导读书人将全部精力用于追求功名,创作代圣人立言的八股制艺。求取功名的读书人钻研考官之所好,每榜所录取的进士文风,成为当时读书人模仿的目标。以八股制艺为主流的文风一直持续到清代,绝大多数读书人用"十年磨一剑"的意志训练八股文章,熟读经书以及滚瓜烂熟地记忆经典时文,从而创作符合八股要求的内容体式。如此耗费精力的八股文写作,完成之后没有任何意义。科举八股取士禁锢了读书人的思想,无益于世道人心,读书人完全成为八股文言书面语的"奴隶"。

关于科举弊端,明清时出现改革的呼声,如顾炎武、魏禧等人,他们认为八股文虚浮文风盛,既禁锢文人思想,又与时政无用。清康熙二年曾将八股取士改为策论为主,清康熙二年诏书曰:"八股文章，实于政事无涉，自今之后，将浮饰八股文章永行停止，惟于为国为民之策论中出题考试。"礼部遵旨议覆，从甲辰（康熙三年）科始，"乡会考试，停止八股文，改用策、论、表、判"①。清康熙七年恢复旧制，仍用八股取士。到了戊戌维新时期，康有为、梁启超等先进知识分子深刻认识到八股文言文的危害，认为八股文腐蚀人心、败坏社会，奏请废除八股取士，改用策论，试图改变文言书面语写作的僵化状态。同时他们还建议与科举制紧密关联的学校教育实行改革，阻断八股取士科举制度的源头，如康有为的《请开学校折》、梁启超的《变法通义·学校总论》。为适应社会发展的需求，政府急需培养科技人才、外语人才，但由于科举制度的存在，学生仍以求取功名为目标，妨碍新式学堂在读书人中的吸引力，不利于近代实用性人才的培养。当时开明文人欲通过科举体制改革，让读书人从文言八股文中解放出来，学习更多实用之学。在时势的逼迫之下，清政府于光绪三十一年（1905）颁布上谕废止科举制度。自此，保证文言书面语优势地位的科举制度废止，而文言书面语的优势地位也开始动摇。

梁启超则从汉语正统书面语言与口语语言分离的角度，分析八股文加重文言分离，让文言书面语走向僵化。他在《变法通义·论幼学》中论述道：

> 古人之言即文也，文即言也。自后世语言文字分，始有离言而以文称者，然必言之能达而后文之能成，有固然矣。故学缀文者，必先造句，造句者，以古言易今言也。今之为教者，未受训诂，未受文法，闶然使代圣贤立言，朝甫听讲，夕即操斛……又限其格式，诡其题目，连上犯下以钤之，擒钓渡挽以凿之。意已尽而敷衍之，非三百字以上弗进也；意未尽而桎梏

---

① 参见王德昭《清代科举制度研究》，香港中文大学出版社1988年版，第161页。

第六章 文白消长的必然性与时代契机

之,自七百字以外勿庸也;百家之书不必读,惧其用僻书也;当世之务不必读,惧其触时事也。以此道人,此所以学文数年,而下笔不能成一字者比比然也。①

梁启超认为书面语与口语最初是一致的,"言即文""文即言",后来出现了言文分离。作为正统的文言书面语必须学习造句缀文才能掌握,将口中所说的"今言"转化成文言书面语"古言"。八股文文言书面语形式上的种种严格限制,使得读书人丧失思想,文章动则模仿,完全沦为代圣人立言的境地,如此学习的文言书面语虽经数年,但未必能够真正熟练操作它书写文章。

可见,近代科举制度的废止使文言书面语的优势地位被质疑,同时摧毁了读书人"学而优则仕"的仕进之途,文人身份发生转变,其安身立命的方式也被迫发生转变,这种转变同样带来文言书面语的式微,扩展了白话书面语的书写场域。

(三) 文人身份转变与白话地位的提升

科举废除后,八股文失去原有的优势地位,传统读书人"朝为田舍翁,暮登天子堂"的梦想破灭了,"学而优则仕"的传统也结束了,传统读书人无法凭借科考取得生存权。弊端重重的文言八股文也失去其市场,文言书面语也失去了一个特有的载体。科举废除对传统读书人影响很大,传统社会中位居四民之首的"士"开始向现代知识分子转变,中国数千年士大夫作为精英阶层的命运终结。

张灏指出,科举废除后文人身份心态发生的重大变化:"现代知识分子参加中央与地方权力机构的管道因此被切除了,他们的政治社会地位被边缘化了。同时需要进一步指出的是,知识分子的文化地位和影响力并未因此而降落,反而有上升的趋势,这主要是因为透过转型时代出现的新型学校、报纸杂志以及各种自由结社所形成

---

① 梁启超:《变法通议·论幼学》,载《饮冰室合集》,中华书局1994年版,第48页。

的学会和社团,他们在文化思想上的地位和影响力,较之传统士绅阶级可以说是有增无减。因此形成一种困境:一方面他们仍然拥有文化思想的影响力,另一方面他们失去以前拥有的政治社会地位和影响力。"① 科举制度废除后,知识分子被迫丧失了原有的政治社会地位,必须寻找其他安身立命之处,传统读书人需面对社会现实,于是一大部分传统读书人被迫放弃四书五经,放弃文言书面语,转向创作白话小说、白话报刊。随着出版印刷技术的发达,小说创作、白话报刊能够获得丰厚的报酬,于是传统读书人开始由士大夫转向职业作家。不可否认,传统读书人仍拥有社会话语权,仍在思想文化中发挥着重要作用,但对于个体人来说,生存成为传统读书人首先考虑的问题。

读书人由士大夫到职业作家身份发生转变,袁进认为二者身份差别很大,并从书写角度分析二者的差异:"古代士大夫与现代作家的区别主要有三条:一是古代士大夫有自己独特的身份确认,所谓'读圣贤书,所学何事'。它以'内圣'即追求儒家理想人格为准则,'儒学'被称为'儒教',大半也是由于它有这样的追求;现代作家虽然也有自己的道德追求,却没有这样的身份确认。二是写作面对的对象不同,士大夫主要是为士大夫和帝王写作的,他的写作不面对普通老百姓;现代作家则是为公众写作的,有的作家也可能面向精英写作,但他们在面向精英写作的同时也面向公众,而且他们缺乏士大夫的身份确认,也不可能像士大夫那样形成一个阶层,他们与为普通百姓写作的作家的距离也不可能像士大夫那么远。三是士大夫虽然写作,却未必一定以写作为职业,他们谋生有着多种选择;而现代作家则已经选择了以写作为职业,

---

① 张灏:《中国近百年来的革命思想道路》,载许纪霖编《二十世纪中国思想史论》下,东方出版社2000年版,第387页。

他们依靠写作来谋生。"① 士大夫追求"内圣外王"的理想,他们对自己有着独特的身份确认,其书写是为帝王服务或在士大夫阶层传播,而且谋生手段多样,他们是依附于封建王朝而生存的。从士大夫的三个书写文化特点来看,他们所操持的书面语只能是文言语体,而不可能选择白话通俗语言,因而在《四库全书总目》等钦定书目中文言小说可以被录入,而白话小说被排斥在外。一切公共领域的文字书写,士大夫均采用典正的文言语体,以提升严肃性、权威性、贵族化,以文言书面语作为雅文学的语言标志。

一旦科举废除,读书人转为士大夫之途中断,读书人身份心态则发生变化,必将读书人推向平民大众,使其将用通俗语言创作通俗文学作为谋生途径。元朝时,蒙古族入主中原,长时间停止科举,读书人失去了通过科举做官的机会,这让一部分读书人转向以普通民众为对象的通俗文学创作,如关汉卿、马致远、王实甫、罗贯中、施耐庵等人。此类作家群作品语言比较通俗易懂,被看作是古白话文学的重要组成部分。

清末科举废止,读书人的士大夫身份一去而不复返,为谋生所需他们被迫转向卖文而生,职业作家群形成。士大夫转变为职业作家,"内圣外王"的身份确认不存在了,其书写对象转向普通大众,主要依靠写作谋生,这一切决定了文言书面语存在的历史作用不复存在。其书写对象主要是普通大众,读书人逐渐放弃文言书面工具,采用更多普通大众所能接受的白话书面语。

清末民初近二十年时间,白话小说蔚然成风,从创作数量以及参与创作的作家来看,均达到前所未有的巅峰。据统计,1900—1919年,长篇白话通俗小说达五百余部,白话短篇小说则更多。② 为了谋生的

---

① 袁进:《中国文学的近代变革》,广西师范大学出版社2006年版,第23页。
② 参见江苏社科院文学所明清小说研究中心编《中国通俗小说总目提要》,中国文联出版社1990年版,第11页。

需要，以及在社会政治身份丧失后借此扩大思想文化上的影响，传统读书人被迫放弃八股科考后，转向白话小说创作，如曾朴的《孽海花》、李宝嘉的《官场现形记》、刘鹗的《老残游记》等，均以白话为书面语进行创作，基于经济利益的考虑、写作对象的转移以及启迪民智的时代需求，他们选择白话书面工具。

科举制度废除后，传统读书人身份发生转变，选择人生的其他安身立命之所，从当时影响较大的白话小说作家身世经历便看出此种端倪。曾朴出身书香世家，自幼接受私塾教育，由名师教导学习八股时文。1890年，曾朴考中秀才，1891年赴南京应乡试中举，1892年应廷试未中，其父亲为他捐内阁中书，留京供职。甲午战争后，曾朴看到中国清朝政府的无能，认为只有学习西方才能挽救时局，因而转入同文馆学习法语，还一度创办实业、新学。1904年，曾朴伙同他人创办小说林社，专门发行小说及东西洋小说译本。1907年曾朴创办《小说林》，募集包括家庭、社会、教育、科学、理想、侦探、军事等多种题材的小说，这些小说基本采用纯粹的白话或浅近的文言。曾朴还续写金松岑创作六回的《孽海花》，运用白话书面语一气呵成，这成为曾朴一生最大的文学成就，使之荣登"四大谴责小说"作家之列。

此外还有《官场现形记》的作者李宝嘉，科举制度弊端日益严重，且有覆亡之势，因而李宝嘉以第一名考中秀才之后，不愿将精力浪费于科举考试上，当然客观上科举制度的废除也阻断了科考取仕之途。因而，他转向办报、写小说，使用白话书面语创作《官场现形记》，揭露晚清官场的种种丑陋现象。梁启超也是如此，他从秀才到考中举人，一直以科考为目标，接受严格的传统儒学训练，但时代的巨变使他认识到中国培养选拔人才方式的弊端，主动倡导学堂变革。他放弃八股文风，创办报刊，提倡新文体，并用浅易文言变革古板的八股文言，这是文言走向式微，向白话调整的过渡阶段，他还尝试用白话文创作小说。

由此可见，科举制度废止对社会方方面面产生了深远影响，尤其改变了文人安身立命的方式。一向保障文言优势地位的科举制度废止后，汉语书面语中文白此消彼长趋势更加显著。

二 教育改革与白话书写

在时代巨变的冲击下，随着洋务运动、甲午海战以及戊戌变法的影响，1905 年科举制度废除，新式教育被提上日程。梁启超谈到创办新式教育的时代原因，"甲午受创，渐知兴学，学校之议，腾于朝庑"[①]。维新派重要代表人物康有为宣扬教育救国的理念："尝考泰西之所以富强，不在炮械军兵，而在穷理劝学。"[②] 知识分子认识到列强强大的根本原因不仅仅在于强大的军事技术，而在于发达的现代教育制度。科举制度废除之后，进步的知识分子开始宣扬新的教育观念，主张教育救国，并在各地设立学堂，改革教育内容，改进或编订教材以及创办教育类报纸杂志，新教育制度逐渐建立。新教育制度与我国传统教育体制在教育对象、教育内容以及教材选择诸方面存在着不同，进而也与语言文字的变化发生联系。

（一）知识普及性教育代替贵族式教育

中国传统教育体制与科举制度紧密联系，在清末新学堂建立之前，中国没有完整的公共教育体系，主要通过家庭（家族）创办私塾承担教育功能。科举制度之下，教育内容与科举考试保持高度一致。唐以诗赋为科考主要内容，则唐诗兴盛；宋代重视经义，读书人重视之；明清八股文取士，则文人则以学习八股文为主业。科举制度成为读书人选择读书作文的风向标，读哪些书，作什么文，甚至只能选择文言书面语均是严格按照科考的要求。一个无法改变的

---

① 梁启超：《倡设女学堂启》，载《饮冰室合集》文集之二，中华书局 1989 年版，第 20 页。

② 康有为：《上清帝第二书》，载汤志钧编《康有为政论集》上册，中华书局 1981 年版，第 130 页。

事实是中国传统教育是少数人的教育，或者是贵族子弟享受教育，或者是很少一部分底层读书人才愿意读私塾，通过科举改变身份地位，一旦登第，其身份转变为贵族。因而在旧教育体制下，教育属于贵族化教育，少数人享有的教育，而文言书面语是士大夫身份的象征，是区别于俗众的重要符号，可想而知，传统教育对象的限定性规约着文言占据主导地位的书面语形式。

科举制度废除，中国传统教育体制渐趋瓦解，教育对象发生很大变化，由少数人享有的贵族化教育转向大众普及性教育。大众普及性教育根源于强国富民、抵御外辱的时代需求，因而它将教育对象扩展至普通民众。当时主张创制新字母文字的王照认识到文人教育和众人教育的天壤之别，认为这与中国书面语特点有关：

> 世界各国之文字，皆本国人人通晓。因其文言一致，拼音简便，虽极钝之童，解语之年，即为能读文之年。以故凡有生之日，皆专于其文字所载事理，日求精进。即文有深浅，亦随其所研究之事理渐进于深焉耳。无论智愚贫富老幼男女，皆能质编寻绎。……而吾国则通晓文义之人百中无一，专有文人一格，高高在上。占毕十年或数十年，问其所学何事。曰：学文章耳。此真世界中至可笑之一大怪事。且鲁钝之人，或读书半生而不能做一书柬。惟其难也。……文人与众人如两世界。①

中国传统教育集中在学习如何用文言书面语写文章，十年或几十年专学作文章，如果是笨拙的人可能半辈子也难以达到可以做书柬的程度。繁难的文言书面书写使得中国通晓文义的人很少，文言书面语掌握者成为高高在上的文人，这些文人拥文自重，形成与普

---

① 王照：《官话合声字母原序》，载《小航文存》卷一，台北：文海书店1968年版，第27—28页。

第六章 文白消长的必然性与时代契机

通大众不同的身份确认,可见书面文字在阶级身份确立中发挥的作用。如果扩大教育范围,无论智愚贫富老幼男女均能读书写字表达,则必须寻求一种言文一致的书面语形式,同时也可以节约学习文字工具的时间,将人生中的大多数时间和精力放在"文字所载事理"上。

劳乃宣与王照观念相似,亦认为中国文字繁难,想使中国富强,必须普及教育,而只有改革繁难的文字才能增加普通民众识字的机会。他说:"我国自古以来,专用汉字,别无此项易识之字以为补助,故惟上等之人乃能识字,国民教育难于普及愚氓。今年中国各处有志教育之士,有鉴于此,创造易识之字者不一而足。而以京师拼音官话书报社所定官话字母为最善。"[①] 他指出,为向民众普及教育,有志之士开始语言文字改革,有的甚至提出以拼音文字代替汉字,劳乃宣并不主张拼音完全取代汉字,但可以用拼音来辅助识字,劳乃宣晚年也热衷于编著简易文字教授民众识字。

科举废除后,因时代需求,中国传统教育对象由少数人享有的贵族化转向大众化的普及性教育,艰涩难懂难学的文言书面语表达仅属上层文人阶层,大众普及性教育的实行首要的便是改革语言文字,一部分文人开始言文一致的改革,有的甚至提出以拼音文字代替象形文字。因拼音文字虽然能够达到言文一致,但中国地域广阔,民族众多,方言林立,拼音文字并不符合中国国情。同时文化具有一定的历史传承性,言文基本一致的白话书面语在长期历史发展中,日益形成较成熟的通俗大众书面语,在清末民初教育变革历史背景下,逐渐成为优势书面语。

(二)蒙学教材及读物的通俗化

面对近代社会巨变,启蒙教育成为新教育体制下的重要目标之

---

① 劳乃宣:《桐乡劳(乃宣)先生遗稿》卷二,台北:文海书局1969年版,第7—8页。

一，蒙学教育不仅包括开智的儿童，还包括妇女以及下层民众。梁启超说：

> 故远古及泰西之善为教者，教小学急于教大学，教愚民急于教士夫。嗟夫！自吾中国道术废裂，舍八股八韵大卷白折之外，无所谓学问。自其就傅之始，其功课即根此以立法。驱万万之童孺，使之桎梏汩溺于味根串珠对偶声病九宫方格之中。一书不读，一物不知，一人不见，一事不闻。闭其脑筋，瘫其手足，窒其性灵，以养成今日才尽气敝之天下。①

因处于传统教育体制与现代教育体制转型阶段，一部分接受传统教育体制的读书人已形成了较稳固的思想文化理念。为了培育真正新式人才，教育应从蒙学教育开始，蒙学教育的特点也显示出白话书面语的绝对优势，它也促进了白话代替文言的进程。

因教育之前没有文字储备，必须设立教材和辅助材料进行识字作文训练，以白话书面语还是文言书面语作为教材对二者地位影响较大。在传统教育体制下，教材大体分为两类：一种是启蒙识字性质的教材，如《三字经》《百家姓》《千字文》《神童诗》《千家诗》《幼学》等；另一种是应科举考试所需教材，如"四书""五经"《史鉴》《古文辞》等。这些教材均是文言书面语，读书者受文言书面语的耳濡目染以及专门文言书面语作文的训练，使得之后书写必然选择文言书面语。

新式教育体制下，为了使所教内容易晓易学，教材编订文字趋向浅易，甚至推行白话教材。白话报刊以及教会传教印刷白话书籍均对白话教科书编订有所启发，白话教材的产生有一定的语言文化基础，

---

① 梁启超：《蒙学报·演义报合叙》，载《饮冰室文集》卷二，中华书局1994年版，第56页。

第六章 文白消长的必然性与时代契机

白话小说、白话报刊以及教会宣传的白话书籍等均以白话书面语呈现，学校蒙学教育亦采用白话书面语，以更好达到开蒙的目的。

梁启超主张以白话小说作为蒙学的读物，因为白话书面语更能为大众所接受："古人文字与语言合，今人文字与语言离，其利病既屡言之矣。今人出话，皆用今语，而下笔必效古言，故妇孺农氓，靡不以读书为难事。而《水浒》、《三国》、《红楼》之读者反多于六经。……但使专用今之俗语有音有字者以著一书，则解者必多，而读者当亦愈夥。"① 文言书面语与口语分离，今语必须转换成文言才能成文，而文言只属文人士大夫所能理解书写，普通民众读书理解难，更勿论提笔学文了。因而梁启超提倡用有音有字的俗语著书，这样才能言文基本一致，普通大众也有阅读的可能。

近代著名的教育家陈荣衮以个人的教学实践肯定了白话教学的功效，主张以白话编订学堂教材，这样有利于童蒙教学。他在《论训蒙宜用浅白课本》一文中说：

> 今夫近人之言地球文字者，则曰外国手口同国，中国手口异国，固已。夫所谓手口同国者，即手所写之文与口所讲之言一样，故读书与读口头言语无异也。虽然，西人之于拉丁，日本之于汉文，岂非即中国四书五经之文字乎？不过彼有文言而不重，故通行之书以通俗为主，而初级读本亦用之；若中国读本，则差之毫厘，谬之千里。彼此曰我教之读八股题目，读八股材料也，若问童子之受益与否，则哑然无以应矣。今夫浅白读本之有益也，余尝以教导童子矣，甲童曰好听好听，乙童曰得意得意。所谓好听得意者无他，一闻即解之谓耳。一闻即解，故读之有趣味，且记忆亦易，如此则脑筋不劳，无有以为苦事

---

① 梁启超《变法通议·论幼学》，载《饮冰室文集》第一册卷一，中华书局1994年版，第54页。

而不愿入塾者，且童子养生之道亦在是矣。……余所谓浅白读本，非不讲道理之谓，乃句语浅白之谓矣。且道与时为变通，古人席地而坐，故五经只言席也，若新读本，则必言桌椅矣。……然则浅白读本无碍于作文，且为作文之基地也。①

首先陈荣衮对比中国外国口语与书面语的区别，认为外国言文一致，而中国言文分离。西方也有拉丁文，日本也有汉文，但一般通行的书籍已改用通俗文字为主，初级课本也是如此。中国学童大量阅读言文分离的八股材料，实际上与学童的理解、记忆无益。采用浅白读本有利于引起学童兴趣，便于理解记忆，而且无碍于作文。

关于近代教材书面语形式通俗化主张，李孝悌在《清末的下层社会启蒙运动：1901—1911》中记载了许多，如：1905年4月30日《大公报》提到直隶学务处曾公开征求用浅白文字书写的教科书，供小学堂学生使用；1906年3月26日《大公报》说御史杜彤曾奏请学部将中国历史及各种时务报演成通俗白话，颁发给各省小学堂作为教材；1908年3月13日《大公报》说道学部于1908年颁布宣讲用书章程中，鼓励用白话和小说体裁编写讲本。② 由此可见，以白话通俗语作为童蒙教材成为共识。

陈荣衮编写了大量的白话教材，如《妇孺三字书》《七级字课》七种和《小学词料教科书》等，在当时影响很大。关于清末民初出现的白话书面语教材，郑国民将其分为几种类型③：一是在文言语段之后用白话进行部分性阐释，如《蒙学丛书》中的四卷《绘图小学读本书》；二是在文言语段后，用白话对原文作完整翻译，如《俗语

---

① 陈子褒：《陈子褒先生教育遗议》，台北：文海出版社1973年版，第38—39页。
② 参见李孝悌《清末的下层社会启蒙运动：1901—1911》，河北教育出版社2001年版，第43页。
③ 郑国民：《从文言文教学到白话文教学》，北京师范大学出版社2000年版，第86—88页。

注解小学古文读本》；三是完全用白话书面语编订的教材，如林万里等人编辑的《国语教科书》。前两种文白对照的教材在清末常见，而完全白话编订的教材在民国初年逐渐增多。从教科书书面语的演变过程来看，文白消长的趋势明显，白话教科书对推进文言向白话转变功不可没。

（三）教育内容的扩展

科举制度下的中国传统教育内容比较单一，即经学教育，学生主要阅读内容以儒学为主的文言书籍。随着科举废除，新式学堂成立，以及受西方教会学校和西方教育模式的影响，单一经学教育开始向现代自然科学和社会科学综合性知识教育转变。科举制度下，经学教育目标是为了培养封建帝王所需的御用文官，新式教育则在经世致用思想下培养各种实用性人才。随着新式教育不断完善，经学由开始占据主导位置，渐而成为众学科的组成部分，因为新式教育中自然科学和社会科学等学科的增多，学生已不能像以前一样十年几十年甚至一生埋头于古文经籍中，而文言书面语也逐渐失去其优势。

鸦片战争之后，西方传教士一面传教，另一面在中国设立教会学校。教会学校秉承西方的教育思想，开设课程多是自然科学和社会科学，如语言、地理、历史、数学和宗教，教会学校虽然传播一些科学知识，但以宗教为主。受其影响以及时代发展的需求，洋务派在洋务运动期间开办了一系列新型学校，如北京的京师同文馆、上海的广方言馆、广州的同文馆。在京师同文馆中，学生主要课程有三类：一类是语言课程，包括英文、俄文、德文、法文、汉文、翻译练习等；一类是自然科学课程，有代数、几何、机械、力学、声学、水学、火学、电学、光学、医学、天文学、矿冶学等；还有一类是社会科学课程，包括各国地图、万国公法、各国史略、富国策等。在这段时间里，科举尚未废除，官方办新式学校培养科技人才，以备国家外交和富国强兵所需；而经学为主的私塾教育仍在继续，但教育课程的变革势在必行。

1902年清政府颁布学堂章程，次年京师大学堂据此将学堂课程分为16门，包括修身、伦理、字课、作文、经学、词章、中外史学、中外舆地、算学、名学、理财、博物、物理、化学、地质、矿产。从课程设置来看，经学放在首要课程以延续传统文化，保证其统治的文化基础。1903年，张之洞等人在《重订学堂章程折》中提出："至于立学宗旨，无论何等学堂，均以忠孝为本，以中国经史之学为基础。俾学生心术壹归于纯正，而后以西学瀹其知识，练其艺能，务期他日成材，各适实用，以仰国家造就通才，慎防流弊之意。"① 在教育课程改革方面，实际上仍受"中体西用"思维模式的支配。尽管如此，相对传统教育唯经学独尊的局面，其他自然科学课程的设置已是很大的进步，经学的生存空间是渐趋缩小的。换言之，文言书面语随着经学生存时空的缩小而式微，自然科学知识只能用言文基本一致的白话书面语，这样可以节省目力脑力，将精力用于自然科学知识和社会知识的掌握上。科举制度废除后，清政府成立学部，管辖全国教育。新的教育宗旨分为两类，第一类是"忠君""尊孔"，第二类是"尚公""尚武"和"尚实"，从教育宗旨的界定仍看到中体西用的痕迹。在封建体制下，教育宗旨离不开维持封建王朝的统治，经学不可能被完全废除，只能是在"中学"与"西学"之间调和。

　　1911年辛亥革命推翻在中国延续两千多年的封建体制之后，经学所依恃的封建体制覆灭了，教育制度和课程也随之发生变化。蔡元培任教育总长发表《对于教育方针之意见》，提出道德教育、实利教育、军国民教育、美感教育。1912年教育部宣布的普通教育暂行条例中特别提到："师范中小（学）一律废止读经。"② 后来在学校教育中设修身一科，一度恢复儒家经学，但已不是传统教育意义上

---

① 参见舒新城《中国近代教育史资料》上册，人民教育出版社1981年版，第197页。
② 参见张静庐《中国近代出版史料初编》，群联出版社1953年版，第242页。

的经学。1913年，教育部公布大学规程，大学分科如下：文科、理科、法科、商科、医科、农科、工科。经学科被废除了，有关儒家经典已经归入文科之列的一小部分，或者作为文学、历史学的史料文献存在。科举废除和封建体制的结束，经学传播体系也渐趋崩溃，而与之如影相随的文言书面语也遭遇白话书面语前所未有的挑战。

综上分析，新教育制度在教育对象、教育内容以及教材选择诸方面均与传统迥异，这也加快了白话书面语最终取代文言书面语的进程。

三 异域文化的影响

关于异域文化对中国近代书面语变化的影响，袁进认为："文言文的训练形成的中国文人的集体意识，他们很难自己发现文学需要新的语言，直接表现自己的情感。这种发现必须在外国的参照之下。只有在外国语言变化的参照下，才能发现中国言文脱离和语言的其他弊病。"[①] 袁进认识到中国文言书面语代表着中国文人的集体意识，与使用白话的俗民不同，文言是文人高贵身份的象征。在汉语书面语发展中已形成了与文言并行不悖的白话书面语，而且在小说领域自宋到明清、清末民初白话小说蔚然成风。古白话小说在艺术水平上的成就在明清时期达到顶峰，而参与白话小说创作的大部分是传统文人，受社会各种因素影响和约束，他们只能"隐姓埋名"地创作白话小说，因而清末民初之前的白话小说作者生平很难考证。袁进的观点有一定的专断性，文言白话各有优劣，并非操持文言书面语的中国文人认为文学不需要新的语言，恰恰相反，中国文人对白话书面语运用于文学作用极大。中国书面语中言文分离状态并非仅在清末民初外国的参照之下发现的，自秦汉之后中国许多文人早已认识到言文分离的问题。文白的此消彼长是汉语言书面语发展的内部规律，时代的巨变和文化交流的频繁促进语言文字的发展进程。

---

① 袁进：《中国文学的近代变革》，广西师范大学出版社2006年版，第69页。

清末民初，文白此消彼长的进程加快，这与特殊的社会语境有关。虽然袁进过分强调外国对中国语言文字的决定性作用，但不可否认这些外在因素是"催化剂"，加速了语言的发展，让语言沿着规律继续发展前行。

关于外国对清末民初文白此消彼长的影响，笔者认为主要表现在三个方面：传教士的影响，外国译著语言的影响，外国言文一致书面语的启发和触动。

西方传教士来华传教，传教书面语也有一个由文言向浅易文言到白话的转变过程。西方在近代第一批来华传教的传教士最初使用的汉语大多是文言语体。传教士马礼逊创办《察世俗每月统记传》，所用书面语既不是文言语体，也不是白话，而是介于二者之间的浅近文言。郭实腊于1833年在广州创办《东西洋考每月统记传》，用浅近文言介绍西方科技，甚至有时将古白话用于新闻叙述，比如："在广州府有两个朋友，一个姓王，一个姓陈，两人皆好学，尽理行义，因极相契好，每每于工夫之暇，不是你寻我，就是我寻你。且陈相公与西洋人交接，竭力察西洋人的规矩。"① 鸦片战争后，西方传教士延续《察世俗每月统记传》和《东西洋考每月统记传》模式，开始在中国创办中文报纸杂志，基本上以浅近文言为主，如上海的《六合丛谈》、香港的《遐迩贯珍》等。西方传教士进入中国国土，学习汉语时间不长，且正统的文言书面语比较难学，因而在传教过程中，为了扩大基督教在士大夫中的影响，西方传教士往往寻求受过严格文言书面语训练的士大夫作为合作对象，他们在行文或修改中不可避免地将文言语体形诸笔端，但传教士又要求行文通俗易懂，这样就逐渐调和为浅近文言书面语。

中国士大夫通过多年的儒家文化熏陶，往往有较为坚定的儒家文化信仰，对基督教义往往持抵制态度。随着传教范围的扩大，西

---

① 参见袁进《中国文学的近代变革》，广西师范大学出版社2006年版，第78页。

第六章 文白消长的必然性与时代契机

方传教士将基督教向文化层次低的普通民众传播,他们将《圣经》翻译成中文,便于普通民众理解,翻译的语言必须通俗易懂,因而由浅易书面语传教开始向白话传教发展。有学者指出《圣经》翻译语言的转变:"初期教会所译《圣经》,都注重于文言。但后来因为教友日益众多,文言《圣经》只能供少数人阅读,故由高深文言而变为浅近文言,再由浅近文言而变为官话土白。第一次官话译本,乃1857年在上海发行,第二次1872年在湖北发行。"① 因《圣经》本身文学性比较强,在古白话翻译的过程中,不讲平仄格律的白话翻译诗歌、白话散文、白话小说随之产生。

随着西方传教士在中国更大范围开展传教活动,他们需要将西方基督教书籍翻译成中文,由于传教对象主要是普通民众,为了让更多不识字的下层民众能够理解和接受基督教教义,翻译的书面语言必须力求通俗易懂,于是接近口语的白话被广泛地运用到传教领域。此时的译经体白话已不同于中国章回小说所用的"古白话",而是开始向现代白话发展,因基督教经文文学性较强,翻译过程中也产生了一些不同于以往特征的白话诗、白话散文、白话小说。袁进列举了一些宝贵史料验证他的结论,关于白话诗歌他引用了19世纪80年代的一首赞美诗,笔者转引其中一部分,"我眼睛已经看见主的荣耀降在世/是大卫子孙来到败了撒旦魔王势/应古时间圣先知预言将要来的事/圣徒高兴进步"②。此外,西方传教士还用白话语体有意识地创作白话散文,西方传教士丁韪良用文言写《天道溯源》,后英国牧师包尔腾在19世纪60年代翻译成白话,其行文综合了文言、白话以及欧化语的汉语书面语。1863年西方传教士宾威廉班扬的长篇小说《天路历程》,1865年为传教需要全部用白话翻译,小说翻译语言中的白话虽受中国白话章回体小说语体的影响,但大体

---

① 王治心:《中国基督教史纲》,上海古籍出版社2004年版,第254页。
② 袁进:《中国文学的近代变革》,广西师范大学出版社2006年版,第81页。

接近现代汉语。①

可见，清末民初中国书面语由文言向白话转化，西方传教士出于在中国传教的需要，宣传文本使用浅近文言以及白话，其实践本身即是汉语言内部文言向白话转变的重要组成部分。西方传教士白话传教只是促进文白此消彼长的社会因素之一，西方传教士的语言实践和改革无疑也会对国人的语言文字改革起到一定的启迪作用。

清末民初时文人翻译外国著作也对汉语书面语变化产生影响，与其他各个领域相类似，译语体大致也分为三类：文言、白话和浅易白话，在论述清末民初语体选择的多样性时已列举不少文本，在此不再赘述。严复用典雅文言文翻译《天演论》，林纾用文言语体翻译和创作小说，周氏兄弟用文言语体翻译《域外小说集》，他们翻译时预设的读者便是士大夫阶层，因而必须用士大夫所熟悉的文言书面语。他们以文言书面语翻译外国著作，验证了文言在表达新观念新事物时的弹性，从翻译的过程中引进大量的外来词汇，这大大丰富了汉语词汇。这些大部分来自文言或浅易文言语体译著的外来词汇逐渐在日常语言中流通，进而进入报纸杂志和文学创作。清末民初的小说中已经包含了许多外来词汇，这是文言语体译著对中国书面语发展的贡献之一。

另外，文言语体译著的读者群局限在士大夫阶层，其社会影响有限。毕竟清末之时封建体制已接近尾声，民族国家逐渐确立，中国社会已不是士大夫独享文化的阶段，而是将现代的思想文化扩展至全体"国民"，既包括原有的士大夫阶层，还包括中下层民众。除了文言和浅易文言翻译西方译著，还出现了白话语体的译著，如吴梼用带有文言词语的白话语体进行翻译，周桂笙、伍光建的白话译语体掺杂了欧化语言风格。无论是传教士翻译书籍的现有汉语书面语尝试，还是中国文人的外国著作翻译，无论时间先后，其书面语的尝试使用其实都

---

① 王治心：《中国基督教史纲》，上海古籍出版社 2004 年版，第 86—87 页。

第六章 文白消长的必然性与时代契机

脱离不开中国汉语书面语内在规律发展。二者之间语体使用的相似性，恰恰证明中国文白两种书面语在特殊的历史条件下出现的共同特征，传教士译著语体选择与中国文人译著语体选择并非因果关系。

西方语言文字与中国语言文字分属不同的造字系统，西方是表音文字，言文一致，而中国则是象形文字，音字分离。文字的形成与国家的生成特点紧密相关，中国是疆域辽阔的多民族国家，方言词汇存在很大的差异，尤其是发音很多，很难通过表音文字凝聚多民族统一国家。秦始皇时便主张"书同文"，各地的方言发音难以统一，但至少可以通过统一文字来达到交流沟通统一的目的，文言书面语在秦汉之后形成稳定的词汇语法结构，从文化上长期维护了封建体制下中国大一统的局面，增强了多民族国家的民族文化归属感。虽然如此，随着社会时代的发展，新事物、新词汇不断涌现更新，而文言书面语虽有少数词汇的调整增加，但文言书面语系统整体不曾动摇，言文分离日益严重，八股制艺又将文言书面语推向极致。

清末民初之际，国门被迫打开，在西方语言文化的影响对照中，历来言文分离的争论终于付诸实践，中国书面语必须改革，只有言文一致才能建立现代民族国家，才能富国强民、救亡图存。当时中西交流频繁，自洋务运动开始便设立同文馆，主要培养外文翻译人才，让一部分中国文人感受到西方言文一致的优势。甚至近邻日本韩国，为建立民族国家，以本国口语为基础建立拼音文字，从而凭借本国书面语来确立本国民族文化，以脱离帝国语言汉语对其文化的束缚。日本韩国经过书面语改革，基本达到了言文一致，从而增强民族认同感，民众也能通过通俗化的书面语接受西方现代知识和理念，追求实现强国之梦。中国有志之士为着同样的社会理想，提倡言文一致，各种各样的文字改革纷纷出笼，有的甚至尝试使用拼音文字。

晚明时西方传教士来华，为了学习汉字方便，用罗马字母为汉字注音。在晚清时则为了向社会下层传教的需要，西方传教士用罗马字母将《圣经》翻译成各地方言。"1847—1893 年,仅《圣经》就至少被译成 12 种方言,其中大部分是用罗马字母注音的。……这时西方传教士已经注意到运用拼音字母来注汉语,有利于不识字的只会讲方言的底层人民接受。随着《圣经》、《福音书》、《赞美诗》等被用罗马字母注音的形式译成方言,又出现了注音成宁波方言刊行的诗歌,注音成台湾方言刊行的医学书,注音成厦门方言刊行的报纸,等等。于是,用拉丁字母为汉字注音在晚清就不再像晚明那样,仅仅是为了西方传教士自身学会汉语,而变成了西方传教士向中国人传教的一种辅助语言,随着在中国的传教事业扩展。"① 受西方传教士注音以及西方言文一致的表音文字启发,1892 年卢戆章出版《一目了然初阶(中国切音新字厦门腔)》,中国人第一次提出用字母注音,提出切音新字。后来陆陆续续出现许多字母注音方案,基本上分为两类:一是借鉴西方字母,二是采用简单汉字或偏旁充当字母。

中国汉语言文字的改革,一度要用拼音文字取代象形汉字,最终拼音文字并没有取代汉字,而是作为学习汉字的辅助工具而存在。汉字是一种具有表意功能的符号系统,它代表着一种独特的中国文化,也代表着建立在农耕文明上的中华民族形象化、整体化的思维模式,这种文化深深地积淀在中华民族之中,本身具有悠久的历史生命力和存在的价值。在中国言文一致的书面语改革中,拼音文字方案不适合中国这一疆域广大的多民族国家,而白话书面语历经长时间的积累,已经发展为较成熟的书面语表达体系。白话相对文言更接近于言文一致,利于普通大众接受。白话取代文言是语言内部发展的必然,也是中国文化发展的必然选择。白话与文言同根同源,均属表意文字系统,承载着中华民族独特的文化。在清末民初特殊的时代,在封建体制覆灭、民族国家建立的过程中,贵族化的文言语体必然向"国民"的白话书面语转变。

---

① 袁进:《中国文学的近代变革》,广西师范大学出版社 2006 年版,第 71 页。

结　　语

　　本书在梳理清末民初之前文言与白话在整个文学历史发展中的演变基础上，展开了对清末民初小说语体选择的研究。从整个文学语言发展的历史来看，文白呈现此消彼长的趋势，文白兴替是语言自身发展的必然。白话书面语主要依托小说文体由弱到强，到明清时白话小说成为一个时代文学较高成就的象征，已发展为较为成熟的文学语言形式。到了清末民初，凭借特定的历史时代，小说文体被知识界提升至文学之首，时代的需求以及文学语言传统的延续，此时期的小说语体形式具有时代特征。清末民初小说语体选择的独特性主要表现在两个方面：一方面，它形成了多语体并存的局面，历史上形成的多种书面语表达方式在小说文体上一一展示，与其说仅是单纯的文言小说、骈文小说、白话小说，不如说清末民初小说语体的多样性反映了文学雅俗观念的变迁以及文人心态的复杂性。另一方面，清末民初的小说文体为各种语体形式提供了"角逐场"，优胜劣汰的结果是文言语体小说以长篇小说创作的顶峰告别文坛，骈文小说亦是昙花一现，而白话语体则呈现势不可当的发展轨迹。在文言书面语的基础上，白话小说语体呈现出方言口语、欧化白话以及浅易文言混杂在一起的过渡性特征，尚未形成规范化、标准化的白话书面语。

　　清末民初的小说语体选择及其发展趋势是多种因素综合的结果，并不像有些学者所强调的政治是文学语言变革的唯一要素，将白话取代文言归功于"五四"一个时代更是偏颇。首先，文学语言是基于自然语言的，而语言本身有其内在的发展规律，其作为文化符号具有传承性，一定意义上说文学语言呈现的文白此消彼长趋势是语言内在发展规律的表征。其次，不可否认，政治因素对语言的发展具有相当大的影响，封建大一统体制下，各种社会文化运行机制的规约使得文言书面语始终居于正统地位，白话书面语虽然由微渐显，且显示出其优势，但很难摆脱从属地位。清末民初，科举制废除以及封建体制覆灭后，文言书面语失去其所依恃的体制，必然走向衰微，而现成民族国家的建立、大众传播媒介的兴起以及西方文化的影响等诸种因素为白话书面语由依附地位转为主流地位提供了契机，加快白话取代文言的进程。最后，白话和文言只是一个笼统的界定，即便是白话书面语渐趋占据优势地位，白话是随着时代和语言的发展不断地变化，它的成熟定型不是一朝一夕能够完成的，清末民初、五四时期以及以后的年代仅仅是白话书面语不断发展完善的过程之一，不能褒此贬彼，每个时代都有其特定的意义和价值。

在清末民初这个特定的历史时空中，在小说这一特定的文学样式中，文白的兴衰交替沿着其历史轨迹进入转型时期，自然的语言、文学的语言、政治的语言三者胶着在一起，共同促进了汉语书面语在各个领域由文言向白话转变。

第一节　自然的语言：文白的兴替是语言发展的内在规律

清末民初和五四时期的白话文运动对中国语言发展起了推动作用，语言有着自身的发展规律。中国创立了象形文字之后，基于语言发展的需要，秦汉之前言文基本一致。秦汉之后，在封建体制规约下文言书面语成为正统语言，口头语言随时代的发展而不断变化，

结　语

而作为书面语的文言虽然整体不变,但也有各时代语言渗入其中。随着佛教传入中国、市民阶层的兴起以及战乱时期各民族文化交流的频繁,为了适应下层民众的文化和交流需要,在文言书面语占据主导地位的情况下,白话书面语产生,唐时的变文以及宋时的话本小说均是白话书面语逐渐形成的标志,明清白话小说更是白话书面语用于文学中的实绩。关于文言书面语造成言文分离的局面,自汉代王充主张"文由语也"开始,魏晋时的葛洪、唐时的刘知几、明代"公安三袁"等均指出文言书面语言文分离的弊端。可见,文言书面语造成的言文分离及其弊端,中国文人早已有了深刻的认识,而白话书面语并非在一个时代或几个人的倡导下形成的,那么在遵照语言发展规律的必然性前提下,文白出现此消彼长的发展趋势,其中文学语言的变化反映了语言发展的规律。

近代时期,梁启超以严复译著《天演论》的进化论观念,论述文学语言中白话渐趋替代文言的主导地位是文学进化的必然。梁启超认为,西方文学经历了一个由古语到俗语的发展过程,中国文学发展也同样遵循此进化规律。他梳理了言文一致书面语发展的重要阶段,一是先秦时诸子百家经典言文一致,二是宋代的儒禅语录及小说,梁启超肯定白话文学的进化。文学语言由古文到俗语是一种进化,而文学语言不是独立存在的,它是基于自然语言发展基础上的,反映着语言内在发展规律。

胡适在五四时期提倡白话文运动时也有类似的观念,认为白话文学是千百余年文学历史进化的结果:"我要人人都知道国语文学乃是一千几百年历史进化的产儿。国语文学若没有这一千年百年的历史,若不是历史进化的结果,这几年来的运动决不会那样的容易,决不能在那么短的时期内变成一种全国的运动,决不能在这五年内引起那么多人的响应与赞助。现在有些人不明白这个历史的背景,以为文学的运动是这几年来某某人提倡的功效,这是大错。……我们现在研究这一两千年的白话文学史,正是要我们明白这个历史进化的趋势。"① 胡适在寻找五四白话文运动的依据时，并没有提及清末民初与五四白话文运动的关联性，但毕竟认可了白话文学（即国语文学）并非几年某人提倡的功效，而是历史进化的必然趋势的观点。从语言学角度来看，大量的文学作品以及历史典籍呈现了白话书面语的演变过程，从秦汉到清末民初，白话发展史经历了白话的露头期、发展期、成熟期以及文白转型的完成，文白转型实际上可以说是语言自身发展的必然。文学语言作为书面语的重要载体，其发展趋势恰是语言本身发展规律的再现，清末民初时小说文体以及其他文体中所展示的文白此消彼长趋势是文字语言在特定时代的发展过程之一。

中国文学史上小说中曾经使用过的语言体式，如文言、白话、骈体、韵语等，在清末民初小说领域纷纷登场，都得以充分展示，尤其是文言语体的小说从篇幅到数量得到了空前绝后的发展，甚至最不擅长小说的骈文语体也盛极一时。由于域外小说的译介，欧化的词汇、语式即译文语体也成为清末民初小说的独特语体之一。如果按照书面语自然发展的内在规律，它们可能就是一种开放的状态，相互独立又相互影响、相互交融。小说语体发展到五四时期，纯粹的文言小说日趋消亡，经过融合之后的白话语体小说一枝独秀。文白消长的书面语趋势是内在规律发展的必然，白话取代文言是以白话为基础，融合其他语体而形成的。即便五四时期小说的白话语体也不是简单对传统章回小说白话的承袭，而是以白话为基础，并融入具有表现力、生命力的部分方言口语、文言词汇以及外来的新名词、句法形成的，这是文白消长过程中汉语言书面语发展规律之一。

现代文学的一部分学者以现代、传统二元对立的思维观念，过分拔高了五四文化革新的作用。他们普遍认为提倡白话文学，以白话完全取代文言是五四新文化运动的功绩，而清末民初只是书面语

---

① 胡适：《白话文学史》（上），台北：远流出版公司1986年版，第13—14页。

体变革的前奏。实际上，从中国文学书面语发展历史来看，白话取代文言是经过数千年量的积累，到一定的时代契机下发生质的改变。而清末民初的社会制度大变革提供了这样的契机，使得此时期的小说语体众声喧哗，在优胜劣汰的自然进化下以及时代的推动下，五四时期产生质的变化。以如此逻辑推理，五四时期是文言白话两种书面语历经上千年斗争融合所结之果，白话取代文言的功绩不能为"五四"独享，更何况五四时期与宋元明清一样是白话书面语发展的一个特定环节，而非最终的定型。

书面语地位的确立逃离不掉政治的操控，当它作为一种意识形态受到政治因素影响之后，才被迫无奈地单一化。就像文言在封建体制下，一系列体制保障其占据正统主流的地位，而在另一种新的社会体制下，政治的强制和文化的独断也使得文言书面语以极快的速度销声匿迹，而白话成为社会所认可的唯一书面语。因此，清末民初小说语言相对来说处在一种自然生长的状态，从此角度来讲也是难能可贵的。如果不是清末民初小说语体的多样性、混杂性实验，也不会形成五四时期小说独特的白话书面语。

第二节　政治的语言：政治的变革是文白兴替的外因

语言有其本身的发展规律，但政治因素作为外因对语言的演变发挥着相当影响。大量史料证明了文白兴替经历了量变积累到质变的过程，它是语言自身发展规律使然。同时，社会因素对语言变化的影响也不容忽视，白话取代文言体现了语言自身发展的趋势和思想文化以及思维形式发展的需要。封建大一统体制下，教育机制和科举制度保障了文言书面语长期的正统地位，甚至东亚周边国家均使用文言书面语进行官方交流，以文言书面语作为文化大一统的工具和手段，在文学领域文言诗词一直被视为正统,历代王朝通过编订大型文化典籍维持诗词以及历史典籍的正统性,同时巩固了文言书面语的地位。虽然文言书面语存在言文分离的弊端,但在阶层等级社会,文言书面语成为雅俗、贵贱的划分,更是维护封建大一统帝国的重要文化工具。在这样等级森严的封建体制下,文言书面语成为封建帝制独享的文字符号,白话书面语只能在被传统士大夫贬为"小道"的小说文体上展示其生机活力和优越性。从此角度分析,语言发展有其内在规律,但何种书面语处于主导地位是政治规约的产物,处于边缘地位的书面语只能作为潜流继续积累,一旦出现质变的历史政治条件,则加速了书面语的转变,适应语言发展规律以及满足时代所需的书面语逐渐转变成优势语言,文白的兴替便反映了此种规律。总之,文白的兴替是内因和外因共同作用的结果,缺一不可。

清末民初的社会巨变为文白的兴替提供了外部条件,如现代出版业的发展、大众传播媒介的兴起、科举制度的废除、近代学校教育的兴起、文人身份的转移、封建体制的覆灭、民族国家的建立、国民阶层的出现、西方文化的影响等诸种政治社会文化因素的影响下,文言书面语结束了其在封建体制下的历史使命,白话书面语凭借其自身言文基本一致的特征成为相对优势的书面语。清末民初之时面临东西方列强的凌辱,中国民族意识增强,开始了民族国家的构建。同时科举制度废除,文人身份转移,由依靠科举取士安身立命转向撰稿人或小说作家,为满足下层民众阅读水平,白话书面语在通俗文学以及报刊中大量使用。教育体制也从传统经学教育转向大众普及性教育,新教育制度在教育对象、教育内容以及教材选择诸方面均与传统迥异,也促进了白话书面语最终取代文言书面语的进程。白话书面语的使用挑战了文言书面语的统治权威,通过建立通俗的、言文一致的、普遍流行的大众书面语形式,消除了传统文白两种书面语形式中贵族/平民、雅/俗的对立,清末民初的社会政治文化对文白消长的过程起到了

"催化剂"的作用。

对于占据优势的白话书面语如何从制度上巩固其地位,新政府也采取了与封建体制下巩固文言书面语正统地位的相类似办法。1911年辛亥革命前,虽然应时代社会发展需求,废除科举制,设立新学堂,但基本上仍采用"中体西用"的模式,在以经学为首的基础上扩展自然科学和社会科学课程,这种情况下文言书面语影响很难消除。1911年辛亥革命后废除经学,作为承载体的经学废除后,文言书面语必将渐趋式微。五四时期新文化运动、白话文运动、新文学革命,实际上是通过文学语言全方位地以白话替代文言,进而用新的白话书面语传播西方科学、民主思想,推翻文言书面语承载的传统文化。1920年教育部正式下令,国民学校国文教科书改用白话,从制度上规定白话取代文言。

清末民初时因其宽松的政治文化环境,文学语言呈现出混杂性和过渡性,白话也呈现杂陈的状态。五四时期知识分子创造欧化语言,与真正大众语言仍有距离,20世纪30年代又出现了大众化语言运动,直到1949年中华人民共和国成立之后才通过政治手段使白话书面语规范化。书面语的变迁在一定程度上反映了文人身份的变化和话语权的转移,从文言书面语到浅易文言再到欧化白话,是由士大夫的政治话语权转向现代知识分子思想文化传播话语权,欧化白话向大众化语言的白话书面语内部变化则反映出知识分子由精神"导师"转型为人民大众的"学生"。可见,政治因素在语言文字的发展变化中不可忽视。

第三节 文学的语言:文学的实践是语言变革的呈现

文学语言的发展趋势在一定程度上反映了语言的发展趋势,清末民初时小说语体呈现文白杂陈的复杂状态，其实也是自然的语言和政治的语言在文学领域的直接体现。

从自然的语言发展规律来看，文白此消彼长的趋势表现在小说语体上，便是清末民初白话小说的繁盛。同时清末民初小说白话语体选择也是政治的语言需求，梁启超提出"小说为文学最上乘"，其实所指小说是以白话书面语为主的通俗小说，而非文言小说，借助白话语言的文学样式倡导"小说界革命"。自宋话本小说到元明清的古白话小说，古白话经过小说文体的磨砺形成较为成熟的书面语表达体系，因其比文言通俗易懂，成为平民喜闻乐见的文学样式。清末民初时，为达到启迪民众、救亡图存的政治目的，新式知识分子不遗余力地鼓吹白话小说，这正是政治的语言在小说语言体式运用中的再现。此时，除了小说文体，其他的文学样式也出现白话化的倾向，如诗歌、散文、戏曲等不同程度地使用通俗语言，大大压缩了文言语体的表现空间，扩展了白话语体的展示领域。此时期白话文学创作因政治的语言限制，其文学价值不高，但清末民初文学语言实践对文言向白话转变意义深远。

清末民初处于封建体制向现代民族国家过渡阶段，社会中的思想文化观念受此影响，新旧处于对峙抗衡状态。传统文化和思维方式以其惯性苟延残喘，西方现代文明在本土传统思维影响和误读中不断更新转变，当时的语言发展也不例外。在小说语体选择上，代表传统雅文学的语言符号文言被用来翻译和创作长篇小说，甚至徐枕亚等用骈文创作言情小说，也有革新派提倡白话小说。小说语言的选择代表着一种文化，代表着清末民初过渡性年代中文人复杂的社会心态。清末民初是一个过渡时代，封建体制渐趋衰亡，但其文化惯性仍在持续，民族国家逐渐确立，但各种体制仍处于摸索完善调整之中，恰恰这样的时代为文学语言的发展提供了较为宽容的社会环境。清末民初之时，文言古文、骈体文、浅易文言、方言、官话、古白话、欧化白话等书面语都曾成为文学书面语，文学的语言

结　语

成为展示各种书面语的角逐舞台和融合舞台。

如果没有五四时期强制性地全方位实行白话文运动，如果没有行政机构强制性地推行国语教育，也许始自清末民初时的语言变革将遵照其内在的发展规律，白话也必将取代文言，其过程将会延长，而且在对峙融合中形成某种白话规范。历史不能假设，文学语言在自然的语言、政治的语言二者相互牵制的合力中发展，清末民初时多元化过渡性的文学语言，在五四新文化运动之后被白话一元化语言所取代。政治意义上的语言改革是二元对立式的非此即彼模式，白话取代文言是现代文化与传统文化的决裂，是不同阶层话语权的争夺，在一定程度上是政治霸权语言模式。自然的语言在遵照本身发展规律的基础上，因受政治因素的制约，语言变化发展或快或满，或者在必然发展趋势中或大或小地调整。自清末民初之后，白话取代文言成为不可逆的发展趋势，但在各个重大历史时期的文学语言中白话也具有不同的时代特点，这说明白话只是一个大致的界定，它在不断的发展变化中，通过文学语言的实践不断走向规范化。

参考文献

一 典籍类

（先秦）《庄子》，中华书局2015年版。

（汉）班固：《汉书艺文志讲疏》，上海古籍出版社2009年版。

（汉）王充著，北京大学历史系注释：《论衡注释》，中华书局1979年版。

（晋）葛洪：《抱朴子》，上海古籍出版社1990年版。

（唐）刘知几：《史通》，辽宁教育出版社1997年版。

（唐）魏征：《隋书》，中华书局1973年版。

（宋）程颢、程颐：《二程集》，中华书局1981年版。

（宋）黄昇：《花庵词选》，上海古籍出版社2007年版。

（宋）罗大经：《鹤林玉露》，中华书局1983年版。

（宋）阮阅：《诗话总龟》后集卷三十二，载《宋金元词话全编》，凤凰出版社2008年版。

（宋）徐梦莘：《三朝北盟会编》，上海古籍出版社影印本1987年版。

（宋）朱熹：《朱子全书》，上海古籍出版社2002年版。

（元）关汉卿著，王学奇等校：《关汉卿全集校注》，河北教育出版社1990年版。

（明）抱瓮老人：《今古奇观》，上海古籍出版社2003年版。

（明）冯梦龙：《醒世恒言》，上海古籍出版社1987年版。

（明）冯梦龙：《喻世明言》，百花文艺出版社1993年版。

（明）胡应麟：《少室山房笔丛》，上海古籍出版社 2009 年版。
（明）兰陵笑笑生：《金瓶梅词话》，人民文学出版社 2000 年版。
（明）罗贯中：《三国演义》，上海古籍出版社 1989 年版。
（明）施耐庵：《水浒传》，上海古籍出版社 1988 年版。
（明）王阳明：《王阳明全集》，上海古籍出版社 1992 年版。
（明）吴承恩：《西游记》，齐鲁书社 1980 年版。
（明）谢榛：《四溟诗话》，人民文学出版社 1998 年版。
（明）袁宏道：《袁中郎全集》，台北：世界书局 1976 年版。
（明）袁宗道：《白苏斋类集》，上海古籍出版社 1989 年版。
（清）曹雪芹、高鹗：《红楼梦》（三家评本），上海古籍出版社 1988 年版。
（清）陈球：《孤山再梦·燕山外史》，春风文艺出版社 1987 年版。
（清）顾炎武著，黄汝成释：《日知录集释》，上海古籍出版社 1985 年版。
（清）何文焕：《历代诗话》，中华书局 1981 年版。
（清）阮元：《研经室集》，中华书局 1993 年版。
（清）吴敬梓：《儒林外史》，人民文学出版社 1978 年版。
（清）张南庄：《何典》，人民文学出版社 1981 年版。

二　中文著作

《中国近代文学大系》，上海书店出版社 1992 年版。
《中国近代小说大系》，百花洲文艺出版社 1989 年版。
《中国新文学大系·建设理论卷》，上海良友图书公司 1935 年版。
《中国新文学大系·文学论争集》，上海良友图书公司 1935 年版。
阿英：《晚清戏曲小说目》，上海文艺出版社 1954 年版。
阿英：《晚清文学丛钞·小说卷》，中华书局 1961 年版。
阿英：《晚清文学丛钞·小说戏曲研究卷》，中华书局 1960 年版。
阿英：《阿英全集》，安徽教育出版社 2006 年版。

阿英：《晚清小说史》，江苏文艺出版社2009年版。
包天笑：《钏影楼回忆录》，中国大百科全书出版社2009年版。
北京图书馆编：《民国时期总书目》，书目文献出版社1987年版。
陈伯海、袁进主编：《上海近代文学史》，上海人民出版社1993年版。
陈大康：《中国近代小说编年》，华东师范大学出版社2002年版。
陈锦谷：《林纾研究资料选编》，福建文史研究馆2008年版。
陈天华：《警世钟》，华夏出版社2002年版。
陈天华：《狮子吼》，台北：广雅书局1984年版。
陈万雄：《五四新文化的源流》，生活·读书·新知三联书店1997年版。
陈寅恪：《寒柳堂集》，上海古籍出版社1980年版。
陈子褒：《陈子褒先生教育遗议》，台北：文海出版社1973年版。
陈子展：《中国近代文学之变迁·最近三十年中国文学史》，上海古籍出版社2000年版。
邓伟：《分裂与建构：清末民初文学语言新变研究》，中国社会科学出版社2009年版。
丁守和：《辛亥革命时期期刊介绍》，人民出版社1983年版。
丁伟志、陈崧：《中国近代文化思潮》，社会科学文献出版社2011年版。
范伯群：《礼拜六的蝴蝶梦》，人民文学出版社1989年版。
范伯群等编：《鸳鸯蝴蝶派文学资料》，福建人民出版社1984年版。
方汉奇：《中国近代报刊史》，山西人民出版社1981年版。
高名凯、刘正埮：《现代汉语外来词研究》，文字改革出版社1959年版。
龚鹏程：《中国文人阶层史论》，兰州大学出版社2004年版。
郭沫若：《少年时代》，人民文学出版社1979年版。
郭延礼：《中国近代文学发展史》，高等教育出版社2001年版。

郭延礼:《自西徂东:先哲的文化之旅》,湖南人民出版社 2001
年版。

郭延礼:《20 世纪近代文学研究学术史》,江西高校出版社 2004
年版。

郭战涛:《民国初年骈体小说研究》,广西师范大学出版社 2010
年版。

海天、肖炜:《沉重的转身——晚清文人实录》,中国友谊出版公司
2009 年版。

韩洪举:《林纾小说研究:兼论林纾自撰小说与传奇》,中国社会科
学出版社 2005 年版。

胡全章:《传统与现代之间的探询:吴趼人小说研究》,河南大学出
版社 2006 年版。

胡适:《五十年来中国之文学》,台北:远流出版事业公司 1986
年版。

胡适:《胡适文萃》,作家出版社 1991 年版。

胡适:《白话文学史》,台北:远流出版事业公司 1996 年版。

胡适:《胡适文存》,黄山书社 1996 年版。

胡适:《四十自述》,安徽教育出版社 1999 年版。

黄开发:《文学之用——从启蒙到革命》,北京十月文艺出版社 2004
年版。

黄遵宪:《黄遵宪全集》,中华书局 2005 年版。

黄遵宪著,钱仲联笺注:《人境庐诗草笺注》,上海古籍出版社 1981
年版。

季桂起:《中国小说体式的现代转变与流变》,山东大学出版社 2003
年版。

江蓝生:《近代汉语探源》,商务印书馆 2001 年版。

江苏社科院文学所明清小说研究中心编:《中国通俗小说总目提要》,
中国文联出版社 1990 年版。

蒋晓莉：《中国近代大众传媒与中国近代文学》，巴蜀书社 2005年版。
康来新：《晚清小说理论研究》，台北：大安出版社 1990 年版。
孔另境编：《中国小说史料》，上海古籍出版社 1982 年版。
劳乃宣：《桐乡劳（乃宣）先生遗稿》卷二，台北：文海书局 1969年版。
李伯元：《李伯元全集》，江苏古籍出版社 1997 年版。
李桂玉：《榴花梦》，中国文联出版公司 1998 年版。
李剑国：《古稗斗筲录——李剑国自选集》，南开大学出版社 2004年版。
李剑国：《唐五代志怪传奇叙录》，南开大学出版社 1993 年版。
李妙根编：《国粹与西化：刘师培文选》，上海远东出版社 1996年版。
李妙根编：《刘师培辛亥前文选》，香港三联书店 1998 年版。
李楠：《晚清、民国时期上海小报研究——一种综合的文化、文学考察》，人民文学出版社 2005 年版。
李欧梵：《未完成的现代性》，北京大学出版社 2005 年版。
李欧梵：《中国现代作家的浪漫一代》，新星出版社 2005 年版。
李瑞腾：《晚清文学思想论》，台北：汉光出版公司 1992 年版。
李孝悌：《清末的下层社会启蒙运动：1901—1911》，河北教育出版社 2001 年版。
李泽厚：《中国近代思想史论》，天津社会科学院出版社 2003 年版。
连堂燕：《从古文到白话——近代文界革命与文体流变》，中央民族大学出版社 2000 年版。
梁景和：《清末国民意识与参政意识研究》，湖南教育出版社 1999年版。
梁启超：《中国历史演义全集——新中国未来记》第 30 册，台北：远流出版社 1979 年版。

梁启超：《梁启超全集》，北京出版社 1999 年版。
梁启超：《中国佛教研究史》，上海三联书店 1988 年版。
梁启超：《饮冰室合集》，中华书局 1994 年版。
梁启超：《饮冰室诗话》，人民文学出版社 1998 年版。
梁启超：《饮冰室文集点校》第三辑，云南教育出版社 2001 年版。
梁启超：《清代学术概论》，中国人民大学出版社 2004 年版。
梁启超：《梁启超选集》，中国文联出版社 2006 年版。
林纾、魏易：《拊掌录》，商务印书馆 1981 年版。
林纾：《林琴南文集》，中国书店影印本 1985 年版。
林纾等：《近代笔记大观》，上海文艺出版社 1993 年版。
林纾：《春觉斋论文》，人民文学出版社 1998 年版。
林纾：《畏庐小品》，北京出版社 1998 年版。
林纾：《林纾选集》，百花文艺出版社 2006 年版。
林薇选注：《林纾选集》，四川人民出版社 1988 年版。
林毓生：《中国传统的创造性转化》，生活·读书·新知三联书店 1988 年版。
刘禾：《跨语际实践——文学、民族文化与被译介的现代性》，宋伟杰等译，生活·读书·新知三联书店 2002 年版。
刘坚、蒋绍愚编：《近代汉语语法语言学著作及其他理论著作资料汇编》元明卷，商务印书馆 1995 年版。
刘纳：《嬗变——辛亥革命时期至五四时期的中国文学》，中国社会科学出版社 1998 年版。
刘晴波：《杨度集》，湖南人民出版社 1986 年版。
刘小枫：《现代性社会理论绪论》，上海三联书店 1998 年版。
柳亚子编：《苏曼殊全集》，当代中国出版社 2007 年版。
鲁迅：《鲁迅全集》，人民文学出版社 1981 年版。
鲁迅：《中国小说史略》，东方出版中心 1996 年版。
吕叔湘：《语文常谈》，生活·读书·新知三联书店 1980 年版。

吕叔湘：《中国文法要略》，商务印书馆1982年版。
吕叔湘：《吕叔湘语文论集》，商务印书馆1983年版。
吕叔湘：《吕叔湘文集》，商务印书馆1992年版。
罗志田：《权势转移：近代中国的思想、社会与学术》，湖北人民出版社1999年版。
罗志田：《国家与学术：清季民初关于"国学"的思想论争》，生活·读书·新知三联书店2003年版。
罗志田：《裂变中的传承——20世纪前期的中国文化与学术》，中华书局2003年版。
罗志田：《再造文明的尝试：胡适传（1891—1929）》，中华书局2006年版。
罗宗阳编：《历代笔记小说选》，江西人民出版社1984年版。
马建忠：《马氏文通》，商务印书馆1983年版。
孟昭毅、李载道：《中国翻译文学史》，北京大学出版社2005年版。
钱基博：《现代中国文学史》，中国人民大学出版社2004年版。
钱穆：《中国民族之文字与文学》，生活·读书·新知三联书店2002年版。
钱穆：《中国文化史导论》，商务印书馆1994年版。
钱钟书：《钱钟书论学文选》，华城出版社1990年版。
秋瑾：《秋瑾集》，上海古籍出版社1991年版。
秋瑾：《秋瑾全集笺注》，吉林文史出版社2003年版。
任访秋：《中国近代文学作家论》，河南人民出版社1984年版。
桑兵：《清末新知识界的社团与活动》，生活·读书·新知三联书店1995年版。
桑兵：《晚清学堂学生与社会变迁》，生活·读书·新知三联书店1995年版。
商衍鎏：《清代科举考试述录》，生活·读书·新知三联书店1958年版。

上海书店编：《中国近代文学的历史轨迹》，上海书店出版社 1999
　　年版。
申小龙：《汉语与中国文化》，复旦大学出版社 2003 年版。
沈国威：《近代中日词汇交流研究》，北京大学出版社 2010 年版。
石昌渝：《中国小说源流论》，生活·读书·新知三联书店 1993
　　年版。
舒新城：《中国近代教育史资料》，人民教育出版社 1981 年版。
司马长风：《中国新文学史》，台北：传记文学出版社 1991 年版。
孙克强编：《雅文化》，中国经济出版社 1995 年版。
孙尚杨等：《国故新知论——学衡派文化论著辑要》，广播电视出版
　　社 1995 年版。
孙中山：《孙中山全集》，中华书局 1982 年版。
谭彼岸：《晚清的白话文运动》，湖北人民出版社 1956 年版。
谭嗣同：《谭嗣同全集》，中华书局 1981 年版。
谭正璧、谭寻：《评弹通考》，中国曲艺出版社 1985 年版。
汤志钧编：《康有为政论集》，中华书局 1981 年版。
汪晖：《汪晖自选集》，广西师范大学出版社 1997 年版。
汪晖：《死火重温》，人民文学出版社 2000 年版。
汪晖：《现代中国思想的兴起》，生活·读书·新知三联书店 2004
　　年版。
汪荣宝、叶澜：《新尔雅》，台北：文海出版社有限公司 1984 年版影
　　印本。
王德威：《想象中国的方法——历史·小说·叙事》，生活·读书·
　　新知三联书店 1998 年版。
王德威：《被压抑的现代性——晚清小说新论》，宋伟杰译，北京大
　　学出版社 2005 年版。
王德昭：《清代科举制度研究》，香港中文大学出版社 1988 年版。
王尔敏：《近代文化生态及其变迁》，百花洲文艺出版社 2002 年版。

王尔敏：《中国近代思想史论》，社会科学文献出版社2003年版。

王尔敏：《中国近代思想史论续集》，社会科学文献出版社2005年版。

王风：《世运转移与文章兴替——中国近代文学论集》，北京大学出版社2015年版。

王国维：《王国维遗书》，商务印书馆1940年版。

王国维：《王国维学术经典》，江西人民出版社1997年版。

王国维：《王国维文学论著三种》，商务印书馆2007年版。

王力：《王力文集》，山东教育出版社1985年版。

王力：《中国现代语法》，商务印书馆1985年版。

王立新：《美国传教士与晚清中国现代化——近代基督新教传教士在华社会、文化与教育活动研究》，天津人民出版社2008年版。

王韬：《弢园文录外编》，上海书店出版社2002年版。

王宪明：《语言、翻译与政治——严复译〈社会通诠〉研究》，北京大学出版社2005年版。

王运熙编：《中国文论选》近代卷，江苏文艺出版社1996年版。

王照：《小航文存》卷一，台北：文海书店1968年版。

王治心：《中国基督教史纲》，上海古籍出版社2004年版。

王子坚：《时人自述与人物评传》，经纬书局1935年版。

魏绍昌编：《鸳鸯蝴蝶派研究资料》，上海文艺出版社1984年版。

文字改革出版社编：《清末文字改革文集》，文字改革出版社1958年版。

吴趼人：《九命奇冤》，山西人民出版社1981年版。

吴趼人：《吴趼人全集》第七卷，北方文艺出版社1998年版。

夏晓虹：《晚清社会与文化》，湖北教育出版社2001年版。

夏晓虹：《晚清女性与近代中国》，北京大学出版社2004年版。

夏晓虹：《觉世与传世——梁启超的文学道路》，中华书局2006年版。

夏晓虹、王风等：《文学语言与文章体式——从晚清到"五四"》，安徽教育出版社2006年版。

夏晓虹：《晚清女子国民常识的建构》，北京大学出版社2016年版。

谢天振、查明健：《中国现代翻译文学史》，上海外语教育出版社2003年版。

熊月之：《西学东渐与晚清社会》，中国人民大学出版社2011年版。

徐时仪：《汉语白话发展史》，北京大学出版社2007年版。

徐枕亚：《玉梨魂》，江西人民出版社1986年版。

许纪霖编：《二十世纪中国思想史论》，东方出版中心2000年版。

许纪霖编：《20世纪中国知识分子史论》，新星出版社2005年版。

薛绥之、张俊才：《林纾研究资料》，福建人民出版社1983年版。

严复：《严复集》，中华书局1986年版。

杨国强：《晚清的士人与世相》，生活·读书·新知三联书店2008年版。

杨联芬：《晚清至五四：中国文学现代性的发生》，北京大学出版社2003年版。

杨联芬：《现代小说导论》，四川大学出版社2004年版。

杨义：《中国现代小说史》第一卷，人民文学出版社1986年版。

应锦襄、林铁民等：《世界文学格局中的中国小说》，北京大学出版社1997年版。

于润琦编：《清末民初小说书系》，中国文联出版社1997年版。

袁国兴：《1898—1948中国文学场态》，广东人民出版社2005年版。

袁进：《鸳鸯蝴蝶派》，上海书店1994年版。

袁进：《近代文学的突围》，上海人民出版社2001年版。

袁进：《中国文学的近代变革》，广西师范大学出版社2006年版。

张汉良：《比较文学理论与实践》，台北：东大图书公司1986年版。

张静庐：《在出版界二十年》，上海杂志公司1938年版。

张静庐：《中国近代出版史料》，中华书局1957年版。

张楠、王忍之编:《辛亥革命前十年间时论选集》,生活·读书·新知三联书店1960年版。
张少康:《中国文学理论批评史》,北京大学出版社2005年版。
张振国:《晚清民国志怪传奇小说集研究》,凤凰出版社2011年版。
张中行:《文言和白话》,黑龙江人民出版社1988年版。
章培恒、梅新林:《中国文学古今演变研究论集》,上海古籍出版社2002年版。
章太炎:《章太炎全集》,上海人民出版社1985年版。
章太炎:《革故鼎新的哲理——章太炎文选》,上海远东出版社1996年版。
章太炎:《章太炎的白话文》,辽宁教育出版社2003年版。
章太炎:《章太炎讲演集》,河北人民出版社2004年版。
赵毅衡:《礼教下延之后——中国文化批判诸问题》,上海文艺出版社2001年版。
郑国民:《从文言文教学到白话文教学》,北京师范大学出版社2000年版。
郑师渠:《晚清国粹派文化思想研究》,北京师范大学出版社1997年版。
郑师渠:《思潮与学派——中国近代思想文化研究》,北京师范大学出版社2005年版。
郑振铎:《郑振铎文集》,人民文学出版社1988年版。
郑振铎:《晚清文选》,中国社会科学出版社2002年版。
钟涛:《六朝骈文形式及其文化意蕴》,东方出版社1997年版。
周光庆:《汉语与中国早期现代化思潮》,黑龙江教育出版社2001年版。
周光庆、刘玮:《汉语与中国新文化启蒙》,台北:东大图书股份有限公司1996年版。
周有光:《中国语文的时代演进》,清华大学出版1997年版。

周振鹤、游汝杰:《方言与中国文化》,上海人民出版社2006年版。
周祖谟:《周祖谟语言文史集》,浙江古籍出版社1988年版。
周作人:《中国新文学的源流》,河北教育出版社2002年版。
周作人:《周作人散文全集》,广西师范大学出版社2009年版。
朱一玄:《明清小说资料选编》,齐鲁书社1989年版。
祝敏彻:《〈朱子语类〉句法研究》,长江文艺出版社1991年版。
左鹏军:《晚清民国传奇杂剧考索》,人民文学出版社2005年版。

三　中译著作

[德] 恩斯特·卡西尔:《人论》,甘阳译,上海译文出版社2004年版。

[德] 恩斯特·卡西尔:《语言与神话》,于晓等译,生活·读书·新知三联书店1988年版。

[德] 伽达默尔:《哲学解释学》,夏镇平、宋建平译,上海译文出版社1994年版。

[德] 威廉·冯·洪堡特:《论人类语言结构的差异及其对人类精神发展的影响》,姚小平译,商务印书馆2002年版。

[德] 威廉·冯·洪堡特:《洪堡特语言哲学文集》,姚小平译,湖南教育出版社2001年版。

[俄] B.B.科列索夫:《语言与心智》,杨明天译,上海三联书店2006年版。

[法] 布迪厄:《艺术的法则:文学场的生成和结构》,刘晖译,中央编译出版社2011年版。

[法] 德里达:《论文字学》,汪堂家译,上海译文出版社2005年版。

[法] 德里达:《书写与差异》,张宁译,生活·读书·新知三联书店2001年版。

[法] 福柯:《词与物:人文科学考古学》,莫伟民译,上海三联书

店2001年版。

［法］福柯：《疯癫与文明：理性时代的疯癫史》，刘北成、杨远婴译，生活·读书·新知三联书店1999年版。

［法］福柯：《知识考古学》，谢强、马月译，生活·读书·新知三联书店1998年版。

［法］海然热：《语言人：论语言学对人文科学的贡献》，张祖建译，生活·读书·新知三联书店1999年版。

［法］勒庞：《乌合之众：大众心理研究》，冯克利译，中央编译出版社2000年版。

［法］罗兰·巴尔特：《符号学原理》，王东亮等译，生活·读书·新知三联书店1999年版。

［美］本尼迪克特·安德森：《想象的共同体——民族主义的起源与散布》，吴叡人译，上海人民出版社2003年版。

［美］费正清：《美国与中国》，孙瑞芹等译，商务印书馆1971年版。

［美］费正清、刘广京编：《剑桥中国晚清史》，中国社会科学出版社1993年版。

［美］韩南：《中国近代小说的兴起》，王秋桂等译，上海教育出版社2004年版。

［美］柯文：《在传统与现代性之间——王韬与晚清改革》，雷颐、罗检秋译，人民出版社2003年版。

［美］萨丕尔：《语言论：言语研究导论》，陆卓元译，商务印书馆1985年版。

［美］孙隆基：《历史心理学集》，广西师范大学出版社2004年版。

［美］韦勒克、沃伦：《文学理论》，刘向愚等译，文化艺术出版社2010年版。

［美］张灏：《梁启超与中国思想的过渡（1890—1907）》，崔志海、葛夫平译，江苏人民出版社1995年版。

［美］周策纵:《五四运动史》,陈永明等译,岳麓书社1999年版。

［日］樽本照雄:《新编增补清末民初小说目录》,贺伟译,齐鲁书社2002年版。

［瑞士］索绪尔:《普通语言学教程》,高名凯译,商务印书馆1980年版。

［苏］斯大林:《马克思主义与语言学问题》,人民出版社1953年版。

［意］利玛窦:《利玛窦中国札记》,何高济译,中华书局1983年版。

［英］雷蒙·威廉斯:《关键词——文化与社会的词汇》,刘建基译,生活·读书·新知三联书店2005年版。

［英］李提摩太:《亲历晚清四十五年——李提摩太在华回忆录》,李宪堂、侯林莉译,天津人民出版社2005年版。

［英］瑞恰兹:《文学批评原理》,杨自伍译,百花洲文艺出版社1997年版。

［英］威妥玛:《语言自迩集》,张卫东译,北京大学出版社2017年版。

四 中文论文

包礼祥:《近代小说的创体与破体》,《江西财经大学学报》2008年第6期。

鲍震培:《中国女性文学叙事传统的建立——清代女作家弹词小说创作回眸》,《天津大学学报》(社会科学版)2002年第4期。

毕耕:《近代白话文理论的产生及流变》,《理论界》2008年第4期。

陈迪强:《论清末民初关于小说语言的认同与分歧》,《华夏文化论坛》2013年第6期。

陈迪强:《清末民初文言小说的传统与新变》,《沈阳师范大学学报》(社会科学版)2017年第9期。

陈平原：《江南读书记》，《江南》1988年第2期。

陈文新、甘宏伟：《古今文学演变与中国文学史研究》，《河北学刊》2009年第2期。

邓伟：《论晚清白话文运动的文化逻辑——以裘廷梁〈论白话为维新之本〉为中心》，《东岳论丛》2009第3期。

邓伟：《试论清末民初翻译文学语言的归化倾向》，《海南大学学报》（人文社会科学版）2012年第12期。

刁晏斌、刘兴忠：《清末民初文言译本的语言研究价值——以林纾的文言翻译文本为例》，《北京师范大学学报》（社会科学版）2019年第6期。

董丛林：《清末白话文的渐兴与"民智意识"的强化》，《天津师范大学学报》（社会科学版）2003年第3期。

范伯群：《文学语言古今演变的临界点在哪里？》，《河北学刊》2009年4期。

付建舟：《简论晚清小说的文体特征》，《湖北教育学院学报》2005年第6期。

关爱和：《二十世纪中国近代文学研究述评》，《中州学刊》1999年第6期。

管冠生：《"小说"的诞生——论晚清以来的小说知识话语》，《山东师范大学学报（人文社会科学版）》2008年第6期。

郭战涛：《论民国初年骈体小说的文体特征》，《甘肃社会科学》2009年第6期。

胡全章：《"由八股翻白话""还是话怎样说便怎样写"——近代报刊白话语言特征系列考察之一》，《淮阴师范学院学报》（哲学社会科学版）2010年第6期。

黄鑫：《新词语在清末民初科学小说语言中的体现》，《现代营销》（学苑版）2012年第2期。

旷新年：《胡适与白话文运动》，《中国现代文学丛刊》1999年第

2 期。

雷晓彤:《"京味": 近代北京小说家的探索》,《北京社会科学》2005 年第 2 期。

李剑国:《早期小说观与小说概念的科学界定》,《武汉大学学报》(人文科学版) 2001 年第 5 期。

李婉薇:《清末民初的粤语书写》, 博士学位论文, 北京大学, 2009 年。

梁桂莲:《对晚清白话文运动的语言认识》,《海南师范大学学报》(社会科学版) 2008 年第 2 期。

刘大先:《清末民初北京报纸与京旗小说的格局》,《满族研究》2008 年第 2 期。

刘大先:《清末民初京旗小说引论》,《民族文学研究》2007 年第 2 期。

刘德隆:《1872 年——晚清小说的开端》,《东疆学刊》2003 年第 1 期。

刘纳:《民初小说的情感取向和文体特色》,《海南师院学报》1996 年第 3 期。

刘颂:《语言思维与翻译——晚清至民初西方小说的译介》,《语文学刊》2013 年第 7 期。

刘云、王金花:《清末民初京味儿小说家蔡友梅生平及著作考述》,《北京社会科学》2011 年第 4 期。

罗秀美:《近代白话书写现象研究》, 博士学位论文, 台湾"中央大学", 2004 年。

骆冬青:《"小说为国民之魂"——论晚清"小说学"的奠立与政治教化的关系》,《明清小说研究》2005 年第 4 期。

孟昭连:《宋代文白消长与小说语体之变》,《中国社会科学》2011 年第 3 期。

祁和晖:《白话文革命早在"五四"运动之前已经开始——近代文

学中的白话文运动》，《西南民族学院学报》（哲学社会科学版）2003年第3期。

汤哲声：《历史与记忆：中国吴语小说论》，《文艺研究》2008年第1期。

王风：《新文学的建立与现代书面语的产生》，博士学位论文，北京大学，2000年。

王平：《晚清白话文运动"二元性"语言观再认识》，《首都师范大学学报》（社会科学版）2009年第4期。

王文元：《论文言文与白话文的转型》，《天中学刊》2007年第6期。

王增斌：《关于中国近代（晚清）小说研究的几个问题》，《厦门教育学院学报》2006年第1期。

夏晓虹：《五四白话文学的历史渊源》，《中国现代文学研究丛刊》1985年第3期。

徐改平：《胡适与晚清文学改良思潮》，《兰州大学学报》（社会科学版）2002年第1期。

杨联芬：《林纾与中国文学现代性的发生》，《中国现代文学研究丛刊》2002年第4期。

姚雪垠：《中国现代文学史的另一种编写办法》，《社会科学战线》1980年第2期。

袁进：《试论中国近代对文学范围认识的突破》，《学术季刊》1999年第2期。

袁进：《试论中国近代文学语言的变革》，《上海社会科学学院学术季刊》1997年第4期。

袁进：《重新审视欧化白话文的起源——试论近代西方传教士对中国文学的影响》，《文学评论》2007年第1期。

张菊玲：《清末民初旗人的京话小说》，《中国文化研究》2009年第1期。

张卫中：《20世纪中国文学语言演变述略》，《兰州学刊》2009年第

2 期。

张向东:《清末民初的语言变革运动与现代文学的历史关联——以语言学史、文化史和思想史的叙述为例》,《兰州交通大学学报》(社会科学版)2007 年第 2 期。

张晓灵:《晚清西书的流行与西学的传播》,《档案与史学》2004 年第 1 期。

周成平:《20 世纪中国小说与中国古代小说的流变关系》,《盐城师范学院学报》(人文社会科学版)2004 年第 3 期。